악마의 증명

악마의 증명

도진기
소설집

부검결과들이 일치

근친간 간통이 시작되었다

기숙사 5일 후였다

돈을꿀어 일거금6일이였

박서 형제의 정실 요점

거짓말을 듣게되는다면

명백한 증거

비채

'구석의 노인' 김옥선 님께 바칩니다.

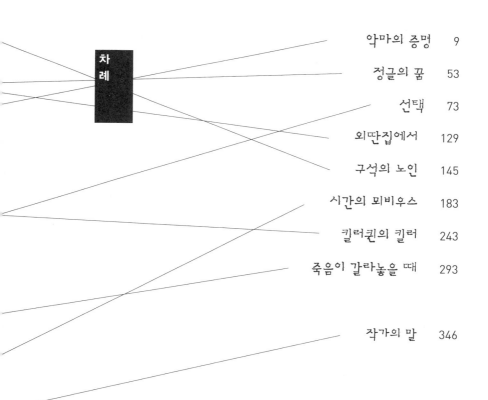

악마의
증명

지은이
허마이

박철의
수기

의정부는 오랜만이었다. 서울 남쪽 끄트머리 봉천동 일대에서 주로 생활하는 내게 친구를 만나러 북서울 경계를 넘어 의정부까지 나선 것은 작은 여행이라 할 만했다. 오랜만에 낯선 동네에서 늘어지게 마셔보고 싶었다. 의정부하면 역시 부대찌개다. 존슨탕 대★자를 시켜놓고 한창 소주를 걸치는데, 친구의 휴대전화가 부르르 울렸고, 녀석은 급한 일이 있다며 일어섰다. 나와의 만남보다 급하지 않은 일이란 많지 않을 테니 굳이 묻지는 않았다. 대신 미안해하는 녀석에게 택시비가 없다며 3만 원을 빌려 바지주머니에 구겨 넣었다. 아마 당분간은 안 보게 될 것 같다.

알딸딸해진 상태로 거리를 걷다가 서울 번호판을 단 택시를 발견하고 잡아 탔다. 택시가 지나는 길가에는 '의정부 부대찌개'라고 떡 하니

써붙여놓은 간판이 곳곳에 산재해 있었다. 큼지막한 상호 앞에는 저마다 원조, 참맛, 손맛 따위의 문구를 갖다 붙여놓았다. 의정부 부대찌개라는, 포기할 수 없는 브랜드를 살리려다 보니 나머지 상호만으로는 이 집이나 저 집이나 다 비슷해 보였다. 그럼에도 하필 '그' 식당이 눈에 띈 것은 마침 앞에서 난 교통사고에 택시가 잠시 정차한 우연 때문이었다. 답답한 마음에 창밖을 내다보았더니, 한적한 도로변에 식당 하나가 눈에 띄었다. 어둡고 황량한 도로변에서 안쪽으로 조금 들어가 건물 한 채가 달랑 서 있었는데, 어둠 속에 홀로 불이 켜진 간판이 마치 허공에 매달려 있는 것 같았다.

때마침 꺼진 간판 불이 시선을 더 끌었다. 이어 가게 안의 불도 차례로 꺼졌다. 누군가가 불을 끄면서 나오는 모양이다. 잠시 후 가게 문이 열리면서 50대로 보이는 여자가 모습을 드러냈다. 오른손에는 자그마한 손가방이 들려 있었다. 여자는 품에서 주섬주섬 열쇠를 꺼내더니 식당 문을 잠갔다.

돈 냄새가 확 풍겼다.

여자는 식당 주인일 것이다. 영업을 마치고 종업원을 내보낸 다음 남아서 문단속을 하고는 매상이 든 돈 가방을 들고 나오는 길이리라. 장사가 잘되는 식당은 가끔 현찰을 선불로 받거나 카드를 받지 않기도 한다. 저 식당도 그중 하나일지 모른다. 그래서 저렇게 가방이 두둑한 것이다.

식당 문을 잠근 여자는 식당 옆 공터로 걸어가 카렌스 승합차에 올라탔다. 가로등 불빛에 검게 빛나던 카렌스는 잠깐 그르렁대더니 어디론가 사라져버렸다. 종업원이 혼자 승합차로 출퇴근할 리는 없다. 역시 여자는 주인이 틀림없다.

이건 쉽다.

한눈에 알아보았다. 범죄라면 나름대로 관록이 붙은 나다. 식당 건물은 꽤 컸고, 하루치 매상도 상당할 터였다. 무엇보다 불룩한 돈 가방이 확실히 말해주고 있다. 주인 여자는 혼자 남아 문단속을 한 다음 그날의 매상이 고스란히 들어 있는 돈 가방을 들고 귀가한다. 부대찌개 집에서 수표가 오갈 리 없다. 그 가방에는 꼬리표 달린 수표가 아닌 알토란 같은 지폐다발만이 한가득일 것이다. 시계를 보았다. 10시 반. 인적은 없었다. 이날과 같은 우발적인 교통사고만 아니라면 원래 이 시간대에 막히는 도로는 아닌 듯했고, 여자가 잠그고 나온 식당 문은 길 안쪽으로 들어가 있어 차를 정차해 주의 깊게 보지 않으면 지나칠 수밖에 없는 사각지대였다.

교통사고 처리가 마무리되었는지 정체가 풀렸다. 택시는 주행을 시작했지만 내 머리는 이미 돈 가방을 어떻게 손에 넣을까 하는 생각으로 분주해져 있었다.

내 인생의 화두는 늘 돈이었다. 부모도 기억나지 않는 어린 시절부터 형과 나는 엘리시움 보육원―예전엔 고아원이라고 했지만―에서 자랐다. 원래 고등학교를 졸업할 때까지는 시설에 있을 수 있지만, 내가 고등학교에 들어가면서부터는 형과 같이 보육원을 나와서 고학을 했다. 아르바이트와 학업을 병행하는 건 힘들었지만 그게 더 마음이 편했다. 아르바이트에는 불법적인 것도 포함된다. 유흥업소 웨이터 정도가 아니라 내 나이에 어울리지 않는 절도와 사기 같은 것에도 발을 담았고, 그것에 익숙해질수록 생활비와 월세 조달은 쉬워졌다. 고등학교를 졸업하면서 내친 김에 대학까지 입학해버렸다. 성적은 그럭저럭 좋았다.

대학에 와서는 잠깐 생각이 흔들렸다. 단지 손쉽다는 이유로 어두운 길을 전전하며 잘못 살아온 건 아닐까?

대학은 추상 도덕이 반복 주입되는 곳이었다. 책, 강의, 친구 모두 '이타'를 이야기했다. 정의란 무엇인가, 올바른 사회, 더불어 사는 길 따위를 주제로. 그런데 뭔가 이상하다. 길가 돌멩이보다 숱하던 그 약삭빠른 인간들은 다 어디 간 거지? 내가 모르는 새 다른 사회로 워프한 건가? 아니면 내가 대학에 진학할 즈음 인간종이 전격 개량되기라도 한 건가? 그럴 리 없다. 거룩한 '말씀'에 잠깐 현혹되었지만 난 이내 깨달았다. 그들은 사라진 게 아니었다. 세련되어진 것일 뿐이었다. 탐욕스런 이빨을 드러내는 대신 '올바른 척'을 하면서 평판을 유지하는 쪽이 잇속을 챙기기에 훨씬 효과적이라는 사실을 체득한 것이었다. 그들의 도덕은 자신의 다짐이 아니라 타인을 향한 희망이었다. '남이 바르게(혹은 어수룩하게) 살아주면 내 인생이 편하겠다'는 바람의 집합체에 불과했다. 그들은 내심이야 어떻든 훌륭한 말씀만 코끝에 내걸면 그 비슷한 사람으로 인정받는 세상 이치를 뒷길에서 굴러먹은 나보다도 훨씬 빨리 깨우치고 있었다. 졌다. 인간들아.

유복한, 아니 하다못해 평균적인 인생에서는 그것이 맞는 답일지도 모른다. 하지만 부모도 세상도 버린 내가 왜 도덕을 지켜야 하는지, 왜 그래야 '사회'가 아닌 '내'가 행복한 것인지 알 수 없었다. 왜 '모두가' 아니라 '내가' 도덕을 지켜야 하는가. 답을 찾을 수 없다면 질문이 틀린 것이다. 결론이 정해진 답을 억지로 만들려 해서는 안 되었다. 형이상학의 구덩이에서 나는 기어나왔다. 남의 장단에 춤추는 얼치기가 될 뻔했다. 나는 어울리지 않는 방황을 뒤로 하고 다시금 '나'만의 인생을 위해 내 안의 '악'을 단련시키기 시작했다.

부대찌개 식당과 돈 가방과 50대 여자의 생각을 하다 보니 어느새 택시는 봉천동 내 집에 도착해 있었다. 방 하나, 부엌 하나인 월셋집. 이곳이 형과 내가 사는 공간이다. 연립주택의 반지하라 월세가 쌌다. 어학에 재능이 있던 형은 일어일문학과에 진학했다가 휴학하고, 집에서 주로 번역 아르바이트를 하며 지내고 있다. 둘이서 끊임없이 아르바이트를 해야 겨우 학비와 월세를 감당할 수 있었다.

나는 형 몰래 주방싱크대 서랍에서 날이 잘 선 과도를 골라 신문지에 싸놓았다. 정말로 사용하지는 않을 것이다. 신문지에 싼 칼날 끝만 살짝 보여줘도 그 아줌마는 굵은 다리를 후들후들 떨다가 철퍼덕 주저앉아 있는 돈 없는 돈 다 털어 주리라.

다음 날 오후 9시쯤 준비한 과도를 가을용 긴 외투 안에 집어넣고 집을 나섰다. 그때도 형은 번역원고를 배 밑에 깔고 텔레비전을 보면서 빈둥거리고 있었다. 저러다 라면을 끓여 먹고 일찍 잠들겠지. 형의 습성은 내가 잘 안다.

예의 그 식당까지 거슬러 찾아가는 길은 전날보다 멀게 느껴졌다. 전철로 도봉산역까지 간 다음 택시를 탔다. 도로변에 덩그러니 있는 식당이라 지표가 없어 택시기사에게 위치를 설명하기 어려웠다. 기억을 더듬어 주먹구구로 설명할 수밖에 없었는데, 근처의 R사거리를 기억해내고 그 서쪽으로 500미터쯤 더 가자고 한 다음에야 겨우 익숙한 간판을 발견해낼 수 있었다. '의정부 부대찌개'라는 큼직한 글씨가 있

고 '의정부'와 '부대찌개' 사이로 브이V자를 닮은 교정부호 위에 '원
조'라고 쓰여 있다.

도착하니 오후 10시가 조금 넘어 있었다. 식당에는 드문드문 손님이
남아 있었다. 사람들 눈에 띄지 않게 부근 후미진 곳에서 식당을 주시
했다. 식당 손님이 하나둘 줄어들더니 영업이 끝나고 마침내 종업원들
이 나갔다. 그다음에야 불이 하나둘 꺼지기 시작했다. 여주인은 직접
문단속을 해야 안심이 되는 모양이었다. 어지간히 종업원을 못 믿는
군. 덕분에 나는 오늘 돈을 벌고 당신은 엿 먹는 거야.

10시 40분이 막 넘어설 무렵 드디어 여자가 문 밖으로 모습을 드러
냈다. 역시나 손에는 돈 가방을 든 채였다. 전날 밤 여러 차례 머릿속으
로 시뮬레이션해본 결과로는 식당 문을 잠그고 주차장까지 걸어가기
전의 짧은 시간이 기회였다. 그중에서도 가게 문을 잠그려 문 앞에 서
서 잠시 지체하는 순간이 최적의 순간이다. 눈치 채지 못하게 옆으로
조용히 다가갔다.

"조용히 해."

나지막한 내 말에 여자가 돌아보았다. 넙데데하고 기가 세 보이는
얼굴이었고, 체격 또한 건장하다는 표현이 어울릴 정도였다. 온갖 궂은
일로 억척스러워진 50대 여자의 몸매. 힘만으로 따진다면 연일 라면만
먹어 곯은 나보다 훨씬 나을 것 같았다. 여자는 일순 놀란 표정을 지었
다. 예상대로 일이 진행된 건 딱 여기까지였다. 공포에 질려 다리를 후
들거릴 줄 알았던 여자는 다음 순간 확 불쾌한 표정을 지었다. 겁에 질
린 얼굴과는 거리가 멀었다. 나는 약간 기죽은 목소리로 말했다.

"가방만 내놔. 그럼 안 다쳐."

그 말에 여자는 얼굴을 험악하게 찌푸렸다. 미간에 깊은 주름이 잡히고 눈초리가 올라간 그 얼굴은 분명 몹시 성난 표정이었다. 난 움찔해버렸다. 그것이 실수였다. 원래 나약한 인상의 내 얼굴은 위협에 적합하지 못하다. 그런 데다가 겁에 질려 벌벌 떨 줄 알았던 여자의 예상치 못한 사나운 반응에 나도 모르게 움츠러든 것이 잘못이었다. 칼을 먼저 보였어야 했는데, 신문지에 싼 채 허리춤에 늘어뜨리고 있어서 여자가 제대로 보지 못한 것 같았다. 제일 큰 패착이다. 산전수전 다 겪은 여자의 눈에는 내가 애송이로 보였을 것임에 틀림없다.

"어린 놈의 자식이!"

여자는 버럭 소리를 지르면서 나무 등걸 같은 팔뚝으로 나를 확 밀쳤다. 내 몸은 종잇장이 펄럭이듯 휘청하며 뒤로 한발 밀려났다. 여자는 벌레 보는 듯한 눈길을 쏘아 보내고는 주차장 쪽으로 뛰어갔다. 뛰면서 가방 안에 손을 집어넣었다. 휴대폰을 꺼내려는 모양이었다. 경찰에 신고를? 다급하기도 했지만 어쩐 일인지 화가 울컥 치밀었다. 나는 여자를 따라잡았다. 뛰어가는 여자의 옆구리에 신문지에 싼 칼끝을 찔러 넣었다. 여자는 흡 하는 신음소리를 허공에 남기고 조금 전의 씩씩함이 거짓말이었던 것처럼 맥없이 쓰러졌다. 그 모습에 왠지 한 번 더 울컥했다.

이제는 다리가 좀 후들거리는 모양이지? 이왕이면 좀 더 빨리 자빠졌으면 좋잖아? 아줌마까지 날 장기판의 졸로 취급해? 나는 이 순간 당신의 운명을 거머쥔 존재란 말이다!

일을 저질러버렸다는 느낌보다는 분풀이를 했다는 후련함이 앞섰다.

옷을 살폈다. 다행히 피가 적게 튀었다. 튄 피도 대부분 칼을 싼 신문지에 묻었다.

불현듯 누군가 나를 내려다보는 느낌이 얼핏 들었다. 고개를 들어 올려다보았다.

이런! 주차장 입구 위쪽에 CCTV가 설치되어 있었다. 나를 내려다보고 있던 CCTV 카메라 렌즈와 정면으로 눈이 마주치고 말았다. 낭패였다. 첫날에 주변을 꼼꼼하게 살피지 않은 것이 화근이었다.

식은땀이 솟았지만 그 와중에도 목표물을 잊지 않았다. 여자가 떨어뜨린 돈 가방을 주워들고 주위를 둘러보았다. 아무도 없었다. 도로에는 차가 드문드문 있었지만 어차피 달리면서 길 안쪽 사각지대인 이쪽을 본 사람이 있을 리 없다. 제길, 그놈의 CCTV 카메라만 아니었다면. 나는 준비해 온 여분의 신문지에 과도를 싸서 외투 안주머니에 넣고 자리를 떴다.

길가로 뛰어나가 택시를 잡아 탔다. "봉천동요"라고 해놓고는 뒷좌석에 몸을 묻었다. 극심한 피로가 몰려왔다. 돈 가방을 슬쩍 열어보았다. 대충 300만 원 정도일 것 같았다. 강도질이야 해볼 만한 돈이지만 사람을 죽이는 위험까지 감수하면서까지 노릴 만한 돈은 아니다. 살인은 애당초 계획에 없던 일이다. 일이 계획대로 진행되지 않고 예기치 못한 위험을 감수했기에 기분이 안 좋아졌다.

자정이 넘어 집에 도착했고, 형은 잠들어 있었다. 신문지 뭉치에 싼 과도와 돈 가방을 부엌 싱크대 아래 배수관 뒤쪽에 던져 넣고 싱크대 문을 닫았다.

다음 날 아침 형에게 모든 사실을 털어놓았다. CCTV 카메라에 찍혀버렸으니 경찰이 곧 나를 체포하러 올 것 같다고, 며칠간 피해 있으라는 말에 형은 놀라면서도 순순히 채비를 하고 집을 나갔다. 사람을 찔러가면서까지 얻은 돈을 경찰에 압수당하는 것은 억울했다. 돈 가방은 집을 나서는 형에게 건네주었다.

다음 날, 의정부 부대찌개집 식당주인 50대 여성 김 모 씨가 귀갓길에 식당 앞에서 피살되었다는 보도가 조그맣게 기사로 실린 것을 인터넷에서 확인했다.

그로부터 사흘 뒤 저녁.

집에 혼자 있을 때 형사 두 명이 찾아왔다. 문을 열어주자, 그들은 내 얼굴을 유심히 들여다보더니 기분 나쁜 웃음을 지었다.

나는 즉시 연행되었고, 월셋집 수색도 진행되었다. 여자를 찌른 칼과 범행 당시에 입었던 옷가지가 증거물로 압수되었다.

경찰은 역시 CCTV 화면에 찍힌 내 얼굴을 맨 먼저 확보한 것이었다. 그 화면에서 출력한 사진을 택시 회사에 돌리면서 여자가 피살된 시간에 근처에서 택시를 잡아 탄 남자를 수배했고, 신고정신이 투철한 택시기사가 나를 봉천동 집 앞까지 태워다준 것을 경찰에 알려 금세 형사가 들이닥친 것이다.

경찰은 CCTV 영상과 함께 범행에 사용된 칼과 옷을 내게 들이밀었다. 나는 자백했다. 생활고에 시달리다 못해 범행을 마음먹었고, 돈 가방만 탈취할 생각이었는데 여자가 도망치면서 경찰에 신고할 것 같아 나도 모르게 찌르고 말았다며 용서를 빌었다. 가방은 강에 버렸고 돈은 다 써버렸다고 했다.

"그냥 찔렀어요, 나도 모르게 정신없이…… 찌르고 보니 정신이 들었습니다."

나는 울먹였다. 칼을 준비해서 가게까지 찾아갔으니 우발적인 살인하고는 격이 다르다. 하지만, 내 성장과정과 생활고에 동정을 했는지 횡설수설인 진술에도 경찰들은 수긍하는 눈치였고, 현장 검증할 때의 사건재연도 성의 없이 대충 했지만 무리 없이 마무리되었다. 사건은 곧 검찰로 송치되었다.

서울북부지검으로 송치된 후에도 사건수사는 일사천리였다. 무엇보다 본인이 자백하고 있고, 결정적으로 CCTV에 칼로 찌른 후 카메라를 힐끗 쳐다보는 무표정한 내 얼굴이 뚜렷하게 찍혀 있다. 해상도가 높지 않고 조명도 약했지만, 나임을 확인하기에는 충분했다. 내 지문이 검출된 칼과 여자의 피가 묻은 범행 당시의 옷도 움직일 수 없는 증거물이었다.

강도살인이라는 중대사건 치고는 피의자가 순순히 자백해 수사가 쉽게 진행되자 검사는 내게 우호적으로 대해주었다. 담당검사는 호연정이라는 이름의 서른 정도 되어 보이는 여자였는데, 늘씬한 몸매에 긴 팔다리를 소유한 미인이었다. 눈이 살짝 작긴 했으나 그것도 까무잡잡한 피부와 갸름한 얼굴에 잘 어울렸다.

"처음부터 죽일 작정이었던 것 같지는 않네요. 유흥비 때문이 아니라 생활고 때문이었던 동기도 참작될 거고. 사람을 죽여놓고도 부인하는 뻔뻔한 자들이 대부분인데 처음부터 순순히 자백했다는 점도 있고요. 어떻게 보면 당신은 좀 순진한 사람인 것 같네요. 현직 검사 입장에서 공식적으로 말하기는 그렇지만 구형할 때 참작해줄게요."

호연정 검사는 곱상한 외모와 달리 털털하고 시원시원한 성격이었다. 아무리 우발적인 행위라고는 하나 살인을 저지른 나를 동생처럼 토

닦여주었다.

사건은 검찰 송치 2주일 만에 기소되었다. 국선변호인이 선임되었고, 김기욱이라는 국선변호사가 접견을 위해 구치소로 나를 찾아왔다. 무테안경을 쓰고 머리를 짧게 정리해 올백으로 넘긴 차가운 인상이었지만 의욕은 있어 보였다. 나는 그에게 짤막하게 몇 가지만을 부탁한 다음 금방 돌려보냈다.

그로부터 다시 2주일 후 서울북부지방법원 제101호 법정에서 공판기일이 열렸다. 큰 법정이었는데도 사건에 대한 관심 때문에 방청석은 가득 차 있었다.

먼저 호연정 검사의 모두冒頭진술이 있었다. 강도살인이라는 사건의 중대성을 감안해서 수사검사인 호연정 검사가 이례적으로 공판도 담당키로 한 모양이었다.

"피고인 박철은 현재 22세의 대학 3년생인 자로서, 201X년 11월 4일 오후 10시 40분경 의정부시 T동 63번지 소재 '의정부 부대찌개' 식당 앞에서 일을 마치고 귀가하던 식당주인 53세의 여성인 피해자 김정자를 칼로 찔러 살해하고 현금 300만 원이 든 돈 가방을 가져가 강취하였습니다."

호연정 검사는 그녀의 성격처럼 군더더기 없이 간략하게 마무리하였다.

곧이어 재판장의 인부 질문이 있었다.

"피고인은 공소사실을 모두 인정합니까?"

내가 경찰에서부터 쭉 자백을 했고 완벽한 증거가 갖추어져 있는 사건이어서 그런지 법정에는 살인사건에 걸맞은 긴장감은 없었다. 내가 다음의 말을 하기 전까지는.

"인정하지 않습니다. 제가 하지 않았습니다."

재판장과 배석판사는 선잠을 깬 듯한 표정을 지었다. 방청객들도 웅성거리기 시작했다.

특히 불의의 일격을 맞은 호연정 검사의 표정은 볼만했다. 얼굴이 확 붉어져서는 검사가 끼어들 순서가 아닌데도 끼어들었다.

"피고인, 검찰에서 다 자백하지 않았습니까?"

"그렇습니다. 하지만 제가 하지 않았습니다."

재판장은 안경을 추켜올리며 내 국선변호사에게 다시 확인했다.

"피고인은 범행을 부인하는 것입니까?"

"네, 수사기관에서 자백은 했지만 그건 본의 아니게 거짓말한 것입니다. 피고인의 범행이 아닙니다. 피고인은 당일 사건현장에 가지도 않았습니다. 외출하지 않고 집에서 일찍 잤다고 합니다."

김기욱 변호사는 확신에 찬 태도로 대답했다. 호연정 검사는 어이없다는 표정을 한 채 김기욱 변호사를 쏘아보았다. 자백하는 피고인을 변호사가 꼬드겨 범행을 부인하도록 부추겼다고 생각한 듯했다. 증거가 완벽한데 괜히 시간을 낭비케 하고 피고인인 내 양형에도 오히려 불리하게 되었다는 무언의 나무람이 담겨 있었다.

재판장은 생각지도 않게 재판이 번거롭게 되었네, 하는 표정을 잠시 지어 보였다가 도리 없다는 듯 말했다.

"그렇다면 검찰 측에서 입증계획을 밝혀주시죠."

호연정 검사는 화가 났는지 일사천리로 모든 증거를 공개했다.

"우선 피고인은 경찰과 검찰에서 자신의 범행을 자백했습니다. 범행

현장에서 피고인의 얼굴이 찍힌 CCTV 화면, 그리고 피고인의 지문이 묻어 있는 칼과 범행 당시 입었던 것으로 피해자의 피가 묻어 있는 옷을 증거로 제출하겠습니다. 칼과 옷은 모두 피고인의 집에서 압수되었습니다."

김기욱 변호사는 아무런 이의도 제기하지 않고 듣고만 있었다.

"변호인은 증거를 인정하는지 여부를 밝혀주십시오."

"피고인의 경찰과 검찰에서의 진술을 모두 인정하지 않겠습니다. 다른 증거물들은 피고인의 범행과 관련이 없습니다."

경찰과 검찰에서의 내 자백조서가 휴지조각으로 변하는 순간이다. 피고인이 법정에서 부인하면 수사기관에서의 진술은 증거로서의 가치가 없게 된다.

힐끔 보았더니 호연정 검사의 얼굴빛이 다시 붉어지고 있었다. 하지만, 피고인이 자백을 뒤집어봤자 다른 증거들이 워낙에 탄탄하다는 믿음 때문인지 크게 동요하지 않는 듯했다.

김기욱 변호사는 내친 김에 몰아붙였다.

"피고인 측에서는 피고인의 형 박성을 증인으로 신청하겠습니다."

"피고인의 형이 관계가 있나요?"

재판장은 의아한 듯 물었다.

"분명히 사건의 진상과 큰 관련이 있습니다. 증인으로 채택해주시면 신문과정에서 모든 것을 밝히겠습니다."

"좋습니다, 증인 채택하겠습니다. 다음 기일은……."

"재판장님."

"왜 그러시죠?"

"사실은 피고인의 형인 박성 씨가 법정 밖에 와 있습니다. 지금 증인 신문을 하도록 허락해주십시오."

"그건 곤란합니다. 검찰의 반대신문준비가 안 되어 있지 않습니까? 무엇을 위한 증인인지도 불명확한 상태고."

"피고인은 지금 강도살인죄로 구속되어 구금생활을 하고 있습니다. 만약 무죄라면 하루라도 빨리 석방되어야 마땅합니다. 형의 증언은 피고인의 유무죄를 가릴 수 있는 중요한 내용임을 말씀드립니다. 형은 사건 이후 모습을 감추었다가 이제야 법정에 나온 것입니다. 만약 오늘 못 한다면 다음에 꼭 증언을 들을 수 있다는 보장도 없습니다. 검사님만 양해해주시면 되지 않을까요."

김기욱 변호사는 재판장에게서 시선을 돌려 결정을 촉구하듯 호연정 검사를 보았다. 호연정 검사는 더할 나위 없이 명백한 증거가 있는데도 도대체 피고인이 무슨 뚝심으로 범행을 부인하는지 궁금했던 모양이다.

"좋습니다. 재판장님. 검찰은 지금 당장 증인을 신문해도 이의가 없습니다."

소송 전략상 즉석에서 증인신문을 하는 것은 거부함이 마땅하건만 검사는 쾌히 수락했다. 그만큼 증거에 충분한 자신이 있다는 것이리라.

"그럼 재정증인으로 신문토록 하겠습니다. 증인을 부르세요."

김기욱 변호사는 법정 뒤에 앉아 있던 자신의 직원에게 손짓을 했고, 직원은 우리 형을 데리러 법정 뒷문을 나갔다. 잠시 후 뒷문이 빼꼼 열리더니 형이 들어왔다.

방청객이 수군거리기 시작했다. 재판장도 흘깃 형을 보더니 얼이 빠져서 내 얼굴을 한 번 보고는 다시 형을 보았다. 그러고는 형이 증언대 앞으로 오기까지 눈을 떼지 못했다. 호연정 검사의 표정은 더욱 볼만해 졌다. 안 그래도 까무잡잡한 얼굴이 흙빛으로 변했다.

그럴 수밖에 없다. 피고인과 똑같이 생긴 또 한 사람이 법정으로 들어오고 있었으니까. 나는 오랜만에 쌍둥이 형을 만나 반가웠다. 하지만 증언대에 선 형을 곁눈질로 흘긋 보았을 뿐 인사를 하지는 않았다.

법정의 혼란이 다소 정리되기를 기다려 재판장은 절차를 속개했다. 형에게 위증의 벌을 알리고 증인선서를 시키는 동안 호연정 검사는 앞으로의 전개를 예감한 듯 역력히 낭패의 기색을 띄우고 있었다. 김기욱 변호사는 곧장 증인신문에 돌입했다.

"증인과 피고인의 관계는 어떠합니까?"

"제가 증인의 형입니다."

"쌍둥이입니까?"

"네, 일란성입니다."

"증인의 직업은?"

"대학 휴학 중이고, 아르바이트로 번역 일을 가져다 주로 집에서 일하고 있습니다."

"피해자 김정자 씨를 아십니까?"

"전혀 알지 못합니다."

"사건이 있었던 당일, 그러니까 11월 4일 저녁에는 뭐 하셨습니까?"

"집에서 번역 일을 좀 하다가 저녁부터 일찍 잠이 들었습니다."

"단도직입적으로 묻겠습니다. 증인이 피해자를 죽인 게 아닌가요?"

방청석이 이번에는 크게 술렁거리기 시작했다. 재판장은 완전히 증인에게 몰두해버린 듯 소란을 제지하지 않았다.

"아닙니다."

김기욱 변호사는 형에게 CCTV 화면을 캡처한 사진을 보여주면서 물었다.

"현재 검찰의 가장 중요한 증거인 CCTV에 당신의 얼굴이 찍혀 있습니다. 당신이 찌른 거 아닙니까?"

"아닙니다. 그렇게 따지면 동생도 저와 얼굴이 같지 않습니까."

"그러면 동생이 했나요?"

"그건 알 수 없습니다."

"동생이 사건 당일 어딜 갔다 왔는지 모르십니까?"

"저녁부터 일찍 잠이 들어서 잘 모릅니다. 나갔다 왔는지조차 알 수 없습니다."

"이 화면에 찍힌 옷은 누구의 것입니까?"

"그 옷은 저와 동생이 같이 번갈아 입는 것입니다. 쌍둥이라서 체형이 같으니까요. 옷을 따로따로 사서 입을 형편도 안 되고요."

김기욱 변호사는 범행에 사용된 과도를 찍은 사진을 보여주었다.

"이 칼은 범행에 쓰인 흉기입니다. 이 칼에 대해서 아십니까?"

"저희 집에서 과일 깎을 때 쓰는 칼입니다."

"이 칼에서 당신의 지문이 나왔습니다."

"당연하지요. 저희 형제가 집에서 늘 쓰던 거니까요. 동생의 지문도 있을 겁니다."

"증인의 동생은 자신이 하지 않았다고 합니다. 그렇다면 증인이 살해한 것 아닙니까?"

"아닙니다. 동생이 한 건지 아닌지는 저도 모르겠지만 저는 절대로 하지 않았습니다."

"마지막으로 묻겠습니다. 이 CCTV에 찍힌 사람이 동생인지 증인인지 구별할 수 있겠습니까?"

"글쎄요, 실제로 주위 친한 사람들조차 저희 형제를 헷갈려 하는데, 저 정도 화면만 가지고 구별할 수는 없겠지요."

"수고하셨습니다. 증인신문을 마치겠습니다."

호연정 검사는 즉시 반대신문에 나섰지만, 형에게서는 같은 대답이 반복될 뿐이었다.

내가 하지 않았습니다. 사진에 찍힌 것은 내가 아닙니다. 옷과 칼은 동생과 내가 공유하는 것입니다. 사건 당일에는 일찍 잠들었고, 동생이 그날 나갔다 왔는지는 알 수 없습니다…….

호연정 검사는 무기력하게 자리에 앉았고, 대조적으로 김기욱 변호사는 의기양양하게 변론에 나섰다.

"피고인은 자신이 하지 않았다고 하고 있습니다. 피고인은 그날 외출하지 않고 집에서 일찍 잠들었습니다. 증인으로 나온 피고인의 형 박성 씨도 피고인과 똑같이 그날 외출을 않고 집에서 일찍 잠들었다고 주장하고 있습니다. 결국 알리바이가 없는 것은 두 사람 다 같습니다. CCTV에 나온 사진이나 옷, 범행에 쓰인 칼을 보면 둘 중의 하나가 범인인 것 같습니다. 하지만 둘 중 누구입니까? 검찰이 제출한 증거만으로 구분해낼 수 있습니까? 박철과 박성 두 사람에게 놓인 혐의의 양과 질은 똑같습니다. 칼에는 두 사람의 지문이 모두 있습니다. 옷은 형제가 번갈아 입는 것입니다. CCTV에 범인의 얼굴이 찍혔지만, 그 사람은 피고인일 수도 있고 피고인의 형일 수도 있습니다. 즉 살인은, 피고인이 했을 수도 있지만 아닐 수도 있다는 것입니다. 형인 박성 씨가 했을 수도 있지만 그 역시 아닐 수도 있습니다. 수학적으로만 말하면 확률은 반반입니다. 50퍼센트의 확률입니다. 피고인이 유죄일 확률은 50퍼센트이지만 무죄일 확률 또한 50퍼센트입니다. 절반의 확률, 절반의 증명으로 피고인을 유죄로 인정하여 살인죄로 처단할 수는 없습니다. 재판은 제비뽑기가 아니니까요. 만약 피고인의 형이 진범이라면 지금 구금되어 있는 피고인은 또 한 명의 피해자가 되는 것입니다."

호연정 검사가 마침내 벌떡 일어서서 항의하듯 말했다.

"하지만 피고인은 경찰과 검찰에서 다 자백했지 않습니까?"

"그것은 형이 범행을 저질렀을지 모른다고 생각하고, 형을 보호하려고 죄를 뒤집어쓴 것입니다. 재판 과정에서 겁이 났고, 뒤늦게 진실을 밝히기로 한 것입니다. 지금 피고인은 법정에서 검찰 자백을 부인했습니다. 따라서 그 자백은 이제 증거능력이 없어졌습니다."

호연정 검사는 허탈한 표정으로 망연히 서 있다가 곧 정신을 차리고 입증을 하겠다며 재판의 속행을 요청했고, 다음 공판은 3주 뒤로 잡혔다.

하지만 이미 게임은 끝났다.

나는 바로 다음 날 재판부의 직권보석결정으로 석방되었고, 불구속으로 재판을 받게 되었다. 당연한 수순이다.

형사재판에서 유죄판결이 나려면 '합리적 의심 없는 증명'이 필요하다. 무죄일 수 있지 않을까 하는 의심이 들고, 그 의심에 합리성이 있다면 유죄로 할 수 없다. 말하자면 '피고인이 유죄라는 점에 상식적으로 의심이 있을 수 없다'라는 수준까지 충분한 증거가 갖추어졌을 때에 비로소 유죄로 결정할 수 있는 것이다. 굳이 수치로 표현한다면 99퍼센트 이상? 그런데 내 사건의 경우에는 합리적인 의심을 잠재울 만큼의 입증이 절대 불가능하다.

CCTV 화면, 흉기, 옷가지는 형과 나 둘 중의 하나가 범행을 했다는 증거로는 충분하다. 그런데 그중 누구인지는 말해줄 수 없다.

형과 나의 범행 당일 알리바이는 둘 다 불분명하다. 그 시각 우리 둘 중 누구 한 명을 다른 곳에서 보았다는 증언이 결코 나올 수 없는 날짜와 시각이었다. 옷은 번갈아 입는 것이었고, 흉기에는 두 사람의 지문이 다 찍혀 있다. 결정적으로 형과 나는 얼굴을 공유하고 있다. CCTV는 얼굴을 비춰줌으로써 범행의 강력한 증거가 되기보다는 오히려 강력한 의심의 증거가 되어주었다. 이 모든 증거를 모아봤자 기껏해야 범인은 형과 나 둘 중의 하나라는, 50퍼센트 확률의 입증에 불과하다.

검찰이 형과 나를 공범으로 기소하는 것도 불가능하다. CCTV에 실제 실행자는 남자 1인인 것이 분명하게 드러나 있다. 집에 있던 나머지 한 명을 억지 공범으로 만들어 기소할 수는 없는 일이다. 형을 위증으로 기소하려고 해도 마찬가지이다. 둘 중 누가 범행을 실행했는지 특정할 수 없기에 위증도 입증할 수 없다. 더구나 형은 내 범행을 사전에 몰랐기에 사실 위증도 아니다.

돈만 훔치려던 거였다. 하지만 예기치 않게 여자를 칼로 찔러 살해한 데다가 CCTV에 얼굴까지 찍혀버렸다. 체포는 시간 문제였다. 그날 밤 고민하던 나는 내가 가진 조건, 즉 쌍둥이 형을 이용한다는 것에 생각이 미쳤다. 다음 날 형에게 모든 사정을 이야기하고, 잠시 몸을 숨겼다가 나중에 법정에 나와서 증언하도록 시켰다. 구치소로 찾아온 국선변호사에게는 범행을 부인할 것과 쌍둥이 형을 증인으로 부를 것 두 가지만 얘기해놓으면 충분했다.

나는 경찰에서 자백하면서도 구체적인 진술을 최대한 피했다. 현장검증 시에도 응하는 척 시늉만 하면서 실제 범행과는 살짝 어긋나도록 했다. 즉, '범인만이 알 수 있는 요소'를 절대로 드러내지 않도록 주의했다.

내가 일치감치 자백했던 것도 수사를 부실하게 만들기 위한 안배였다. 완벽한 증거물에 피고인의 자백까지 있으니, 수사기관은 방심하게 된다. 사실 더 수사했더라도 나올 것은 없다고 자신했지만, 매사에 틈을 보여서는 안 된다. 만약 처음부터 쌍둥이 형의 존재를 수사기관에 알리면서 내가 하지 않았다고 범행을 부인했다면, 검찰은 둘 중 누가 범행했는지를 밝혀내려 온갖 방법을 동원했을 거다. 하지만 내 자백으로 그 기회를 완전히 놓쳐버리고 말았다. 그 자백조차도 법정에서 부인하였기에 고마운 형사소송법의 은혜로 아무런 증거가치가 없게 되었다.

보석으로 석방된 후, 검찰은 내 유죄를 입증하는 증거를 추가로 수집하기 위해 애를 쓰는 듯했다. 하지만 한 차례 더 진행된 공판에서 별다른 증거가 나올 수 없었고, 나는 줄곧 '내가 범행을 하지 않았다. 그날은 외출하지 않고 집에서 잠을 잤다'는 진술만 하면 되었다. 검찰은 최후에 거짓말탐지기 조사를 요구했지만 우리는 단호히 거부했다.

기소 후 2달 만에 결국 나는 무죄판결을 받았다. 검찰은 승산이 없다고 생각했는지 이례적으로 항소하지 않았고, 그로써 무죄판결은 확정되었다.

그제야 나는 홀로 자축의 술잔을 들었다. 이제는 진실을 기록해도 괜찮은 때가 되었다. 일사부재리 원칙 덕분이다. 범죄행위에 대하여 한 번 재판을 하면 결과가 옳든 그르든 사건은 종결되고, 두 번 다시 재판할 수 없다. 내가 설사 범행을 만천하에 고백한다 해도 더는 이 사건으로 절대 재판도 처벌도 받지 않는 면죄부를 가지게 되었다. 이제는 전공인 법학공부에 충실해 남은 대학 생활을 마치고 무사히 졸업하는 일이 남았을 뿐이다.

재판
이후

박철이 무죄판결을 선고받은 다음 날 오전 9시.

검사실 문을 벌컥 열고 들어온 호연정은 가라앉은 검사실 분위기를 깨뜨리듯 낭랑한 목소리로 송 수사관을 불렀다.

"송 계장니임."

"네. 검사님. 말씀하세요."

연정의 책상 건너편에 T자로 놓인 책상에 앉아 열심히 조서를 정리하던 송용호 수사관은 미처 고개를 돌리지 못한 채 대답했다.

"경찰을 붙여서 박철, 박성 두 사람을 철저히 감시해주세요."

엉뚱한 주문이었다. 송용호 수사관은 비로소 고개를 돌려 의아한 얼굴로 반문했다.

"박성이면, 박철이 형 박성요?"

"네."

"어떤 걸 감시하라는……?"

"돈 가방의 소재를 찾는 것이 목표예요. 박철이 피해자로부터 강탈한 돈 가방 말이에요. 박철을 체포할 때 돈 가방이 발견되지 않았잖아요? 그렇다면 범행 후 사라진 박철의 형 박성이 돈 가방을 갖고 있다고 보는 것이 맞겠죠. 하지만 두 형제는 박철에 대한 재판이 진행되는 동안에는 증거가 될 돈 가방을 찾는 섣부른 행동은 하지 않았을 거예요. 그런데 이제 무죄판결도 받았고, 우리가 항소도 포기했으니까 완전히 안전을 보장받았어요. 아마 지금쯤 돈 가방을 찾을 겁니다."

"그렇긴 한데요. 검사님, 그런 거 이제 와서 찾아봤자 재판도 다 끝났고, 아무 소용 없습니다. 새 증거가 발견되었다 쳐도 일사부재리 때문에 처벌 못합니다."

"그렇긴 하죠……."

연정은 별다른 말 없이 의자에 깊숙이 몸을 파묻고 검지손가락으로 책상을 톡톡 두드렸다.

송용호 수사관은 이런 심드렁한 표정을 지을 때의 연정으로부터는 말을 끌어낼 수 없다는 것을 잘 알고 있었다. 선뜻 납득은 안 되었지만 검찰수사관 경력만 15년의 베테랑인 송용호 수사관은 일단 맡은 일에는 철저한 사람이었다.

그날부터 박철, 박성 형제의 일거수일투족을 감시하는 경찰관들의 끈질긴 잠복이 시작되었다. 양재동 모 공공도서관에 비치된 장기보관 사물함에서 박성이 돈 가방을 찾는 현장을 덮친 것은 그로부터 5일 후였다. 보고를 받은 연정은 "우리한테도 약간의 행운은 있네요" 하고는 오랜만에 미소를 지으며 다시금 긴 손가락으로 책상을 톡톡 두드리는 것이었다.

연정은 다음 날 박성을 강도살인으로 기소했다.

피고인의 이름만 박철에서 형인 박성으로 바뀌었을 뿐 박철 때와 똑같은 내용의 기소였다. 증거물 역시 동일했다. 다만 박성이 돈 가방을 찾았다는 사실과 그 현장에서 압수된 사물함 열쇠, 돈 가방 같은 물증 몇 가지만이 추가되었다.

"박철이 범인이 아니라면 박성이라는 건가. 사실로서야 맞지. 하지만 법률상으로는 그게 성립이 안 된다는 걸 호 검사도 잘 알잖아. 증거도 달라진 것 없고. 박성이가 유죄판결을 받을 가능성은 없어."

주위의 검사들은 무리한 기소를 했다고 한마디씩 하며 혀를 찼다. 돈 가방을 찾기 위한 잠복근무까지는 협조적이었던 송용호 수사관까지도 말렸다.

"호 검사님. 열정은 이해하는데, 박철 사건 때하고 기본적으로 똑같지 않습니까? 둘 중 누가 했는지 어차피 입증할 수 없는 일이고……. 박성이 돈 가방을 찾았다고 해도 그것만으로 살인했다는 점에 대한 입증이 되는 것도 아니잖습니까. 피해자의 돈 가방에는 박철, 박성의 지문 둘 다 찍혀있어요. 무죄가 뻔합니다. 괜히 기소해서 또 웃음거리 되느니 그냥 잊어버리시죠."

"무죄가 될 건 알아요."

연정은 입을 닫아버렸다. 연정의 기소를 저지할 수 있는 사람은 없었다. '호연정'이라는 이름을 빗대 《수호전》에서 양산박을 연환기병으로 깨뜨리던 '호연작'이라는 별명이 붙을 만큼 한번 달리면 폭풍열차처럼 아무도 저지할 수 없는 그녀였다. 차장검사와 검사장이 연정을 설득하려 방으로 불렀으나 두 손을 든 모양이었다.

박성은 불구속 상태로 재판을 받게 되었다. 당연한 일이었다. 똑같은 조건과 증거로 동생 박철이 이미 무죄판결을 받았기 때문이다. 마찬가지로 무죄가 예상되는 박성에 대해 법원에서 구속영장을 발부해줄 리가 만무했다. 사물함 열쇠와 돈 가방이 물증으로 추가되고, 박성이 그 사물함 열쇠로 돈 가방을 찾으려다 발각되었다는 사실이 드러났지만, 그것이 박철이 아니라 박성이 살인을 범했다는 결정적인 증거는 될 수 없었다.

박성의 공판은 박철 때와 같이 서울북부지방법원 제101호 법정에서 열렸다.

연정은 지난번 박철 사건과 같은 기소내용을 낭독했다. 피고인의 이름이 박철에서 박성으로 바뀌었다는 것만 달라졌을 뿐이다. 박성에게도 역시 국선변호사 김기욱이 선임되었다. 박성이 개인적으로 변호사를 선임하지 않은 것은 이번에도 당연히 무죄판결을 받을 거라는 확신 때문일 것이다.

연정은 박성을 공격하는 논고를 펼쳤으나 그것은 법의 논리보다는 사실의 논리에 가까웠다.

"아시다시피 박철은 강도살인 재판에서 무죄판결을 받았습니다. 그렇다면, 박성이 범인이겠지요. 증거물에 의하면 둘 중 하나의 범행인 것은 확실합니다. 그런데, 법원은 지난번 박철을 무죄라고 방면했습니다. 그렇다면 범인은 박성인 것입니다. 둘 중 하나가 사람을 죽인 것이 확실한데 둘 다 무죄라고 한다면 국민은 어떻게 납득하고 법원을 믿을 수 있겠습니까?"

김기욱 변호사가 맞섰다.

"그건 형사소송법상 어쩔 수 없는 일입니다. 두 사람 중 한 명이 범행한 것은 사실일지 모릅니다. 하지만 두 사람 다 확실한 입증이 안 된 상태에서는 두 사람 다 처벌할 수 없습니다. 절반의 혐의가 있지만 나머지 절반만큼은 무고한 것이니까요. 두 사람 다를 처벌할 수 없다 하더라도 그것은 법률상 어쩔 수 없습니다. 실제와 맞지 않는다 하더라도 그것이 법률의 관점에서 본 진실입니다.

박철은 무죄를 받았습니다. 하지만, 그래서 박성이 유죄인 것이 아닙니다. 그렇기 때문에 박성도 무죄인 것입니다. 박철 사건에서와 증거가 동일하니까요."

김기욱 변호사의 목소리에는 자신감이 넘쳤다. 법리상으로야 변호사의 말이 맞다는 것을 연정도 잘 알고 있을 것이다. 그런데도 연정은 굴하지 않고 재차 공격에 나섰다. 차분한 어조로 박성으로부터 압수한 사물함 열쇠, 그리고 거기서 찾은 돈을 물고 늘어졌다.

"박성에게는 박철 사건에서 없었던 증거가 있습니다. 박성은 피해자를 살해하고 돈 가방을 훔쳐 도주했습니다. 훔친 돈 가방을 사물함에 넣어두었다가 동생 박철의 재판이 끝나자마자 그 가방을 찾으러 갔다가 발각되었습니다. 박성으로부터 사물함 열쇠가 압수되었고, 그 사물함에서는 피해자의 돈 가방과 현금이 발견되었습니다. 박성이 살인을 저질렀음을 보여주는 증거입니다."

연정은 쉽게 물러서지 않았다. 김기욱 변호사와 박성은 당혹스러운 표정을 지었다. 처음에는 박철이 무죄를 받자 홧김에 형인 박성을 기소했으려니 하고 안이하게 생각했다가, 의외로 끈질긴 검찰의 태도에 위기감을 느낀 모양이었다. 김기욱 변호사는 머뭇거리다가 박성과 잠시 작은 목소리로 얘기를 나눈 후 할 수 없다는 듯 재차 반박에 나섰다.

"그것은 피고인의 동생 박철이 돈 가방을 주면서 잠시 피해 있으라고 해서 할 수 없이 돈 가방을 갖고 나갔던 것입니다."

방청석이 웅성이기 시작했다.

"그건 박성의 주장일 뿐입니다. 동생 박철의 말을 들어보기 전까진 확인할 수 없습니다."

연정은 변호사의 변론이 끝나자마자 단호하게 요구했다. 오랜만에 치기 좋은 공이 와서 잽싸게 강 드라이브를 거는 탁구선수 같은 표정이었다. 연정은 피고인석에 불안한 표정으로 앉아 있는 박성의 표정을 힐끔 보았다. 무고한 자신이 피고인석에 앉게 될 줄은 꿈에도 몰랐을 것이다. 게다가 동생 박철이 무죄를 받았으니 자신은 아무 일 없을 줄 알았으리라. 그런데 하필이면 피해자의 돈 가방을 찾는 현장을 들켜버렸다. 그 때문에 살인범으로 몰리는 판이다. 동생 대신 하지도 않은 범죄를 뒤집어쓰게 될지 모른다는 두려움이 닥쳐올 것이다. 동생은 내 증언의 도움으로 이미 무죄를 받았고 일사부재리인가 뭔가 하는 것으로 이제 다시는 처벌받지 않게 되었다. 그러면 이제 동생이 사실을 증언해서 나를 구해줄 차례이지 않는가. 이런 생각이 들 수밖에 없다. 자, 박성. 어떻게 할 것인가.

박성은 불안과 불만에 찬 표정으로 김기욱 변호사에게 뭔가를 소곤거렸다. 변호사는 알았다는 듯이 고개를 살짝 끄덕이고는 일어섰다.

"알겠습니다. 재판장님, 피고인 박성의 무고함을 증명하기 위해서 동생인 박철을 증인으로 신청하겠습니다."

재판장은 박철을 증인으로 채택했다.

3주 후의 공판기일.

말쑥하게 신사복을 차려입은 박철이 증언을 하기 위해 법정에 들어섰다.

연정은 박철의 얼굴을 노려보았다. 살인자의 저 여유로운 표정은 이미 무죄판결을 받아냈다는 자신감에서 나오는 것이리라. 따뜻한 커피숍에 느긋하게 앉아 눈보라 치는 거리를 내다보는 마음이겠지?

박철이 자리에 앉았다. 김기욱 변호사는 트집을 잡히지 않으려는 듯 간단하게 질문했다.

"증인의 이름과 피고인과의 관계를 밝혀주십시오."

"이름은 박철이고 피고인의 쌍둥이 동생입니다."

"증인은 201X년 11월 5일 그러니까 살인이 있던 다음 날 형에게 돈 가방을 건네주었죠?"

"네. 맞습니다. 제가 형에게 건네준 것입니다."

"왜 주었나요."

"경찰이 곧 올 것 같으니 잠시 피해 있으라고 하고 돈 가방도 건네준 것입니다."

"형이 돈 가방을 찾으러 갔다가 들키는 바람에 지금 살인혐의까지 받고 있는데, 그건 어찌된 건가요?"

"제 재판이 끝난 후 형에게 이제 돈을 찾아오라고 시킨 것입니다."

"이상입니다."

김기욱 변호사는 여기서 질문을 마쳤다. 박성의 변호인은 박성이 피해자를 죽이고 돈 가방을 손에 넣은 것이 아니라 박철로부터 건네받았다는 것만 입증하면 되는 거였다. 박철에게 돈 가방의 출처, 즉 박철이 진범인지 따위는 묻지 않았다. 박성의 변호사로서는 그 이상의 질문이 전혀 필요 없다.

연정이 반대신문을 위해 일어섰다. 박철은 무표정하게 연정을 쳐다보았다. 연정이 자리에서 일어나 긴 다리를 뻗어 박철 가까이 성큼성큼 다가섰다. 박철은 표정이 서서히 굳어졌다. 연정의 얼굴을 보지 않으려 시선을 피하고 있었다. 연정은 잠시 뜸을 들인 다음 물었다.

"증인은 지금 형인 박성이 살인 혐의를 받고 있다는 것을 알고 있지요?"

"예."

"범행현장의 CCTV에 얼굴이 찍혔지만 증인 형제가 쌍둥이어서 둘 중 누구인지를 알 수 없습니다. 그래서 지난번 증인도 범인으로 기소되었다가 무죄를 받았지요?"

"예."

"그런데 증인의 형은 피해자로부터 뺏은 돈 가방을 가지고 있었습니다. 그래서 증인의 형이 지금 의심을 받고 있는 것입니다. 그 사실도 알고 있지요?"

"네."

"그런데 증인의 증언은 그 돈 가방은 형이 살인을 하고 뺏은 것이 아니라 증인이 건네주었다는 내용 아닙니까?"

"그렇습니다."

"돈 가방을 증인이 형한테 주었다는 것은 결국, 사람을 죽이고 돈 가방을 빼앗은 사람은 증인의 형인 박성이 아니라 증인 자신이라는 이야기입니까?"

피할 수 없는 질문이었다. 박철의 입가가 굳어졌다. 이미 무죄판결을 받아 안전지대로 도피해 있기 때문에 법적으로는 거리낌이 없을 테지만, 자신의 살인을 털어놓는다는 것이 부담스러울 것임은 분명했다. 하지만 어차피 각오한 질문일 터였다. 이 재판에 증인으로 나왔다는 건 자신이 범인이라는 증언을 해서 형을 구하기로 결심했다는 것을 의미했다. 잠시 생각하는 듯했지만 단호한 표정으로 대답했다.

"네."

방청석이 술렁였다.

"다시 묻겠습니다. 그렇다면 증인이 201X년 11월 4일 밤 10시 30분경 R사거리에서 서쪽으로 500여 미터 떨어진 도로 옆 '의정부 부대찌개' 앞에서 귀가하던 50대 여자를 살해하고 돈 가방을 뺏은 것이 사실입니까?"

연정은 사실관계를 구체화시켜서 재차 또박또박 확인하였다.

"맞습니다. 제가 한 것입니다."

박철은 다시금 단호하게 대답했다.

법정 안의 분위기는 터질 듯 팽팽해졌다. 모든 사람은 연정의 다음 신문을 기다렸다. 박철이 무죄를 받은 판에 검찰이 형인 박성을 다시 같은 범죄로 기소한 것만 보면 무모한 화풀이일 수도 있겠지만, 박철까지 다시 증인석으로 부른 것은 나름대로 이유가, 입증의 비책이 있을 것이라고 다들 생각했던 것이다.

돈 가방이 증거로 추가되었지만 살인의 직접증거는 될 수 없다. 또한 그마저 박철이 증언대에 나와서 자신이 범행 후 형에게 돈 가방을 건네주었다고 말해버렸으니 증거로서의 값어치는 없게 돼버렸다. 그렇다면 이제 검찰이 준비한 다음 수는 무엇일까. 그것이 모두의 궁금증이었다.

하지만, 연정은 사람들의 기대를 여지없이 배반했다. "신문을 마치겠습니다" 하고는 조용히 자리에 들어가버린 것이다.

팽팽했던 분위기가 김빠진 맥주처럼 식어버렸다. 연정을 제외한 법정 안의 모든 사람이 어이없다는 표정을 지었다.

박철의 대담한 증언으로 박성의 범행 입증은 허사가 되어버렸다. 아무리 그렇다 해도 주위의 반대를 무릅쓰고 박성을 야심차게 기소했던 검사가 저렇게 맥없이 신문을 중단하고 들어가버리다니. 완전히 의욕을 잃고 자포자기한 것일까? 박성에 대한 기소는 처음부터 박철의 증언 한마디에 무너질 사상누각이었단 말인가? 박철이 자백했지만 일사부재리 원칙 탓에 이제 와서 박철을 처벌할 수도 없다. 호연정 검사는 단지 법정에서 박철이 자신의 범행을 자백하는 진술 한마디를 듣고 위안을 삼고 싶었던 것일까? 법정에 있던 몇몇에게는 이런 생각마저 들었다.

검찰의 형식적 구형절차를 거친 후 재판장은 연정이 딱하다는 듯이 입을 한 번 오므렸다가는 변론을 종결한다고 선언하였다.

박성의 재판은 그걸로 끝이었다.

다음 기일, 박성은 무죄를 선고받았다.

송용호 수사관은 두 번째의 무죄판결이 내려진 다음 날 오후 늦게 검사실로 출근했다. 오전에 외근업무가 있기도 했지만 연이은 무죄판결로 둘 중 하나는 살인범이 분명한 형제를 다 놓쳐버리고 내부와 외부의 비난에 직면해 좌절하고 있을 호연정 검사의 얼굴을 차마 보기 어려웠다.

박철, 박성 형제에 대한 잇단 기소와 무죄판결.

검사로서는 큰 타격이었고 불명예임에 틀림없었다. 북부지검 내부에서조차 무죄가 불 보듯 뻔한 상황에서 박성을 기소하여 웃음거리가 되었다며 연정을 비난하는 검사들이 있었다. 박철이 무죄를 받은 것까지는 어쩔 수 없다고 수긍하면서도 뒤이은 박성에 대한 기소는 지나치게 무리한 것이었다는 게 중론이었다. 연정이 아직 젊어서 그렇다는 둥, 사건에 대한 집착이 검찰을 망쳤다는 둥 말들이 많았다.

하지만 연정의 면전에서는 심정을 헤아려주느라 그랬는지 안색을 살피며 위로의 말을 건넸다.

"박철이 자식 말이야, 일사부재리로 처벌 안 받는다고 이젠 아주 당당하게 법정에서 지가 범행했다고 증언했다면서? 형제간에 우애 하나는 알아줄 만하네. 참 교활한 놈이야. 신호위반 하나라도 걸려봐. 내가 완전히 주물러놓을 테니까."

송용호 수사관이 막 호연정 검사실로 들어섰을 때 연정과 동기인 옆방 검사가 찾아와 위로의 말을 건네고 있었다. 송용호 수사관은 의자에 앉아 있는 연정의 표정을 힐끔 살펴보았다. 의외로 평온하고 담담한 표정으로 이야기를 듣고 있었다. 오히려 빨리 가주었으면 하는 눈치가 역력했다. 연정에겐 위로가 필요 없는 것처럼 보였다.

방문객이 멋쩍게 돌아가자, 연정은 송용호 수사관에게 고개를 돌려 말했다.

"송 계장님, 기다리고 있었어요."

"아, 네. 지난 건 지난 거고 새로운 마음으로 다시 일해야죠. 호 검사님, 박철 형제 사건은 인제 털어버리고……."

"계장님, 제가 기다린 건 그 건 때문인데요."

연정은 긴 팔을 책상위에 올린 채 몸을 앞으로 숙이고는 빙긋 웃으며 말했다. 송용호 수사관은 오싹해졌다. 아직도 포기 안 했단 말인가. 여기서 멈춰야 한다. 호연정 검사의 저 집착은 도대체…….

"검사님, 어쩔 작정이신지?"

"다시 박철을 기소해야지요. 강도살인으로."

송용호 수사관의 입이 떡 벌어졌다.

체포되어 검사실로 압송되어 온 박철의 표정은 경악 그 자체였다. 연정의 책상 앞 의자에 제대로 앉지도 않은 채 거칠게 항의했다.

"검사님, 도대체 이게 무슨 짓입니까? 법을 집행하는 검찰이 이런 위법행위를 해도 되는 겁니까? 일사부재리 모릅니까? 나는 이미 재판을 받아 무죄판결까지 받은 사람이에요! 어떻게 나를 체포할 수 있습니까? 이건 명백히 불법적인 체포입니다!"

박철의 흥분은 연정이 불법적으로 자신을 체포했다는 확신으로 이어졌다.

연정은 책상 건너편의 박철에게 나직한 목소리로 물었다.

"불법 체포라면 법원에서 어떻게 체포영장이 나왔을까요?"

"예?"

박철의 표정이 일순 일그러졌다. 뭔가 잘못되었다는 걸 드디어 깨달은 듯했다.

"일사부재리. 같은 범죄로 두 번 처벌받지 않는다. 그렇지요?"

"당연하죠. 그걸 아시면서 날 체포했습니까?"

연정은 박철의 얼굴을 똑바로 들여다보며 말했다.

"그렇죠. 어디까지나 같은 범죄라면 말이죠."

"뭐라고요?"

연정은 멍해져 있는 박철 앞에 두 장의 종이를 내밀었다.

"하나는 지난번 공소장이고, 또 하나는 이번 공소장이에요. 줄 그은 부분을 잘 보세요.

지난번 박철 씨에 대한 기소는, 201X년 11월 4일 오후 10시 40분경 의정부시 T동 63번지 소재 의정부 부대찌개 식당 앞에서 일을 마치고 귀가하던 식당주인 53세의 여성인 피해자 김정자를 칼로 찔러 살해하고 현금 300만 원이 든 돈 가방을 가져가 강취하였다는 것이죠?

그런데 이번 기소는, 201X년 11월 4일 오후 10시 40분경 서울시 노원구 S동 12번지 소재 의정부 부대찌개 식당 앞에서 일을 마치고 귀가하던 식당주인 52세 피해자 김라희를 칼로 찔러 살해하고 현금 300만 원이 든 돈 가방을 가져가 강취하였다는 것이에요.

지난번은 의정부, 이번은 서울이니 범행장소가 달라요. 피해자도 다른 사람이고요. 두 건이 같은 범죄라고 볼 수는 없겠죠?"

박철은 얼굴이 새하얗게 질렸다. 목소리가 부들부들 떨렸다.

"뭔가 착오가…… 이럴 리가 없어요. 그 식당은 분명히 의정부에 있는……."

연정은 빙긋이 웃고만 있었다. 박철이 깨닫기를 기다리면서.

"아, 설마!"

박철은 연정을 죽일 듯이 노려보았다.

"당신이 나를 속였군!"

박철은 얼굴이 벌겋게 되어 수갑을 찬 손을 번쩍 들었으나 주위에 대기하고 있던 경찰들에 의해 곧 제압되었다. 하지만 박철이 계속 히스테릭하게 소리를 지르면서 난동을 부렸기 때문에 잠잠해지기까지는 상당한 시간이 필요했다. 이윽고 기력을 쇠진하고 축 늘어져버린 박철을 향해 연정은 차갑게 말했다.

"속인 건 박철 씨가 먼저겠지. 나는 그 연극을 부수기 위해 승부를 걸었을 뿐이고."

박철은 여전히 고개를 숙이고 말이 없었다. 어깨가 떨리고 있었다. 연정은 담담하게 말을 이었다.

"박철 씨에 대한 처음의 기소는 내가 만들어낸 엉터리였어요. 당신의 실제 범행과는 장소도, 피해자도 다른 내용으로. 그러니까 당신의 진짜 범행에 대한 재판은 없었단 얘기가 돼요. 그러니까 일사부재리도 적용될 여지가 없죠.

범행 장소의 주소와 피해자를 바꿔치기 했어요. 실제 범행은 서울시 노원구 S동 소재 의정부 부대찌개집, 피해자는 52세 김라희. 하지만 기소는 의정부시 T동 소재 의정부 부대찌개집, 피해자는 53세 김정자로 했던 거에요. 시각만 같을 뿐 두 사건은 분명히 다른 사건이죠. 먼저 것은 사실 사건 자체가 존재하지 않아요. 김정자 씨는 의정부시 T동

63번지에 엄연히 살아 계시거든요."

박철은 아직도 완전히 납득이 안 된다는 듯이 힘없는 목소리로 물었다.

"그럼 그 의정부 부대찌개집이 사실은 서울⋯⋯?"

"그래요. 당신의 선입견을 이용한 거였어요. 의정부 근처에서 '의정부 부대찌개'란 상호를 달고 있었기 때문에 당신은 그 식당의 주소도 당연히 의정부 어디일거라고 믿었던 거죠. 더군다나 서울 남쪽 봉천동에 사는 당신은 그게 잘못된 주소란 걸 알 수 없었을 거예요.

범행 장소인 '의정부 부대찌개' 앞 도로는 서울과 의정부를 가르는 경계도로였어요. 도로 하나를 사이에 두고 건너편은 의정부, 이쪽은 서울이었죠. 당신이 살인을 저지른 그 '의정부 부대찌개'는 사실 행정구역상 서울 소재였고. 정확히는 이번 공소장에 기재한 대로 서울 노원구 S동 12번지예요. 또 자신이 죽인 사람의 이름 따윈 몰랐을 거니까 피해자 이름을 바꿔치기하는 건 더 간단했죠. 신문에는 피해자는 50대 여성 김 모 씨라고 익명으로 보도되었을 뿐이니까. 인근의 50대 김씨 성 가진 여자분을 찾아 그분의 양해를 구하고 바꿔 넣은 거예요.

박성 씨 재판 때 증인으로 나온 당신에게 법정에서 내가 물었죠. 분명히 '201X년 11월 4일 밤 10시 30분경 R사거리에서 서쪽으로 500여 미터 떨어진 도로 옆 의정부 부대찌개에서 귀가하던 50대 여자를 살해한 것이 사실입니까'라고. 'R사거리에서 서쪽으로 500여 미터 떨어진 도로 옆'이 바로 '서울 노원구 S동 12번지'이고 그 '의정부 부대찌개'가 있는 곳이에요. 당신이 범행을 저지른 장소죠. 그곳에서 그 시각에 '귀가하던 50대 여자'는 그 식당 주인이던 52세의 김라희 씨예요. 당신이 진짜로 살해한 바로 그 여자분이죠. 물론 당신은 진짜 이름을 몰랐 겠지만. 결국 당신은 진정한 범죄에 대해서 형의 재판에 증인으로 나와 법정에서 깨끗이 자백해버린 겁니다."

가만히 듣고만 있던 박철은 한참 후 고개를 들고 멍한 눈으로 말했다.

"……하지만 이번에도 내가 다시 법정에서 부인한다면?"

연정은 왠지 측은한 눈길로 박철을 바라보았다.

"박철 씨의 희망을 망가뜨려서 미안하지만."

연정은 미안한 듯 말을 이었다.

"검찰까지의 진술은 법정에서 부인하면 얼마든지 휴지조각으로 만 들 수 있어요. 하지만 법정에서의 진술은 나중에 부인하더라도 증거가 된다는 걸 똑똑한 법대생인 당신이 모르진 않겠죠? 당신 형의 재판에 서 증인으로서 한 진술이라도 마찬가지예요. 그건 법정진술로서 늘 증 거능력이 있지요. 그 재판에서 당신이 자백한 법정진술이 기재된 조서 에 대해서 등본발급신청을 해놓았어요. 그것만 도착하면 이번 사건의 증거는 완벽해지는 거죠.

난 일부러 처음에 가공의 범죄사실로 기소해서 무죄를 받은 다음에, 당신 형인 박성 씨를 동일한 범죄로 다시 기소했어요. 물론 박성 씨에 대한 기소는 페이크였지요. 당신을 증언대로 끌어내 범행을 자백하게 하기 위한 무대였을 뿐. 박성 씨가 돈 가방을 찾으려다가 발각된 건 우 리에게 작은 행운이었지만 어차피 그게 없더라도 박성 씨를 철저하게 공격해서 안전지대에 있는 당신을 끌어낼 작정이었어요. 돈 가방 때문 에 코너에 몰린 박성 씨 덕분에 그게 좀 더 쉬워졌다고는 생각하지만 요. 쌍둥이 형인 박성 씨의 증언 덕분에 법망에서 벗어난 당신이니까,

박성이 기소되어 살인으로 추궁당하게 된 판국에는 반드시 당신이 법정에서 자신의 범행을 진술하여 형을 구할 거라고 믿었어요.

또, 그런 도리 따위가 아니더라도, 생리적으로도 그렇게 되지 않을까 생각했어요. 일란성 쌍둥이는 성격과 행동패턴도 거의 흡사하다죠. 박성 씨가 당신 재판에서 위험한 증언으로 동생을 구해내는 대담한 짓을 저질렀다면, 당신 또한 형이 재판을 받는 유사한 상황에서 같은 행동을 하리라 예측했어요.

아니나 다를까, 이미 무죄 판결을 받은 당신은 당신 형에 대한 살인 혐의를 벗기기 위해 형의 재판에 증인으로 출석하여 당당하게 사실은 자신이 범행했다고 털어놓았죠. 자신은 일사부재리 원칙에 의해 절대로 처벌받지 않는다는 믿음 아래 말이죠.

하지만 첫 번째 기소는 가공의 범죄사실에 대한 거였고, 따라서 당신의 범죄에 대해 재판은 존재하지 않았던 거예요. 그러니까 일사부재리도 적용될 여지가 없죠. 이어진 당신의 형 재판에서 당신이 한 자백 덕분에 흉기와 지문, CCTV 화면이 생생한 증거능력을 갖고 부활했어요. 살인을 한 사람이 박성이 아니라 박철임을 알리는, 더 완벽할 수 없는 증거물로요. 이제 드디어 제대로 기소할 수 있게 된 거지요."

박철은 다시금 힘없이 고개를 떨어뜨렸다.

"처음부터 다 알고 계셨던 거군요……."

박철은 말을 잇지 못했다. 연정은 오히려 박철을 다독이듯 말을 이었다.

"박철 씨가 검찰로 송치되어 검사실에 와서 순순히 범행을 자백했을 때까지는 아무런 문제가 없는 듯 보였어요. 생활고에 찌든 대학생이 어설픈 강도짓을 하려다가 우발적으로 사람을 죽인 흔한 사건으로만 치부했죠. 심지어는 박철 씨가 측은하게 보여서 토닥여주기까지 했어요. 그런데 송 수사관님이 당신 주변조사를 한 후 당신에게 쌍둥이 형이 있다고, 그 형은 사건 이후 사라져서 행방이 묘연하다고 그러더군요. 쌍둥이라······. 그 말을 들은 순간 아찔했어요.

나는 머릿속으로 증거물을 하나하나 세어보았어요. 우리가 가진 주요 증거는 흉기인 과도, 피해자의 피가 묻은 옷 그리고 CCTV 화면이 전부였어요. 증거물로 보면 쌍둥이 중 하나가 살인을 한 것은 분명했지요. 그런데 아무리 봐도 둘 중 누구인지는 알 수 없는 것들이었어요. 범인을 특정하기는커녕 오히려 혼란만 일으키는 증거들이었죠.

처음에는 박철 씨가 정말 진범인 걸까? 의심도 해봤어요. 하지만 곧 형을 대신해 체포된 건 아니라고 확신했어요. 아무리 증거가 미흡하다 해도 살인자로 처벌받을 위험을 처음부터 뒤집어쓸 사람은 없을 테니까요.

기댈 수 있는 건 박철 씨의 자백뿐이었어요. 박철 씨는 자신이 했다고 순순히 자백하고 있었죠. 적어도 그때까지는. 박철 씨가 법정에서 자백을 유지한다면 흉기와 옷, CCTV 영상 모두 보강증거로서 힘을 얻고 유죄판결을 받아내는 데 전혀 문제가 없어요. 하지만 만약 박철 씨가 법정에서 자백을 뒤집는다면? 꼼짝없이 당할 수밖에 없다는 걸 깨달았어요. 박철 씨는 검찰에 와서도 경찰에서와 같이 자백을 하고는 있었지만, 법정에서 '아니다'라고 한마디만 해버리면 우리 형사소송법 하에서는 증거로서의 가치가 없어지니까요.

박철은 어떻게 나올까? 박철 씨는 순진해 보였어요. 갸름한 얼굴에 유약해 보이는 인상이죠. 그래서 아마 피해자가 당신을 쉽게 보고 대응하다가 목숨을 잃은 건지도 모르죠. 검사실에서 순순히 인정하는 태도를 보면 법정에서 뒤집을 것 같지는 않았지만, 그런 낙관에만 기대기에는 사건이 너무나 중대했어요.

당신은 울면서 후회한다고 했지만 300만 원을 사흘 만에 다 쓰고 돈이 든 가방은 버렸다고 했어요. 박철 씨의 그 자백에서 위화감이 느껴지더군요. 300만 원을 학생인 박철 씨가 생계비로 사흘 만에 썼다고 생각하긴 어려웠어요. 유흥비로 썼거나 돈을 어딘가에 은닉했다고 보는 것이 상식에 맞죠. 그런 거짓말을 하고 있는 거라면 생계가 어려워 일순간 잘못된 생각을 했다는 변명도 자기반성의 결과라고 볼 수는 없지 않을까. 어쩌면 그 자백은 추후의 반전을 위한 밑밥이 아닐까.

당신은 법대 3학년이며, 머리가 비상한 사람이에요. 자신이 검찰에서 자백해도 법정에서 부인하면 그 자백은 증거로서의 효력이 없다는 것 정도는 알고 있겠지요. 그리고 하필 박철 씨의 쌍둥이 형은 어딘가로 사라져 행방이 묘연한 상태였고요.

'박철은 법정에서 뒤집을 작정이다.'

나는 그런 결론을 내렸어요. 박철은 쌍둥이 형의 존재를 내세워 범행을 부인할 것이다. 쌍둥이 형이 법정에 증인으로 나오기로 되어 있을 것이다. 그것이 당신의 시나리오라고 단정했어요.

하지만 당신의 계획을 눈치 챘다고 해도 딱히 그것을 뒤집거나 막을 방법이 없더군요. 거짓말탐지기 검사를 해보는 방법도 있겠죠. 하지만 피의자가 거부하면 실시할 수 없어요. 또 검사를 했다 해도 결과가 불리하면 법정에서 증거 동의를 안 하면 그만이에요. 영악한 당신이 거짓말탐지기 수사에 걸려들 거라 기대할 수는 없었어요. 박철 씨의 시나리오를 부술 갖가지 방법을 생각해봤지만 결국 본인이 자백하지 않는 한 두 사람 중 누가 범행을 했는지 입증할 수 없다는 걸 깨달았어요. 그건 불가능한 악마의 증명이었어요. 그래서 고심 끝에 처음의 페이크 기소와 당신 형 박성에 대한 두 번째 기소라는 덫을 놓았던 거예요."

박철은 초점이 풀린 눈으로 힘없이 말했다.

"법정에서 당황했던 건 모두 연기였군요."

"재판은 예상대로던 걸요? 당신은 법정에서 범행을 부인했고, 당신 형 박성은 극적으로 증언했고. 나는 불의의 공격에 화난 모습을 연기했지만 속으로는 웃고 있었죠."

박철의 얼굴이 일그러졌다. 연정은 박철의 말을 기다렸지만 그는 고개를 떨구고 말이 없었다.

정글의
꿈

몬
아른요

1

병원 뜰에는 초여름의 뙤약볕이 내리쬐고 있었다. 광수 노인은 잔디밭 귀퉁이에 앉아 쪼글쪼글한 손으로 담배에 불을 붙였다. 안경 쓴 간호사가 지나가며 쏘아보았지만 애써 무시했다.

암 선고를 받은 때가 언제던가. 청소부로 등이 굽도록 일해 모은 돈을 박박 긁어 얼마 남지 않은 생을 노인전문 요양병원에 의탁했다. 피할 수 없는 운명 앞에 발버둥치는 단계를 지나 지금은 오히려 마음이 차분히 가라앉았다. 어쩌면 이미 죽어 있는 것 같기도 했다.

하긴, 76세면 살 만큼 살았다. 우악스런 인생역정에 비하면 과분한 수명이기도 했다. 내세 따위, 바라지도 믿지도 않았다. 죽으면 그저 모든 것이 무無로 돌아가지 않을까. 겁에 질렸던 시기도 있었지만 지금은 오히려 내세란 게 없으면 하고 바란다. 병으로 너무 고통받은 탓에, 쓸데없이 사후세계란 것이 있어 이 괴로움이 연장될까 두려웠다.

길게 뿜어낸 담배 연기는 고단하고 하잘것없었던 인생의 장면장면을 주마등처럼 피워 올렸다. 태어나기야 남들처럼 우렁찬 울음으로 시작했건만, 왜 이리 지지리도 못나고 궁상맞았던가.

골목대장을 할 만큼 힘이 세지도 못했고, 반장을 할 만한 인기도 없었다. 공부에도 영 소질이 없었고 그림, 음악, 체육 다 그저그랬다. 성격이라도 강했다면 뻔뻔하고 배짱 편하게 한평생 살았겠지만 드센 놈 눈치만 보다 허송세월했다.

아버지는 그에게 생명의 한 방울만을 떨어뜨려놓고는 일찌감치 그의 인생에서 사라졌다. 어머니마저 힘든 삶을 의탁할 새 남자를 찾느라 광수에게는 통 신경을 쓰지 않았다. 거의 혼자 힘으로 상고에 진학해 졸업까지 했지만, 그 이후가 없었다. 책상에 앉아 주판알을 튕겨보지도 못하고 일용직, 잡역부로 떠돌았다. 그러다가 배도 타고, 처절히 혹사도 당했다.

긴 인생이었으니 즐거운 때가 없지는 않았다. 젊었을 땐 어느 포구 뒷골목에서 객기에 소주병 들고 싸움도 했고, 한때는 여자도 안아보았다. 너무 오래전이라 가물가물하지만.

청춘의 한 조각이나마 잡아보나 했는데 어느새 남은 건 주름투성이 얼굴과 관절염으로 시달리는 노구다. 눈을 떠보니 76세였다. 왜 지금이 16세도 아니고, 26세도 아니고 76세인지, 한스럽지만 엄연히 바꿀 수 없는 현실이었다. 자신이 해온 것은 생활이 아니라 생존이었다. 어제 살았기 때문에 오늘도 살았다. 습관이었다. 시시한 청춘이고, 인생이었다. 단 한 번도 활짝 피어보지 못한 삶이 벌써 끝나려 하고 있다.

특별한 계기는 없었다. 꽁초를 집어던지고 병원 뜰을 어기적어기적 거닐던 광수 노인의 머릿속에 아득하게 묻혀 있던 기억이 불현듯 되살아났다. 정원 한가운데 오붓이 떨어져 있는 하얀 나무토막이 눈에 띄었던 때문인지도 모른다. 조각 같은 걸 하면 좋겠다는 생각이 퍼뜩 들었다.

그래, 있다. 나에게도 재능이 있었다. 그리고 닿지 않을 꿈도 꾸었다.

그는 조각을 잘했다. 초등학교 미술시간에 수수깡으로 선생님이 깜짝 놀랄 작품을 만들어낸 뒤로 손재주가 있는 아이로 통했다. 중학교에 진학한 뒤 발휘될 기회를 상실한 재능이 자연스럽게 퇴장해버렸지만, 지우개나 비누, 연필 뒤꽁무니 따위를 이용한 조각은 반 아이들의 탄성을 자아내곤 했다.

20대 때 언젠가, 석공 일을 해본 적이 있었다. 되돌아보면 그가 가져본 일 중에는 그래도 가장 흠뻑 빠져서 한 일이었다. 재미있었기 때문이다. 그가 만들어내는 돌 조각은 주위 사람을 깜짝 놀라게 했다. 흔해빠진 해태상을 하나 만들어도 틀에서 찍어낸 듯한 다른 인부들의 평범한 것과는 달랐다.

하지만 전근대적인 도제 시스템은 그의 의욕을 꺾어버리기에 충분했다. 재능을 인정하고 길을 열어주려는 사람이 불행히도 주위에 없었다. 있는 거라곤 그의 재능을 질시하고 깎아냄으로서 안도감을 얻으려는 피해의식 가득한 사람 아니면 그의 재주를 착취해서 이윤을 얻으려는 사람, 두 부류뿐이었다.

그래도 좋은 날을 기다리며 젖은 낙엽처럼 붙어 있어야 했을까. 그는 견디지 못하고 어느 날 뛰쳐나와버렸고 다시는 입맛에 맞는 일을

가질 수 없었다. 먹고사는 일로 하루하루 부대끼며 떠돌다 평생이 휙
하고 지나가버렸다. 하지만 가끔 길을 가다 어정쩡한 조각물을 보면 왠
지 모르게 뭉클해지기도 했다. 내가 더 잘 만들 수 있을 텐데…….

그래, 조각을 해보자. 내가 직접 하는 거다. 먹기 위한 일, 남의 일만
을 해온 한평생이었다. 인생 마지막에는 나만을 위한 일, 먹는 일이 아
니라 오로지 재미만을 위한 일을 해보고 가는 거다. 그러지 않을 이유
가 없다.

광수 노인의 주름진 얼굴에 파묻힌 눈동자가 실로 오랜만에 반짝거
렸다. 너무 늦게 찾아온 깨달음이었지만 그것은 폐기가 임박한 몸 구석
구석에 생명의 마지막 전류를 흘려주었다.

광수 노인은 정원의 나무토막을 주워 모아 병실 침대 밑에 슬그머니
밀어 넣었다. 그러고는 외출복으로 갈아입고 비상금 몇 푼을 손에 쥔
채 조각에 필요한 칼과 도구를 사러 병원을 나섰다.

2

광수는 팽팽한 팔 근육의 긴장을 느꼈다. 우람한 왼 팔뚝에 감기듯
이 달라붙은 제인을 꽉 잡고 오른팔로는 넝쿨을 거머쥐고 아아아, 괴성
을 지르며 밀림 사이를 날았다. 뒤쫓던 밀렵꾼이 탕, 하고 총을 쏘았지
만 어림없다. 그 따위 둔해빠진 총질에 밀림의 영웅이 당할까보냐. 광
수는 유유히 웃으며 다음 나뭇가지에서 다음 나뭇가지로 날아갔다.

오늘도 상아를 탐내던 밀렵꾼 부대를 혼쭐내주었다. 코끼리 무리는
고맙다는 듯 일제히 뿌우 하며 코를 치켜들고 그를 환송해주었다. 맑은
물가에 지은 나무 오두막으로 돌아가니 치타 녀석은 침팬지인 주제에
넓적한 손을 머리 위로 들어 연신 손뼉을 쳐대며 반긴다. 팔에 안긴 제
인의 얼굴을 들여다보았다. 제인의 방긋 웃는 얼굴에 치렁치렁 드리운
화사한 금발이 석양에 빛났다.

광수는 자신의 몸을 슬쩍 내려다보았다. 지난달에 해치운 표범의 가죽으로 새로 마련한 찢어진 반바지 위아래로 청동처럼 광택이 도는 선명한 복근과 터질 듯한 허벅지가 보였다. 이 자랑스러운 몸으로 오늘밤 제인을 공략해 오늘 하루의 마지막 정점에 오른다……. 이건 영화 따위에는 나오지 않는 은밀한 부분이다.

"어이, 광수 영감. 멀 그리 멍하게 있노. 저녁 무러 가자."

태봉 노인의 재촉에 광수 노인은 깨어났다. 침대에서 부스스 몸을 일으키는 광수 노인의 얼굴에 만족한 미소가 떠올라 있다.

"또 히죽히죽 웃고 있네, 이 영감쟁이."

태봉 노인이 탓했지만 광수 노인은 아랑곳 않았다. 침대 머리맡에 새장 같은 무언가를 소중한 물건처럼 한 번 어루만지고는 병원 식당을 향해 떠났다.

직사각형 나무판 위에 자그마한 정글 모형 같은 것이 있었다. 무성한 나무와 덩굴, 조그만 샘이 있고, 원숭이, 사람 같은 것이 나무 위에 걸터앉아 있는가 하면 덤불 속에 오붓이 숨어 있기도 했다. 초록과 갈색으로 감쪽같이 채색되어 있지만 자세히 보면 나무를 정교하게 깎고 붙여 만든 것이다.

태봉 노인은 광수 노인을 뒤따라 식당으로 향했다. "저 영감은 늘 정신이 반쯤 나가 있단 말이야" 하고 혀를 끌끌 차면서.

자리에 앉은 태봉 노인은 광수 노인에게 물어보았다.

"오늘은 한번 물어보자. 대체 와 그리 늘 히죽거리노?"

"내가 그랬나?"

광수 노인은 빙그레 웃었다.

"다른 사람들이 너 정신이 좀 이상한 사람이란다. 슬슬 피하는 거 모르나?"

"내가 뭐 해꼬지라도 하는가?"

"이 사람아, 겁날 수밖에. 침대에 있다가도 히 웃고, 병원 뜰에서도 히 웃고, 복도에서도 히 웃고. 너 같으면 그런 사람 겁 안 나겠나."

왜소한 광수 노인이 어울리지 않는 너털웃음을 지었다. 자네는 모를 거야. 내가 요즘 얼마나 행복한지. 다른 노인들하고 노닥거리고 할망구들 꼬시는 것보다 백번 즐겁게 지내고 있다고.

태봉 노인은 광수 노인보다 늦게 병실에 들어와 옆 침대에서 생활하는 사람이다. 광수 노인보다는 살 날이 더 남았지만 그 역시 시한부 인생 선고를 받았다. 병색이 완연해서 얼굴은 온통 주름이 늘어졌고 곳곳에 검버섯이 돋았다. 2인용 병실의 한 방에서 지내는 인연도 있고, 둘 다 살날이 얼마 남지 않았다는 동병상련으로 병원 내에서는 가장 말이 통하는 상대였다.

식사를 마친 두 사람은 병원 뜰에 나섰다. 그늘이 반쯤 져 있는 벤치에 걸터앉아 담배를 하나씩 꺼내 물었다. 담배는 금지 품목이었지만 그것도 살 희망이 있는 사람들 이야기다. 둘 다 인생의 마감 선고를 받은 판에 모든 금제는 풀린 것이다. 담배면 어떻고 대마초면 또 어떤가. 그런 경지라면 경지에 있다. 간호사들도 그 두 사람에게는 가볍게 눈치를 줄 뿐 뭐라고 하지 않았다.

"……그래, 니나 내나 인제 얼마 안 남았데이. 그래 말년에라도 기분 좋게 살아야제. 뭐가 아숩겠노."

61

태봉 노인이 푸념하듯 말했다.

"너는 뭐 아쉬운 거 없나? 평생을 이렇게 보내버리고."

"내는 뭐 없다. 소주 한잔 빨 수 있으마 최고제. 너무 술 좋아하다가 말년에 이래 됐지만……. 아, 죽기 전에 그건 한 번 더 해보고 싶구마."

"뭔데."

"거 머꼬, 보트 타고 막 강 타고 내려가는 거. 급류타기라 카나, 그런 거. 내 젊었을 때 필리핀에 살았거든. 거기 정글이 엄청나다꼬. 거서 상류에 갔다가 보트 타고 내리오마 기분 죽이는기라."

"인제는 못 하나?"

"당연하제. 우예 가겠노. 다 늙어갖고. 다리 후들거리가 보트에 올라 타지도 몬할기라."

태봉 노인은 무말랭이처럼 말라빠진 자신의 무릎을 손바닥으로 툭 건드렸다.

광수 노인은 빙그레 웃었다.

3

식인종 마을은 남쪽 정글을 벗어나고도 산을 하나 더 넘은 곳에 있었다. 시간이 늦으면 모든 게 헛일이다. 아름다운 금발 숙녀 오드리의 목숨이 백척간두에 서 있다. 오드리는 관광쯤으로 생각하고 대령인 아버지를 따라 영국에서 이곳 아프리카의 밀림으로 건너왔다. 그러다 그만 식인종에게 사로잡혀버렸다. 식인종들은 이 하얗고 먹음직스러운 식재료를 넝쿨로 챙챙 동여매고 통나무에 매달아 마을로 냅다 실어 날랐다.

광수는 소리를 죽여 마을로 잠입했다. 허리에는 칼을 찼다. 식인종들은 실신 직전인 오드리를 옆에 세우고 장작을 쌓아올려 막 불을 지피려 하고 있었다. 오드리는 불길의 열기에 눈을 뜨더니 비명을 지르기 시작했다.

식인종들의 축제를 뒤편의 높은 나무 위에서 내려다보고 있던 광수는 드디어 때가 되었음을 감지했다. 걸쳐놓은 넝쿨을 타고 축제판의 한가운데로 뛰어들었다. 몸부림치는 오드리의 양팔을 잡고 있던 식인종 둘을 플라잉 킥으로 멋지게 해치웠다. 둘이 나뒹굴자 다른 식인종들은 갑작스런 사태에 당황해서 허둥지둥했다.

광수는 손이 뒤로 묶인 오드리를 한 손으로 품에 안고 제일 약해보이는 식인종 쪽으로 뛰었다. 그제야 사태파악을 한 듯 입을 벌리고 덤벼드는 그를 향해 오른 주먹을 날렸다. 녀석의 얼굴 한가운데에 정확히 타격됨과 동시에 묵직하고 뻐근한 느낌이 주먹 끝에서부터 전해졌다. 이 정도면 확실한 케이오다. 길이 열렸다.

광수는 오드리를 안고 달렸다. 식인종들은 소리를 지르며 뒤쫓기 시작했다. 놈들의 독화살과 창이 빗살처럼 퍼부어졌다.

이제 승부다. 저녁나절부터 녀석들 몰래 작업해두었다. 광수는 밀림 안으로 뛰어들면서 칼을 꺼내 오른쪽 넝쿨을 힘차게 잘랐다. 동시에 나무 위에서 잎이 무성한 거대한 나무 가지가 뒤엉켜 떨어져 길을 막아버렸다. 이건 부비트랩이라는 거야. 맛이 어때?

그들이 낑낑대며 길을 치웠을 때, 오드리와 광수는 이미 어디에도 없었다. 식사를 코앞에서 놓친 식인종들은 입맛을 다실 뿐이었다.

한참 달렸다. 넝쿨을 타고 날기도 했다. 오드리의 손을 묶은 밧줄은 광수의 칼에 잘려나간 지 오래다. 광수는 식인종 마을에서 멀리 떨어진 물가에 다다르자 멈춰서서 오드리에게 물을 마시게 했다. 목을 축인 오드리의 얼굴에 아름다운 미소가 피어올랐다. 어스름한 달빛에 물든 금발은 불꽃처럼 눈부셨고, 발그레해진 뺨이 말할 수 없이 사랑스러웠다.

"광수, 와주었군요."

"당신의 그 미소가 한 번 더 보고 싶었거든."

오드리는 넓은 광수의 가슴팍으로 와락 안겨왔다. 고개를 든 그녀의 눈이 호수처럼 찰랑거렸다. 붉은 입술이 살포시 열리고 광수의 그것과 합쳐졌다. 제인, 오늘만은 미안해…….

광수 노인은 침대에서 일어났다. 머리맡에는 정글이 놓여 있다. 광수 노인은 햇볕을 쬐기 위해 병원 마당으로 나갔다. 그의 쭈글쭈글한 얼굴에는 마치 사춘기에 접어든 소년처럼 들뜬 표정이 떠 있었다.

어렸을 때부터 타잔 영화를 좋아했다. 좋은 여자와 가정을 이루고 오순도순 사는 것이 현실에서의 꿈이라면, 타잔처럼 멋진 육체를 가지고 정글에서 금발의 미녀와 함께 모험에 가득 찬 인생을 사는 것은 비현실의 꿈이었다.

그 비현실의 공상을 조각했다. 솜씨가 그리 녹슬지는 않은 모양이다. 조각을 마치고 채색까지 해놓으니 꽤 그럴듯한 작품이 되었다. 침대 머리맡에 놓아두었는데, 못 쓰는 새장을 구한 다음부터는 조각품을 새장에 넣어 들고 다니기까지 했다.

이상한 일이 일어났다. 나무로 만든 정글이 곁에 있을 때는 그 꿈이 현실이 되는 것이었다. 처음엔 꿈을 꾸는 것인가 했지만, 분명히 현실이었다. 광수 노인은 실제로 철인이 되어 정글을 날고 있었다.

넘치는 스테미너와 팽팽한 근육은 분명 자신의 몸이었다. 텁텁하지만 맑은 공기, 아늑한 통나무집, 귀여운 동물들, 붉고 탁한 정글의 강 모두 실제였다. 제인과 금발의 미녀들 또한 현실의 사람이었고, 그것이 가장 좋은 부분이었다. 모험을 떠나지만 결코 다치거나 패배하는 일이 없다. 항상 아슬아슬하지만 멋지게 적들을 해치운다. 즐거웠고, 그 행복 역시 실감이었다.

하긴 여기서 가장 이상한 부분은, 정글 조각이 옆에 있으면 꿈이 현실이 되는 현상이 광수 노인에게 전혀 이상하게 여겨지지 않는다는 것이었다. 왜, 어째서 따위의 의문은 들지 않았다. 내 조각이 생명을 얻은 것이다. 나는 조각에 생명을 깃들게 하는 재능이 있고, 내가 숨을 불어넣은 조각을 가까이 하면 그것이 현실의 세계가 되는 것이다. 너무 늦게 깨달았지만 그렇다고 아쉽지는 않다. 모른 채 쓸쓸히 세상을 뜨는 것보단 천만 배 다행이다. 평생에 한 번 찾아온 이 짧은 행복에 괜한 자책으로 돌을 던지지 않으리라. 그냥 즐기면 된다.

밥 먹고, 화장실 가고, 뜰에 나가 햇볕을 쬐는 시간 외에는 대부분 침대에서나 복도를 걸을 때나 정글 조각과 함께했다. 그의 얼굴에는 만족한 웃음이 떠나지 않았다. 광수 노인은 매일매일 새롭고 신기한 모험 속에서 살았다. 그는 항상 주인공이었다. 이전의 인생이 타잔의 발길질 한 번에 나가떨어지는 이름 없는 밀렵꾼이나 원주민이었다면, 지금은 늘 승리하는 모험의 주인공이다. 글래머 미녀들의 환호를 한 몸에 받는 밀림의 스타다.

"영감아, 오늘도 뭐 재밌는 일 있나?"

태봉 노인이 광수 노인이 앉아 있는 벤치로 다가와 물었다.

"뭐 그냥……."

"또 실실 웃고 있는데."

광수 노인은 말없이 싱긋 웃기만 했다. 태봉 노인이 작심한 듯 물었다.

"오늘은 얘기 좀 해봐라. 내가 옆에서 보니깐 정신이 이상한 영감은 아닌데, 분명 실실 웃기 이유가 있을 기라. 내도 좀 알자."

"얘기해봤자 웃을 거야."

"안 웃는다. 나도 세상 돌아볼 만큼 돌아본 사람이다. 인자 머 신기한 것도 놀랄 것도 없는 기라."

광수 노인은 한동안 미소를 머금고 있다가 천천히 입을 뗐다.

"그러면 재미 삼아 말할 테니까 들어봐."

광수 노인은 정글 모형이 옆에 있을 때는 정글에서 활극을 벌이는 또 다른 현실을 맞이하게 된다는 이야기를 해주었다. 태봉 노인은 어이없게 들리는 대목에서도 나름대로 경청해주었다.

"내 조각이 뭔가 요술을 부린 건지 몰라. 하하."

웃음으로 마무리하는 광수 노인의 말투에 비해 태봉 노인의 표정은 진지했다.

"그라마, 니 말은 그기 꿈이 아니고 꼭 실제 같다 이기가."

"그래, 내 느끼기에도 꼭 그렇고, 또 꿈이라면 항상 그렇게 밀림에 사는 꿈만 꿀 수 있겠나."

"그렇기야 하제."

"요새 늘 즐겁다. 다른 인생을 얻은 기분이야. 이렇게 밀림에서 모험하다 죽으면 여한도 없을 거 같아."

태봉 노인은 광수 노인의 얼굴을 낯선 사람의 그것마냥 빤히 들여다보았다.

그날도 정글을 날고 있었다. 사람을 해치고 다니는 식인 사자가 나타났다는 것이었다. 광수는 녀석을 퇴치하러 출동했다. 녀석은 신출귀몰했다. 겨우 찾아낸 서식지는 밀림에서 벗어난 사바나 한가운데였다. 마주한 녀석의 덩치는 보통 사자의 두 배는 되어 보였다. 지축을 뒤흔드는 녀석의 포효 앞에 광수는 칼을 꺼내 들고 자세를 취했다. 막 녀석과의 싸움이 시작되려는 순간이었다.

갑자기 견고한 땅이 두 겹으로 갈라진 듯 보였다. 다음 순간 모든 것이 희미해지기 시작했다. 사바나가 점차 회색빛으로 변하고 초점이 흔들렸다. 튼튼한 광수의 몸마저 아지랑이처럼 가물거렸다. 칼을 든 손이 절반쯤 사라지고 있었다.

때가 왔구나.

이쯤일 거라고 생각하고 있었다. 드디어 모든 것과의 이별이다. 후회는 없다. 즐거웠고, 행복했다. 행복은 비록 짧았고, 너무 늦었지만……. 안녕. 인생이여. 정글이여. 평생 동안 시시하더니 내 인생은 마지막에 큰 선물을 주었어.

광수 노인은 정글 조각을 들고 복도를 어슬렁거리다가 벽에 기댄 채 무너지듯 서서히 쓰러졌다. 곧 침대에 뉘이고 위급하다는 소식이 담당 의사에게 전해졌다. 의사는 서둘지 않았다. 끝의 시기를 어느 정도 예측하고 있었기 때문이다.

의사는 간호사 둘을 대동하고 광수 노인의 침대 옆에서 앙상한 손을 잡았다. 광수 노인은 가늘게 눈을 뜨고 마지막 숨을 몰아쉬었다. 그의 얼굴에는 편안하고 행복한 표정이 드리워져 있었다.

4

영안실로 실려간 노인의 얼굴에 하얀 천이 덮이던 무렵, 광수 노인의 병실에서는 좀 동떨어진 풍경이 펼쳐지고 있었다.

"김 박사님, 기어이 발표하실 겁니까?"

흰 가운을 입은 40대 초반의 남자가 맞은편에 허리를 구부리고 앉은 볼품없는 노인을 향해 따지듯이 물었다. 흰 가운의 남자는 광수 노인의 임종을 지켰던 의사였고, 김 박사라고 불린 인물은 태봉 노인이었다. 김태봉은 한쪽 눈을 치켜뜨면서 단호하게 말했다.

"물론이지. 그럴 생각 아니었으면 몇 달간 힘들게 그 짓 하지도 않았어."

쉬고 갈라진 목소리였지만 광수 노인과 대화할 때 튀어나오던 심한 경상도 사투리는 말끔히 사라져 있었다.

"나도 어차피 살 날 얼마 남지 않았어. 이제 와서 사람들이 욕한데도 학자로서 의사로서 겁날 건 아무것도 없어. 불법이니 도덕이니 그런 말은 하지 말게. 난 단지 힘든 인생을 걸어온 사람들이 말년에 가질 수 있는 행복에 관심이 있을 뿐이야. 나처럼 인생의 끝이 보이는 노인이라면 모두 쌍수를 들어 환영할걸세."

"제 입장도 생각해주십시오. 박사님의 연구를 방치한 저도 책임이 있지 않습니까?"

"자네는 관련이 없는 걸로 해두지. 실제로도 거의 그렇잖나. 자넨 그냥 환자 중에 시한부 인생이면서 연고가 없는 환자를 소개해준 게 다이지 않은가. 내가 독단으로 그 방에 들어가 환자를 가장하고 옆 침대를 쓴 거고. 하긴 가장을 한 건 아니지, 나도 이제 얼마 안 남았으니까. 거짓말은 안 했어. 이름도 병도. 그 노인이 말이 없는 사람이라 일부러 옛날에 쓰던 사투리 팍팍 쓰면서 친근하게 다가가려 한 거 말고는 다 사실이잖나."

"……구체적으로 연구가 어느 단계까지 가신 겁니까?"

"난 아질산아밀을 원료로, 호흡만으로 강력한 환각을 일으키는 물질을 만들었어. 본인이 희망하는 대로의 신세계가 펼쳐지는 최고의 환각제야. 냄새도 없어. LSD 같은 건 여기 대면 잡스런 하품에 불과하지. 그 노인은 테스트에 아주 적합한 사람이었어. 마침 조각이니 뭐니 하면서 밀림 모형을 만들었기에, 잘됐지 뭔가. 매일 아침 그 조각물에 내가 만든 환각제를 몰래 뿌려놓았어. 수시로 관찰하고 대화해봤지. 결과는 대성공이었어. 영감은 늘 조각을 가까이 두면서 평생 동안 꿈만 꾸던 일을 현실처럼 느끼고 행복해하더군. 그 노인은 밀림의 왕자처럼 살고 싶었던 모양이야. 비록 실험이었지만 그 영감에겐 선물을 준 셈이지. 공식적인 학술지에는 안 될지 몰라도 어떤 형태로든지 내가 만들어낸 환각제와 이번 임상실험결과를 발표할걸세. 그리고 정식으로 문제를 제기할 거야."

"어떤 문제를요?"

"죽음을 앞둔 노인들에게 의사의 처방에 따라 환각제를 투여하는 방안에 대해서 말이야. 고달픈 인생을 살아온 사람들에게 최고의 선택이 될걸세. 비아그라 따위는 갖다대지도 못할 거야."

"휴우…… 박사님."

의사는 무언가 반박하려는 듯 입을 달싹거리다가 그만두었다. 대신 질린다는 듯한 얼굴로 고개를 절레절레 저을 뿐이었다.

"엄청난 부작용이 있을 겁니다."

의사는 그 말을 끝으로 막 일어서다가 김태봉의 옆에 놓인 낯선 물건을 발견했다.

"저건 뭡니까?"

팔뚝 절반만 한 크기의 나무 조각품이었다.

"광수 영감이 준 선물이야. 공들여 깎았대."

김태봉은 마치 소중한 보물이라도 되는 듯 조각품을 조심스레 손에 들고 흐뭇한 미소를 지었다. 카누 모양의 나무 조각이었다. 그것은 급류타기를 하기에 적당해 보였다.

선택

사계절

1

늦은 오후였지만 사무실 창밖으로 내다보이는 거리는 9월 중순에 찾아온 뒤늦은 태풍이 선사한 비바람으로 먹물을 뿌린 듯 이미 컴컴했다.

'불길한데.'

괜한 불안감이 피어올랐다. 연정은 혼자 피식 웃고 말았다.

길지 않은 검사 생활을 올해 2월에 그만두고 교대역 근처 테헤란로가 내다보이는 건물 7층에 조그맣게 변호사 사무실을 개업한 이래 예전과 달리 이러저러한 '징조'라든가 '예감' 따위에 마음이 흔들리는 자신을 발견하게 되었다. 국가라는 가장 안정된 고용주로부터 봉급을 받던 검사 시절이 아늑한 산장에서 보내는 밤이라면 경쟁이 일상화된 변호사 업계는 산에서 하는 비박에 비유될 수 있었다. 예측도 힘들고 대응도 어려웠다. 반드시 노력에 값하는 성과를 얻는 게 아니라는 걸 깨달으면서 어두운 산중에서 별자리에 의지해 길을 찾는 사람의 심정이 되는 것이었다.

연정은 서울북부지검을 마지막 근무지로 하고 사표를 냈다. 연정이 사직서를 내러 검사장실에 들렀을 때 평소 그녀를 아끼던 검사장이 물었다.

"왜 로펌에 가지 않고 서초동까지 가서 개업을 하나? 힘들 텐데."

연정은 싱긋 웃으며 대답했다.

"진검승부를 하고 싶어서요."

연정은 어드밴티지가 없는 제대로 된 게임을 해서 이기고 싶었다. 또 자신감도 있었다. 하지만 현실세계에서 맞닥뜨린 변호사 업무는 법률실력보다 영업능력의 대결이었다. 거기엔 통 자신이 없었다.

창유리에 비친 자신의 긴 그림자 사이로 겹쳐진 비 오는 거리를 내다보며 멍해져 있던 연정은 의뢰인이 찾아왔음을 알리는 비서의 말에 퍼뜩 깨어났다. 임타분이라고 밝혔다는 의뢰인은 연정이 기억하기로 예약한 바도, 소개받은 적도 없는 이름이었다.

길을 지나가다 간판을 보고 변호사 사무실에 들르거나 인터넷 검색으로 찾아와 사건을 수임하는 경우란 거의 없다. 아는 사람을 통해 소개받는 경우가 거의 100퍼센트라고 보아도 무방하다. 그런데 오늘의 의뢰인은 그 희귀한 예외에 속하는 모양이었다.

문이 조심스럽게 열리면서 의뢰인이 들어섰다. 일흔을 넘었을 성싶은 할머니였다. 돈이 있어 보이지도 않았고 왜소한 몸집이었지만 은발에 온화한 표정, 예의를 갖춘 태도가 살아온 여정의 품격을 말해주는 듯했다.

그녀는 비서가 내온 찻잔을 바라보며 조심스럽게 입을 뗐다.

"이렇게 무작정 방문해도 되는지 모르겠어요. 제가 이쪽 법도를 잘
몰라서……."

"아뇨. 전혀 상관없습니다. 마침 저도 시간이 비어 있고요. 편안하게
말씀하세요."

연정은 돈 되지만 무례한 의뢰인보다는 이 할머니처럼 상식이 통할
것 같은 보통 사람들 쪽이 좋았다. 그것도 변호사로서의 영업 감각이
부족하다는 증거일 것이다. 연정은 할머니가 편안히 말할 수 있도록 기
다렸다.

"전 임타분이라고 해요. 변호사님한테 상의드릴 일은 제 손녀딸 일
이에요. 제가 법적으로 손녀의 대리인이 된다고 그러더군요."

"손녀딸 부모님이 안 계신가 보군요."

"네……."

타분의 꼿꼿한 자세가 흐트러지고, 눈시울이 붉어졌다.

"먼저 죽은 딸네 가족에 대해 말씀을 드려야겠네요. 딸의 이름은 백
해령이라고, 의사였어요. 외과의였는데, 그쪽 일이 힘들어서 여자는 드
물대요. 회사원이던 사위는 3년 전에 저세상으로 가버렸지요. 암으로
오래 투병했는데 죽기는 정작 교통사고였어요.

해령이 부부한테는 딸아이가 둘 있었어요. 장녀 현희가 초등학교 4학
년인데 말씀드렸다시피 제가 지금 대리인인가 후견인인가 그렇답니
다. 둘째 현지는…… 겨우 세 살배기였어요. 올 7월 말에, 그러니까 두
달 전에 해령이하고 둘째 현지하고 그만……."

타분은 목이 메는 듯했다. 잠시 목 아래 부분을 오른 손바닥으로 누르고 있다가 말을 이었다.

"같이 차를 타고 가다가 교통사고로 나란히 세상을 떠났어요……."

"저런. 얼마나 상심이 크셨어요."

연정은 자신도 모르게 타분의 손을 덥석 잡았다. 의사 딸을 자랑스러워하며 곱게 늙어온 타분은 불과 2개월 전에 딸과 막내 손녀를 한꺼번에 잃은 충격에서 벗어나지 못하고 있음이 틀림없다. 변호사 사무실까지 찾아온 걸 보면 그 충격을 채 받아들이기도 전에 엎친 데 덮친 격으로 법률문제까지 얽혀버린 모양이다.

"애들이 가여워 못 견디겠어요. 현지는 이제 겨우 더듬더듬 말하게 되었는데. 생글생글 웃는 게 얼마나 예뻤는지 몰라요. 태어나기도 전에 아빠를 잃고는, 정작 저도 얼마 살아보지 못하고……. 해령이는 말할 것도 없고요. 하지만 지금 제일 불쌍한 건 현희예요. 아빠를 잃고 이번엔 또 교통사고로 엄마와 동생까지 잃었잖아요.

딸이 의사였지만 사실 남긴 돈이 없어요. 목동 E대학병원에서 일했는데, 사위가 몇 년간 암으로 투병하면서 거기에 돈을 다 써버린 거예요. 차도 소형차를 몰았답니다. 저는 교직 생활하다가 은퇴해 연금으로 근근이 먹고사는 정도예요. 영감님을 오래전에 여의고 시골에서 혼자 사는 힘없는 노친네죠. 그래서 지금 현희를 어떻게 키울지 막막하기만 해요. 딱 한 가지 바라보고 있었던 게 해령이의 생명보험금이에요. 한 5억 정도 되는데, 보험금 수취인이 손녀딸 둘로 되어 있거든요. 현지도 엄마 따라 가버렸으니 원래 보험금이 현희한테 다 오게 되어 있었는데, 보험회사에서는 지급이 안 된다고……."

"보험회사에서 괜한 트집을 잡고 있는 거군요."

연정의 마음 한구석에 자리 잡고 있던 투지가 고개를 들었다.

'이건 얼마든지 받아낼 수 있다.'

생명보험에 든 가입자가 교통사고로 사망했는데 보험회사가 지급을 거절할 사유란 없다. 수혜자의 무지를 이용해서 사소한 절차적 문제나 약관에 숨겨진 조항 따위를 들먹이고 있을 것이 틀림없다. 그런 허위는 변호사인 자신이 얼마든지 부수어줄 수 있다. 연정은 자신에 차 말했다.

"걱정 마세요. 받아내실 수 있어요. 보험회사에서는 뭐라고 하며 거절하던가요?"

"그게……. 딸아이가 생명보험 가입 후 2년 안에 자살한 거라서 보험금을 줄 수 없다고 딱 잘라 거절하네요."

"자살요? 조금 전에 교통사고라고……."

의외의 말에 연정도 놀랐다.

"교통사고로 죽은 건 맞는데 경찰조사에서 자살로 결론이 나왔대요."

"좀 더 자세히 말씀해보시겠어요?"

연정은 이야기를 재촉했다.

"사고가 난 건 두 달 전인 7월 말이었어요. 현희, 그러니까 큰 손녀가 여름방학이 되어서 할머니 보고 싶다고 저희 집에 며칠 있기로 했거든요. 아 참, 저는 태안반도 근처 시골마을에서 조그맣게 텃밭을 가꾸면서 혼자 살고 있답니다. 지금은 현희 때문에 서울에 와 있지만요.

해령이는 그날 병원 일을 마치고는 애들 데리고 태안반도에 있는 제

집까지 내려왔어요. 현희만 저희 집에 내려두고, 어린 현지를 다시 차에 태우고 밤늦게 서울로 돌아갔죠. 다음 날 병원에 출근해야 하니까 무리를 한 거랍니다. 현지는 뒷좌석 유아용 카시트에 앉혔고요. 그런데 그날 오후 늦게부터 태풍이 몰려왔는지 갑자기 어마어마한 비가 내렸어요. 그럴 줄 알았다면 다른 날 내려오게 하는 건데……. 서울로 급히 돌아간다고 빗길 해안도로를 달리다가 그만 절벽 아래로 추락해버린 거예요.

근데 사고경위에 관해 경찰이 하는 말이 그래요. 해령이가 운전 중에 외과용 메스로 자기 손목을 그었다는 거예요."

"네? 운전 중에 손목을요?"

연정은 놀랐다. 욕조에서 손목을 그어 자살하는 경우는 들어보았어도 운전 중에 손목을 긋다니. 게다가 뒤에는 아기를 태운 채로? 숱한 사건을 접해온 연정으로서도 경악할 일이었고, 사실이라면 전대미문의 괴사건이었다.

"그렇다네요. 저도 해령이 시신을 보았는데 손목이 처참하게 그어져 있더군요. 손목을 그었다기보다는 반쯤 잘린 거나 마찬가지였어요."

"……."

"경찰 얘기로는 아기하고 동반자살하려고 운전 중에 손목을 그었대요. 운전하던 차는 가드레일을 부수고 바닷가 절벽에 떨어졌다고. 그래서 아기까지 같이 죽었고."

"그건 누가 봐도 상식적으로 좀 이상한 결론인데요. 혹시 빗길에 단순 교통사고인데 절벽에 떨어지면서 무언가 날카로운 것에 부딪쳐 손목이 잘린 것일 수도 있지 않겠어요? 그렇다면 자살이 아니라 그냥 사고인 거고, 보험금 수령도 문제없을 텐데요."

"딸아이의 사인이 손목출혈로 인한 것으로 밝혀졌답니다. 절벽 밑으로 차가 떨어지면서 받은 충격도 컸지만 더 직접적인 사인은 손목의 상처에서 뿜어져 나온 출혈이 과다해서라더군요."

타분의 말에는 울음기가 섞여 있었다.

"보험회사는 그럼 경찰조사를 근거로 보험금 지급을 거절하고 있는 거군요."

"네. 하지만 저는 도저히 해령이가 자살했다고 믿을 수 없어요. 그날 우리 집에 큰 손녀를 맡기고 갈 때만 해도 기분이 좋아 보였거든요. 게다가 현지까지 같이…… 그건 말이 동반자살이지, 살인이잖아요. 그런 참혹한 짓을 할 리가 없어요."

"평소에 따님은 어땠나요? 남편분도 갑작스런 사고로 돌아가신 데다가, 혼자서 딸 둘을 키우기도 많이 힘들었을 텐데. 혹 우울증이라든가."

"해령이하고 사위하고 사이가 좀 각별하긴 했죠. 연애할 때부터 아무도 못 말릴 정도였고……. 이런 말씀은 그렇지만 사실 제 마음은 좀 그랬어요. 사위가 내리 4년을 암으로 온갖 치료를 받느라 가족들이 너무 힘들어했어요. 그래서 정작 교통사고로 죽었을 때 슬프기는 했지만 그것보다는 좋은 데 가라고 명복을 비는 마음이 더 컸어요. 오랫동안 불치병으로 고생한 가족을 돌본 사람들은 심정을 알 거예요.

해령이야 물론 많이 슬퍼했지요. 그래도 애들 때문에라도 내색은 절대 안 했어요. 우울증에 빠졌다거나 그런 건 전혀 없었고요. 다만 아빠 없이 클 아이들을 생각하면 너무 마음이 아프다면서 걱정을 많이 했어요. 그래서 그런지 아이들을 정말 끔찍이 생각했어요. 저도 해령이한테 그렇게까지는 못 했는데, 제가 놀랄 정도였어요. 그런 애가 동반자살이라뇨. 설사 자살한다고 해도 혼자 하지 현지까지 죽게 한다는 건 정말 상상할 수 없어요."

연정은 조심스럽게 타분을 위로했다.

"제3자인 제가 들어도 믿기지 않네요. 제가 한번 조사해볼게요. 분명히 길이 있습니다. 제게 맡기고 걱정 마시고 기다려주세요."

타분이 돌아간 뒤 연정은 내일부터 꽤 바빠질 듯한 '징조'를 감지했다.

2

연정은 다음 날 사무실 직원을 태안반도로 내려 보냈다. 백해령과 이현지 사망교통사고를 담당한 관할 P경찰서에 가서 유족 측 변호사임을 밝히고 수사기록을 복사해 오도록 했다. 용도는 보험회사와의 소송용이라고 밝혔다. 직원이 받아온 경찰기록 사본은 두 사람이나 죽은 사고 치고 매우 얇았다.

경찰의 결론은 타분의 이야기와 거의 일치했다. 경찰이 조사하여 확인한 내용은 대충 다음과 같았다.

사고일시는 7월 28일 밤 10시 30분경. 폭우가 내려 시계가 불투명하고 운전하기에 극히 힘든 날씨였다. 백해령은 생후 30개월 남짓 된 자신의 둘째 딸 이현지를 뒷자리 유아용 카시트에 태운 채 베르나 승용차를 운전하여 태안반도를 가르는 603번 바닷가 지방도로를 시속 100킬로미터의 속도로 달렸다. 백해령은 남편을 3년 전 여의고 우울증에 시달려온 것으로 보인다(이는 치료기록에 근거한 것이 아닌 경찰의 추측인 듯했다). 백해령은 빗길을 과속으로 주행 중 충동적으로 왼손을 창밖으로 내밀고는 오른손으로 핸드백에서 수술용 메스를 꺼내어 왼 손목 동맥을 깊숙이 잘라 순간적으로 의식을 잃었다. 차량은 가드레일을 들이받아 부순 후 낭떠러지가 있는 앞쪽으로 돌진하여 절벽 아래로 추락하였다. 운전자 백해령과 뒷자리에 탄 아기(이현지)는 거의 동시에 사망하였다.

백해령은 왼 손목 동맥이 잘려 몸 안의 피를 거의 다 잃은 끔찍한 상태였다고 했다. 백해령의 사인은 출혈과다와 뇌진탕, 골절 등인데, 어느 쪽이 앞선다고 단정하기 어려울 정도로 복합적이었고, 이현지의 사인은 전신 무차별 타박상, 골절과 뇌진탕이었다.

기록에는 백해령의 사체 사진이 여러 장 첨부되어 있었고, 사고현장의 간략한 약도 및 사진이 몇 장 편철되어 있었다. 현장 약도에 따르면 가드레일에서 절벽까지는 약 20미터 정도의 거리가 있었다. 또한 그 사이에 나지막한 잡목이 들어서 있었다.

여기까지만 보아도 일어나는 의문점이 한두 가지가 아니었다.

달리는 차 안에서 우울증을 못 견딘 나머지 충동적으로 손목을 그어 자살한다는 사건 자체의 괴상함은 제쳐놓고라도, 자세히 들여다본 해령의 왼 손목 사진에서는 '주저흔'이 발견되지 않았다. 주저흔이란 자살할 때 단번에 죽을 만큼 찌르지 못하고 깊이가 얕은 상처를 수차례 내는 것을 말한다. 죽음에 대한 마지막 두려움이자 망설임의 흔적이다. 이 주저흔이 없다면 일단은 자살로 보기엔 무리가 있다.

또, 해령은 차가 절벽 아래로 떨어질 즈음 이미 과다출혈 상태였다고 했는데, 손목을 그은 후 출혈로 죽기까지 아무리 빨라도 5분은 필요

할 것이다. 그렇다면 손목을 그은 후 차가 5분 동안 혼자 빗길을 달리다가 가드레일을 들이받고, 나무까지 깔아 눕히고 절벽으로 다이빙했다는 것인가?

당장 떠오르는 몇 가지 의문점에도 검찰 역시 백해령의 죽음은 자살이라는 경찰의 결론을 승인하고 사건을 종결한 상태였다.

분명히 경찰이나 검찰의 결론과는 다른 가능성이 있었다. 백해령 모녀 외에 누군가, 즉 제3의 범인이 있을 가능성. 제3의 범인이 백해령의 손목을 그어 자살로 위장해 살해한 다음, 차를 낭떠러지에서 밀어 떨어뜨려 교통사고로 인한 죽음으로 위장한다. 이런 가설은 어떨까. 적어도 백해령이 몇 분간의 출혈 이후 낭떠러지로 추락해서 사망했다는 점에 대한 설명은 된다. 확실한 논리는 못 되더라도, 경찰이 제시한 자살설 정도만큼의 설득력은 있지 않을까? 자살이 아니라는 것을 입증하지 못한다 하더라도 최소한 타살의 의혹만이라도 강하게 제기하면 보험회사는 보험금 지급을 거절하지 못한다. 만약 거절한다 하더라도 보험회사를 상대로 보험금지급소송을 제기하면 이길 수 있다. 민사소송의 구조상 원고 측에서 '자살이 아니다'라는 것을 입증할 책임이 있는 것이 아니라, 보험회사가 '자살이다'라는 점을 입증해야 하기 때문이다. 타살의 의심만 강력히 부각시키면 된다. 그리고 이 사건에선 타살의 의심이 충분하다.

충분히 승산이 있다고 연정은 결론 내렸다.

연정은 P경찰서에 전화를 걸어 백해령 사건 조사의 책임자인 교통계 장이철 경위를 찾았다.

"안녕하세요. 전 변호사 호연정이라고 합니다. 백해령, 이현지 교통사고 건에 관해서 좀 여쭈어볼 게 있어서요."

장이철은 우호적이었다.

"예, 알고 있습니다. 기록도 복사해 가셨죠? 어떤 게 궁금하시죠?"

"자살로 결론을 내리셨던데요. 제가 좀 의문점이 있어서요."

"의문 가질 게 뭐 있습니까."

장이철의 목소리가 금세 냉랭하게 변했다. 서울의 낯선 변호사가 갑자기 등장해 이미 끝난 사건을 들먹이며 경찰의 결론에 이의를 제기하고 있으니, 불쾌할 법도 했다. 연정은 개의치 않고 말을 이었다.

"경찰에서는 백해령 씨가 주행 중에 자기 손목, 게다가 정맥도 아니고 동맥을 그었다고 했죠. 그러면 순간적으로 의식이나 통제능력을 잃을 텐데, 그런 사람이 액셀을 밟을 수는 없지 않겠어요? 그런데 어떻게 동력을 잃고 관성만으로 움직이는 차가 저 혼자 주행하다가 가드 레일을 부수고 나무까지 짓밟으며 20미터 가량이나 돌진할 수 있을까요?"

"그거야, 타이밍의 문제죠. 기록에는 자세한 내용은 빠져 있어서 문외한의 입장에서는 오해하시는 것도 당연한데…….”

장이철은 슬그머니 교통사고 처리 전문가로서의 권위를 내세웠다.

"백해령 씨는 비 오는 커브 길에서 상당히 과속했어요. 타이어 흔적으로 보면 거의 시속 100킬로미터에 가까운 속력이었죠. 거긴 말이죠, 구불구불한 지방도로인 데다가 밤의 빗길이었어요. 그걸 감안하면 엄청난 속도죠. 그때 손목을 그은 겁니다. 커브길 가드레일 바로 앞 지점에서요. 그래서 과속으로 달리던 차는 바로 가드레일을 들이받아 부수고도 힘이 남아 벼랑 끝까지 가서 떨어진 거죠."

"사인은 출혈과다였다면서요. 그렇다면 출혈과다로 죽은 다음에 벼랑 아래로 떨어졌다는 것 아닙니까? 그렇다면 이상하잖아요. 출혈과다라면 아무리 빨라도 사망까지 5분은 걸리는데, 백해령 씨가 손목을 긋고 차가 벼랑에서 떨어지기까지 5분씩이나 걸렸다는 것인가요?"

"그게 아니죠. 부검결과를 잘 읽어 보시면 출혈과다는 사인 중의 하나일 뿐이에요. 출혈과 추락으로 인한 뇌진탕, 골절, 타박상 등이 복합적인 사인으로 되어 있어요. 그건 의사가 확인한 사항이에요. 그 말은, 동맥을 자르면서 거의 동시에 벼랑으로 떨어져 뇌진탕을 입었다고 해석할 수 있는 겁니다. 물론 떨어진 뒤에도 출혈은 계속되었겠지요. 그런 것들이 다 복합적인 원인이 되어서 사망한 거죠."

"교통사고로 사망한 이후에 다른 이유로 손목에 상처를 입었을 가능성은요?"

"전혀요. 죽은 후에 손목이 잘렸다면 출혈이 그렇게 많을 수 없죠. 심장이 멈춘 후인데요."

"아무리 그래도 타살의 가능성이 전혀 없을까요?"

장이철은 혀를 끌끌 찼다.

"변호사님도 참, 생각해보세요. 타살이라면 누군가 백해령 씨 손목을 그었다는 얘긴데, 도대체 달리는 차 안에서 어떤 간 큰 사람이 운전자의 손목을 긋습니까? 차가 뒤집어지기라도 하면 자신도 죽는데요. 또 백해령 씨는 왼 손목에 상처가 났어요. 범인이 조수석에서 손목을 찌른다면 백해령 씨의 오른손에 상처가 있어야겠죠. 또, 어찌어찌해서 범인이 백해령 씨 왼 손목을 그었다고 쳐도 달리는 차에서 어떻게 도망갑니까? 차는 손목을 그은 후 곧장 절벽으로 떨어졌는데."

이런 설명은 백해령이 운전 중 자해했다는 경찰의 가설 하에서만 나올 수 있는 반론에 불과했다. 마치 자신의 꼬리를 무는 뱀 같은 논리였다. 하지만 연정은 이런 점을 따지고 들어 장이철과 입씨름을 하는 것은 소용이 없다고 판단하고 다른 질문을 던졌다.

"이런 건 어떨까요? 백해령 씨가 운전부주의로 벼랑 아래로 떨어졌는데, 마침 그때 창밖으로 왼손을 내밀고 운전하던 중이었고, 떨어지면서 뭔가 날카로운 돌이나 나무 같은 것에 손목이 찔려 다쳤다든가."

자신이 말해놓고도 무리한 상상이라는 생각이 들었다. 역시나 장이철의 힐난하는 답변이 되돌아왔다.

"그날 날씨가 어땠는지 아세요? 때 이른 태풍이 몰려와서 기록적인 폭우가 내렸어요. 한 치 앞도 안 보였을걸요. 차 유리창이 1센티미터만 열렸어도 비가 들이쳤을 겁니다. 그런데 차 유리를 열고 창밖으로 왼손을 내밀고 운전했겠습니까? 뒷좌석에 아기까지 있는데. 또, 손목의 상처는 돌이나 나무 같은 자연물로 생긴 게 아니었어요. 메스로 그은 거라니까요. 부검의가 확인한 사항입니다."

"메스는 발견되었나요?"

"그럼요. 차 안에서 피 묻은 채로 발견되었어요. 운전석 밑에서. 백해령 씨의 지문도 당연히 있고요. 다른 사람 지문은 없었어요."

"사진을 보니까 손목에 주저흔 비슷한 것도 보이지 않던데, 이걸 자살로 단정할 수 있을까요?"

역시 이 부분이 취약점인지 장이철의 목소리가 다소 수그러들었다.

"운전하다가 울컥해서 손목을 잘랐을 정도니까요. 보통의 자살자와는 다른 심리상태였다고 봐야 되겠지요. 순간적으로 흥분한 나머지 그렇게 된 거 아닐까요."

"현장의 핏자국은요?"

"그거야 아무리 피가 많이 흘렀다 해도 어마어마한 폭우였으니까 다 씻겨나갔죠. 전혀 남아 있지 않았어요."

전화를 끊은 연정은 당혹감에 휩싸였다.

차를 운전하던 중 손목을 그어 자살했다는 것이 너무나 상식 밖이라는 점에서 의문이 출발했지만 장이철의 설명을 듣고 보니 경찰의 의견에 딱히 모순된 점 또한 없어 보였다.

아니, 오히려 메스, 지문, 손목의 상처, 사인 등을 종합해보면 다른 설명이 어려울 것 같다. 제3자에 의한 살인이나 단순한 교통사고라고 결론 내릴 가능성이 거의 없지 않은가. 도대체 자살이 아니라면 어떻게 제3자나 사고에 의해서 운전자의 손목 동맥이 잘릴 수 있단 말인가. 검찰도 자살로 결론 내린 경찰 의견을 승인할 수밖에 없었으리라.

하지만 선뜻 납득하고 싶지 않은 감정이 뿌연 의혹으로 변해 연정의 마음 한구석에 위화감을 던져주었다.

앞뒤가 맞는 설명이 된다고 하여 진실은 아니다. '우리 딸이 절대 자살할 사람이 아니다'라는 유족의 비논리적인 감이 경찰이 모아온 차가운 사실의 조합보다 더 많은 진실을 내포할 때도 있다. 살인이든 자살이든 물리법칙에 맞는 설명보다 더 우선되어야 할 것은 바로 '동기'다. 동기라는 인과를 벗어나 있는 사람은 없다. 그래서 동기 없이는 사건도 없다고 할 수 있다. 사실을 구성하는 블록이 차례차례 맞아 들어가 물리법칙에 근거한 모든 의심을 잠재운다 하더라도 동기가 제대로 납득이 되지 않는다면 사건을 처음부터 다시 들여다보아야 한다. 해령의 모친인 타분의 이야기가 아니더라도 해령의 자살은 선뜻 동기를 납득하기 어려웠다.

연정은 백해령이 가입한 B생명보험회사에 직접 전화를 걸어 입장을 확인해보기로 했다.

"안녕하세요. 저는 백해령 씨 사건 변호사인 호연정이라고 합니다."

"네. 말씀하세요."

사무적이면서 기름기가 도는 듯한 남자의 목소리가 들려왔다.

"보험사에서는 백해령 씨가 자살이라는 이유로 보험금지급을 거절했다고 들었습니다만, 자살로 단정하는 이유가 뭔가요?"

"그건 경찰조사에서 자살로 결론 나왔기 때문입니다. 저희로서는 경찰의견에 따를 수밖에 없고요."

몇 마디 이의를 피력해보았지만 상대방은 같은 말만 반복할 뿐이어서 대화가 진행되지 않았다. 연정은 백해령의 보험금지급 실무를 담당하는 최고책임자를 바꿔줄 것을 청했다. 이번에는 점잖고 친절한 목소리가 전화기를 타고 넘어왔다.

"전화 바꿨습니다. 부장 김기환입니다. 무슨 일이신지요?"

"백해령 씨 생명보험금 지급 건 때문인데요. 저는 유족의 대리인인 변호사 호연정이라고 합니다."

"예. 안녕하세요."

"용건은 아실 테니 직접적으로 말씀드리겠습니다. 백해령 씨가 자살했다는 경찰의견 때문에 보험금지급을 거부한다고 하셨는데, 그건 경찰의 의견일 뿐이고 사실상 백해령 씨가 자살이라고 잘라 말하기는 어렵지 않겠습니까?"

"변호사님도 잘 아시겠지만 저희는 기본적으로 경찰수사의 결론에 따르고 있습니다. 저희가 독자적으로 판단해서 임의로 보험금을 지급하는 건 곤란합니다. 물론 유족들 충격이 크시겠지만 이해해주십시오."

"달리는 차 안에서 손목을 그어 자살했다는 게 믿어지세요? 더구나 뒤에 아기도 타고 있었는데. 아무리 경찰조사라도 너무 비상식적인 결론 아닐까요?"

"저는 그런 건 잘 모르겠습니다. 사고조사는 경찰이 전문가니까요. 저희로서는 사고에 관해서는 경찰의 의견을 존중하고 그에 따라 처리할 수밖에 없습니다. 그리고 변호사님, 보험사고란 게 원래 세상에 듣도 보도 못한 희한한 일들이 다 생깁니다. 이번 건도 그런 일 중의 하나겠지요."

상식에 호소하는 연정의 의문제기에도 김기환은 꿋꿋하게 회사의 공식적인 입장을 고수했다.

"보험사에서는 백해령 씨가 보험금을 타려고 고의로 사고를 일으켰다고 보시는 건가요?"

"그런 건 아닙니다. 어떤 개인적인 이유로 자살을 결심하신 거겠죠."

김기환은 트집을 잡히지 않으려는 듯 말을 조심하고 있었다. 상대가 변호사인 만큼 앞으로 예상되는 소송을 어떻게든 막고 파장을 줄이려는 방침을 철저히 우선하고 있는 듯했다.

"백해령 씨의 부검결과에 따르면 출혈과다뿐 아니라 낭떠러지에서 떨어질 때의 뇌진탕, 골절, 타박상 등도 복합적인 사망원인이고, 어느

91

쪽이 직접적인 원인이었는지 불분명하다고 합니다. 그렇다면요, 손목 동맥을 그어 출혈과다로 사망한 거라면 몰라도 추락해서 뇌진탕으로 죽은 거라면 결과적으로 자살이 아니라 사고사로 볼 수도 있지 않을까요?"

"아니죠. 추락으로 인한 뇌진탕으로 죽은 거라고 하더라도, 역시 자살하려고 운전 중에 손목 동맥을 긋는 바람에 차가 낭떠러지 밑으로 떨어져 발생한 거니까 그 역시 자살로 봐야 되는 거죠."

이런 공격을 예상하고 있었던 것처럼 김기환의 답변은 즉각적이고 단호했다. 법률적으로나 상식적으로나 김기환의 말이 옳았다. 연정은 금융감독원에 신고를 하거나 법원에 보험금지급소송을 제기할 수도 있음을 슬쩍 내비치고는 전화를 끊었다. 하지만 자살이라는 경찰조사가 뒤집어지지 않는 한 허깨비 같은 위협에 불과하다는 것을 연정 자신도 잘 알고 있었다.

3

"아무리 외과의라도 평상시에 메스를 갖고 다닐까?"

전화기를 내려놓고 굳은 모습으로 가만히 앉아 있던 연정은 불쑥 혼잣말을 내뱉었다. 의자를 빙글 돌려 창밖을 내다보며 생각에 잠겨들었다. 확실히 이상했다. 핸드백에 수술용 메스를 넣어 다닌다는 것은 분명 드문 일이다. 백해령이 자살하려고 미리 메스를 준비했을 수도 있다. 하지만 그렇다면 충동적으로 자살했다는 경찰의 견해와 모순된다.

경찰의 결론은 그날 밤 운전하다가 갑자기 우울증으로 자살의 충동이 일어 백에서 메스를 꺼내 자해했다는 것이다. 그렇다면 백해령이 평소에 메스를 백에 넣어 가지고 다녔다는 이야기일 수밖에 없다. 이 점이 전혀 납득이 안 가는 것이다.

이것이 하나의 단서가 되지 않을까? 애당초 자살하려고 메스를 갖고 갔다고 생각할 수도 있겠지만, 아기를 뒤에 두고 달리는 차 안에서 손목을 그어 죽는다는 계획을 세운다는 건 생각하기 어렵다. 만약 자살이라면 분명 충동적 자살이다. 그렇다면 마치 손목을 그으라고 유혹하는 것처럼 메스가 백해령의 백에 들어 있었다는 건 누가 봐도 이상하다. 그게 아니라면, 그것을 현장에 갖고 와서 휘두른 제3자가 있다는 얘기가 된다.

미리 계획된 범죄라면 굳이 메스를 흉기로 선택하지는 않을 것이다. 수많은 칼을 제쳐두고 굳이 구하기 힘든 메스를 택할 이유가 없다. 만약 범인이 의사라면, 특히 외과의라면 메스를 흉기로 선택할 가능성이 있을까? 계획살인이라면 절대 그렇지 않을 것이다. 메스는 그에게 친숙한 도구이긴 하겠지만, 현장에 남겨진 흉기로 너무나 쉽게 범인이 의사가 아닌가 하는 의구심을 불러 일으키게 된다. 스스로 직업을 드러내는 흉기를 준비할 정신 나간 범인은 없다. 그렇다면 역시 메스는 어떤 이유로 현장에 존재한 우발적인 흉기일 가능성이 높다. 그 '어떤 이유'란 역시 범인이 외과의이며 수술 따위의 업무를 보러 현장에 갔기 때문이 아닐까. 그래서 우발적으로 살인하게 되었을 때 마침 갖고 있던 편리한 도구 즉 메스를 들게 된 것 아닐까.

또, 달리는 차에 범인이 뛰어들 수는 없는 일이니, 그 폭우 속에서 범인은 백해령의 차를 멈추고 올라탔다고 봐야 된다. 백해령은 비 오는 밤, 차를 세워 길에 서 있던 킬러를 태워주었다. 낯선 사람일 리 없다.

그렇다면, 범인은 백해령이 잘 아는 사람이면서, 동시에 외과의인 자가 아닐까. 혹시 동료의사? 그리고 우발적인 살인.

가만 있자, E대학병원이면 분명 아는 누군가 있었는데. 연정은 서랍

맨 밑단에 처박아두었던 여고 동창회 명부를 꺼냈다. 한참을 뒤적이던 연정은 백해령이 근무하던 목동 E대학병원에서 의사로 일하는 친구의 이름을 찾아냈다.

"갑자기 전화 와서 놀랐어. 고등학교 때 우린 거의 모르고 지냈는데."

흰 가운에 무테 안경을 쓴 자그마한 키의 송채린은 반갑다는 건지 나무라는 건지 모를 묘한 어조로 말했다.

E대학병원의 바쁜 하루는 끝나가고 있었고, 외래 환자들이 썰물처럼 빠져나가는 중이었다. 연정과 채린은 로비의 적당한 빈 의자에 앉아 어색한 인사를 나누었다. 고교시절 문과인 연정과 이과인 채린은 서로 알고는 있었지만 친해질 기회가 없었다. 연정이 미안한 기색을 띠며 말했다.

"그러네. 내가 필요하니까 겨우 연락하게 되네."

"무슨 일이야? 이제 와서 친해지자고 온 건 아닐 테고, 일과 관련된 거지?"

"어, 사실은 너네 병원 백해령 씨 있잖아."

"백 선생님? 그분은 교통사고로 돌아가셨는데. 아하! 그 사건을 네가 맡은 거구나."

채린은 그 인연이 신기한 듯 눈을 동그랗게 떴다.

"그래. 보험금 문제가 좀 있어서."

연정은 굳이 살인이니 자살이니 하는 얘기는 꺼내지 않았다. 그런 단어는 익숙하지 않은 상대방을 필요 이상으로 긴장하게 만든다.

"너는 지금 무슨 과 담당하고 있니?"

"나, 가정의학과."

"백해령 씨하고는 잘 아는 사이였어?"

"글쎄, 과도 다르고 나이차도 좀 있고 해서 그다지. 인사만 하는 정도였지."

"어떤 분이셨어?"

"매사에 열심이셨지. 근데 한 번도 회식 같은 데 나오신 적이 없었어. 그래서 더 친해질 기회가 없었어. 일 끝나면 무조건 집으로 직행이셨지. 항상."

"근데, 외과의들이라면 수술용 메스를 쓰잖아."

"그렇지."

"그 메스를 갖고 다니는 사람도 있어?"

"뭐? 메스를?"

채린은 어이없다는 듯이 피식 웃었다.

"그런 위험한 걸 왜 갖고 다니니? 말도 안 돼."

"그런 일은 없구나."

"그런 건 수술실에서 보는 걸로 충분해. 그럼 변호사는 법전 들고 다니니?"

연정은 내심 쾌재를 불렀다. 역시 백해령이 그때 메스를 갖고 있었다는 건 이상하다.

"백해령 씨하고 특별히 친하게 지낸 분 없어? 좀 소개받았으면 싶은데."

"글쎄, 난 잘 모르겠고, 같은 외과의끼린 친했겠지. 내가 외과 선생님한 분하고 친한데, 소개해줄게."

"고마워. 나중에 밥 한번 살게."

연정은 채린과 같이 외과 쪽으로 걸어갔다. 채린은 한 외과의의 방에 쑥 들어가서는 막 퇴근하려는 그를 붙잡고 갑작스럽게 연정을 소개시켰다.

"아, 네. 백 선생 사건 변호사님이시군요."

그는 연정을 데려다만 주고 가버리는 채린과 눈앞의 연정을 번갈아 보며 당황스러워했다. 중년의 사람 좋아 보이는, 이국원이라는 의사였다.

"피곤하실 텐데 죄송합니다. 잠시만 시간을 내주시면 안 될까요?"

"아, 물론이죠. 백 선생 일인데 당연히 도와야죠."

그는 흔쾌히 수락하고 다시 자리에 앉았다. 그러고는 먼저 탄식조로 사고얘기를 꺼냈다.

"교통사고로 아기하고 같이…… 그런 불쌍한 경우가 어디 있겠습니까."

아무래도 병원 내에서는 자세한 내용은 모르고 단지 교통사고로 아기와 함께 명을 달리한 정도로만 알고 있는 듯했다.

"백해령 씨하고는 평소에 친하게 지내셨나요?"

"아마 저하고 제일 친했죠."

이국원은 필시 누구나 편하게 느끼고 친근하게 지낼 수 있는 타입이었다. 연정은 잘 찾아왔다는 생각이 들었다.

"어떤 분이셨어요? 백해령 씨는."

"밝고 열심히 사는 친구였어요. 남편 잃고는 애들만 생각하고 정신

없이 살아왔죠."

"우울증에 빠져 있지는 않았나요?"

"천만에요. 얼마나 씩씩했는데요. 본인이야 물론 가끔은 사는 게 힘들었을 거예요. 그래도 전혀 내색을 안 했어요. 내가 그랬어요. 사람이 좀 무너지고 눈물도 흘리고 그래야지 어째 그러냐고."

"그랬더니요?"

"애들 생각하면 그럴 틈이 없다나요."

"남편분이 죽은 뒤엔 오로지 애들뿐이었군요."

"그런 셈이죠."

연정은 문득 생각난 것을 물어보았다.

"혹시 만나는 남자분은 없었나요?"

이국원은 잠시 머뭇거리다가 말했다.

"사실은 우리 과에 남자 선생 한 사람이 대시했었죠."

"그래서요?"

"우리도 권했는데 백 선생이 결국 싫댔어요."

"그분은 어떤 분이세요?"

"마흔 중반된 이혼남이에요. 인물도 좋고, 성격도 무난하고, 참 괜찮은 사람인데……."

"왜 거절했는지 혹시 아세요?"

"그런 건 잘 모르겠네요. 남녀 문제라."

백해령은 이국원과 남녀 문제까지 이야기하는 사이는 아니었던 모양이다.

"그분의 이름은요?"

"김형진이라고……."

연정은 최후의 질문을 꺼냈다.

"마지막으로 하나만 더 여쭙겠습니다. 좀 이상한 질문인 건 압니다만 혹시 백해령 씨가 평소에 메스 같은 걸 갖고 다니지는 않았나요?"

이국원은 눈을 크게 뜨더니 예상외의 반응을 보였다.

"변호사님이 그걸 어떻게 아세요?"

"예?"

연정이 더 놀랐다. 말도 안 된다는 답을 기대했던 연정으로서는 불의의 한 방이었다.

"백 선생은 평소 핸드백에 수술용 메스를 넣고 다녔지요."

"도대체 왜 그러셨죠?"

"백 선생한테는 참 아픈 기억이었죠. 남편도 3년 전에 교통사고로 죽었거든요."

"그건 저도 알고 있어요. 암으로 투병하시다가 정작 교통사고로 돌아가셨다고."

"그래요. 그때 둘째 현지는 아직 배 속에 있었지요. 현희는 외할머니한테 맡기고 남편을 공기 좋은 데 데리고 간다고 차를 타고 강원도 산속 어딘가로 가던 중이었대요. 오대산 쪽이던가? 겨울이었어요. 빙판길에 미끄러져 사고가 크게 났어요. 백 선생은 다행히 멀쩡했는데 운전하던 남편이 많이 다쳤어요. 들이받을 때 백 선생 살린다고 자기 쪽으로 핸들을 돌렸나 봐요. 근데 깊은 산속인 데다가 폭설, 빙판에 구급차가 출동을 못 한 거예요. 응급조치만 잘했으면 남편을 충분히 살릴 수 있었는데."

"백해령 씨가 의사인데 왜 응급조치를 못 했다는 거죠?"

"남편이 기흉이 생겼거든요."

"기흉이라면 폐에 공기가 차는 병 아닙니까?"

"정확히는 늑막에 공기가 들어가는 겁니다. 이게 폐를 눌러 숨을 제대로 못 쉬는 거죠. 외상성 기흉은 교통사고로 인해 생기는 경우가 가끔 있어요."

"그럼 응급조치란 건……?"

"여러 가지가 있겠지만 정 급하면 폐에 구멍을 뚫어주는 방법이 있습니다. 메스 하나만 있었으면 폐에 구멍을 뚫어 목숨을 건졌을 텐데, 아무것도 없었어요. 백 선생은 자신이 외과의이면서도 숨을 헐떡이면서 죽어가는 남편을 두 눈 뜨고 지켜볼 수밖에 없었던 거죠."

"아, 그런 일이……."

상상만으로도 연정은 호흡조차 막혀오는 양 괴롭게 느껴졌다.

"네. 그 일의 충격이 컸던지 그 사건 뒤로는 항상 메스를 휴대하고 다녔어요."

"그랬군요. 아내로서, 외과의로서 이중의 자책감을 가졌겠네요."

"어떤 트라우마였을지도 몰라요. 혹시라도 다시 그런 상황을 겪는 건 스스로 용납할 수 없었던 거죠."

이국원은 안타깝다는 듯 눈을 감았다.

연정은 백해령의 슬픈 개인사를 듣게 되어 가슴이 울컥했지만 한편으로는 상당한 낭패감에 휩싸였다.

'평소에도 메스를 가지고 다녔다니!'

연정의 머릿속에서 경찰이 내린 자살설의 망령이 다시금 부활했다.

연정의 의혹은 아무리 외과의라도 메스를 가지고 다닐 리가 없다는 데서 시작한 것이었다. 그런데 백해령은 남편을 잃은 아픈 기억 때문에 자책인지 집착인지 메스를 항상 갖고 다녔다.

연정은 백해령에게 프러포즈했다던 의사 김형진의 방을 찾아갔다. 마침 그는 비번이었고 방은 비어 있었다. 이국원에게 받은 연락처로 전화를 걸어 만날 수 있는지 물었다. 그는 처음에는 경계하는 기색이었지만 백해령 사건의 변호사라고 밝히자 기꺼이 승락했다.

늦은 저녁, 연정은 폭우에 잠긴 한강이 꿈속처럼 내다보이는 카페에서 그를 기다렸다. 백해령이 죽던 날도 오늘처럼 비가 내렸겠지. 감상에 잠겨 있던 연정 앞에 김형진이 편안한 차림으로 모습을 드러냈다. 중년의 나이가 무색하게 구릿빛 피부에 다부진 몸을 가진 호남이었다. 의사라기보다는 스포츠맨처럼 보였는데, 그 점이 외려 의사라는 직종 특유의 정적인 이미지와 대비되어 매력의 상승작용을 일으켰다.

"안녕하세요. 변호사님. 백 선생 사건 잘 부탁합니다."

김형진은 먼저 털털하게 인사하며 악수를 청해왔다.

"네, 안녕하세요. 쉬시는데 죄송해요. 나와주셔서 감사합니다."

"아닙니다. 이렇게 열심히 하시는 변호사님을 만나서 백 선생은 저세상에서라도 다행이라고 생각할 겁니다."

김형진은 연정의 열성이 고마운 모양이었다.

"그런데 어떤 조사를 하고 계십니까?"

"백해령 씨가 우울증 때문에 자살한 거라며 보험사가 보험금 지급을 거절하고 있어요."

"저런, 교통사고로 알고 있었는데?"

"차 안에서 자살했고, 교통사고는 그 이후에 난 거라고 보고 있더군요."

연정은 자세한 속사정에 대한 언급은 피했다. 김형진은 안타까운 듯 눈살을 찌푸렸다.

"……가만 있자, 현희라고 백 선생 어린 딸이 있는데 힘들겠군요. 백 선생이 모아놓은 돈도 없는 걸로 아는데. 병원에서도 모금운동을 했지만 큰돈도 아니고."

"네, 그렇죠. 평소에 백해령 씨가 우울해 하는 일이 많았나요?"

"제가 알기론 아닙니다. 오히려 무척 밝았어요. 힘들면서도 늘 웃는 게 그 사람의 매력이었죠."

가늘어진 그의 눈에 그리움의 빛이 감돌았다.

"병원에서는 어땠나요? 가사와 업무를 병행해야 했으니까 많이 스트레스를 받으셨을 것 같은데."

"힘들었겠죠. 그래도 일에는 확실한 사람이었어요. 책임감도 강했고. 집안일 때문에 병원 일을 등한시한다는 소리를 굉장히 듣기 싫어했어요. 지난번 사고 때도 다음 날 출근 때문에 빗길에 서울로 급히 올라오다가 그렇게 되었잖아요? 그다음 날은 마침 제가 비번이었기 때문에 저한테 바꿔달라고 했으면 얼마든지 되었는데……."

김형진의 말에 한스러움이 묻어났다. 연정은 조심스럽게 물었다.

"실례지만, 듣기로는 백해령 씨와 남녀로서 가깝게 지내셨다고요?"

"네. 맞습니다. 백 선생에게 제가 차였지만요."

역시 이 남자, 말을 시원하게 한다. 연정은 자신도 의아해졌다. 의사라는 든든한 직업에, 외모, 성격 모두 호감인 이 매력적인 남자를 백해령은 왜 거절했을까.

"백해령 씨가 왜 싫다고 하셨는지 혹 여쭈어도 될까요?"

"사실 뭐 제가 남자로서 잘난 건 없지만, 우리 나이에 서로 보완하면서 의지하고 살면 좋잖아요. 백 선생도 저를 그다지 싫게는 생각 안 했어요. 그래도 백 선생한테는 아이들 문제가 걸렸나 봐요. 저는 이혼하고 중학생, 초등학생 아들 둘을 키우고 있거든요. 같이 살면 아무래도 자신의 아이들한테 소홀해지고, 애들이 낯선 오빠들 때문에 힘들어하지는 않을까 걱정되었던 것 같아요. 드러내서 말은 안 했지만 그랬을 겁니다. 그래서 전 일단 물러나 기다리기로 했죠. 백 선생의 둘째 현지가 아직 아기라서 더 그럴 것이다, 현지가 커서 초등학교 들어갈 때쯤이면 마음이 바뀔 거다, 하는 기대로 말이죠."

"그랬군요……."

연정은 다시 한 번 그를 바라보았다.

이날 하루의 성과는 희비가 갈리는 것이었다. 백해령이 평소에 메스를 가지고 다녔다는 것은 경찰의 자살설에 힘을 실어주는 것이었지만, 주변 사람들의 말로는 충동적으로 자살할 마음을 먹을 만한 우울증 따윈 없었던 것 같다. 하지만 사람의 마음에는 다른 사람이 절대 알 수 없는 부분이 있는 것도 사실이다. 병원에서는 밝은 척, 안 아픈 척 가면을 썼지만 그녀에게 인생은 아수라장이었을지도 모른다. 적어도 자살이라고 주장하는 쪽에서는 얼마든지 그런 추측을 할 수 있다. 평소에 우울증세가 보이지 않았다고 항변해봐야 소용없는 일이다.

'뒤집으려면 역시 사건 외부에서부터 밝혀나가야 한다.'

연정은 재차 결론을 내렸다.

4

연정은 사고현장인 태안반도까지 가보기로 했다. 사무장과 직원은 소용없다며 모두 말렸다. 변호사의 업무란 원래 당사자가 가져다주는 서류를 책상에서 검토하고 사실을 법리적으로 재정리하여 법정에 들고나가 공방을 펼치는 일이다. 현장으로 출동하거나 사건 관계자들을 직접 만나는 일은 많지 않다. 직원들은 승산도 없는 사건에 또 연정의 고집이 발동했다며 어이없어 했다. 하지만 이미 애마인 쏘나타를 타고 서해안고속도로를 질주하는 연정의 눈에는 이대로 맥없이 무너지지 않을 거라는, 실체 없는 예감에 사로잡혀 승부가 기울어진 게임을 물고 늘어지는 승부사의 동물적 감각이 번뜩이고 있었다.

서해안고속도로에서 해미인터체인지로 빠져나가 603번 지방도로에 올랐다. 다행히도 태풍은 전날 밤을 끝으로 단말마의 발악을 남긴 채

수명을 다했고, 청명한 가을하늘이 아무 일 없었던 듯 시침을 뚝 떼고 펼쳐져 있었다. 해령이 죽던 날은 분명 지옥의 레이스가 펼쳐졌을 터이지만, 맑은 날의 603번 도로는 기분 좋은 길이었다. 사고 현장까지의 거리는 멀지 않았지만 굴곡이 심한 도로여서 시간은 꽤 걸렸다.

사고현장의 가드레일은 이미 말끔히 수리되어 있었다. 반짝거릴 만큼 새것이라 눈에 확 띄었고 덕분에 현장임을 알아보기 쉬웠다. 연정은 갓길에 차를 정차한 후 차에서 내렸다. 사진에서 본 것보다 더 심한 커브길이었고 가로등 하나 없어 매우 외진 느낌을 주었다. 폭우가 내리는 밤이라면 헤드라이트를 켰더라도 시계는 거의 제로에 가까웠을 것이다. 물론 자살하려는 자가 실행에 옮기기에도 분명 좋은 장소였으리라.

가드레일을 타 넘고 절벽 가장자리까지 걸어가보았다. 경찰조사대로 가드레일에서 절벽 가장자리까지는 20미터 정도였다. 그날 백해령의 차에 부딪쳐 쓰러졌던 나무들의 잔해는 복구되지 않은 채였고 그 덕분에 힐을 신고 왔는데도 걷는 데 큰 어려움이 없었다.

연정은 긴 다리로 성큼성큼 절벽 가장자리까지 걸어가 아래를 내려다보았다. 깊이는 약 20미터 정도에 불과해 절벽이라고 부르기에는 미흡했지만 떨어지면 즉사를 피할 수 없을 듯했고, 공포감을 느끼기엔 충분했다.

고소공포증이 있는 연정은 아찔해져서 한발 뒤로 물러나 마음을 가라앉혔다. 앞쪽으로는 바다가 보이고, 절벽 바로 아래는 큼지막한 돌들이 삐죽삐죽 질서 없이 솟아 있었다. 연정이 발을 디딘 절벽 부근은 사암과 흙으로 이루어진 듯 물러 보였고, 백해령의 차가 내달렸을 가장자리 부근은 일부가 부서져 있었다. 땅이 심하게 뭉개진 모습이 눈에 띄었다.

연정은 준비해온 국화꽃 두 송이를 조심스레 절벽 아래로 뿌렸다.

'자살이라니. 난 믿지 않아요. 진실을 꼭 밝혀낼 겁니다. 현희는 내가 반드시 지켜줄게요. 이제는 고단한 세상 잊어버리고 편안한 곳으로 가세요. 현지도 안녕.'

연정은 P경찰서로 향했다. 사고 현장에서 꽤 멀었다. 며칠 전 통화했던 장이철 경위를 만나는 대신 사고현장에서 발로 뛰어 조사 실무를 담당했던 박태호 경사를 만나 좀 더 생생한 얘기를 들어보기로 했다.

박태호는 30대 중반의 성실해 보이는 경찰관이었다. 그는 자신의 책상 앞에 찾아와 예의 바르게 앉은 늘씬한 변호사에게 호감을 느낀 듯 연신 미소를 띠면서 자판기 커피를 뽑아 권하는 친절을 베풀었다.

"변호사님, 멀리까지 오셨는데 별 소득이 없을 것 같아 제가 괜히 죄송하네요."

"별말씀을요. 감사합니다. 현장에서 직접 조사하신 분으로서 몇 가지 말씀만 해주셔도 큰 도움이 될 겁니다."

"어떤 게 궁금하시죠?"

"백해령 씨 손목의 상처는 어땠나요?"

"왼 손목 동맥이 정확하게 잘려 있었어요. 보통 손목을 찔러 자살하는 사람들은 정맥을 자르고 서서히 죽습니다. 동맥은 손목에서도 깊숙한 지점에 있어 보통 사람들은 찾기도 어렵고, 자르기도 어렵죠. 백해령 씨는 외과의라서 그런지 한 번의 메스질로 손목 깊숙한 곳에 있는 동맥을 정확하게 잘랐어요."

"메스로 손목을 잘랐다면 단순한 교통사고만은 아니군요."

"그렇죠. 적어도 사고사는 아닌 거죠."

"그렇다면 타살로 볼 수도 있을 텐데, 그 가능성을 부정하시는 이유는 뭐죠?"

박태호는 예상된 질문이라는 듯 자신 있게 대답했다.

"아기는 뒷좌석에 있었으니까, 범인이 따로 있었다면 조수석에 앉아 있었겠죠. 하지만 거기서 메스로 백해령 씨의 왼손을 찌르기는 아주 어렵습니다. 찌른다면 오른 손목을 찔렀겠죠. 또 빗길을 과속으로 달리는 차에서 운전자를 공격하면 자신도 죽음을 감수하는 겁니다. 미친 자가 아니고서야 그럴 리는 없겠지요. 게다가 손목을 그은 후 차가 곧 벼랑으로 떨어졌으니 범인이 탈출할 틈도 없었습니다. 제3자 범인설은 성립이 안 됩니다."

장이철 경위의 말과 한 치의 오차도 없다.

"그건 달리는 차 안에서 백해령 씨를 공격했다는 전제하에서 그런 거고요. 현장에서 어떤 이유로, 가령 백해령 씨가 차를 정차하고서 범인과 말다툼 같은 걸 했고, 거기서 범인이 백해령 씨의 손목을 그어 자해한 것으로 위장하여 살해한 다음, 다시 차를 움직여서 아기와 같이 절벽으로 떨어뜨렸다고 생각할 수는 없을까요?"

"제3자 범인설이라면 물론 그런 시나리오밖에 없겠지요. 하지만 그건 현장상황과 전혀 맞지가 않습니다."

"어째서죠?"

연정도 맞지 않는 건 잘 알고 있었다. 하지만 경찰의 견해를 들어보고 싶었다.

"범인이 백해령 씨를 살해한 후 차를 움직였다고 하셨는데요, 현장에서는 분명히 차가 주행 중에 가드레일을 들이받아 부수고 절벽으로 떨어진 흔적이 남아 있어요. 스키드마크 아시죠? 그 흔적 속에 사고는 다 기록되어 있습니다. 정차시킨 상태에서 살해 후 차를 다시 인위적으로 움직여놓고 타이어 흔적만을 위장하는 건 불가능합니다."

"사고 직전에 휴대폰으로 통화한 흔적은 없었나요?"

"없어요, 당연한 거지만 휴대폰은 배터리와 분리된 채 박살 나 있었습니다. 차 바닥에 여기저기 흩어져 있더군요."

연정은 잠시 생각에 잠겼다가 화제를 돌렸다.

"사고 당시 사체의 상태는요? 가능하면 좀 구체적으로 설명해주세요."

"백해령 씨는 운전석에서 죽어 있었습니다. 안전벨트는 매지 않은 상태였어요. 운전석 쪽 유리창은-."

"말씀 중 죄송한데요, 안전벨트를 매지 않았다고요?"

"아, 네. 그야 자살하려던 사람이니까 벨트 따위는 안 맸겠죠."

"네에."

자살설을 부정하러 온 연정에게는 정황상 불리한 사실이었다. 정상적인 운전자라면 그 정도의 폭우가 쏟아지는 위험한 빗길에 아기까지 태운 상태에서는 안전벨트를 당연히 채웠을 것이다.

"운전석 쪽 유리창은 반쯤 열려져 있었어요. 그 열려진 사이로 백해령 씨의 왼손이 창밖으로 나와 걸쳐져 있는 상태였고요. 운전석 문짝은 떨어질 때의 충격 때문인지 고장 나서 열리지 않았어요. 시체를 빼내는 것도 아주 힘들었습니다. 비도 엄청 왔으니까요. 메스는 운전석 시트

밑에서 발견되었습니다. 백해령 씨의 지문도 물론 나왔고요. 커다란 기저귀가방이 뒷좌석 쪽에 있었고, 작은 손지갑이 앞좌석 바닥에서 발견되었어요. 아마 백해령 씨는 평소에 손지갑 안에 메스를 넣어 다니는 버릇이 있었던 모양이에요. 외과의 중엔 원래 괴짜가 많답니다."

연정은 메스가 있었던 까닭을 알고 있다. 박태호는 이야기가 적절치 않게 흘러버렸다고 생각했는지 헛기침을 한 후 말을 이었다.

"사인은 출혈과다와 뇌진탕 등이 복합적이라는 부검결과가 나왔습니다. 뇌진탕은 추락이니까 당연히 생기는 거고, 출혈은 물론 손목 동맥을 자른 것 때문이지요. 자살일 수밖에 없는 겁니다. 동맥이 잘리면 원래 그렇지만 끔찍하게도 몸속의 피는 거의 다 빠져나온 모양이었습니다."

"사고 차량은 지금 어떻게 되었나요?"

"폐차 처리됐습니다. 자살로 결론 나서 사건이 종결되었으니까요. 증거로서 보존할 이유도 없고."

"아쉽군요. 사고 난 차의 현장모습을 꼭 보고 싶었는데."

박태호는 대답 대신 책상 아래쪽 서랍을 열더니 주섬주섬 몇 장의 사진을 꺼냈다.

"초동수사 당시에 현장과 차량을 찍어놓은 겁니다. 사건 기록에 필요한 몇 장 빼고 나머지는 따로 보관해두었죠. 다행히 아직 버리지 않고 있었네요."

연정은 사진을 건네받아 찬찬히 들여다보았다. 현장에 출동한 직후 사고 차량과 사고지점인 절벽 등을 폭우 속에서 촬영한 생생한 사진들이었다. 박태호의 성실한 성격을 보여주듯 현장을 입체적으로 조망해

볼 수 있도록 구석구석 충실히 찍혀 있었다. 경찰이 취사선택해 조리해 낸 기록만으로는 알 수 없는 사고현장에 대한 정보가 담긴 귀중한 자료들이었다. 그날 밤의 참혹했던 현장이 마치 자신의 기억처럼 스멀스멀 되살아나는 것 같았다. 사진을 한두 장 넘기던 연정의 눈에 띄는 것이 있었다.

"이 사진들은 현장에 출동한 직후 사체에 손대기 전에 찍으신 거 맞죠?"

"물론이죠."

"아기가 엄마 옆에 나란히 죽어 있네요."

연정은 의문에 찬 눈으로 박태호의 얼굴을 빤히 들여다보았다. 호기심과 의문에 사로잡히면 항상 보이는 버릇이었으나, 상대방은 공격적인 태도로 오해하고 당황할 때가 많았다.

"아기는 뒷좌석에 고정된 유아용시트에 태우고 운전했던 것으로 아는데요. 어떻게 엄마 옆에……?"

박태호는 연정의 시선이 부담스러운지 아니면 답변에 자신이 없어서인지 뒤통수를 쓰다듬었다.

"글쎄요. 아마 추락할 때의 충격으로 시트 벨트가 풀린 것 아닐까요?"

연정은 사진을 몇 장 더 넘겨 뒷좌석 유아용시트 부분을 찍은 사진을 들여다보았다.

"유아용시트는 아기를 시트에 앞쪽으로 보도록 앉히고 그 몸 위를 엑스형으로 묶는 식이로군요."

"네 그렇습니다. 엑스반도식이죠. 흔한 겁니다. 아기 가슴께 벨트가 교차하는 부분 한가운데에 버클 보이시죠? 거기 위에 크고 동그란 버튼을 누르면 벨트가 해제되는 식입니다. 그게 그만 충격으로 풀려버린 거죠."

"충격으로 버튼이 눌려 벨트가 풀렸다……?"

연정은 시선을 아래로 떨구고 혼잣말을 하듯이 박태호의 답변을 곱씹어보았다. 의혹이 해소되지는 않았지만 박태호를 상대로 답을 내놓으라고 다그쳐봤자 소용없는 일이다.

사진을 더 넘겨보았다. 차체 외부를 찍은 사진들이었다. 창문이 나온 몇 장을 이리저리 돌려보던 연정은 고개를 갸웃했다.

"차 앞쪽이 특히 많이 찌그러졌네요."

"네. 20미터 절벽을 거의 수직으로 떨어졌으니까요."

연정은 다시 고개를 갸우뚱했다.

"차가 가드레일을 부수고 절벽으로 뛰어들었다고 하셨는데, 그렇다면 절벽에서 앞쪽으로 뛰쳐나가는 힘으로 포물선 비슷한 궤적을 그리면서 떨어지지 않나요? 그리 높은 절벽이 아니니까 땅에 충격할 때는 달릴 때 모양 그대로는 아니더라도 적어도 비스듬하게 떨어질 거 같은데요."

"맞습니다. 차의 찌그러진 모양에서 차가 어느 정도 속력으로 절벽에서 달려 나갔는지도 추정할 수 있습니다. 상세한 정황은 엄밀하게는 추측에 불과하기에 수사보고서에는 적지 않았지만, 저는 그냥 달리다 떨어진 것은 아닌 것으로 보고 있습니다."

"그러면요?"

"차가 가드레일을 들이받고 관성으로 달리다가 절벽 끝에 일단 걸렸던 거죠."

"아."

조금 전 사고현장을 다녀온 연정은 머리에 퍼뜩 떠오르는 게 있었다.

"그래서 절벽 끝에 뭉개진 흔적이 있었던 거군요."

박태호는 의외라는 듯이 놀라며 빙긋이 웃었다.

"변호사님도 아시네요. 맞습니다. 절벽에 생긴 자국을 보면 사고 당시에 차가 절벽에서 그대로 달려 나간 게 아닙니다. 가드레일을 뚫고는 달리다가 절벽 끝에 와서는 힘이 다해서 걸려 있었어요. 타이어자국은 끝이 나 있었고, 비가 와서 흙이 부드러워진 탓에 밋밋하게 뭉개진 흔적이 남았죠. 현장에 남은 타이어자국을 분석해보면 알 수 있습니다. 벼랑 끝에 걸렸다가 아래로 추락해버린 거죠. 그러니까 비스듬하게 떨어질 수 없었죠. 거의 수직으로 차 앞쪽부터 바닥으로 떨어진 겁니다. 그게 더 안 좋았죠. 벼랑에서 달려 나갔다면 돌 위가 아니라 그 앞쪽 바닷가 모래 위로 떨어져 살 수도 있었을 텐데."

"그랬군요……."

연정은 벽에 부딪친 기분이 들었다. 경찰이 제시한 견해들은 대체로 타당성이 있었다. 몇 가지 의문점에 대한 경찰의 설명은 분명히 모순되어 있긴 했지만 진상에 대한 확실한 결론에 도달하지 못한 연정으로서는 더 캐묻거나 밀어붙일 수가 없었다. 이대로 자살로 종결돼 모녀의 한을 풀어주지 못할지도 모른다고 생각하니 갑자기 가슴이 울컥해졌다.

"여러 가지로 감사했습니다."

연정은 벌떡 일어나 꾸벅 인사한 후 마음의 동요를 숨기듯 급하게 자리를 떴다. 경찰관들은 울 것 같은 얼굴로 황급히 나가는 연정을 보고는 무슨 일이냐는 듯 동료 경찰관 박태호를 노려보았다. 영문을 모르는 박태호는 연정의 뒷모습을 어리둥절한 눈으로 바라볼 뿐이었다.

태안반도까지 내려갔다 왔지만 별다른 수확을 얻지 못한 연정은 초조해졌다. 오후 내내 다른 일조차 손에 잘 잡히지 않았다.

경찰의 설명을 다 수긍할 수는 없었고, 분명히 약점도 있었다. 그렇다고 경찰을 능가할 다른 설명을 제시할 수 있는 것도 아니었다. 더 채집해올 증거도 팩트도 없다. 초기 사고현장에서부터 관여한 경찰이 조사한 이상의 객관적인 자료를 두 달이 지난 이제 와서 구할 수 있을 리가 만무했다. 차에 아기를 태우고 달리다가 손목을 그어 자살했다는 미증유의 사건인 만큼 사건의 해결에는 상궤를 벗어난 상상력을 동원해야겠지만, 진상은 안개에 휩싸인 숲처럼 안이 들여다보이지 않았다.

심란해진 연정은 저녁 약속을 취소했다. 사무실을 나와 곧장 걸어서 혼자 사는 아파트 단지로 들어섰다. 피로감이 몰려왔다. 어린이 놀이터의 빈 벤치가 지친 연정에게 쉬었다 가라고 손짓하는 것 같았다. 연정은 얇은 하프코트를 구겨지지 않게 쓸어 올린 다음 벤치 위에 앉았다. 긴 다리를 앞으로 쭉 뻗어 편안한 자세를 취했다.

어스름한 석양 아래 아이들이 뛰어다니고 있었다. 옆 벤치에는 아이 엄마 둘이 앉아 잡담을 나누고 있었다. 사고만 없었다면 현지도 지금쯤 엄마하고 저렇게 놀고 있을 텐데. 사진으로 보았을 뿐이지만 참 예쁜아이였지……. 또다시 백해령 모녀의 생각이 떠올라 기분은 더 가라앉았다.

놀이터 한가운데에 놓인 형형색색의 미끄럼틀이 가장 인기 있는 시설물이었다. 남자아이 서넛이 서로 앞서거니 뒤서거니 하며 미끄러져 내려오고 있었다. 한꺼번에 뒤섞여 내려온 탓에 아래에서 한 무더기로 겹쳐 넘어지곤 했다. 미끄럼틀 너머에는 크고 작은 철봉 세 개가 나란히 줄지었고, 작은 철봉보다 더 작은 여자아이가 대롱대롱 매달려 있다. 짓궂은 아빠는 아이가 내려달라고 보채도 한참 동안 손을 뻗어주지 않다가, 마침내 아이가 으앙 하고 울음을 터뜨리고 나서야 아이를 내려주었다. 철봉 왼쪽에는 시소가 있었다. 둘이 타는 시소를 아이들 셋이 서로 앉겠다며 쟁탈전을 벌이고 있었다. 두 아이가 각각 시소의 양팔에 앉았고 밀려난 한 아이는 시소 위를 줄타기 하듯 왔다 갔다 했다. 시소는 꾸벅꾸벅 졸듯이 양쪽 땅에 번갈아 방아를 찧었다.

멍한 시선으로 아이들의 노는 모습을 보던 연정의 표정이 화들짝 깨어났다. 어딘가 화난 사람의 얼굴 같기도 했다. 곧이어 연정은 무언가를 골똘히 생각하는 듯 초점이 맞지 않는 눈으로 어딘가를 응시했다.

그랬구나…….

연정의 눈가가 촉촉이 젖어들었다. 그러고는 마침내 왈칵 눈물을 쏟았다.

5

다음 날, 연정은 백해령의 모친 임타분을 자신의 사무실에서 다시 만났다.

"어머님, 한 가지만 여쭤 볼게요."

"네. 말씀하세요."

타분은 딸과 손녀를 잃은 슬픔을 속으로 삭히고 여전히 침착하고 온화한 모습이었다.

"해령 씨는 운전할 때 휴대폰을 어디에 두었나요?"

"차 가운데 놓고 핸즈프리로 사용했어요. 아이를 태우고 다니니까 항상 안전이 우선이었던 거죠."

연정은 역시, 하듯이 고개를 끄덕였다.

"한 가지만 더 여쭐게요. 해령 씨가 그날 운전석에 탈 때 안전벨트를 맸는지 어땠는지 혹시 기억하세요?"

"분명히 채웠어요. 원래가 해령이는 10미터를 운전하더라도 벨트는 무조건 매는 버릇이 있었어요. 그날은 비도 오고 뒤에 현지까지 태우고 가니까 제가 더 걱정돼서 한 번 더 안전벨트를 했는지 확인까지 했는걸요. 그랬는데⋯⋯."

타분의 눈가가 붉어지기 시작했다. 무거운 표정을 짓고 있던 연정은 나지막하게 말했다.

"어머님, 제 나름대로 사건을 조사해봤어요."

타분은 젖은 눈으로 연정을 보았다. 어서 결론을 말해달라는 듯이.

"따님, 그러니까 해령 씨는 역시 교통사고를 낸 거였어요."

"아⋯⋯. 그러면 자살은 아니라는?"

타분은 다행이라는 듯 숨을 크게 들이쉬었다. 연정의 굳은 표정은 풀리지 않았다.

"해령 씨는 그날 밤 어머님 댁에 현희를 데려다놓고 늦은 저녁에 현지만 차에 태우고 서울로 향했죠."

"그래요. 그렇게 늦은 저녁에 운전하도록 내버려두는 게 아니었는데. 비까지 그렇게 오는데 해령이가 부득불 서울로 돌아가야 한다고 우겨서⋯⋯."

회한 가득한 말이었다.

"맞아요. 너무나 위험한 운전이었죠. 생각해보면 해령 씨는 남편을 잃고 혼자 고군분투하면서 참 힘들게 살아왔어요. 외과의 자체가 육체적으로 힘든 일이죠. 남자들도 견뎌내기 어렵다더라고요. 월급 의사로 일하면서 아이 둘까지 키우려면 하루도 편히 쉴 수 없었겠지요. 보모

월급도 줘야 했고. 아무리 비 오는 밤이라도 다음 날 출근을 위해 서울로 서둘러 운전해 갈 수밖에 없었을 겁니다."

"그래요. 병원 출근 때문에……."

"사고는 밤 10시경에 있었죠. 서울로 빨리 돌아가야 되는데 차는 아직 태안반도에 있고, 마음이 급했을 겁니다. 비는 세상을 삼킬 듯이 내리고, 언제 서울에 도착할지 막막했겠지요. 그래서 무리하게 과속을 했어요. 경찰추정으로는 시속 100킬로미터 정도였다고 하더군요. 당시 기상상황에서, 그런 길에서는 극히 위험한 속도였지요. 심한 비로 거의 한치 앞이 보이지 않는 정도였다고 해요. 도로에는 차도 거의 없었죠. 실처럼 가느다란 헤드라이트 불빛 두 줄기만을 의지해 어둠속을 더듬어 달리던 해령 씨의 차는 해안가 낭떠러지를 따라 뻗어 있는 지방도의 어느 급커브에서 그만 가드레일을 들이받아버린 거예요."

"경찰이 자살이라고 했던 건 왜일까요?"

연정은 경찰의 결론이 다시 생각해보아도 어이없다는 듯 고개를 절래절래 흔들었다.

"감정 없는 사실만을 블록 쌓듯 쌓아올린 거죠. 가드레일을 부수고 달려나간 자동차, 창밖으로 나와 동맥이 잘린 운전자의 왼손, 추락의 흔적, 메스와 지문, 이런 것들을 의미 없이 요철만 맞게 조합한, '사람'이 빠진 결론이에요. 그래서 '아기 둘을 둔 엄마가 그중 갓난아이 하나만 뒤에 태우고 빗길에서 달리던 중 손목을 그어 자살했고, 차는 벼랑 아래로 떨어져 아이와 같이 죽었다'는 해괴망측한 그림을 그린 거예요. 물론 경찰이 만든 그 사실의 조합 자체에도 많은 모순점이 있지만요. 어머님은 절대로 납득하지 못하셨죠?"

"물론이죠. 우리 딸이 그런 짓을. 상상조차 할 수 없어요."

"저도 마찬가지예요. 모성이라는 것, 어머니라는 것을 조금이라도 이해했다면 그런 의견을 낼 순 없다고 생각해요. 해령 씨를 잘 아시는 어머님은 물론 더 그러시겠지만요.

해령 씨는 3년 전 남편을 잃었지만 어머님 말씀을 들어보면 언제까지나 슬픔에 빠져 있기보다는 남아 있는 아이들을 더 걱정하는 씩씩한 사람이었어요. 아이들을 위해 열심히 살려고, 당장 내일의 출근을 위해 비 오는 밤길을 달려나온 사람이 곧장 심경의 극적인 변화를 일으켜 자살했다? 너무 이상하죠.

만약 사는 게 힘들어서 아이와 같이 죽고 싶다고 생각했다 해도, 왜 현희는 남겨두고 현지만 데리고 갔을까요? 현희는 꿋꿋해 보여서? 아니면 현희를 덜 사랑해서? 제가 어머님 앞에서 감히 이런 말씀은 주제넘지만 모성이란 그런 게 아니잖아요?

설사 어떤 이유로 현지만 저세상으로 데리고 가자고 생각했다고 해도 그래요. 한 치 앞도 안 보이는 상황에서 당장 가드레일 앞이 낭떠러지인지, 풀밭인지 어떻게 알 수 있을까요? 자기 손목을 긋는다 해도 그 다음 순간 차가 낭떠러지로 떨어져 둘이 같이 확실히 죽을지 어떨지는 알 수 없단 말이죠. 그렇다면 현지를 저승의 길동무로 해야겠다는 의지는 당초부터 없었다고 봐야 맞겠죠. 경찰은 해령 씨가 하필 달리는 차에서 손목을 그은 것은 현지와 동반자살하기 위해서였다고 했지만 해령 씨가 낭떠러지의 존재를 알 수 없었다는 점에서 앞뒤가 맞지 않아요.

그렇다면 해령 씨가 혼자만 죽으려고 자살을 결행했다는 이야기가 되는 건데, 이게 더욱 말이 안 되는 게 그럴 거면 차 안에서 손목을 자를 리가 없죠. 뒷좌석에는 현지가 타고 있었으니까요. 같이 죽으려 했다면 모를까, 혼자 죽으려 했다면 현지가 다칠 수도 있는 상황에서는 절대 자살을 시도하지 않았을 겁니다."

"네. 맞아요. 그런데 경찰은 왜 그렇게 생각하지 않을까요."

타분은 안타까워하며 한숨을 쉬었다.

"저는 경찰과 똑같은 자료를 가지고 전혀 다른 결론을 내렸어요. 감히 사건에 대한 완전한 설명이라고 할 수 있는 결론을요."

"……역시 단순한 교통사고인 거죠?"

"네. 처음에는 그랬죠."

"처음에는?"

"네. 말씀드렸듯이 빗길에 급한 마음으로 과속하던 해령 씨가 사고를 낸 거예요. 차가 가드레일을 뚫고는 남은 힘으로 돌진하다가 절벽 가장자리까지 와서야 멈춘 겁니다. 가드레일을 들이받는 순간 해령 씨는 어지간히 놀랐던지 브레이크도 제대로 못 밟았던 것 같아요. 차는 그대로 나무를 들이받으면서 앞으로 나아가다 힘이 다해 벼랑 끝에 걸려버린 거예요. 마치 흔들바위처럼."

"아……."

"해령 씨는 너무나 놀라고 겁에 질렸겠지요. 아마도 차체가 금방이라도 떨어질 것처럼 앞뒤로 기우뚱했을 겁니다. 특히 해령 씨가 앉은 차체 앞부분은 절벽 쪽으로 튀어나와 있었으니 그 공포는 엄청났을 거예요. 아래쪽은 끝이 보이지 않는 어둠이었어요. 황천 구덩이의 입구처럼 보였겠지요. 하지만 그 공포보다도 해령 씨를 더 압도했던 건 뒷좌석 시트에서 죽을 듯이 울어대는 현지에 대한 걱정이었습니다."

"얼마나 무서웠을까요."

타분은 그 장면을 상상하듯 눈을 감았다. 딸아이가 느꼈던 고통과 두려움을 만분의 일이라도 같이하고 싶었는지도 모른다. 타분의 처진 눈꺼풀이 파르르 떨렸다.

"금방이라도 떨어질 것 같았겠지요. 거센 빗줄기가 마구 차체를 때리고 흔들었을 거예요. 벼랑 끝의 물러진 흙이 언제 무너져 내릴지 모르고, 차체는 이미 슬슬 미끄러지는 듯 느껴졌을 거예요. 휴대폰으로 일단 구조를 요청하는 게 먼저겠지만 가드레일을 들이받을 때의 충격으로 핸즈프리 통화를 위해 꺼내놓았던 휴대폰이 손이 닿지 않는 데로 날아가버린 것 같아요. 해령 씨 휴대폰은 배터리가 분리된 채 차 바닥에서 부서진 상태로 발견되었더군요. 그 상황에서 언제 올지 모를 구조대를 마냥 기다리는 게 나았을지……. 그건 사후에야 알 수 있는 문제겠지요. 그때의 해령 씨로서는 폭우 속의 외딴 길까지 사람이 오기를 태평하게 기다릴 여유는 없었어요. 적어도 심리적으로요. 차는 흔들흔들했고, 자신의 죽음은 피할 수 없다고 생각했을 거예요. 동시에 자신의 실수로 현지까지 죽게 되었다고 극도로 자책했을 겁니다. 그리고, 자신은 죽더라도, 무슨 수를 써서라도, 현지만은 꼭 살리겠다고 생각했던 겁니다."

"……."

연정은 잠시 이야기를 멈추고 타분을 응시했다. 앞으로의 이야기는 연정으로서도 하기 힘든 것이었다. 타분은 미동도 않은 채 눈을 살포시 뜨고 말없이 연정을 바라볼 뿐이었다.

"해령 씨는 의사로서 자연과학도의 사고가 몸에 밴 사람입니다. 금방이라도 떨어질 것 같은 차의 무게중심을 조금이라도 뒤로 옮기는 것만이 현지를 살리는 길이라 생각했어요. 뒷자리의 현지를 구하기 위해서는 앞부분의 무게를 한 줌이라도 덜어내야 한다고 생각했던 거죠."

타분의 눈썹이 다시 파르르 떨리기 시작했다.

"운전석 창을 내리고 밖으로 왼손을 내밀었어요. 작은 손지갑에 넣어놓았던 메스를 꺼내 오른손에 쥐고 자신의 왼손 동맥을 깊숙이 잘라버린 겁니다. 몸속의 피를 다 뽑아내기 위해서. 그래서 앞쪽의 차 무게를 조금이라도 줄이기 위해서."

타분의 감은 눈에서 두 줄기 눈물이 흘러내렸다. 마침내 타분은 참지 못하고 고개를 숙이고 앙상한 두 손으로 얼굴을 감싸고 오열하기 시작했다.

"현지를 구하겠다는 일념이었습니다. 심약한 자살자들이 보여주는 주저흔 따위는 없었어요. 단 한 번의 망설임도 없이 한 번의 메스질로 자신의 동맥을 정확히 잘라냈습니다. 최대한 빨리 피를 뽑아낼 수 있도록요. 피는 분수처럼 솟아났을 겁니다. 능숙한 외과의의 솜씨니까요. 그건 피가 아니라 엄마의 염원이었어요. 피는 시커먼 벼랑 밑으로 떨어져 폭포처럼 쏟아지던 빗물에 깨끗이 씻겼습니다.

저도 예전 검사 시절 몇몇 사건을 담당해봐서 알아요. 피가 빠져나간 사람의 시체는 깜짝 놀랄 만큼 가벼워져요. 해령 씨가 자신의 피 무게를 덜어낸 것이 차의 균형을 유지하는 데 효과가 있었을지도 모릅니다. 소형차였기에 더 효과가 컸을 수도 있겠지요. 물론, 아무 효과가 없었을 수도 있습니다. 해령 씨의 희생이 없었더라도 차는 그대로 버텼을

지도 모르고요. 그냥 구조를 기다리는 게 맞는 답이었을 수도……. 하지만 그 모든 건 상황이 지나간 다음에야 말할 수 있는 거겠죠."

"아무리 그래도 어떻게 그런 바보 같은 짓을……."

"저도 안타까워요. 왜 그런 선택을 했을까 하고 마음속으로 나무라도 봤어요. 해령 씨는 '어머니'였어요. 긴급한 상황에서 응급조치를 못해 남편을 잃은 뼈아픈 기억을 현지에게서만큼은 절대 되풀이해서 겪고 싶지 않았던 건지도 모르죠……. 해령 씨의 선택이 최선이었는지, 옳았는지 어떤지는 아무도 모릅니다. 그 상황을 경험하지도 못한 저 같은 제3자가 펜대를 굴리면서 '그땐 이랬어야 했어' 따위로 말하는 것도 오만이겠지요. 몇 년 전 미국의 어떤 산악인은 바위틈에 팔이 끼어 고립되자 무딘 칼로 한 시간에 걸쳐 자기 팔을 잘라내고 탈출했다고 하더군요. 극단적인 상황에서의 판단은 상식을 넘어서는가 봐요."

"불쌍한 것, 차라리 앞문을 열고 뛰어내릴 것을. 그렇게 처참하게 죽다니……."

타분은 얼굴을 두 손으로 가린 채 울먹였다.

"예, 맞습니다. 그 상황에선 그게 앞부분 하중을 덜어낼 제일 확실한 방법이죠. 해령 씨는 필사적이었어요. 앞문을 열고 벼랑 아래로 뛰어내려 아기만이라도 살리려는 시도도 당연히 해봤을 거예요. 하지만 해령 씨는 뛰어내리고 싶어도 그럴 수가 없었을 겁니다.

사고 후 경찰에서 차체를 조사할 때 운전석 문이 고장 나 열리지 않았다더군요. 경찰은 추락할 때의 충격으로 그렇게 된 것으로 보았지만 제 생각에는 가드레일을 부술 때 이미 앞문이 찌그러져 고장 나버린 게 아닌가 싶어요. 그래서 뛰어내릴 수 없었겠죠. 그렇지 않다 하더라도 균형을 겨우 이루고 있는 차에서 뛰어내리거나 이동하려고 몸을 섣불리 움직이다가는 오히려 밸런스가 무너져 차가 추락할 위험이 큽니다.

해령 씨는 운전석에서 뒷좌석으로 건너가는 방법도 당연히 생각했을 거예요. 해령 씨의 안전벨트가 풀려 있는 걸 보면 그런 시도를 했던 걸 알 수 있어요. 경찰은 자살하려던 사람이니까 애초부터 안전벨트 따위는 안 채웠을 거라 하지만, 어머님이 아까 처음부터 안전벨트를 했다고 확인해주셨잖아요? 해령 씨는 이때 자신의 몸을 벼랑 아래로 던지든 뒷자리로 넘어가든 하려고 벨트를 푼 겁니다.

하지만 운전석 문짝은 고장 나 있어 열고 뛰어내릴 수 없고, 뒷좌석으로 넘어가려니 아무래도 움직이는 와중에 차체에 하중의 순간적인 변화가 가해질까 불안해집니다. 아마 해령 씨는 자신의 몸을 움직이려다가 차의 균형이 미묘하게 무너지는 걸 느끼고 그만두었을 거예요. 그 방법이 훨씬 더 위험하다고 판단한 거예요.

좌석을 벗어날 수도 없고, 다른 어떤 방법도 없었어요. 이대로 있으면 어차피 둘 다 죽게 된다고 생각했죠. 그래서 아이만이라도 살리려 했어요. 절박했던 해령 씨는 마침내 몸속의 피를 뽑아내서라도 앞자리의 무게를 줄인다는 무서운 길을 선택한 겁니다."

"……그렇게까지 했는데 왜 떨어져버렸을까요."

연정은 다시금 마음이 아렸다.

"아마 해령 씨가 손목을 그은 후 몇 분 정도는 차가 그대로 절벽 끝에 걸려 있었을 거예요. 피를 흘려 없앤 덕택인지, 그게 아니더라도 균형을 잡았을지는 물론 알 수 없지만요. 저로서는 해령 씨가 피를 흘린 덕분이라고 믿고 싶어요. 해령 씨가 몸 속의 피를 거의 다 잃었다는 부검결과를 보면 차가 꽤 오래 걸려 있었던 것 같아요.

하지만 정말 불운이 겹쳤다고밖엔 할 수 없어요. 뒷자리의 현지는 사고의 충격과 엄마의 이상한 모습에 겁에 질려 울며 몸부림쳤을 거예요. 격렬하게 버둥거리다가 그만 시트 벨트를 고정하고 있던 버튼을 눌러버린 거예요.

아무것도 모르는 현지는 무조건 엄마만 찾았어요. 겁에 질려서, 늘 자신 곁에서 보살펴주던 엄마 곁으로 무작정 가고 싶었던 거죠. 엄마는 앞좌석에서 어딘지 평소와 다르게 고개를 늘어뜨리고는 움직이지 않았어요. 엄마가 자기를 구하느라 피를 다 뽑아내 죽음 직전인 것도 모르고 현지는 뒷좌석에서 앞좌석으로 엉금엉금 기어 넘어갔어요. 겨우 다정한 엄마 품에 안겼다고 안도한 순간, 균형을 잃어버린 차는 낭떠러지로 추락한 거예요.

현지가 30개월이었으니까 10킬로그램은 훨씬 넘었겠죠. 그만큼의 무게가 뒤에서 앞으로 이동했으니 겨우 밸런스를 맞추고 있던 차는 일순간에 벼랑 쪽으로 무너질 수밖에 없었어요. 마치 시소가 무게중심의 이동에 따라 오른쪽 왼쪽으로 왔다 갔다 하는 것처럼요. 놀이터에서 아이들이 시소놀이를 하는 것을 보다가 문득 사건의 진상을 깨달을 수 있었어요.

경찰은 땅에 떨어질 때의 충격으로 현지의 유아용시트 벨트가 풀렸다고 보고 있어요. 그건 땅에 떨어지기 전까지는 벨트가 채워진 상태였다는 얘기고, 그렇다면 타박상은 벨트 부위를 따라 난다든가 하는 흔적이 있어야 하거든요. 그런데 현지의 부검결과를 보면 온몸에 무차별적으로 타박상이 나 있고 뇌진탕까지 입은 것으로 되어 있어요. 벨트가 채워져 있었다는 흔적이 전혀 없는 거죠. 그러니까 땅에 떨어지면서 벨트가 풀렸다는 경찰의 이야기는 부검결과와 들어맞지 않아요. 현지의 벨트는 차가 추락하기 전에 이미 풀려 있었다고 볼 수밖에 없어요.

벨트라는 안전판을 잃은 현지는 추락으로 도리 없이 절명했고, 해령 씨 역시 과다출혈을 한 데다가 추락할 때의 충격이 더해져 사망한 거죠."

차창에 들이치는 가랑비처럼 타분의 주름진 뺨에 연신 눈물이 흘러내렸다. 연정은 더 말을 잇지 않고 타분이 진정되기를 기다렸다.

한참의 시간이 지났다. 타분이 몸을 추스르며 일어섰다.

"실례가 많았습니다. 결국 해령이는 자살한 거네요. 감사합니다……. 의뢰비는 어떻게든 꼭 드릴게요."

"어머님. 의뢰비는 안 주셔도 돼요."

"그건 안 될 말이죠. 얼마나 힘써주셨는데."

"정 그러시면 실비만 받을게요. 다만, 보험사로부터 받겠습니다."

타분은 의아했지만 더 묻지 않고 정중히 인사한 후 조용히 사무실을 나갔다. 법이란 것을 이 호연정 변호사만큼 믿을 수 있으면 좋을 텐데, 하고 생각하면서.

6

연정의 결론대로라면 해령이 손목을 그은 것은 자살이라기보다는 아이를 구하기 위한 긴급한 조치로서 법률적으로 달리 평가될 여지가 있었다. 보험회사를 상대로 소송을 하더라도 승산이 전혀 없지는 않았다. 하지만 자살이라는 경찰의 공적인 결론이 바뀌지 않는 한 실제 소송에서는 불리한 것이 현실이었다.

상상력이 작용할 여지가 가장 좁은 영역이 법률이다. 재판에서는 경찰의 결론은 '사실'에 가까운 취급을 받고, 연정이 내린 결론은 아무리 이치에 맞더라도 당사자의 '공상'에 불과하다. 그렇다면 연정의 감성적 결론이 통하는 곳에서 답을 찾아야 했다.

연정은 검사 재직 시부터 알고 지내던 L신문 법조출입기자를 만났다. 백해령 사건에 대한 연정의 설명을 덧붙였다. 경찰조사결과에 반대

되는 가설이라 기사화하기에는 어려울 수도 있었다. 하지만 기자는 '요즘 사람들이 원하는 것이 여기에 있다'며 눈을 반짝였다. 다음 날 L신문 지면과 인터넷 포털사이트에는 해령의 눈물겨운 모성 이야기가 실렸다.

'남에게 뒤질세라 열심히 세상의 때를 묻혀가던 사람들. 이 모든 것에 실망하고 등 돌린 뒤에도 마지막으로 돌아볼 수 있는 단 하나 남은 곳, 그것은 어머니였다'로 마무리 지은, 백해령 사건에 대한 기자단상 형식의 기사는 누구나 갖고 있는 어머니에 대한 향수를 건드렸다. 경찰의 자살설은 곧바로 부정되었다. 네티즌은 댓글을 쏟아내며 경찰의 등 뒤에 숨어 보험금 지급을 거절하는 B생명보험사에 대한 비난을 퍼부었고, 보험사는 부랴부랴 그날 오후 보험금을 지급하기로 했다는 보도자료를 돌려야 했다.

그로부터 얼마 후 현희가 타분을 통해 보내온 편지글 앞머리는 연정을 다시 한 번 뭉클하게 만들었다.

'엄마에게'

외딴집에서

외딴집에서

뒤통수에 얼얼한 아픔을 느끼며 깨어났다.

아픔이라고 하지만 찌르는 듯 강렬한 통증 같은 건 아니었다. 대략 머리 아래쪽이 얼얼한 정도였다. 어디가 아픈지를 물으면 딱히 짚을 수 없을 것 같다. 무언가 근질근질하면서도 알싸한 느낌 같기도 하다. 조금 전 옆머리를 세게 얻어맞은 탓인 모양이다.

주변이 어둑어둑했다. 창 너머로 건너오는 희미한 불빛에 의지해 겨우 사위를 분간할 수 있을 뿐이다. 빗줄기는 여전히 거세게 창을 때리고 있다.

오싹했다. 한기마저 들었다. 뒤통수가 쭈뼛 서는 기분.

도대체 난 얼마 동안 기절해 있던 걸까.

자책감이 들었다. 내 미행이 그렇게 어설펐나. 분명 몰래 뒤를 밟았고, 조용히 잠입했다고 생각했는데, 어느 지점에서 들켜버린 모양이다. 이 저택의 주인은, 악마 같은 그놈은 도대체 언제부터 내가 뒤를 쫓고 있는 걸 알았을까.

남자의 집은 담장만 봐도 깜짝 놀랄 만큼 큰 저택이었다. 외벽을 둘러싼 검붉은 벽돌이 비에 젖어 까맣게 번들거렸다. 2층 건물인데도 층고가 아득하게 높았다. 마치 유럽 작은 마을의 영주가 사는 집 같았다. 혹은 일제강점기에 작위를 받은 고관대작의 집처럼도 보였다. 내가 사는 근처, 외딴 시골 마을에 이 정도로 크고 고색창연한 집이 있으리라곤 상상치 못했다.

저택의 담을 타넘고 정원을 살금살금 가로지른 것까지는 분명 문제가 없었다. 한 치 앞도 보이지 않게 쏟아지는 비도 순전히 내 편이었다. 소리를 죽이기 위해 비옷도 걸치지 않았었다. 운동화 바닥이 물에 잠길 만큼 흠뻑 젖은 지도 오래였다.

앞서 가던 남자의 모습이 현관 언저리에서 사라진 걸 눈치 채지 못한 게 불찰이었다. 비는 억수처럼 내렸고, 너무 어두웠고, 난 자신을 숨기느라 주변을 신경 써야 했다.

남자가 들고 가던 우산이 배를 뒤집은 개마냥 현관 앞에 거꾸로 떨어져 있었다. 어, 하는 순간 정원 옆 나무 뒤에서 불쑥 남자가 튀어나왔다.

찰나였지만 그의 모습은 뚜렷했다. 마침 그때 번개가 쳤던 것 같기도 하다. 일순간 너무나 세상이 뚜렷이 보였으니까.

잠시 우산을 내렸을 뿐이겠지만 남자의 카키색 외투 어깨는 이미 젖어 있었다. 푹 눌러쓴 모자챙에서 얼굴로 빗물이 줄줄 떨어지고 있었다. 코 아래까지 그림자가 져서 얼굴을 제대로 보지 못했다. 그 아래 돌처럼 강인한 턱만은 확실하게 기억에 남았다.

남자는 양팔을 번쩍 들었다. 흉기 같은 게 들려 있었다. 정원용 삽자루였다.

피해야 하는데.

하지만 나는 꼼짝도 하지 못했다. 공포에 얼어붙었다.

내 팔다리는 분명 조금도 움직일 수 없었는데, 남자가 내리치는 삽자루는 왜 그리 천천히 움직이는 것처럼 선명하던지.

삽자루가 크게 돌았다. 머리 옆에 둔탁한 통증이 작렬하고, 눈에서 불꽃이 튀었다.

그 순간까지 물론 남자의 얼굴 같은 걸 제대로 볼 기회는 갖지 못했다. 빙글빙글 도는 검은 하늘만이 마지막 잔상으로 망막에 남았다. 그리고 암전이었다.

깨어보니 이 방이었다.

나는 탐정이다. 사실 우리나라에 탐정이란 직업은 없으니, '자칭' 탐정이라고 해야겠다. 사람들은 날 그저 백수 정도로 여기는 것 같다. 내게 사건의뢰를 하는 사람도 없다. 물론 그건 내가 어떤 일을 하려는지 아는 이가 없기 때문이다.

난 예전부터 호기심이 많았다. 미스터리나 살인사건에 열광했고, 그런 쪽의 일을 하며 살고 싶었다. 지금은 그저 개인적으로 자료를 조사하고, 추적하고 있다. 언젠가는 세상에 감추어진 미스터리를 풀고, 사람들을 깜짝 놀라게 하는 날이 올 거라 믿으면서. 우발적인 살인은 내 관심사가 아니다. 수수께끼 같은 실종이나 어떤 악의가 담긴 연쇄살인

같은 것이 내가 열의를 쏟는 분야다.

이번 일만 해도 그렇다.

가평군 일대를 공포에 떨게 한 연쇄 토막 살인.

범인은 사람을 잔인하게 살해하는 것으로도 모자라, 시신을 토막 내어 여기저기 흩어놓았다. 내장을 꺼내 뿌려놓기도 했다. 그런 사건이 잇달아 일어났고, 피해자들 사이에는 아무 관련성이 없었다. 범인은 살인을 위한 살인을 저지르고 있는 것이다. 사이코패스가 분명하다.

사건의 엽기성 탓에 사람들도 극성이었다. 얼핏 관련되어 보이는 사건만 일어나도 포털 사이트의 실시간 검색어 순위 상위권을 장악하곤 했다. 경찰은 몇 달째 단서를 못 잡고 있었다. CCTV가 없는 시골이라지만 그만큼 범인이 신중하고 치밀하다는 이야기이기도 했다.

내가 사는 곳이 하필 가평이다. 연쇄살인의 무대. 움직이지 않을 수 없었다. 거대한 정보망과 조직력을 갖춘 경찰도 어쩌지 못했는데 나 혼자 무엇을 할 수 있을까 싶겠지만 내 생각은 반대다. 경찰은 법 절차라는 제약 때문에 할 수 없는 게 많다. 증거 수집도 오히려 어렵다. 하지만 나는 다르다. 미행, 도청, 격투, 심지어는 가택침입까지. 의지만 있으면 무엇이든 할 수 있다.

나는 신문기사를 모조리 읽었고, 사건의 발생 날짜와 장소, 동선 등을 철저히 연구했다. 나름의 가설을 세우고 범행이 이루어질 만한, 범인이 탐낼 만한 시간과 장소를 골라냈다.

물론 내가 아무리 열중했다 해도, 커다란 우연의 힘이 없었다면 나 또한 범인의 그림자조차 밟아보지 못했으리라. 그 우연이라 함은, 남자의 집이 하필 내가 사는 곳에서 멀지 않다는 것, 그리고 그 수상한 남자가 이 폭우가 쏟아지는 날 편의점 유리창 안에 앉아 막연하게 거리를 내다보며 나름대로 잠복하고 있던 내 앞을 우연히 지나친 것이다.

분명히 보았다. 커다란 박쥐우산 아래 남자의 소매 사이로 핏방울이 떨어지는 것을. 내가 모른 척 눈을 씻으며 다가갔을 때, 남자는 그걸 굳이 감추려 했고, 그러다 외투 안감에 숨긴 식칼 자루를 얼핏 노출시키고 말았다.

나는 남자를 따라갔다.

그리고 이 집에 이르렀다.

나는 생각에서 깨어났다. 삽자루로 머리를 맞기 전의 일을 되짚어보느라 뒤늦게야 깨달았다.

방 안에 아무도 없고 난 묶여 있지 않은 것 같다.

이상하다.

남자는 어디로 갔을까.

왜 날 내버려둔 걸까.

한동안 우두커니 있다가 퍼뜩 정신을 되돌렸다.

이유 같은 건 나중 문제다. 지금은 이곳을 어떻게든 빠져나가야 한다. 도망가야 한다. 남자가 돌아오면 그땐 정말 죽을지 모른다.

그렇게 생각하니 마음이 조급해졌다. 하지만 마음뿐이다. 내 정신은 마취에서 갓 깨어난 사람처럼 몽롱했다. 머릿속에 뿌옇게 안개가 낀 것 같았다. 그 안개는 어쩐지 점점 짙어졌다. 몸은 뜻대로 움직이지 않았다. 도망가야 하는데, 마음은 급한데, 다리는 뻘밭 깊숙이 빠진 것처럼 꼼짝도 하지 않았다. 쫓기는 꿈을 꿀 때면 늘 등장하는 그 상황.

쿠쿠쿵.

천둥소리가 들렸고, 2초쯤 후 번개가 쳤다. 일순 방이 환해졌다. 잠깐이지만 방 전체가 눈에 들어왔다.

저택의 외관처럼, 방도 고색창연했다. 커다란 꽃무늬 벽지는 온통 자주색이었는데, 그게 방의 인상을 결정한 것 같다. 한구석에는 나무로 만든 작업대 같은 것이 있었다. 책상이 아니라 작업대라고 인식한 건, 사람이 누울 수 있을 만큼 넓고, 그 위에 물건들이 너절하게 놓여 있었기 때문이다.

얼핏 위화감이 들었다. 여기는 방이고, 작업대는 이런 공간에 놓여 있을 만한 가구가 아니다. 은은한 피 냄새 같은 것이 코끝에 감돌았다. 분명히 기분 탓만은 아니었다. 나는 흥건한 피 냄새를 맡아본 적이 있다. 그때의 기억이 되살아났다.

작업대를 향해 천천히 걸어갔다. 느릿느릿한 걸음이었다.

아무래도 타격을 크게 입은 모양이다. 내 몸이 내 몸 같지 않았다. 왜 이리 바닥이 가깝게 보이고 세상이 올려다 보이는지. 시선은 흔들흔들. 작업대를 향해 가면서 초점을 맞추기조차 어려웠다.

머리를 맞고 기절했다가 깨어나보고야 깨달았다. 정신이 돌아온 주인공이 곧장 적과 격투를 벌이는 따위의 영화 속 장면은 모두 거짓말이란 걸. 내 몸이 내 뜻대로 정확하게 움직이는 느낌이 들지 않았다. 이를테면, 게임을 하다 보면 그럴 때가 있다. 실은 프로그램이 자동 플레이를 하고 있는데, 게이머는 패드를 마구 두드리면서 자신이 조종하는 듯한 착각을 갖는다. 과연 내가 조종하는 건지 컴퓨터가 조종하는 건지 분간이 안 되기도 한다. 지금 내가 그렇다. 내 다리가 내 다리가 아닌 느낌, 내 의지가 내 의지가 아닌 느낌. 제대로 설명할 순 없다. 그도 그럴 것이 내가 살면서 처음 가져본 느낌이고, 아마 이런 상황에서는 어느 누구든 그럴 것이다. 그러니 설명할 수도 없고, 설명한다 해도 이해할 수도 없다.

작업대 앞에 겨우 왔다.

소 잡는 데 쓸 법한 칼과 정 같은 도구들이 널브러져 있었다. 날은 피범벅이었다.

역시 범인은 이 남자인가? 소름이 확 끼쳤다.

옆에는 커다란 양동이가 놓여 있었다. 시선이 그 안으로 향했다.

아! 안에 놓인 '물건'을 보고 말았다.

그건 사람의 팔다리였다. 마치 모아놓은 장작처럼, 통 안에 아무렇게나 던져져 있었다. 네 개의 절단면에서 피가 배어났다.

너무 놀라 소리도 지르지 못했다. 목구멍이 완전히 막혀버렸다. 아니, 그 순간에서조차 소리를 질러서는 안 된다고 본능적으로 생각했는지도 모른다.

연쇄 토막 살인마.

시신을 잘라 제각기 아무렇게나 던져두는 게 그자의 버릇이었다.

남자에게 붙은 별명 그대로다. 그가 범인이다.

온몸에서 기운이 빠져나가는 느낌이었다. 눈을 감았다. 양동이 안의 '그것들'을 보고 싶지 않아서였는지도 모른다.

어떤 이유인지 모르지만 천만다행으로, 남자는 여기에 없다. 도망간다면 지금이 마지막 기회다. 마비가 덜 풀린 상태에서 남자가 다시 돌아온다면…… 그때는 정말 희망이 없다.

마음이 부들부들 떨렸다. 그러면서도 한편으로는 현장을, 이 모든 것을 내 눈으로 확인하고픈 생각이 한구석에서 고개를 들었다. 이 상황에서도 천성은 어쩔 수 없나 보다. 날 이 지경으로 이끈 내 호기심도.

작업대를 떠났다. 방을 천천히 나갔다.

발소리가 거의 들리지 않았다. 하긴 세게 내디딜 힘도 없었다. 방문을 열 때도 다행히 별다른 소리가 나지 않았다. 창밖의 빗소리가 자잘한 소음들을 지워주어 천만다행이었다.

방을 나서니 거실이었다. 난 그 크기에 압도되었다. 대저택의 외관에 걸맞게, 커다란 홀 같은 공간이었다. 어둠에 싸였지만 창밖에서 드는 빛으로 희미하게 사물을 식별할 수 있었다.

확실히 이 저택의 주인은 남다른 취향을 갖고 있다. 거실 벽지 또한 온통 자줏빛이고, 원목과 대리석이 곳곳에 덧대어져 있었다. 2층까지 천장이 터져 있는데, 유럽의 고성처럼, 가운데에 중앙계단이 있고 입구는 깔때기처럼 벌어져 있다. 2층으로 이어지는 계단 위는 완전한 어둠에 잠겨 있었다. 그저 계단이 가운데 층계참에서 양쪽으로 갈라져 있다는 것 정도만 알 수 있었다.

이 남자는 어마어마한 부자임에 틀림없다. 설마 남의 집을 빌려서 시체를 토막 내는 작업을 하진 않을 테니까. 이런 집을 갖고, 먹고사는 일에서 동떨어져 있으니 오히려 권태에 시달렸던 걸까? 퇴폐적인 즐거움을 추구하다 못해 종내는 살인의 도락에 빠져든 걸까?

내리는 비가 큰 유리창을 연신 때리고 있었다. 마치 밖에서 누군가가 창문을 열어달라고 마구 두드리는 것 같았다. 후드득 후드득. 빗소리는 장중한 음향이 되어 거실을 가득 메우고 있었는데, 그건 섬뜩함을 넘어 외롭고 처연하게까지 들렸다.

거실을 천천히 가로질러 안방처럼 보이는 곳으로 다가갔다. 인기척은 없다. 거센 빗소리 덕분에 내가 내는 소리에 그렇게 신경 쓰지 않아도 될 것 같다.

안방 문을 열었다.

설마 남자가 자고 있지는 않겠지. 침입자를 딴 방에 버려두고 잠들만큼 무신경한 인간은 없을 테니까.

역시 불이 켜져 있지 않았다. 창으로 외부의 빛이 들어와 어슴푸레한 정도였다. 이 집 주인은 살인이라는 음침한 취미를 가진 자 치고는 희한하게도 채광에 신경을 쓰는 것 같다. 창은 크고, 커튼은 열려 있다.

눅눅한 내음이 코끝을 간질였다. 방 안을 휘이 둘러보던 난 숨을 삼켰다.

방 한가운데에 침대가 있었다. 그리고 그 위에 사람이 있었다.

설마.

깜짝 놀랐지만 난 이내 정신을 차렸다. 머릿속이 계속 뿌연 상태였으니 정신을 차렸다는 말에는 어폐가 있지만, 그나마 약간의 이성을 되찾았다는 얘기다.

사람이 아닌 것 같았다. 아니, 사람은 사람이되 많이 작아 보였다. 적어도 나를 정원에서 습격했던 그 남자는 아니었다.

주춤했지만, 마음을 다잡았다. 실은, 마음을 먹기도 전에 이미 다가가고 있었다. 천천히, 아주 천천히 침대로 향했다.

뿌연 빛 아래 그것이 보였다.

침대 위에 놓인 건 온전한 사람이 아니라, 사람의 몸통이었다. 목과 팔다리가 분리된 사람의 몸. 토르소.

그때 깨달았다. 조금 전 내가 있던 방, 작업대 옆 양동이에는 몸통 부분이 없었다는 걸. 이 몸통은 그 팔다리의 주인인 모양이다.

침대는 사체에서 흘러나온 피로 범벅이 되어 있었다. 침대를 감싼 하얀 시트 위에 있어서는 안 될 물건이, 있으리라고는 한 번도 생각해 본 적 없는 물체가 놓여 있다. 그 생경함, 그 부조화.

도대체 왜 이런 장면을 연출한 것인지. 범인은 이런 기묘한 앙상블을 감상하는 일그러진 미의식을 가진 자일까.

이미 잘려나간 팔다리를 보았지만 이 장면에는 새삼스레 소름이 돋았다. 몸통만이 덩그러니 남아 침대 위에 놓인 모습은 정말이지 머리털을 하나하나 쭈뼛 서게 만들었다.

시야가 흔들렸다. 머릿속이 한층 뿌예졌다. 정신을 잃어버릴 것 같았다. 생각이란 걸 하기 힘들만큼 흐리멍덩해졌다.

안 돼. 정신을 차려야 해.

안방을 거의 뒷걸음질로 빠져 나왔다. 침대 위의 토르소에 시선을 고정한 채 방을 나왔으니 내가 뒷걸음질한 것 같다고 말할 수밖에 없다. 본능만이 남은 모양이다. 내가 어떻게 무얼 하고 있는지도 모르겠다. 이미 내 다리는, 내 몸은 내 것이 아닌 것 같다. 정신은 혼미하고, 내 몸이 어떻게 움직이는지, 어디로 가는지도 모를 지경이다.

안방 옆 빠끔히 열린 욕실로 향했다. 비위가 상해 토하려는 게 아니다. 침대 위의 토르소를 본 내게는 어렴풋한 두려움 같은 게 일었다. 그걸 확인하고 싶어서다. 아무래도 나는 정신이 나간 게 분명하다. 그대로 집을 나왔어야 하는데 그러지 않았으니까. 정신이 반쯤 나갔다는 걸 아직 남아 있는 내 절반의 정신이 인식하고 있는 것이 그나마 다행이었다.

문 앞에 섰을 때 머릿속은 뿌옇다 못해 온통 백태가 낀 것 같았다. 나도 알 수 없는 온갖 갈등과 두려움과 호기심이 마구 뒤섞여 있으리라. 어쩌면 그저 생물체의 본능 같은 것만이 남아 있는지도 모른다.

욕실 문을 열었다. 센서가 반응해 불이 켜졌다. 오랜 어둠에 익숙한 눈에 갑작스레 빛이 들이닥치니 오히려 아무것도 보이지 않았다.

잠시 후, 시력이 돌아왔을 때 가장 먼저 눈에 들어온 건 욕조였다.

가까이 다가갔다.

왠지, 그것들을 보게 되리라 이미 각오하고 있었다.

욕조 안에 내장이 가득 담겨 있었다. 구불구불한 창자, 폐, 간. 그리고 무언지 알 수 없는 핑크빛의 뭉글뭉글한 것들. 마치 조리하기 직전 피에 재워놓은 듯한 모습이었다.

이 장기들은 물론 저 침대 위 몸통의 것이리라. 조금 전 몸통을 보았을 때 배가 갈라져 있고, 안이 비어 있었다.

토할 생각은 없었지만 토하고 싶어졌다. 눈을 질끈 감았다.

이자는 미친놈이다. 더 볼 필요가 없다. 아니, 더 보아서는 안 된다.

욕실 문을 닫고 거실로 나왔다.

팔과 다리. 몸통. 그리고 장기.

한 사람을 이렇게 갈가리 찢어놓다니. 이자는 대체 얼마나 미친놈일까. 내가 뒤를 밟았을 때 누군가를 살해한 직후처럼 보였는데, 집에서도 또 다른 살인을 벌였다. 내 상상을 아득히 넘어서는 놈이다. 밖으로 나가야 한다. 이 집에 더 있을 이유는 없다.

아. 그런데.

어쩌면 나도 미쳐버린 걸까.

한시라도 빨리 이 집을 나가야 한다는 표면의 의지와 무관하게, 난 2층으로 이어진 중앙 계단을 향하고 있었다. 내 내면에서 이끈 걸지도 모른다. 이 죽일 놈의 지긋지긋한 호기심이.

흔들흔들, 터덜터덜.

안 돼.

하지만 내 마음은 이상하게도 알고 있다.

이 계단 위에서 상상할 수도 없는, 보아서는 안 될 장면을 보게 될 것임을.

왜인지는 모른다. 그냥 안다. 알면서도 피할 수 없다.

난 계단을 향하고 있었다. 빗소리는 더 강해져서 고막을 때렸다. 거실 전체에 불쾌하고 음습한 냄새가 떠돌고 있었다.

흔들흔들, 터벅터벅.

계단을 올랐다. 그 진동 때문일까. 머릿속이 급격히 혼탁해졌고, 갑자기 아무런 생각을 할 수가 없었다. 성하지 못한 상태로 계단을 오르는 건 아무래도 무리였던 모양이다.

무언가가 내 뇌리로 밀려드는 느낌. 그 이상으로 큰 것이 빠져나가는 느낌.

눈이 침침해지고 호흡이 가빠졌다. 중간 층계참에 잠시 서서 숨을 몰아쉬었다. 희미한 의식 가운데에서도 코 아래에서 쌕쌕거리는 숨소리가 생생했다.

아래에서는 어두워서 몰랐는데, 층계참 가운데에 정면으로 커다란 거울이 있었다. 가운데 벽면 공간을 다 채울 만큼의 크기였다. 테두리는 마치 그림 액자처럼 잔뜩 멋을 부려놓았다. 역시 이 남자의 취향은 일관되게 남다르다.

충계참에 선 나는 거울을 보았다.

어두워서 다리 위로는 잘 보이지 않았다. 눈도 한층 침침해졌다. 천둥이 쳤다. 하지만 내 고막에는 아련한 메아리처럼 울릴 뿐이었다. 직후 번개가 한동안 쳤고, 그 덕에 1층에서 노란 빛이 비쳐들었다.

거울 속에 사람이 비쳤다. 멀뚱한 표정이었다.

내 모습이 아니었다.

이상하다. 저건 누구지.

잠깐 갸웃했지만 이내 깨달았다. 카키색 외투. 푹 눌러쓴 모자. 돌처럼 강인한 턱. 그는 내 정원에서 머리를 후려갈긴 남자였다.

그렇다면 나는.

물론 거울 속에는 나도 있었다.

나는 나를 보고 있었다.

정확히는 내 목을 보고 있었다.

목 아래는 잘려 있었다. 카키색 외투를 입은 남자는 왼손으로 내 머리칼 끝을 쥐고 서 있었다. 마치 손에 보따리를 쥐고 길을 떠나는 사람처럼 무심해 보였다.일순 남자의 손에 쥐인 내 머리통이 달랑거리는 것처럼 보였다. 착각이었을까.

거울 속 남자는 거울을 통해 물끄러미 내 눈을 보았다. 내가 거울 속의 내 머리를 내 눈으로 보고 있는 걸 알고 있는 것 같았다.

정신을 차려야 하는데.

왜 이리 머릿속은 자꾸 뿌예지기만 할까.

이젠 끝 모를 나락으로 떨어지는 것 같다.

앞도 보이지 않는다.

잠이 온다.

구석의
노인

구석의
노인

오늘도 나와 있다.

성호는 왜인지 모르게 자꾸만 그 할머니가 신경 쓰였다. 변론에만 집중해야 할 법정 안인데 자꾸만 방청석의 그 노인에게 시선을 빼앗긴다.

언제부터였는지는 정확히 기억나지 않는다. 아마 지난번 공판기일이 다 끝나갈 무렵이었던 같다. 변론을 위해 일어나 일종의 쇼맨십으로 방청석을 휘 둘러보다가 그 할머니와 눈이 마주쳤다.

조금 달랐다. 소박한 옷차림, 단정하게 빗은 머리, 다소곳한 몸가짐을 보면 여느 곱게 늙은 노인과 다름없다. 하지만 눈빛이 맑았다. 법정에서 오가는 말 한마디에 신경을 곤두세우는 사건 관계자의 눈도 아니었고, 호기심에 구경 나온 관객의 눈도 아니었다. 깊이를 알 수 없게 가라앉은, 흔들림 없는 지혜를 간직한 눈이었다. 성호는 꿰뚫리는 느낌을 찰나에 받았다.

그 탓인지 오늘 공판정에서도 방청석에 앉은 그 할머니를 단박에 알아볼 수 있었다.

'나도 참, 괜한 데 신경 쓰고 있군.'

성호는 가볍게 고개를 흔들고 재판에 집중했다.

의뢰인이자 피고인인 강은심은 성호 옆에서 고개를 떨구고 앉아 있다. 검사는 지금 막 강은심의 살인을 입증하는 증거를 제출한 참이었다.

"사건 현장이 찍힌 폐쇄회로 TV 동영상입니다."

어두운 화면에서 심야의 그 사건이 막 벌어지려 하고 있었다. 변호사인 성호는 이미 수없이 돌려본 장면이지만 법정에서는 첫 공개다. 판사 세 사람의 시선이 왼편 벽에 마련된 스크린에 꽂혔다.

국도 팔고 술도 파는 조그만 식당이었다. 중년 이상의 남성들이 주로 이용할 법한 우중충하고 낡은, 어딘가 시대착오적인 집이다. 출입구도 격자무늬 유리창으로 된 미닫이문이다. 부엌 쪽에는 조그맣게 불빛이 있고 출입구 쪽은 어둡다. 전체적으로 어슴푸레하고 사람의 모습은 보이지 않는다.

잠시 후 출입문이 옆으로 열리면서 한 사내가 모습을 드러냈다. 왜소한 체구의 남자였다. 얼핏 보기에 중년을 넘어 초로에 접어드는 듯했다. 남자는 탁자 몇 개를 가로질러 부엌 쪽으로 다가갔다. 걸음걸이는 여유로웠다. 남자가 부엌에 거의 다다랐을 무렵, 부엌 쪽에서 검은 그림자가 튀어나왔다. 반 남은 전깃불에 모습을 드러낸 것은 건장한 남자였다. 왜소한 남자는 기겁했고, 건장한 남자는 왜소한 남자에게 달려들어 다짜고짜 목을 조르기 시작했다. 왜소한 남자는 발버둥을 쳤지만 도무지 완력으로 어찌해볼 수 없는 상대 같았다. 작은 남자는 거대한 상대의 팔뚝에 대롱대롱 매달리다시피 했다. 그러다가 이내 발버둥이 잦아들고, 몸에서 힘이 빠지기 시작했다.

그때였다. 출입구 문이 드르륵 열렸다. 여자가 한 명 들어왔다. 피고인석에 앉은 강은심이었다. 여자는 아직 안의 상황을 몰랐는지 뒤돌아 출입문을 밀어 닫았다. 근육질 남자의 팔에 목을 잡힌 남자가 완전히 축 늘어져버린 것은 여자가 다시 정면으로 돌아선 때와 거의 동시였다. 여자는 똑똑히 보았다. 그 장면에 완전히 얼어붙었다. 큰 충격을 받은 듯했다. 건장한 남자도 비로소 여자를 보았다.

그는 남자를 목 졸라 죽인 손을 번쩍 들더니 여자에게로 다가갔다. 여자는 한 손으로 놀란 입을 막고 있다가 남자가 다가오는 것을 보고 정신을 번쩍 차린 모양이었다. 주변을 급히 두리번거리던 강은심은 무언가를 집어 들었다. 마침 테이블 위에 고기를 썰던 도마가 있고, 그 옆에 식칼이 있었는데, 여자가 집어든 것은 그 칼이었다. 남자는 여자에게 빠른 걸음으로 다가왔다. 여자는 식칼을 단단히 허리춤에 쥐었다. 입구 쪽이 상대적으로 어두운 탓에 남자는 그걸 제대로 보지 못한 것 같았다.

남자가 그 무시무시한 양 손을 펼쳐 든 채 여자에게 거의 다가간 순간, 여자는 있는 힘을 다해 식칼을 들고 남자의 배에 깊숙이 찔러 넣었다. 불의의 일격이었다. 칼을 맞은 남자는 짧은 순간 멍하니 섰다가 배를 거머쥐고 그 자리에 풀썩 쓰러졌다. 여자는 쓰러진 남자를 비켜서 부엌 쪽으로 달려갔다.

왜소한 남자 옆에 철퍼덕 주저앉아 남자의 머리를 안고 상체를 일으켰다. 하지만 남자의 고개는 힘없이 떨어졌다. 여자는 남자의 몸을 붙들고 오열했다. 입을 열고 무어라 소리를 지르고 있었다. 소리는 녹음되지 않았지만 여자의 통곡은 생생하게 전해졌다. 남자를 안은 여자는 울었다. 하염없이. 마치 정지 화면 같았다.

그리고 잠시 후, 화면은 꺼졌다.

영상을 보기 위해 조금 어두워졌던 법정의 조명이 다시 밝아졌고, 세 명의 판사를 비롯한 법정 안의 사람들 모두 현실로 돌아왔다. 마치 나쁜 꿈을 꾼 듯 끔찍한 장면이었다. 검사가 말했다.

"이 영상 속의 장소는 피고인과 남편이 운영하는 국밥집입니다. 화면에 보인 왜소한 남자는 61세의 황동규 씨로, 피고인 강은심의 남편입니다. 그리고 황동규 씨를 목 졸라 살해한 저 건장한 남자는 피고인의 국밥 가게에 채소를 배달하던 53세의 장만녕입니다. 그리고 그는 피고인을 쫓아다니던 스토커였습니다."

스토커? 그 말 탓이었을까. 방청객들은 목을 길게 빼며 강은심의 얼굴을 한 번 더 보려고 했다. 강은심은 조금 더 고개를 숙였다.

화면이 돌아가는 동안 성호는 눈에 익숙한 그 영상에서 시선을 떼고 방청석의 할머니를 힐끔힐끔 보았다. 방청객들의 시선과는 홀로 떨어져 있었다. 무언가를 차분히 응시하는 듯한 눈초리. 마치 시끄러운 시장 바닥에 홀로 앉아 참선하는 구도자 같은 모습이었다. 무슨 생각을 하고 있는 걸까? 강은심의 가족은 아닌 듯한데, 이 재판에 왜 자꾸 나오는 걸까?

피고인의 기소 죄목은 역시 살인이다. 성호가 이 사건을 수임한 건 두 달 전이었다. 로펌들이 사건을 휩쓰는 이 시점에 단독 개업한 2년차 변호사가 살인사건을 변호하는 일이란 극히 드물다. 아마도 강은심 가족의 어려운 경제사정 탓에 비교적 수임료가 싼 젊은 성호를 찾게 된 모양이다.

어쩌면 낮은 수임료 때문만은 아닐 것이다. 성호는 극히 우수한 성적으로 사법연수원을 수료한 인재였다. 예리하기 그지없는 법 논리와 판례에 대한 해박한 지식은 교수들도 혀를 내두를 정도였다. 졸업할 무렵 성호는 진로를 정했다. 몇 명이서 같이 합동법률사무소를 만들 것이냐, 로펌에 들어갈 것이냐. 성호는 생각했다. 자신은 동업을 하면 필연적으로 손해를 본다. 자신보다 우수한 동료를 만나기는 힘들 것이기 때문에. 그렇다고 개인의 능력이 전체에 묻히고 검증 안 된 타인과 협업해야 하는 로펌은 더욱 싫었다. 결국 성호는 자신의 능력만을 믿고, 젊은 패기에 의지해 과감하게 단독으로 사무실을 열었다. 열심히 했고, 지금껏 실력으로 싸워 승승장구했다. 그 소문 덕에 이번 살인사건까지 수임하게 된 것이다. 성호는 그렇게 믿고 있다.

사건을 수임하고 구치소로 강은심의 면회를 갔을 때, 의외의 상황을 맞이했다. 강은심은 어떤 식으로든 사람을 찌를 수 있으리라고는 생각하기 어려운 곱상하고 여린 외모였다. 만 52세로 남편하고 나이차는 좀 있었으니, 상대적으로 젊은 스토커가 남성으로서의 자신감으로 무장한 채 그녀에게 대시했을 상황도 이해는 갔다. 희한한 것은 강은심이 도무지 말을 하려 하지 않는다는 것이었다. 워낙 내성적인 탓도 있으려니 했지만, 머리를 힘없이 가로저으며, 그저 재판도 귀찮고 모든 걸 포기하겠다는 것이었다.

"그냥 법에서 처분하는 대로 할 거예요……."

겨우 한마디 뱉는 거라곤 이런 기운 빠지는 대답뿐이었다.

면회가 끝나고야 안 거지만 강은심의 가족이 억지로 변호사를 선임한 것이었다. 강은심은 끝까지 거부했지만 어차피 살인사건은 법률상 국선 변호사라도 붙여서 재판하도록 되어 있다는 가족의 설득에 겨우 고개를 끄덕였다고 한다. 강은심의 여동생은 나중에 성호에게 걱정스레 말했다.

"형부가 죽고 나니까 아무 의욕이 없나 봐요. 어떡하죠?"

성호는 자신만만하게 대꾸했다.

"걱정 마세요. 본인이 말하기 싫어도 증거가 말해줍니다. 제가 반드시 무죄를 받아드리겠습니다."

법 논리상 정당방위로 갈 수밖에 없다고 믿었다. 사람이 죽었기에 일단 구속은 되었지만, 살인죄로 기소된 것은 애당초 무리라는 게 성호의 판단이었다. 남편이 죽는 현장을 보았다. 그리고 범인은 이번에는 강은심을 향해 달려들었다. 그 상황에서 가냘픈 여자가 칼이든 뭐든 들었다고 해서 살인죄가 성립할 수는 없다. 검사의 전략이 무엇인지는 아직 알 수 없지만 필시 과잉방위를 주장하려는 것이리라. 하지만 형법에는 정당방위의 수준을 넘어서는 과잉방어행위라도 야간의 흥분 상태에서 한 행위는 처벌하지 않는다는 조항이 있다. 그 점을 충분히 논리적으로 입증할 수 있다고 자신했다. 이런 종류의 살인사건을 맡게 되어 행운이라고까지 생각하고 있다. 여기서 무죄 판결을 받아내면 자신의 변호사로서의 주가는 솟구치리라. 검사가 과잉방위를 쏙 빼놓고 살인 일변도로 주장하는 전략을 취하고 나온 게 조금 의외라면 의외였지만 지장은 없다.

"부수적인 증거입니다만, 장만녕이 강은심의 휴대전화에 건 다수의 통화기록을 여기 제출합니다. 처음엔 장만녕이 본인 휴대전화로 몇 번 걸었지만 나중엔 대부분 자신이 일하던 채소도매상이나 집 근처의 공중전화에서 걸었습니다. 통화시간 무렵 공중전화 부스로 향하는 장만녕의 모습이 찍힌 주변 CCTV 영상 또한 확보되어 있습니다. 장만녕은 자신의 휴대전화를 강은심이 받지 않자, 공중전화로 계속 전화를 걸어 치근대온 것입니다. 장만녕은 그만큼 집착이 심한 스토커였습니다. 그리고 장만녕이 강은심의 남편을 살해한 동기도 여기에 있습니다."

검사는 서류를 법대 아래 참여관에게 내밀었다. 검사의 말은 이어졌다.

"장만녕은 피고인에게 일방적으로 구애를 펼치던 중이었습니다. 이날 밤 장만녕은 피고인이 운영하던 국밥집에 몰래 들어와 부엌에 숨어 있었습니다. 부엌 쪽에 불까지 켜고 있었던 걸로 봐서 무언가를 뒤지고 있었던 것 같기도 합니다만 알 수는 없습니다. 스토커에게도 나름의 동기는 있었겠죠. 그런데 마침 집에 간 줄 알았던 피고인의 남편 황동규가 들어왔습니다. 가게에 무언가를 두고 갔다든가, 다른 용건이 있었던 모양입니다. 장만녕은 침입 사실이 들통나자 그만 황동규를 목 졸라 죽입니다. 체격도 월등하고, 나이도 10년 가까이 젊습니다. 보시다시피, 어린애 팔을 비틀듯 아주 손쉽게 살해해버렸습니다.

장만녕이 남편을 죽인 건 명백합니다. 그는 법에 따라 살인의 죄책으로 처벌을 받았어야 합니다. 하지만 우리의 법체계는 그런 합당한 기회를 갖지 못했습니다. 피고인이 바로 그 자리에서 장만녕을 살해했기 때문입니다. 피고인의 살인행위에 대한 증거는 아마 조금 전 보신 화면으로 충분하리라 생각됩니다."

검사의 말에는 적잖은 자신감이 실려 있었다.

성호가 검사의 말에 동의할 수 있었던 부분은, 증거물은 금방 시청한 영상으로 충분하다는 점뿐이었다. 물론 그 해석에는 전혀 찬성할 수 없었다. 성호는 벌떡 일어섰다.

"검사님의 말과 마찬가지로 표현하자면, 피고인이 무죄라는 증거는 조금 전 보신 화면으로 충분할 겁니다."

성호의 비아냥거림에 검사가 지그시 노려보았다.

"피고인은 평소 자신을 쫓아다니던 스토커 장만녕을 심야에 맞닥뜨렸습니다. 장만녕은 막 남편을 목 졸라 살해한 직후였습니다. 그리고 남편을 죽인 그 손을 쳐들고 이번에는 피고인을 죽이려 달려들었습니다. 피고인이 옆에 있던 칼을 들고 찌른 건 자신을 지키기 위한 행동이었습니다. 이건 현재의 부당한 침해를 방위하기 위한 행위, 즉 정당방위입니다."

"장만녕이 피고인을 죽이려 했다고 단정할 수는 없습니다. 그저 팔을 쳐들고 피고인에게 다가왔을 뿐입니다."

"그럼 도대체 무엇 하러 피고인에게 다가갔겠습니까?"

면박을 주는 듯한 성호의 반론에 검사가 이맛살을 찌푸렸다.

"스토커는 굉장히 위험한 존재입니다. 헤어진 애인에 집착해서 벌어지는 살인은 꽤나 흔합니다. 백번 양보해서 장만녕이 성폭행을 하러 다가갔다고 하더라도, 연약한 여성인 피고인이 그 상황에서 자신을 방위하기 위해 옆에 있던 칼을 든 것이 살인입니까? 성폭행을 피하기 위해 칼을 쓰면 정당방위가 안 됩니까?"

성호는 장만녕의 의도가 살인 혹은 성폭행 둘 중의 하나라고 단정하는 논법을 썼다. 어느 쪽이든 정당방위 상황은 성립한다. 더구나 야간이다. 하지만 검사는 말려들지 않았다.

"장만녕의 의도가 살인 아니면 성폭행이라고 지레짐작하는 건 변호인의 일방적인 오도입니다. 자기가 좋아하던 여자의 남편을 막 죽였고, 이제 독차지할 수 있는데 여자를 죽일 리가 만무합니다. 또, 살인한 직후 식당 바닥에서 여자를 성폭행한다는 것도 생각하기 어렵습니다. 장만녕이 그때 어떤 마음을 먹었는지 우리는 알 수 없습니다. 우리가 확실히 본 건, 그 당시 장만녕이 피고인에게 다가갔다는 사실뿐입니다. 그 사실을 토대로 판단해야 합니다. 피고인은 자신에게 다가왔을 뿐인 장만녕을 칼로 찔러 살해했다, 그것이 바로 우리가 목격한 단 하나의 팩트입니다. 변호인의 주장은 사실에 상상을 덧붙인 해석에 불과합니다."

성호는 속으로 발끈했다. 누구보다 논리적이라고 자부하던 그였기에 검사의 말이 모욕적으로까지 들렸다. 하지만 법정에서는 승소로 자신의 논리를 증명해낼 수밖에 없다.

"우리는 피고인의 입장에서 사건을 보아야 합니다. 사후적으로 검찰처럼 해석할 수도 있겠습니다만, 그건 어디까지나 일이 벌어지고 나서 차가운 이성으로 되짚어 검토할 때의 논리입니다. 당시 피고인은 살인을 목격했습니다. 그리고 그 살인자가 살인의 수단이 된 그 손을 들고 다가왔습니다. 곧 자신도 죽이러 오는구나, 하고 생각할 수밖에 없습니다. 그래서 자신의 생명을 지키기 위해 칼을 들었습니다. 피고인이 인식한 상황하에서는 정당방위가 될 수밖에 없습니다."

검사가 다시 반박했다.

"변호인은 오상방위를 주장하려는 것 같은데요, 피고인의 행위가 오상방위에 해당한다 하더라도 무죄가 될 수는 없습니다. 오상방위는 원칙적으로 정당방위가 아닙니다."

정당방위 상황이 아닌데도 그렇다고 착각한 경우가 오상방위다. 만약 장만녕에게 공격의사가 없었다면 강은심은 장만녕이 자신을 공격하려 한다고 착각하고 살해한 것이니 이 오상방위에 해당한다. 오상방위는 정당방위가 아니다. 하지만 고의범으로는 처벌받지 않는다. 과실 여부를 따져 과실범으로 처벌될 수는 있다. 말하자면 살인죄는 안 되지만 과실치사에는 해당될 수 있다.

어쨌든, 확정적인 살해행위로 기소한 검사의 입에서 일단 피고인이 오상방위에 해당할 수 있다는 말을 끌어낸 것은 큰 성과였다. 살인과 과실치사는 천지차이니까. 성호는 여기서 더 쐐기를 박고 싶었다.

"당시는 야간이었고, 남편의 죽음을 목격한 피고인이 극도의 경악과 흥분 상태에 빠져 있었을 것이 명백합니다. 따라서 만에 하나 피고인의 행위가 정당방위에 해당되지 않는다 해도 야간에 공포나 흥분으로 벌인 행위는 벌하지 않는다는 형법 제21조 제3항에 따라 무죄입니다."

"변호인께서는 논리의 자가당착을 범하고 있군요. 오상방위의 경우는 형법 21조 3항이 적용되지 않습니다."

만일 검사가 변호사 현성호의 자부심에 상처를 주려 의도했다면 그야말로 정확한 지점을 찌른 것이라 해야겠다. 자부하던 논리의 허점을 지적하는 듯한 검사의 발언에 성호는 또다시 발끈했다. '엉망인 논리로 죄책을 구성하려는 건 검사, 당신이다!' 하지만 성호는 꾹 참고 낯빛을 바로잡았다.

"오상방위는 예비적인 주장일 뿐이었습니다. 어디까지나 일차적인 주장은 정당방위입니다."

검사는 대꾸 없이 웃음을 흘렸다. 그게 또 성호의 비위를 상하게 했다.

성호는 옆자리에 앉은 강은심을 보았다. 그녀는 지치고 공허한 얼굴을 하고 시선을 아래로 두고 있었다. 지금 벌어지고 있는 검사와 변호인 간의 공방이 자신과는 아무런 상관없다는 듯이. 지난 기일 인정신문에서 자신의 이름과 주소 등을 이야기한 이래 법정에서 한마디도 하지 않았다.

성호는 힘이 조금 빠졌다. 당사자가 싸울 의지가 없는데 내가 왜? 하지만 이건 여자가 법이란 걸 모르기 때문이다. 자신은 법리상 무죄인데도 어쨌든 사람을 죽였다는 시답잖은 죄책감에 시달리고 있는지도 모를 일이다. 남편이 죽었어도 자신의 인생은 얼마든지 남았으며, 이미 없어지고 인식할 수 없게 된 사람을 위해 남은 삶을 희생할 필연적 이유가 없다는 걸 생각하지 못하고 있기 때문이다. 감정적으로 무너진 것이다. 하지만, 그래도 논리적으로 당신은 무죄이다……

문득 성호의 시야에 강은심의 특이한 행동이 들어왔다. 그녀는 오른손으로 자신의 왼손 손가락을 계속 쓰다듬고 있었다. 자기 나름의 긴장감을 푸는 버릇인가. 하지만 자신의 운명을 가를 이 재판에도 그다지 긴장해 있는 것 같진 않았는데.

잠시 상념에 빠졌던 성호는 다시 시선을 똑바로 했다. 그와 거의 동시에 검사가 결정적으로 성호의 복장을 뒤집는 말을 던졌다.

"정당방위가 될 수 없는 결정적 이유가 있습니다. 정당방위의 성립 요건 중 하나를 기억해주시기 바랍니다. 바로 '상당한 이유'가 있어야 한다는 겁니다. 그건 다시 말해, 침해를 방어하기 위한 다른 경미한 수단이 있으면 그걸 택해야 한다는 겁니다. 최소한의 불가피한 공격만이 허용된다는 것입니다. 이 사건을 볼까요? 조금 전의 영상을 기억해주시기 바랍니다. 피고인은 출입문 옆에 있었습니다. 문을 열고 도망칠 수 있었습니다. 당시만 해도 부엌에 있던 장만녕과의 거리는 상당히 떨어져 있었습니다. 하지만 피고인은 그렇게 하지 않았습니다. 문을 열고 도망가는 대신 칼을 들고 찔렀습니다. 이건 방위 행위가 아닙니다. 그저 살인입니다. 장만녕의 살인과 피고인의 살인. 두 사건의 시간적 간격이 짧았다 하여 피고인 행위의 본질이 바뀌는 것이 아닙니다."

강은심은 도망칠 수 있었다……. 여기에는 확실히 문제의 소지가 있었다. 도망칠 수 있었다면 굳이 칼을 들어 장만녕을 찌른 행동은 정당방위라고 밀어붙이기 어려운 점이 있었다. 피고인 편인 내가 이 부분을 불리하다고 여길 정도면 판사는 더하지 않을까. 과연 정당방위로 무죄를 확실히 받아낸다고 장담할 수 있을까…….

머리를 굴리던 중에 재판장이 말했다.

"이만하면 알겠습니다. 증거영상이 워낙 명백하니까 사실관계의 다툼은 더 없을 것 같네요. 오늘로 심리를 끝내기로 하죠. 자, 그럼 검사님이 구형을 먼저……."

"재판장님!"

성호가 다급하게 일어섰다. 재판장이 그를 말없이 응시했다.

"공판을 한 번 더 속행해주시기를 요청합니다."

"더 하실 게 있겠습니까? 법리판단의 문제만 남은 것 같은데요."

"미처 제출하지 못한 증거가 있습니다. 다음 기일 이전까지 모조리 제출하도록 하겠습니다."

성호는 뻔한 레퍼토리, 즉 '증거 제출을 위한 속행'을 들이밀었다. 물론 더 낼 증거는 없다. 재판장은 입맛을 다셨다. 행위 당시의 영상이 있고, 사실관계 다툼도 없고, 피고인 강은심은 아무 말도 하지 않고 있고, 도무지 속행할 근거가 없는 사건이었다. 하지만, 속셈이 빤히 보이더라도 살인사건이라는 사건의 무게가 변호사의 요청을 쉽게 내치지 못하게 한다. 피고인의 일생이 걸려 있다. 요청하는 모든 기회는 되도록 허용해주어야 한다. 재판장은 이내 고개를 끄덕였다.

"그럼 마지막으로 한 번만 더 속행하겠습니다. 다음 기일을 결심공판으로 하겠습니다."

재판장은 선심 쓰듯 3주 후로 기일을 지정하고는 배석 판사 두 사람과 같이 일어서서 법정을 나갔다.

성호는 가방 안에 기록을 쓸어 담듯 챙겨 넣고 서둘러 법정을 나갔다. 그러고는 복도를 가로지르며 그 노인을 찾았다. 실은 법정에서 변론을 하는 내내 그 할머니가 신경 쓰였다.

할머니 주위로 어떤 아우라가 있는 것 같았다. 물론 성호가 의식해서였겠지만. 아무튼 모두가 움직이는 가운데 존재하는 하나의 정점이랄까. 무언가를 응시하는 듯 차분한 눈빛이었다. 다른 이들이 모두 한 지점을 향할 때 그 할머니만은 조용히 다른 곳을 보고 있었다. 그렇다고 명한 시선은 아니었다. 수없는 세월 동안 쌓인 영지英智로 사물의 이면을 속속들이 살피는 눈 같았다.

지난번 공판기일에 이어 오늘이 두 번째다. 왜인지 모르지만 오늘은 한번 이야기를 나눠보고 싶었다. 할머니의 그 눈빛, 정체를 알고 싶었다. 대화를 해보니 그저 꾸며낸 도인이었더라, 실은 아무것도 없는 깡통이더라, 그래도 좋았다. 그러면 다음부터 신경 쓰이진 않을 테니까.

"할머님."

성호가 불렀다. 노인이 말없이 돌아보았다. 그 얼굴에 놀람은 한 조각도 떠 있지 않았다.

"왜 그러세요? 변호사님."

목소리가 노인답지 않게 깨끗했고 말투는 부드러웠다.

"저기……. 실례가 안 된다면 잠깐 이야기 좀 나눌 수 있을까요?"

"저요? 전 변호사님 사건하고 관계 없는 사람이에요. 강은심 씨 가족이나 지인이 아니거든요."

"그건 알고 있습니다. 그런데 그저……."

성호는 머뭇거렸다.

"그저, 뭐요?"

노인은 싱긋 웃었다. 마치 무슨 말을 하려는지 안다는 듯이. 온화한 미소였다. 날선 공방을 하고 나온 성호의 마음에 엉뚱하게도 푸근함이 피어올랐다. 결국 성호는 법원 구내매점에서 커피 한 잔을 두고 노인과 마주앉았다.

"전 변호사 현성호라고 합니다."

성호는 자신을 먼저 소개하고는 물었다.

"할머님 성함을 좀 여쭙고 싶은데요."

"에이그, 늙은이 이름은 알아서 뭐 하시게."

노인은 손을 가볍게 내저었다.

"그래도 제가 이야기를 나누는 분 성함 정도는 알아야지 않겠습니까."

"그냥 할머니로 부르면 될 것을⋯⋯. 내 이름은 김옥선이에요."

"김옥선 님⋯⋯."

"그냥 할머니로 불러요."

김옥선은 또다시 자애롭게 웃었다.

"지난 공판 때도 오셨죠?"

"그때도 보셨구나. 눈썰미도 좋아라."

"강은심 씨하곤 아는 사이도 아니시면서 법정에는 왜 오시는 거죠?"

"그게 궁금했어요? 호호."

김옥선은 웃었다.

"그냥 심심풀이로 나왔다고 생각하면 돼요. 내 나이가 벌써 일흔 중반이고, 영감님도 돌아가셨고, 다른 취미도 없고 해서 그냥 소일거리로 법정에 가끔씩 나와보는 거예요. 여긴 사람 사는 이야기가 있으니까."

"네에. 그러신 거였군요."

살짝 실망이 스쳤다. 단지 마실 나온 거였단 말인가. 법정을 탑골공원 삼아.

"근데 왜 하필 강은심 씨 사건에 관심을 가지셨어요?"

"지난번 공판은 우연히 들어갔어요. 그랬다가 호기심이 생겨서 오늘 다시 와봤어요. 공판을 한 번 더 하게 될 줄은 몰랐지만."

"이 사건이 호기심을 끈 특별한 이유가 있었습니까? 공판을 한 번 더 하게 될 줄 몰랐다는 건 어떤 이유시고요?"

성호는 이미 실망감이 드리운 가운데 마지막 기대를 걸고 물어보았다. 이 할머니만의 이유가 있다면 그냥 들어나 보자는 심정이었다.

"글쎄요……. 이 나이가 되면 쓸데없는 것들이 보여서요."

"쓸데없는 것들이요? 그게 어떤 겁니까?"

"아유, 노인네 헛소리에 변호사님 같은 분이 왜 관심을 가져요? 나는 법이니 뭐니 그런 건 하나도 모르는 노인네랍니다. 어려운 법률 이야기 하시는데 나 같은 사람이 무슨……."

"아닙니다. 그래도 궁금하긴 하네요. 무엇을 보셨단 건지."

실망감을 뚫고 가벼운 호기심이 일었다. 김옥선은 몇 번 더 손을 내저었지만 성호가 거듭 조르다시피 하자 할 수 없다는 듯 입을 열었다.

"강은심 씨가 지난번도 그렇고 재판 내내 아무 말도 하지 않데요. 마치 재판이고 뭐고 다 포기한 사람처럼."

"……그랬죠."

또 실망이었다. 그거야 강은심을 조금만 유심히 살핀 사람이면 눈치챌 수 있는 것 아니던가.

"그리고……."

하지만 김옥선은 거기에 말을 덧붙였다.

"강은심 씨 머리카락이 눈에 좀 들어왔어요. 코도 보였고."

"네?"

"영상도 봤는데 불빛이 약했지만 강은심 씨는 분명히 반지를 끼고 있었어요."

"네? 그게 어때서……?"

뚱딴지같은 말이 잇달아 나오자 성호가 뜨악하다는 눈으로 김옥선을 보았다. 조금 지나치게 황당한 표정을 지은 것 같다. 성호의 그 얼굴을 보더니 김옥선이 마치 실언했다는 듯이 양 손을 교차하며 흔들었다.

"아이그, 내가 주제넘었네요. 그냥 노인네의 상상일 뿐인데, 똑똑하신 변호사님 앞에서 무슨……."

김옥선은 얼굴 가득 민망한 빛을 띄우며 서둘러 일어섰다. 성호는 따라 일어섰다.

"아니, 그래도 말씀을 들어보고 싶습니다."

하지만 김옥선은 미소를 띤 얼굴로 고개를 조금 숙이고는 총총걸음으로 사라져버리고 말았다.

다음 날 성호는 강은심의 가게를 찾아가보았다.

낡고 조촐한 식당이었다. 머리 위까지 드리워진 음산한 차양 아래 간판은 조금 비뚤어졌고, 네모반듯하기만 한 '새마을국밥'이라는 글씨는 멋과는 거리가 멀었다. 대포, 해장국밥 같은 메뉴를 종이에 써서 창문 안쪽에 붙여놓은 건 차라리 운치가 있다고 보아줄 만했다. 주로 인근 공사장 인부들이나 뜨내기 손님이 들른다고 했지. 격자무늬 유리창 안은 컴컴하고 전혀 들여다보이지 않았다. 흥행이 끝난 서커스단처럼 쓸쓸한 느낌이었다. 출입구 바깥에는 덧문이 하나 더 있고, 거기에 자물쇠가 채워져 있었다. 이 가게를 운영하던 부부가 모두 부재한 것이다. 한 명은 죽었고, 한 명은 구금되어 있다.

성호는 강은심의 동생에게 받은 열쇠로 덧문의 자물쇠를 열었다. 안

쪽의 미닫이 출입문은 열려 있는 채였다. 성호는 안으로 쑥 들어갔다. 영상으로 이미 익숙한 현장이 나왔다.

강은심이 칼을 집었던 탁자를 찾았다. 출입문 바로 옆이었다. 거기서 안쪽 부엌을 보았다. 겉으로 보기보다 안으로는 깊었다. 길쭉한 장방형 형태의 가게인 탓에 부엌 쪽은 출입구와 꽤 거리가 있다. 부엌 앞쪽까지 걸어가보았다. 칸막이 너머 부엌에는 장만녕이 숨어 있기 충분한 공간이 있었다. 도대체 그가 왜 강은심도 퇴근하고 없는 시간에 국밥집 부엌에 숨어들었는지는 알 수 없다. 장만녕은 부엌에 숨어 있다가 뛰쳐나와 바로 그 앞쪽에서 남편 황동규를 목 졸라 죽였다. 출입문까지의 거리를 가늠해보았다. 변호사로서 화나지만, 이쪽에 있던 장만녕이 강은심에게 다가가던 걸음걸이의 페이스로 봤을 때, 강은심은 출입구로 충분히 도망칠 수 있었다는 판단이 들었다. 부엌은 멀었고, 출입구는 바로 옆이었으니까.

하지만 어디까지나 이성적으로 생각한다면 그럴 뿐이다. 당시 강은심에게 그런 이성적인 판단을 기대할 수 있었을까. 그런 경우에는 책임을 묻지 않는다는 법리도 있다. 그렇다면 강은심의 행동은 결국 무죄다.

머릿속으로 반론을 펴던 성호는 고개를 저었다. 이런 법 해석은 논리가 아니라 바람일 뿐이다. 재판이라는 냉정한 법 현실은 사람의 결정을 사후적으로 심사하여 그런 엄격한 수준의 행동을 기대한다는 것을 성호는 알고 있다. 더구나 살인을 '정당방위'로 '정당화'시키는 데에는 말할 수 없이 인색하다는 것도 안다.

성호는 입술을 깨물었다. 천천히 한 번 더 둘러본 다음, 가게를 나섰다.

어?

출입문을 밀던 성호는 손을 멈추고 바닥을 내려다보았다.

바닥에서 한동안 시선을 떼지 못했다. 손아귀에 힘이 불끈 들어갔다.

성호는 빙그레 웃음을 지었다.

마지막 공판이 시작되었다.

세 명의 판사가 자리에 앉고, 이어 여성 교도관 사이에 낀 강은심이 들어와 성호의 옆자리에 앉았다. 강은심은 앉으면서 성호를 한 번 보았는데 어떤 의도나 바람 없이, 마치 벽에 걸린 사진 속 인물을 보듯 그냥 본 것 같았다. 여전히 혼이 빠져나간 얼굴이다.

성호는 방청석을 둘러보았다. 오늘도 있었다. 김옥선 할머니는 지난번과 같은 옷차림으로 같은 표정으로 방청석 앞자리에 조용히 앉아 있었다. 마치 웅성거리는 방청석 안에 노부인을 그린 그림이 한 장 놓여 있는 것 같다. 김옥선은 성호와 눈을 마주치지 않았다. 성호는 내밀한 자신감을 가졌다. 지난번 저 할머니는 무언가 묘한 말을 했지만 오늘 내 변론을 듣고 나면 다른 할 말이 없을걸. 성호는 곧 정면으로 시선을 돌렸다.

재판장은 개정을 선언하고, 출석을 확인한 다음 말했다.

"이 사건의 사실관계는 다 밝혀졌다고 보입니다. 무엇보다 범행 당시가 찍힌 화면이 있으니까요. 아무튼 지난번 변호사님이 어떤 이유로 속행을 요청하신 상태였죠. 오늘이 아마 마지막 기일이 될 텐데⋯⋯."

사건이 속행된 의미를 서로 음미하는 정적이 몇 초간 흘렀다. 재판장이 성호를 향해 시선을 던지며 물었다.

"변호사님, 어떤 증거를 더 신청하시겠습니까?"

성호는 천천히 일어섰다.

"먼저 이 영상을 보아주십시오."

"영상이요? 영상이 더 있습니까?"

"예. 사건 당시의 영상은 아니지만 사건을 이해하기 위해 중요한 영상입니다."

성호는 자신 있게 말하며 손에 든 USB 메모리스틱을 법대 아래 실무관에게 건넸다. 재판장이 검사에게 시선을 보냈고, 검사는 별 이의 없다는 듯 앉은 채로 고개를 꾸벅했다.

"알겠습니다. 그럼 변호인 측 증거물의 영상 검증을 지금 실시하겠습니다."

재판장은 실무관에게 손바닥을 펴 실시하라는 사인을 보냈다. 실무관은 메모리를 노트북에 장착하고서 몇 번 클릭했다. 잠시 후 법정 왼편 벽 스크린에 영상이 비춰졌다.

강은심의 국밥집이었다. 테이블이 절반쯤 차 있고, 강은심이 분주하게 주문을 받고, 음식을 나르고 있었다.

"이게 어떤 의미가 있습니까?"

재판장이 물었다.

"이 영상은 사건이 일어나기 바로 전날의 영상입니다. 제가 피고인의 동생분께 요청해서 입수했습니다. 원래대로라면 보관기간이 지났겠지만, 사건이 터진 뒤 곧 식당이 폐쇄되었기 때문에 동생분이 저 기록을 그대로 갖고 계셨던 겁니다."

성호는 침을 한 번 꿀꺽 삼키고 말을 이었다.

"보시면, 지금 저 국밥집은 미닫이 출입문이 열려 있습니다. 아무리 불특정 다수의 손님이 들락거리는 가게라지만 왜 저렇게 출입문이 열려 있을까요? 본 변호인은 그게 궁금해서 더 지켜보았습니다."

"그래서요?"

"조금만 기다려주십시오. 잠시 후 영상이 나올 겁니다."

재판장은 성호의 요청에 고개를 다시 돌려 영상을 주시했다.

그로부터 20초쯤 흘렀을까. 손님이 강은심을 불러 뭐라고 하는 것 같았다. 아마도 춥다거나, 먼지가 들어온다며 문을 닫아달라고 한 듯하다. 강은심은 출입문 쪽으로 가 문을 닫으려 했다. 문은 쉽게 움직이지 않았고, 강은심은 팔뚝을 드러내고 문틀을 부여잡아 힘을 끙끙 쓰기 시작했다. 급기야는 발로 아래쪽을 몇 번 툭툭 치면서 문을 겨우 잡아당겨 닫았다. 걸린 시간은 불과 2, 3초였지만 문을 닫는 데에 상당히 애를 쓴 것만은 역력했다.

"여기서 영상을 멈춰주십시오."

성호의 요청에 영상은 중지되었다. 성호가 말했다.

"지금 보시다시피 저 식당의 출입문은 상당히 뻑뻑합니다. 쉽게 닫기 힘들었죠. 그건 쉽게 열기 힘들다는 말이기도 합니다. 그래서 아마 평소에는 아예 열어둔 것 같습니다. 손님이 문을 끙끙대면서 열고 들어와서야 곤란할 테니까요."

성호는 의기양양하게 검사를 쳐다보았다.

"지난번 검찰은 피고인이 도망칠 수 있었음에도 굳이 칼을 들고 장만녕을 찔렀기 때문에 정당방위가 성립하지 않는다고 했습니다. 하지만 지금 보시는 대로입니다. 저 낡은 국밥집 출입문은 피고인이 발로 차고 온힘을 다해 잡아당겨야 겨우 여닫을 수 있는 뻑뻑한 상태였습니다. 아마 거의 하루 종일 열어놓고 영업하다가 집에 갈 때, 아니면 아침에 문을 열 때 정도만 여닫았던 것 같습니다.

식당 출입문이 쉽게 열리지 않는다는 사실은 식당 주인인 피고인 강은심이 누구보다 더 잘 알고 있었습니다. 그렇다면 그날 밤 장만녕이 다가왔을 때 피고인은 저 문을 열고 도망친다는 생각을 할 수 없었을 겁니다. 끙끙대며 문을 열려고 지체하다간 바로 닥쳐온 장만녕의 손에 목이 졸려 살해당할 게 뻔했으니까요."

재판장과 두 명의 판사는 표정 없이 가만히 듣고만 있었다. 하지만 성호는 자신의 논리가 먹혔다는 걸 감지했다.

"피고인에게는 대안이 존재하지 않았습니다. 자기를 향해 다가오는 살인자를 격퇴하는 유일한 방법은 칼을 드는 것밖에 없었습니다."

성호는 방청석을 힐끔 보았다. 눈으로 김옥선을 찾았다. 성호가 검사에게 한 방 먹이는 통쾌한 순간이었다. 조금은 감탄스런 시선으로 자신을 보고 있지 않을까.

그런데, 김옥선은 그 장면에 열중하고 있지 않은 듯 보였다. 벽면 스크린에 정지된 영상을 보다가 무언가를 확인했다는 듯이 고개를 끄덕끄덕했다. 이어 곧 눈을 떼고 강은심을 보았다. 그 눈에는 어떤 연민과 슬픔으로 부드럽게 위로해주는, 자비로운 손길 같은 것이 담겨 있었다.

성호는 의아했다.

왜 내 변론에 공감하지 않는 걸까? 강은심이 불쌍하고 처지에 동감한다면, 내 명변론에, 이 확고부동한 논리에 탄복해야 하지 않나?

…….

하긴 할머니가 정당방위, 오상방위 이런 논리들을 어떻게 이해할까. 그저 안타까운 거겠지. 저 강은심 아주머니가. 원래 저 나이의 여성들이란 그가 무슨 짓을 했건 간에 당장 눈앞에서 사람이 울고 있으면 애처로운 법이다. 강은심은 울고 있지는 않지만 저 맥 빠진 자태에 영혼이 날아가버린 듯한 눈이 오히려 동정을 유발한다. 물론 나 자신도 강은심이 단지 불쌍한 사람이 아니라 정당하게 행동했다고 믿지만, 저 김옥선 할머니가 받아들이는 건 다른 방향에서일 것이다. 지난번에 강은심의 머리카락과 코 이야기를 했던가? 반지 이야기도 아마 했었지. 그랬던 것 같다. 저 풀기 없는 머리카락, 소심해 보이는 코, 그런 것들이 무한한 애상을 느끼게 했던 거겠지. 반지는 남편을 여읜 할머니에게 동질감을 불러 일으키는 조그만 오브제였으리라. 무슨 색다른 해석이 있을 리가 없다.

하지만 저 할머니의 표정, 눈길이 왠지 신경 쓰여…….

재판은 검사의 몇 마디 반론을 끝으로 곧 마무리되었다.

피고인 신문은 강은심이 아무 말도 하려 하지 않으니 생략되었다.

검사는 15년을 구형했다. 성호는 지독하다 여겼지만 검사가 선심 쓰듯 내건 구형이었다. 명백한 살인이지만 장만녕이 다가왔을 때 놀라서 이성적인 대처를 할 수 없었을 것이라는 점을 참작해준다는 것이었다.

성호는 마지막 변론에서, 강은심의 행동은 자신의 목숨이 위험한 상황에서 불가피한 선택이었다는 법리 주장을 되풀이하고, 여기에 더하여 '더 이상 정당할 수 없는 정당방위'라며 무죄를 못 박는 듯한 수사를 추가했다.

공판절차는 모두 끝났다. 선고는 2주 후 오전 10시 같은 법정.

가방을 챙기며 방청석을 힐끔 보니 김옥선이 표표히 법정을 떠나고 있었다. 성호는 김옥선을 굳이 붙잡지 않았다.

2주일 후 선고일.

대개는 변호사가 선고일에 나오지 않는다. 당사자 가족들이 법정에 나와 가슴 졸이면서 선고를 들을 뿐이다. 변호사는 사무실 직원을 보내 결과를 알아오게 하거나, 당사자 가족들로부터 결과를 전해 듣는다. 하지만 성호는 이날 10시 법정에 나왔다. 승리를 예감했고, 그 순간의 기쁨을 만끽하고 싶어서였다.

성호는 9시 56분에 법정 안으로 들어갔다. 강은심이 피고인석에 앉아 있었다. 낡고 푸른 수의를 걸친 채 고개를 푹 숙이고 있었고, 여전히 물고기처럼 멍한 눈초리였다. 곧 판명 날 자신의 운명에 큰 기대가 없어 보였다. 성호는 강은심 옆 변호인 석에 앉았다. 그녀는 성호를 보지 않았다. 그저 법의 처분에 맡기겠다고만 했었는데, 자신은 어쨌든 사람을 죽였으니 그 처분 또한 가혹하리라 각오한 사람 같기도 했다. 성호는 아닐 거라고 말해주고 싶었지만 잠시 참기로 했다.

성호는 방청석을 힐끗했다. 역시. 비스듬한 뒤쪽 자리에 김옥선이 앉아 있었다. 고요한 모습은 변함이 없다.

2분 후, 판사 세 사람이 입정했다. 사람들이 일어서고 다시 앉는 절차가 반복됐다.

재판장은 변호인석에 나와 있는 성호를 보더니 의외라는 듯 눈썹을 조금 올렸지만 성호에 대한 관심은 그걸로 끝이었다. 재판장은 잠시 목을 가다듬고는 판결문을 양손에 쥐었다. 입을 마이크 쪽으로 조금 갖다 대고 사건번호와 이름을 불렀다.

피고인 강은심.

그녀가 법대 정면으로 가서 섰다. 고개는 여전히 숙인 상태다.

재판장은 판결의 이유를 읽기 시작했다. 먼저 사건의 구체적 경과를 나열식으로 낭독하기 시작했다.

"남편을 목 졸라 살해한 직후 장만녕이 피고인을 향해 팔을 펴들고 덤벼들 듯 다가왔던 점……."

이 구절에서 성호는 승리를 좀 더 깊게 예감했다. 이런 전제 사실은 자신의 몸을 방위할 필요성을 인정하는 설시였다. 그렇다면 그 논리적 귀결로 강은심의 행위는 정당성을 획득한다.

재판장은 계속 말했다.

"……이런 점들을 종합해보면 피고인의 행위는 현재의 부당한 침해를 방위하기 위한 상당한 행위로서 정당방위에 해당한다고 보이고……."

이겼다. 성호는 주먹을 꽉 쥐었다. 재판장의 말이 이어졌다.

"설령 정당방위의 요건인 상당성을 결여한 행위라고 하더라도 형법 제21조 제2항이 정한 과잉방위로서 이는 야간 기타 불안스러운 상황에서 공포, 경악, 흥분 또는 당황 등으로 말미암아 저질러진 것이므로 형법 제21조 제3항에 따라 벌할 수 없는 행위라고 봄이 상당하다."

재판부는 쐐기까지 박아주었다. 설령 검찰 측처럼 정당방위로 보지 않는 견해가 성립할 수 있다고 하더라도 강은심은 적어도 과잉방위에 해당하고, 공포 상태를 감안해서 처벌할 수 없다고 선언한 것이다. 이

중, 삼중의 방어막이다.

이유 부분을 다 읽은 재판장은 조금 쉰 다음 단호하게 주문을 낭독했다.

"피고인은 무죄."

방청석에서 조그만 환호가 일었다. 강은심의 동생이었다.

강은심은 무죄라는 말이 떨어지는 순간, 숙였던 고개가 더 떨구어졌다. 얼굴 아래로 눈물이 뚝뚝 떨어지고 있었다. 잠겼던 수도꼭지가 열린 것 같았다.

성호는 놀랐다. 재판에, 자신의 운명에 무심해 보였던 그녀가 왜 이렇게 눈물을? ……하긴, 그럴 만도 하다. 이 마음씨 고운 여성은 사람을 죽였다는 자책감에 시달리고 있었던 것이다. 그래서 법에서 정한 처벌을 감내함으로써 죄책감으로부터 벗어나고 싶었는지 모른다. 그런데 법이 자신은 죄가 없다고, 정당했다고, 무죄라고 선언해주었다. 석방도 물론 좋은 일이지만, 그동안의 마음고생이 끝난 것이다. 얼마나 울컥했을까. 지금의 눈물은 그간의 설움에 북받친 울음인 것이다.

강은심의 동생은 일어서서 손수건으로 눈물을 훔치고 있었다. 언니를 향해 손을 흔들기도 했지만 고개를 숙인 강은심은 보지 못했다. 강은심은 여성 교도관을 따라 비틀거리며 법정을 나갔다. 그녀는 곧 석방 절차를 밟게 되리라. 성호는 뿌듯한 기운이 뱃속 깊은 곳에서 솟구치는 것을 느꼈다.

검사는 표정이 좋지 않았다. 흠. 의외의 결과라는 듯한 표정을 애써 짓고 있지만, 아마 머릿속으로는 패배를 예감하지 않았을까? 지난번 공판에서 내 논리가 완벽했으니까.

이런 기분에 변호사를 하는군. 성호는 강은심의 모습을 보고 느꼈던 뿌듯함이 강은심의 동생이 약속한 성공보수보다 먼저 떠올랐다는 사실에, 자신이 괜찮은 변호사라는 생각을 굳혔다.

성호는 가벼운 발걸음으로 법정을 나섰다. 승소의 쾌감에 잠시 잊고 있었다.

김옥선 할머니.

마침 성호의 발걸음은 김옥선이 앉아 있던 의자 언저리를 지나고 있었다.

쯧쯧.

혀를 차는 소리가 들렸다. 김옥선이었다. 그녀는 슬그머니 일어나더니 법정 뒷문으로 향했다.

왜?

성호는 순간 혼란에 빠졌다.

왜 혀를 차는 거지?

의아한 순간이 지나자 슬그머니 부아가 치밀었다. 왜 승리에 재를 뿌리는 거야? 가장 논리적이고 완벽한 결말이었는데.

심지어는 김옥선이 성호가 들으라고 일부러 혀를 찬 게 아닐까 하는 의심마저 들었다. 하지만 이 생각은 곧 머리를 흔들어 지워버렸다. 논리적으로 말이 안 되니까.

성호는 서둘러 법정을 나섰다. 굳이 김옥선을 불러 세운 건 아마 약간은 화가 났기 때문인 듯하다.

"왜 그러세요?"

김옥선은 온화한 표정으로 물었다. 그 눈빛, 푸근한 말투에 성호의 화는 사그라들고 말았다.

"잠시만 이야기 좀 나눌 수 있을까요?"

"……그래요."

김옥선은 잠시 머뭇거렸지만 선선히 응낙하고 법정 밖에 마련된 의자에 앉았다. 재판을 대기하던 사람들이 모두 법정 안에 들어가 복도에는 아무도 남아 있지 않았다. 성호는 김옥선 옆에 앉았다.

"실은 조금 전에 할머님이 혀를 차는 걸 들었어요."

"내가 그랬나?"

김옥선은 눈을 천장으로 향하며 생각하는 모습을 취했다.

"예. 바로 조금 전에."

"그러고 보니 그랬던 것 같기도 하네요."

김옥선은 순순히 인정했다.

"왜 그러셨는지 궁금해서요."

"불쌍해서 그랬어요. 강은심 씨인가 하는 그 여자분이."

"불쌍하죠. 불쌍하긴 불쌍한데……. 제 귀엔 할머님이 혀를 차시는 소리가 좀 다른 의미로 들렸어요."

"어떻게 다르게……."

"뭐랄까, 결론이 마음에 안 든다는 것 같은? 아니면 어떤 아쉬움 같은 거랄까요."

"내가 결론 갖고 뭐 말할 수 있는 건 아니고……. 그저 조금 아쉬운 생각이 들었을지도 모르겠네요."

김옥선은 빙그레 웃었다. 백제의 마애불 같은 미소였다.

"어떤 아쉬운 생각이요?"

"그냥, 사람을 모르니 저런 판결이 나는구나, 하는. 아이구 아니, 아무튼 그걸로 됐어요."

"사람을 몰라 내린 판결이라……. 무슨 말씀이신지?"

김옥선은 마치 자신이 뱉은 말에 화들짝 놀란 듯 양손을 흔들었다.

"아니, 아니에요 훌륭하신 판검사, 변호사님이 한 건데 나 같은 사람이 나설 것도 아니고……."

"아닙니다. 전 할머니 말씀을 꼭 한번 들어보고 싶습니다."

"아니래도……."

"어차피 재판이 다 끝났는데, 뭐 어떻습니까. 이야기를 들려주세요."

성호는 세 번, 네 번 청했다.

"아유, 헛소린데……."

결국 김옥선은 마지못한 듯 입을 열었다.

"첫날 공판에서 강은심 씨 얼굴을 봤거든요."

"얼굴요?"

"그래요. 머리카락이 옆은 풍성한데 위는 겨울 밭뙈기처럼 듬성듬성했었어요. 강은심 씨가 쉰둘이라면서요. 그 나이 여자의 머리가 자연적인 탈모로는 그런 모양이 될 수가 없어요. 그런 건 여자로 나이 들어봐야 알지요."

성호는 무심결에 김옥선의 머리카락을 보았다. 옆은 비교적 풍성한데 위는 성글었다. 성호의 눈길이 향하는 것을 느낀 듯 김옥선이 웃었다.

"나이 든 여자들이 왜 보기 싫은 파마를 하는지 아세요? 하긴 젊은 변호사님은 모르시겠죠. 탈모 때문이에요. 그나마 파마를 하면 숱이 많아 보이니까. 하지만 오십 겨우 넘은 여자가 자연적으로 이렇게 나처럼 머리가 빠지는 법은 좀처럼 없거든요."

"그, 그렇습니까."

조금은 엉뚱한 말에 성호는 당황했다.

"자연스런 탈모가 아니라면 뭐겠어요?"

"뭡니까?"

"누군가 잡아 뜯었단 얘기죠."

"누가요?"

"남편이지 누구겠어요?"

"남편요?"

김옥선은 고개를 끄덕였다.

"머리카락뿐만 아니에요. 코뼈도 조금 휘어져 있었어요. 상당히 오래전에 그렇게 된 것 같던데. 아, 우리가 흔히 어디 부딪쳐서 다쳤다, 그러는데 다 거짓말인 거 아시죠? 남자애들은 싸움질하다가 찢어지고 흉터가 남으면 나중에 그런 말 하죠. 집에서 부부 싸움하다가 남편한테 맞은 여자도 그런 거짓말을 하고요. 우린 알면서 그냥 그런가보다 하고 넘어가주지요.

강은심 씨는 맞아서 코뼈가 휘어지고 머리카락이 별로 남지 않을 만큼 쥐어뜯겼어요. 여자의 얼굴에 그런 상처를 남길 수 있는 사람이라면……."

"사람이라면?"

"남편밖에 없어요."

성호는 생각에 잠겼다. 그럴 것 같기도 했다. 논리적으로는 예외가 존재할 수 있겠지만 어쨌든 생활의 영역에서는 거의 그렇다고 단정해도 무방할 것이다. 성호는 딴죽을 걸지 않고 김옥선의 말을 더 들어보기로 했다.

"얼굴이 그 정도라면 평소 어느 정도 심했을지 짐작이 가죠? 황동규라는 그 남편은 아마 개차반이었을 거예요. 그런 남편하고 살아온 강은심 씨는 얼마나 불행했겠어요? 어쩌면 그걸 견디다 못해 남자의 유혹에 넘어갔을지도 모르죠."

"남자의 유혹요?"

"그 있잖아요. 장만녕이란 사람."

"스토커 아닙니까?"

"아니에요. 두 사람은 좋아했어요. 강압이나 일방적인 연모 따위가 아니라요. 두 사람은 열렬히 사랑했고, 여자는 끔찍한 남편에 대한 반발심이 섞였는지 몰라도 남자는 여잘 진심으로 사랑했어요."

"그걸 어떻게 아세요?"

"남편을 죽였잖아요."

성호는 대꾸할 말이 없었다.

"돈도 목적이 아니었어요. 강은심 씨는 남편이 죽는다고 물려받을 돈도 거의 없는 여자였으니까. 사랑하지 않으면 남자는 절대 그러지 않아요. 그냥 잠자리만 하는 사이라면 절대로."

"하, 하지만……."

성호는 더듬거리다가 목청을 가다듬고 말했다.

"장만녕은 굳이 공중전화를 이용해서 자신을 숨기고 연락했잖습니까."

김옥선은 조용히 미소 지었다.

"사람들 사는 게 다 달라요. 요즘 생각으론 이해 못하실 수도 있는데……. 남편이 그 정도의 사람이라면 강은심 씨는 휴대전화도 마음대로 못 썼을 거예요. 일일이 감시를 받았거나. 그래서 주로 장만녕이 가게에 채소를 배달하러 왔을 때 몰래 만날 약속을 정하지 않았나 싶어요. 장만녕이 꼭 만나고 싶을 땐 흔적이 남지 않도록 공중전화를 이용했고요. 그마저도 강은심 씨는 늘 장만녕의 연락을 기다리는 쪽이었을 거예요. 워낙 소극적인 성격이니까. 그래서 서로 통화기록이 남지 않았던 거죠. 그걸 일방적인 스토커라고 단정하면……. 글쎄요."

성호는 엉클어진 생각을 가누기 힘들었다. 김옥선의 말이 이어졌다.

"장만녕이 부엌에 숨었다가 들키는 바람에 놀라서 죽인 게 아니에요. 두 사람은 같이 의논해서 남편을 죽이기로 했겠죠. 그래야 남편한테서 풀려날 수 있으니까. 남은 두 사람이 새 인생을 출발하기로 꼭꼭 약속했을지도 모르죠.

화면에서 본 날, 그날이 남편을 죽이기로 약속한 날이었겠죠. 장만녕은 먼저 부엌에 숨어 있었고, 강은심은 남편을 어찌어찌해서 밤에 국밥집으로 보내는 데 성공했어요. 남편이 부엌에 다가오자 기다리고 있던 장만녕이 남편을 목 졸라 죽인 거예요. 출입구에 하필이면 칼이 놓여 있었던 것도, 어쩌면 목 조르는 데 실패할 경우를 대비해 놔둔 건지도 모르죠."

이건 그냥 공상이다. 할머니의 소설이다.

성호는 그렇게 생각했다. 반발심이 치밀었지만 한 번 더 참았다. 그리고 말을 기다렸다.

"CCTV인가 하는 그것도 굳이 끌 필요가 없었겠죠. 죽이고 나서 필름 회수하면 그만이니까. 만약 남편이 그날 밤 아내 말 안 듣고 국밥집에 안 왔다면 아무 일도 일어나지 않았을 테니까 굳이 미리 작동 않게 해놓는 게 더 이상했을 거고요……."

성호는 결국 참지 못하고 김옥선의 말을 끊었다.

"……아무래도 할머니, 그건 좀 잘못 생각하신 것 같네요. 강은심하고 장만녕하고 공모해서 남편을 죽인 거라면 왜 강은심이 장만녕을 죽였겠어요? 그건 전체 사건을 보지 못하시고……"

일방적이고 지엽적인 관찰에 불과하다는 말을 성호는 삼켰다. 김옥선은 또 빙그레 미소 지었다. 상대의 의문을 침묵시키고 자신의 얼굴에 뭐가 묻지 않았나 돌아보게 만드는 그 미소를.

"지난번 재판 때 확인했어요. 전에는 그저 그렇지 않을까 짐작한 거였는데."

"뭐 말입니까?"

"변호사님이 국밥 가게에서 장사하는 화면을 가져와서 법정에서 돌려보셨잖아요."

"예. 그건 출입문이 잘 안 열린다는 걸 보여주기 위해서였죠."

"그 화면을 자세히 봤는데, 강은심 씨 손가락에 반지가 없더군요."

"네? 반지요?"

지난번에도 김옥선은 반지 이야기를 했다. 반지가 왜?

"그런데 바로 다음 날 사람이 죽는 그 화면에서 분명히 강은심 씨는 반지를 끼고 있었어요. 왼손 손가락에서 반짝하고 빛이 나던 걸요."

"그랬나요……."

"오늘 일부러 방청석 앞자리에 앉았어요. 강은심 씨 얼굴보다 손가락이 궁금해서요."

"손가락이요? 왜요?"

"반지가 끼워져 있던 왼손 약지를 유심히 봤어요. 역시 매끈하던데요. 강은심 씨는 평생 반지를 끼고 살았던 사람이 아니란 거죠. 나 보세요. 결혼반지를 오래 꼈기 때문에 이렇게 색이 달라졌죠? 여자들은 알아본답니다."

김옥선은 자신의 왼손 약지를 들어보였다. 지금은 반지가 없지만 동그란 흔적은 분명히 보였다. 어리둥절해져서 눈으로 묻는 성호에게 김옥선이 설명했다.

"그 반지는 사건이 있던 날에 생겼다는 거죠."

"그게 무슨 관련이 있습니까?"

김옥선은 조그맣게 웃었다.

"변호사님은 젊고 남자라서 반지란 게 어떤 의미인지 잘 모르시는 거 같아요. 반지는 아주 큰 의미를 갖는답니다. 내가 이 사람의 여자구나, 이 사람에게 사랑받는구나 하는 느낌. 만약 수십 년간 반지 한 번 못 껴본 여자가, 자신에게 못되게 굴던 남편한테 어느 날 갑자기 반지를 선물받는다면? 그게 어떻게 받아들여질지 모르실 거예요. 50살이 넘은 저 아줌마는 요즘 세대와는 조금 다르답니다. 못된 남편이 밥상을 뒤엎어도 다시 차려주고……. 그렇게 사는 여자도 많지요. 그런 약한 심성이니까 저런 남편하고 평생을 살았을 테고요.

그런 남편이 무슨 바람이 불었을까요. 문득 아내가 측은하게 여겨졌을지 모르죠. 내가 그동안 심했다 싶어 마음먹고 반지를 샀겠죠. 사건이 있던 날 밤 강은심 씨는 남편한테서 그 선물을 받았어요. 남편이 조 그만 포장지에 싸서 슬그머니 건네줬겠죠. 강은심 씨는 일단 선물을 한쪽으로 치워놓고 남편을 계획대로 국밥 가게로 보냈어요. 장만녕이 기다리고 있는 그곳으로요. 그리고 나중에 무심결에 선물을 풀었겠죠. 반지가 있었어요. 손가락에 끼워보았겠죠. 결혼한 지 몇십 년 만에 처 음 끼워보는 반지. 아마 펑펑 울었을 거예요. 그러고는 퍼뜩 생각이 미 쳤죠. 남편을 사지로 보냈다는 것에요. 아마 남편과도, 장만녕과도 통 화가 되지 않았을 거예요. 여자는 직접 가서 모든 걸 되돌리기로 했어 요. 허겁지겁 달렸겠죠. 가게에 들어선 순간만은 안심했을 것 같아요. 실내는 조용했고, 아직 일이 벌어지지 않았구나. 그래서 출입문을 조용 히 닫았는데……. 하지만 실은 이미 늦었죠. 부엌 쪽으로 시선을 돌린 순간, 장만녕이 남편을 목 졸라 죽이는 장면을 보고 만 거예요. 어땠을 까요?

남편의 원수! 여자는 칼을 들었죠. 남자는 그것도 모르고 두 팔을 벌 려서 여자를 안으려 달려갔어요. 봐! 남편을 해치웠어! 하는 기쁜 마음 으로요. 하지만 여자는 다가오는 남자를 있는 힘껏 칼로 찔러버린 거예 요…….”

“…….”

성호의 입은 딱 붙어버렸다. 뭐라 말을 꺼낼 수가 없었다. 김옥선의 이야기를 들으며 머릿속 한구석이 와르르 무너지는 소리가 들렸다. 그 게 무엇인지는 알 수 없지만 지금껏 자신이 믿어오던 세상의 한구석인 건 분명했다.

그제야 떠올랐다. 강은심은 처음부터 진술을 거부했고, 무죄를 주장할 충분한 이유가 있는데도 재판 내내 마치 살 가치를 찾지 못하는 양 처량한 얼굴로 넋을 놓고 있었다. 그리고 재판 도중 자꾸만 오른손으로 자신의 왼손 손가락을 만졌다. 구치소에서는 낄 수 없지만 남편이 준 반지가 있던 자리다. 그 빈 손가락, 반지의 엷은 흔적을 계속 만지고 있었던 건가…….

"법적으로 어떻게 되는지는 모르겠네요. 남편을 죽이려고 공모했다가 나중에 마음을 바꿨으면……. 아무튼 저 아줌마 인생도 참 안타까워요. 법정에서야 풀려났지만 앞으로의 인생이 제대로 사는 인생일지. 굳이 저 아줌마를 다시 교도소에 집어넣어야 할지……. 이건 다 그냥 내 생각이에요. 나야 뭐 이런 저런 말할 자격도 없지만요."

김옥선은 조그맣게 한숨을 내쉬었다. 그러고는 일어서서 이제 가야겠다며 성호에게 가볍게 묵례했다. 성호도 이끌리듯 일어서서 인사를 건넸다. 김옥선은 자박자박 멀어져 갔다.

물증도 논리도 없다. 하지만 성호는 직관적으로 김옥선의 말이 사건의 진상이라고 느꼈다. 정당방위냐 오상방위냐 따위가 아니라 말이다.

'사람을 모르니 저런 판결이…….'

김옥선의 말이 귓가에 메아리쳤다.

성호는 한없는 부끄러움을 느끼며 법정 밖 복도에 우두커니 서 있었다.

시간의
뫼비우스

"인간사에서 가장 괴로운 일이 뭐라고 생각하십니까?"

옆 자리에 앉은 중년의 사내가 물었다.

"그건 후회입니다."

사내는 민경의 대답을 기다리지 않고 말했다.

민경은 조금 전까지 스마트폰으로 기사를 읽고 있었다. 200년 만의 우주쇼가 어쩌고 하는. 행성이 거대한 십자가 모양으로 연결되고, 그 선상에 직선으로 이어지는 곳이 바로 한국 어디라 해서 때 아닌 관광 붐이 일고 있다고 했다. 민경은 스마트폰 화면에서 눈을 떼고 고개를 옆으로 돌려 사내를 보았다. 기차 안. 자리가 텅텅 비었는데 이 남자는 조금 전에 굳이 옆에 와 앉았다. 그러고는 이상한 말을 건네고 있다. 젊은 여자에게 수작을 부리려 한다는 생각이 들 법하지만, 웬일인지 칙칙

한 기운이 없이 담백했다. 마치 오래된 나무를 대하듯 무색무취한 느낌이 드는 것이 이상했다.

"이 터널을 통과하고 나면 난 없을 겁니다."

사내가 다시 말했다.

"다음 역에서 내리시나요?"

결국 민경은 남자의 헛소리에 대꾸해주고 말았다.

"그런 게 아니라 터널의 어둠 속에서 완전히 사라질 거란 얘기죠."

민경은 사내의 이해할 수 없는 대답에 더 캐묻지 않고 침묵했다.

사내는 가방을 선반에 올려놓지 않고 굳이 어깨에 메고 있었다. 조그만 메신저 백이었다. 민경은 문득 경계심이 들었다.

"가방은 왜 메고 계세요?"

사내는 가방을 가볍게 툭 쳤다.

"중요한 물건이 들어 있거든요."

"뭐가 들어 있는데요?"

민경이 웃으며 물었다. 사내도 씩 웃었다.

"마약입니다."

"네?"

민경은 움츠러들었다. 아무리 그의 인상이 선하고 무해해 보인다지만 가방 안에 든 물건이 마약이라니 움찔할 수밖에 없다. 사내는 하하, 웃었다.

"염려 않으셔도 됩니다. 전 마약상은 아니니까요. 오히려 그 반대쪽이라 할 수 있죠."

사내는 잠시 말을 끊었다가 이었다.

"전 판사입니다."

사내가 밝힌 의외의 직업에 민경은 사내를 다시 응시했다. 마약상보다는 판사가 어울리는 외모이긴 했다. 깡마른 몸에 하얗고 유약한 얼굴. 거리를 헤매다 만난다면 부담 없이 길을 물어볼 만한 인상이었다. 후줄근한 면바지에 자라목 티셔츠, 점퍼 차림이었는데, 낡았지만 정돈되어 있었다. 사내가 말했다.

"같은 인생을 수십, 수백 번 산 사람이 있다면 어떨 것 같으세요?"

"수십, 수백 번? 부러운데요. 어쨌든 길게 사는 거잖아요."

"그렇기도 하겠군요. 하지만 실제로 같은 인생을 반복하게 된다면 정말로 그렇게 생각하실까요?"

"선생님이 그렇게 살아보기라도 하셨나요? 마치 단정하시는 것 같네요."

자기 말이 우스워져서 민경은 그만 푸훗 하고 웃었다.

"맞습니다. 제가 그 장본인입니다."

민경은 사내를 말없이 뚫어지게 보았다. 농담하는 사람의 얼굴은 아니었다. 미친 사람 같지도 않았다.

"이야기를 하고 싶어졌습니다. 근데 전 지금 아는 사람이 아무도 없거든요. 아니, 오히려 아는 사람에겐 이야기를 할 수가 없을 듯해서요. 차라리 모르는 분에게 제 기묘한 이야기를 들려드리고 싶습니다. 아마 절대로 못 믿으실 거라고 생각합니다만……."

기차는 들판을 지나 긴 고개를 넘어가고 있었다. 조금 전 역에서 출발할 무렵 얼핏 보이던 도심이 완전히 사라졌다. 창밖 풍경은 서서히 변해갔다. 가을 들판이 바람에 누웠고, 기차의 단조로운 진동이 몸에 전해져 나른했다.

"근데 왜 하필 저한테……?"

"얼굴이 순수해 보였습니다. 이런 말 하면 웃으시겠지만 저한텐 어느 정도 사람됨이 보입니다. 얼마나 더 살았다고 그렇게 자신하느냐고 하시면, 전 아가씨의 생각보다 오래, 훨씬 오래 살았습니다. 그런 제 눈엔 아가씨의 마음 속 동심이 보였죠. 그래서 말을 걸고 싶어졌습니다."

사내가 진지하게 말했다. 색깔 있는 어조도 아니었지만, 따분한 어조도 아니었다. 그의 말에는 민경의 마음에 전달되는 소박함이 깃들어 있었다.

"알았어요. 괜찮을 것 같네요. 기차 여행도 지루하던 참이었는데, 한번 이야기해보세요."

민경은 선심을 베푼다는 듯이 말했다. 그러고는 가만히 고개를 끄덕이며 스마트폰을 껐다.

사내는 웃을락말락 미소를 지어 보인 후 긴 이야기를 시작했다.

터널을 빠져나오자 내가 태어났다, 고 해야겠군요. 터널을 빠져나오자 눈의 나라였다, 하고 시작하는 《설국》이라는 소설도 있지만, 제 경우엔 밖의 풍경이 아닌 내면의 풍경이 변했습니다. 아, 여기서 터널이란 우리가 탄 기차가 얼마 후 통과할 화남터널을 말하는 겁니다. 좀 이상하게 들리겠지만 이건 앞으로 일어날 일이기도 하고 예전에 일어났던 일이기도 합니다. 아무튼.

그 당시, 48세의 나는―그러니까 아가씨가 지금 보는 나라고 생각해도 큰 차이는 없습니다. 큰 차이가 없다는 게 무슨 말이냐고 하실지 모르지만 조금 더 들어보시면 알게 되실 겁니다―이 기차를 타고 조금 있다가 나올 화남터널을 지났습니다. 무언가 달라진 건 기차가 터널을 통과해 나온 뒤부터였습니다. 처음에는 기차 안이 어딘가 달라진 것 같다는 위화감이 가득 들었어요. 같은 칸에 탄 사람들도 많이 달라 보였고요. 그러면서 주변을 두리번거리려 했는데, 그때 퍼뜩 깨달은 거예요. 두리번거리려 했지만 나는 두리번거릴 수 없었습니다. 아니 두리번거리지 '않았어요'. 나는 내 의식을 의식했습니다. 이렇게밖에 표현할 수 없는데, 뭐랄까 내 의식 한구석에, 혹은 의식 뒤편에서, 혹은 의식과 겹쳐서라고 해도 좋습니다만, 겹쳐진 이중의 의식을 생생하게 감지했습니다. 사실 감지했다는 말도 정확하진 않은 게, 오감을 통해 외부의 자극을 느끼는 게 감지한다는 거 아니겠습니까? 그런 게 아니라 내 존재로 내 존재를 느꼈습니다. 피린계 약물을 잘못 먹으면 팔다리가 딱히 아픈 것 없이 고통만이 뇌 속에 존재한다고 하죠. 그런 것과 마찬가지로 내 의식만이, 아마도 뇌 속에 존재하고 있었고 그 의식은 또 다른 나를 인식하고 있었습니다.

마침 그때 기차가 수원역에 정차했습니다. 화남터널을 지나고 바로 만나는 역이죠. 거기서 중년 남자 두 명이 탑승하더군요. 우리 칸 문을 벌컥 열고 들어온 두 사람은 앞에 서서 신분증을 들어 보이며 큰 소리로 자신들이 형사라고 밝히고는 잠시 검문을 하겠다더군요. 황당하죠? 지금처럼 민주화된 시대에 형사들이 기차 객실에서 검문이라니요. 그런데 더 놀라운 건 손님들이 아무런 저항 없이 얌전하게 신분증을 내보이는 겁니다. 가방을 든 손님은 형사들의 요구에 일일이 가방을 다 열어 보이더군요. 하나하나 세심하게 확인하던 형사들은 마침내 제 자리까지 왔습니다. 전 거부하고 싶었습니다. 이게 대체 무슨 짓이냐고. 그런데 말이 나오지 않았습니다. 놀랍게도 나의 또 다른 의식은 겁을 잔뜩 먹고 있었습니다. '저 아저씨들 말대로 안 하면 붙들려서 감방 갈지도 몰라.' 이런 유치하고 막연한 공포감을 갖는 것이었습니다. 세상에. 나의 또 다른 의식은 내 의지와 무관하게 그렇게 생각하고 움츠려 있었습니다. 스포츠머리를 한 젊은 형사가 다가와서 물었습니다.

"학생, 손에 쥔 건 뭐야?"

정신을 차리고 보니 손에 무언가를 움켜쥐고 있더군요. 손바닥을 펴보니 갈색을 띤 풍뎅이 한 마리가 있었습니다. 그때 기억났습니다. 터널을 통과하기 바로 전, 이 기차에서 그 풍뎅이를 발견하고 조심스럽게 손에 쥐었던 일을요. 그 상태로 터널을 지났고 형사가 올 때까지 쥐고 있었던 겁니다. 어, 하고 나의 또 다른 의식도 놀라더군요. 하긴, 그 풍뎅이의 존재를 또 다른 나는 몰랐으니까요. 형사도 어, 하는 순간 풍뎅이는 어디론가 날아가버렸습니다. 아무튼 그것도 잠시, 또 다른 나는 스스로 겁에 질려 신분증은 물론 가방까지 열어 보였습니다. 형사들은 꼼꼼히 살펴보고 지나가더군요.

놀랐습니다. 이건 바로 내 30년 전의 기억 속에 있는 장면이었어요. 손에 풍뎅이가 쥐여 있었다는 것만 제외하면요. 충격에 한동안 멍했습니다. 그리고 그때 확실하게 깨달았습니다. 내가 의식한 나는 놀랍게도 '30년 전의 나'였다는 것을요. 그땐 대학에 합격한 겨울이었어요. 2월 어느 날, 고향 전주에서 대학 기숙사에 들어가려고 혼자 가방을 들고 기차를 타고 상경하던 길이었습니다. 그때 처음 만난 사복형사들. 아마 수배된 운동권 학생이라도 검거하려 했는지 모르겠습니다. 그때 느꼈던 긴장감, 형사들의 표정 모두 막 고등학교를 졸업한 어린 저한테는 생생하게 기억에 남았거든요. 그런데 그게 내 눈앞에 재현된 겁니다. 단 한 치의 오차도 없는 장면으로요. 기차도 사람들도 풍경도 모두 30년 전의 것이었습니다. 차창은 위로 밀어 열리는 종류였고, 승객들은 객실에서 담배를 피워댔으며, 큰 소리로 대화하고 떠들고 있었습니다. 사람들은 장발인 데다 잠자리 눈처럼 큰 안경을 썼고, 옷차림은 패션에 문외한인 내가 보기에도 너무나 촌스러웠습니다. 모두 낯설었습니다. 차창에 비친, 솜털이 보송보송한 내 모습조차도요. 얼마나 놀랐을지 상상도 못하실 겁니다. 더 놀라운 건 놀라움을 표현할 수도 없었다는 거지요. 또 다른 나, 그러니까 30년 전의 나는 지금의 나를 전혀 의식하지 못하고, 존재조차 모르고 있었으니까요. 그리고 내 몸을 움직이고 명령하고 감정을 느끼고 발산하는 주체는 30년 전의 나였습니다. 그러니 난 아무것도 할 수 없었어요. 말하자면 쌍방향이 아니라 일방향의 의식이었습니다. 오로지 수동적으로 30년 전의 내가 느끼는 것을 똑같이 느낄 수 있을 뿐, 다른 아무것도 할 수 없었어요. 또 다른 의식이 감지하고 인식하는 것 말고는요. 오로지 지금의 의식만이 외로이 공간 없는 공간에, 어디에 속한지도 모르게 뇌 속 어딘가에 떠 있었습니다. 예전의 나 자신이 느끼고 말하고 표현하고 생각하고 행동하는 것을 그대로 느끼고 받아들이는 수밖에 없는 상태였습니다.

이게 무슨 일인가, 혹시 꿈인가. 하지만 꿈은 분명 아니었어요. 이해할 틈도 없이 사건은 착착 진행되었습니다. 내 의지는 전혀 개입되지 못했습니다. 영한이—아, 편의상 30년 전의 나를 '정영한'이라는 제 이름으로 부르겠습니다—가 복잡한 서울의 지리에 넋을 잃고서 전철을 반대방향으로 타고 길을 잘못 찾아가도 발길을 되돌리지 못했습니다. 등허리를 짓누르는 무거운 짐의 고통은 못 느꼈지만 답답한 마음은 그 무게 이상이었습니다. 역에 내려서도 기숙사와 반대 방향으로 한참을 두리번거리며 걸어갔습니다. 매서운 바람이 부는 겨울의 끝자락이었습니다. 정말 열불이 터지는 일이었지요. 어쨌든 벌어지는 일들은 모두 내 기억 속의 장면 그대로, 혹은 내가 미처 기억하지 못했지만 벌어지고 보니 기억이 되살아나는 그 일 그대로였습니다. 기숙사에 가서 짐을 풀고 룸메이트하고 인사를 나누고는 밤에는 떠나온 고향과 엄마 생각이 나 공용 샤워실에 가서 혼자 소리 죽여 울었습니다. 난 그 슬픔과 외로움을 고스란히 느꼈습니다. 그 영한이가 바로 나였으니까요. 한편으로는 측은하고 대견하게도 생각했습니다. 그건 내 본래의 의식이었어요. 그러면서도 내일만 되면 고향 생각은 까맣게 잊어버리고 새롭게 펼쳐질 생활에 대한 기대감에 차서 새로운 친구들하고 인사하느라 정신 없을 텐데, 하고 잠시 웃기도 했습니다. 아니, 영한이와 따로 내가 웃을 수는 없었으니, 웃고 싶은 기분 혹은 생각에 불과했지만요. 앞으로는 제 감정표현을 그 정도로 알아주시면 좋겠습니다. 그 후로 전개되는 사건의 연속 속에 난 이게 어떻게 된 일인가, 멍한 와중에도 한편으로는 영한이가 새 세상에 눈뜨고 느끼고 격렬한 호기심으로 반응하는 데에 정신을 차리지 못할 지경이었습니다. 영한이는 학교생활에 적응하고 새 친구들을 사귀는 일에 열중했고, 신나 있기만 했지요. 같지만 다른 두 의식의 기묘한 동거였습니다.

생각보다 많은 사건들이 기억과 다르더군요. 어떤 건 당시에는 아주 기분이 나빴는데 혼자만의 오해나 삐침에 불과했다는 걸 마흔 후반이

된 지금의 나는 알겠더군요. 어떤 건 지금 보니 굉장히 불쾌한 일이었는데 당시엔 어수룩해서 모르고 지나쳤구나, 싶은 것들도 있었고요. 내가 미팅을 주선한 일이 있었는데, 신건식이라는 친구 녀석이 약속 시간 직전에 안 나가겠다는 겁니다. 미팅 같은 유치한 일에 나가는 일은 자존심이 허락하지 않는다나요. 지금 생각해보면 자신만을 특별한 사람이라고 생각하는 역겨운 사고방식이었고, 친구 간에 있을 수 없는 배신행위인데도 전 그냥 납득했습니다. 급히 대타를 구했는데, 다행히 우명렬이라는 친구가 선선이 가겠다 하여 위기를 모면했지요. 신건식은 지금 소식도 모르고, 우명렬은 지식경제부 관료로 승승장구하고 있습니다.

잘못된 결정을 하는 상황에선 정말 열불이 터지더군요. 성기홍이라는, 사회학과 다니던 기숙사 룸메이트 녀석이 교련 과목 대리 출석을 부탁했습니다. 받아주지 마! 하고 소리쳤지만 영한이에겐 들리지 않았습니다. 영한이는 성기홍의 명찰이 달린 군복을 갖춰 입고 대리 출석했는데, 교관은 바로 알아보곤 화를 내며 돌려보냈죠. 영한이는 학생들 앞에서 큰 창피를 당했고요. 영한이는 어리둥절했습니다. 어떻게 대리 출석한 걸 간파했을까. 알고 봤더니, 기홍이 녀석이 대출을 부탁해놓고는 들통 날지 모른다는 생각에 교관한테 친구를 대리 출석시켰다고 말을 해놓았더군요. 자기만 살겠다고 귀찮은 부탁을 들어준 친구를 곤경에 빠트린 겁니다. 정말 약은 녀석 아닙니까? 그 불쾌한 기억을 떠올리는 걸 넘어서서 다시 겪으니 참 분했습니다. 더구나 난 결말을 아는데 영한이한테는 한마디도 해줄 수도, 결정을 바꿀 수도 없었죠.

과 면접 때 줄을 섰는데, 어중간하게 순서가 엉키자 눈망울이 큰 한 친구가 영한이한테 세련된 서울말로 "앞에 서시죠" 하면서 비켜주었습니다. 촌놈인 영한이는 내심 놀랐어요. 아직 고등학생의 의식 수준이었던 영한이한테는 같은 나이의 친구가 아무리 초면이라도 존댓말을 한다든가 그 친구가 보여준 예의 바른 몸짓 같은 것이 일종의 문화충격이었기 때문이죠. 그 성숙한 친구는 이색적이게도 나중에 목사가 되었습니다. 그것을 아는 눈으로 바라보니 참 새롭더군요. 나중에 젊은 나이에 삼풍백화점 붕괴라는 큰 사고로 죽게 되는 어여쁜 여학생의 웃는 얼굴을 바라보는 건 큰 고통이었습니다만……

슬쩍 꼬집는 말 같은 것도 들었는데, 당시에는 바보처럼 모르고 지나치기도 했고, 혹은 지나치게 흥분하기도 했습니다. 서툴렀죠, 많이. 어설프고 어찌 보면 때가 덜 묻은 영한이의 좌충우돌 대학생활을 그대로 겪으면서 안타깝기도 했지만, 재미있기도 했습니다. 잊었던 기억들을 생생하게 재경험하면서 아, 이런 일이 있었지, 하고 깨닫게 되는 게 말이죠, 일기 속을 살아서 떠도는 기분이랄까요, 누가 상상이나 했겠습니까.

영한이가 잠든 시간엔 나 혼자 생각에 잠기기도 했습니다. 어떻게 된 걸까. 분명 난 정영한이다. 이 녀석, 영한이는 30년 전의 나다. 하지만 나는 48세의 정영한이다. 나는 어떤 사건으로 쫓기면서 초조한 마음으로 전주에서 서울로 가는 기차를 탔다. 마침 그 기차는 30년 전의 내가 대학에 합격하고 서울로 상경하면서 탔던 노선이다. 경기도에 접어들어 화남터널을 통과할 때, 기차 안은 정전이 되었다. 그리고 새카만 어둠. 잠시 후 전깃불이 들어왔고…… 그리고 내가 있었다. 영한이의 의식 속에. 도무지 이유는 모르겠지만, 내가, 48세의 내가 30년 전으로 돌아갔다. 그때의 영한이의 내면에 들어와 그 인생을 그대로 반복해 살고 있다. 조금도 영한이를 못 움직이면서. 영한이가 느끼는 즐거움, 기쁨, 슬픔, 분노도 그대로 내 것은 아니지만 바로 나의 의식과 겹쳐 있기에 마치 내 것처럼 생생하고 안타깝다. 내 의식은 오로지 관찰과 감각만 하고 일체의 행동과 말과 외부에의 작용을 할 수 없는 순수한 관념적 존재에 불과한 것 같다. 왜 이런 일이 벌어졌는지. 이유는 알 수 없다. 하지만, 도대체 '나'는 어디로 가는 것일까. 도대체 어떻게 되는 걸까……

하여튼 그 결말은 시간의 흐름에 맡겨야 했습니다. 물론 나한테는 그 시간의 흐름이란 게 괴상망측했지만요. 내 시간이 아니라 영한이의 시간이 지나봐야 알 수 있는 일이었습니다. 어차피 영한이의 몸 안에 갇힌 저로서는 조금도 외부 혹은 영한이에게 영향을 미칠 수 없었으니까요. 비바람과 풍상을 그저 견디어낼 뿐 아무런 영향을 못 미치는 삼림 속의 큰 나무처럼요. 아니, 나무와도 다르지요. 나무는 그늘을 드리우고 잎사귀를 피우며 가을에는 낙엽을 떨구기나 하지, 전 아무것도 할 수 없었으니까요.

나는 법대생이었습니다. 어리바리하게 잘 알지도 못하면서, 장래에 대한 확신도 없으면서 그저 주변 어른들이 권하는 대로 법대에 진학했더랬습니다. 처음부터 적성에 맞지 않는 과엘 갔으니, 공부는 뒷전이었죠. 게다가 내가 진학한 1980년대가 오죽했습니까? 반정부 데모에 최루탄, 수업거부…… 뭐, 시대상황이 그랬으니까요. 혼자만의 고뇌였다고 불평하지는 않겠습니다. 대학은 제대로 된 캠퍼스라고 할 수도 없었죠. 나는 선배의 권유에 따라 사회의 모순을 연구한다는 학회에도 가입

하고, 은밀하고 위험해 보이는 책들도 많이 읽었습니다. 구정물이 흐르는 사회의 이면을 들여다본 것 같아 분노했고, 설익은 지식으로 사회구성체가 어쩌고 토론도 했고, 선배, 친구들과 같이 시위에 참여하고 최루탄 가루도 좀 마셔보았지요. 물론 그것만이 다는 아니었습니다. 술을 마셨고, 당구를 쳤고, 미팅도 했습니다. 여자들과 가볍게 사귄 적도 여러 번 있었고요. 제가 지금은 꼴이 노숙자나 진배없지만 그때는 뽀얀 얼굴에 선한 인상이어서 좋아해주는 여자애들도 몇 있었거든요. 물론 서툰 탓에 쓴맛도 보았지만 모든 게 신선했습니다. 힘들어도 재밌기만 했던 영한이의 그 신입생 생활을 난 그저 흐뭇한 눈으로 바라볼 수 있었습니다.

하지만 그런 대학생활도 1학년으로 끝이었습니다. 2학년이 되니 시위는 시들해졌고, 친구들은 자기 갈 길을 찾기 시작했습니다. 나도 공부를 시작했어야 했는데, 법대 공부에 통 정이 붙지 않았어요. 2학년 1년 동안 읽은 책은 민법총칙과 물권법 200페이지뿐이었어요. 도서관에서 스포츠 신문을 줄창 읽다가 하숙집에 돌아오는 생활이 반복되었습니다. 3, 4학년 때는 아예 학교에도 거의 나가지 않았어요. 솔직히 법대 친구들이 어딘가 좀 취향에 맞지 않기도 했고요. 법전은 지긋지긋하고 꼴도 보기 싫었습니다. 미치도록요. 법률 서적에는 먼지만 쌓여갔죠. 이 무렵 사후의 천국을 약속하는 대신 현세의 몸 그대로 영원히 살게 해준다는 이상한 종교에 빠지기도 하고, 인생이 허무하단 생각에 머리 깎고 출가를 할까, 고민했습니다. 그렇습니다. 난 하얗고 여린 겉모습과 달리 감정적이고 극단적인 사람이었습니다. 그게 이 시기엔 자기파멸형으로 드러났다고나 할까요. 무상감에 인생의 계획을 잃고 자포자기한 상태였습니다. 아마 여자에 대한 갈망, 성욕만 없었다면 진짜 출가했을지도 모릅니다. 그렇다고 여자를 많이 만나고 다닌 것도 아니었어요. 그저 처박혀 지낼 뿐이었죠. 읽은 책은 철학, 종교 서적부터 만화, 무협지까지 닥치는 대로였습니다. 요즘 히키코모리라고 부르죠, 방구석 폐인. 그런 생활을 30년 전에 했던 겁니다.

아가씨한테 단언할 수 있습니다. 청춘의 방황이라면 차라리 발산하는 쪽이 좋습니다. 안으로, 안으로만 들어가서는 지나고 보면 후회밖에 남지 않거든요. 책 천 권을 읽으면서 젊음을 보낸 사람이나, 여자 백 명을 만나며 젊음을 보낸 사람이나 지나고 보면 같은 것을 깨닫고, 그 깨달음의 깊이도 다르지 않아요. 그렇다면 왜 미친 듯이 동굴에서 마늘을 먹어야 합니까. 얼마나 허무합니까. 난 카사노바가 칸트보다 잘못 살지 않았다고 믿습니다. 하긴 칸트도 숙녀들을 만찬에 초대해서는 식탁 밑으로 손을 뻗어 허벅지를 만졌다죠.

아무튼, 그런 영한이를 보며 안타까웠습니다. 낭비, 그 빛나는 청춘의 낭비! 얼마나 애를 태웠는지요. 바꿀 수 없다는 걸 알면서도 그것만은 정말 목에 울화가 꾹꾹 치밀어 단장斷腸의 심정으로 이야기를 해주고 싶었습니다.

그 사람이 인생을 좀 아는지 아닌지 가늠하는 내 나름의 기준이 뭔지 아십니까? 그건 바로 '새옹지마'란 말의 뜻을 진정으로 깨닫고 공감하는가 하는 겁니다. 저에게는 분명하게 보였습니다. 당시에는 절망했던 일이었지만 지나고 보니 그 일 덕분에 다른 치명적인 사건을 피하기도 했고, 기뻐했던 일이 나중에는 인생의 질곡이 된 일이 수두룩했습니다. 그 앞날을 알기에 기쁨에 순수하게 기뻐할 수 없었고, 슬픔에도 위로를 찾았습니다.

대학을 졸업하고 곧장 군대에 갔습니다. 대학원에 진학해 입대를 미루고 나중에 장교라든지 편한 보직으로 가려 했었지만 행정적인 문제가 생겨 잘 안 되었죠. 입대 영장을 받아들고 눈앞이 캄캄했습니다. 마음의 준비가 안 된 내게 그건 마치 같은 기간의 징역형을 선고하는 판결문과 같았어요. 지금 군대에 가다니. 입대하자마자 오른손 검지를 자르든가 한쪽 눈알이라도 파서 제대해야지, 하는 생각을 벌써 하고 있었습니다. 물러터졌다고 욕하지는 말아주십시오. 제 기질 자체가 규율이라든가 명령 같은 종류하고는 100만 광년쯤 떨어져 있었으니까요. 구미에 맞지 않는 법학의 그물을 벗어나고 싶어 대학 4년을 몸부림쳤는데 하물며 군대야…… 하지만 그토록 싫었던 군 입대가 결국 엉망진창이었던 내 청춘을 단절시키는 계기가 되었으니, 인생사란 참 알 수 없지요.

3년 가까이 바닥을 기었습니다. 처음 만나는 무지막지하고 야비한 인간들로부터 온갖 수모를 겪고 다치고 깨졌습니다. 혹독한 훈련과 틀에 박힌 생활은 군생활의 기본이니 제쳐놓고라도, 탱크라는 별명이 붙은 악독한 선임한테 낭심을 차여 며칠간 걷지도 못하고, 자다가 깨어 하사관의 술주정을 받아주다 못해 복도에 싸놓은 똥까지 치워야 했습니다. 인사계 상사의 지속적인 괴롭힘을 모면하려 뇌물을 좋아한다는 소문을 듣고 조니워커 블루를 사서 동료들과 숙소 근처에서 잠복하듯 기다리기도 했습니다. 비참함에 입술을 깨물면서요. 그러면서 깨달았습니다. 난 아무것도 아니구나. 이 사회에서 나보다 약한 놈이 있을까.

나보다 못난 놈이 있을까. 이 허섭한 내가 남을, 사회를 바꾸겠다고 설쳐댔다니, 얼마나 오만한 생각이었던가. 나는 눈에도 보이지 않는 미세한 톱니바퀴에 불과했으면서도 내가 속한 기계 전체의 얼개를 인식하고 바꾸겠다고 했으니, 얼마나 시건방진 짓이었던가. 내 앞가림이나 잘하자. 겸손하게, 내 일에만 신경 쓰자. 내가 확실하게 붙잡을 수 있는 거라곤 그것뿐이다.

난 180도 바뀌었습니다. 아무래도 난 논리보단 감정이 앞서는 사람이었습니다. 정의란 걸 코에 건 사람들, 예전에는 그렇게 잘나 보이던 사람들이 위선자로 보였던 것입니다. 물론 그것도 하나의 극단이었지만, 군대라는 극단적인 환경 안에 있었던 나는 생각마저 양쪽 벽을 때리는 진자처럼 어느 한 극단으로 갈 수밖에 없었어요. 물론 영한이의 심리 상태를 보면서 48세의 나는 그렇게 객관적으로 분석, 관찰할 수 있었지만 당시 영한이는 그럴 수 없었고, 한편으론 그 모습이 이해가 가지 않는 것도 아니었습니다. 제대한 나는 겸손하고 솔직하게, 정의니 뭐니 하는 거창한 명분 없이, 그저 먹고살기 위해서 사법시험 공부를 제대로 하기 시작했습니다. 내 인생 처음으로 열중했고, 시험에 붙었습니다⋯⋯.

기차가 역에 멈춰 섰다. 승객이 두 명 내리고 한 명이 탔다. 객실이 조금은 더 한산해졌다. 사내는 잠시 말을 멈추고는 생수를 들이켰다.

"놀라운 이야기네요. 지금은 선생님이 어떻게 이렇게 앉아 계신 건지 궁금하지만 아직 묻지는 않을게요."

민경의 말에 사내는 눈가에 푸근한 주름을 만들며 미소 지었다.

"그건 그렇고, 선생님의 인생도 새옹지마네요. 결국 정신 차리고 판사가 되셨으니."

민경의 말에 사내는 고개를 저었다. 그 결말도 그리 마음에 들지 않는 모양이었다.

"제가 말하려는 새옹지마는 그게 아닌데요."

민경은 남자를 힐긋 보았고, 사내는 말머리를 돌려 다시 이야기를 이었다.

"……나쁜 기억을 앞두고는 정해진 악몽을 향해 달려가는 운명 앞에 안타까움을 이기지 못했습니다. 서른의 겨울 어느 날에는 이런 일이 있었지요……."

사법연수원생 2년차 시절이었습니다. 그땐 연수원이 요즘처럼 경쟁이 치열하지 않아서 낭만이 남아 있었다고나 할까요? 법원실무수습 기간이었는데 난 출근하지도 않고 동네 미용실에 가서 느긋하게 머리를 깎고 있었습니다.

미용사가 내 머리를 매만지며 이것저것 말을 걸더군요.

"얼굴이 뽀얀 게 닥터 같으세요."

"닥터도 뭐 여러 가지겠죠. 닥터 피시도 있고."

아, 아가씬 기겁을 하시는군요. 압니다. 이 농담이 얼마나 썰렁한지. 하지만 당시의 난 그런 황당한 농담에 재미가 들려 있었습니다. 미팅을 나가면 우유 주세요, 대신 소젖 주세요, 한다든지요. 대부분의 여자들은 치를 떨었지만 가끔 통하는 때도 있었죠. 난 그날도 미용사와 이런 류의 농담 따먹기를 하고 있었습니다. 그런데 뒤편에 앉아 있던 젊은 여자가 자꾸 피식피식 웃는 것이었습니다. 미용사와 언니동생 하는 걸로 봐서 그냥 놀러온 여자 같았습니다. 내가 돌아보며 왜 웃으세요? 하니 급기야 웃음이 터져서는 배를 잡고 옆으로 쓰러지더군요. 아무것도 아니에요, 그냥, 하고 마구 손을 저으면서요. 그런데 그 모습이 귀여워 보였어요. 여자가 남자를 보고 괜히 웃는다는 건 호감이 있다는 거지 않겠습니까? 그 모습이 내게 전에 없던 용기를 내게 해주었어요. 미용사가 잠시 딴 데 보는 사이, 삐삐(무선호출기) 번호를 달라고 했죠. 그녀는 언니 눈치를 보면서 몰래 적어주더군요. 종이를 건네며 올려다보는 큰 눈, 살짝 벌어진 입술 사이로 조그맣게 벌어진 윗니, 아직도 기억이 납니다.

바로 그날 저녁 연락해서 만나 술을 마셨습니다. 처음부터 이야기가 잘 통했습니다. 그녀, 송채희는 나보다 세 살 아래였고, 홀어머니 밑에서 자랐고, 남동생 하나가 있었고, 백화점에서 아르바이트를 하면서 지내고 있었습니다. 그런 신상은 사실 나중에 알게 된 거고, 첫날에는 그저 온갖 대화와 장난질로 시간 가는 줄 몰랐습니다. 이야기는 끊이지 않았고, 몸을 흔들며 끝없이 웃어댔습니다. 우리는 오빠, 동생 하며 자연스레 사귀게 되었죠.

그녀는 귀여운 얼굴에 유머러스했어요. 작은 일에도 기뻐했습니다. 당차고 의리 있는 성격에 자존심도 강해서 남자에게 기대는 면모는 조금도 없었습니다. 취향도 곱고 여린 여느 여자완 조금 달랐어요. 사실 여자로서의 매력보다 그런 개성들이 더 좋았던 것 같습니다. 새벽에 술 먹고 전화하기 일쑤였고, 차에 탈 땐 안전띠 따위 매지 않았습니다. 자다 새벽에 깼을 때, 그녀는 내가 모아둔 CD 중에서 본 조비를 꺼내 이

웃이 떠나가라 크게 틀어놓고 듣고 있었습니다. 얼마나 귀여웠는지.

느슨하기 그지없던 법원 시보 기간이었던 데다 난 연수생 중에서도 유별나게 게으른 편이었기에 시간은 얼마든지 있었습니다. 오히려 백화점 아르바이트를 하는 채희가 더 바빴죠. 우리 둘 다 술을 좋아해서 참 많이도 마셨습니다. 극장이며 맛집도 많이 찾아다녔고, 내 작은 차로 전국 이곳저곳 많이도 놀러 다녔습니다. 그렇게 10개월이 흘렀죠. 20년 전 나의 그 모습을 보고 느끼는 나도 즐거웠습니다. 직업을 가졌고, 귀여운 여자친구까지 있었습니다. 내 인생에서 가장 마음이 편안하고 즐거웠던 때란 걸 잘 알고 있었으니까요. 그러면서 한편으로 다가올 결말에 마음이 한없이 무거워지는 것이었습니다.

난 채희를 무척 좋아했습니다. 하지만 사람의 마음이란 건 변합니다. 시간은 모든 걸 치유하지만 모든 걸 파괴하기도 하지요. 내 경박한 마음은 시간의 파괴력 앞에서 폭우 속 촛불에 불과했습니다. 채희를 좋아하는 마음은 여전했지만 그 성격이 바뀌어가는 걸 느꼈습니다. 채희가 꼭 여동생같이 생각되었어요. 불쌍하고 철없는, 그래서 돌봐주어야 할 것 같은 생각이 드는 여동생 말입니다. 채희는 달랐어요. 날 진짜 좋아했습니다. 줄곧 남자로서, 자신의 짝으로서요. 그 변함없음도 어찌 보면 그녀의 의리 있는 성격 때문이 아닌가 싶어요. 한결같은 채희가 난 어느새 부담되고 거추장스러워졌습니다. 점차 그녀와 헤어지는 모습을 상상하게 되었습니다. 그런 날 깨닫고 놀라면서도 내 감정을 인정하지 않을 수 없었어요.

영한이의 그 모습을 보면서 난 딱히 나무랄 수만은 없었습니다. 그게 나니까, 내 마음을 잘 아니까요. 내 기준에선 뜨겁고 열렬하지 않으면 여자와의 만남이 의미가 없었습니다. 난 좋게 말해서 대책 없는 로맨티스트였고, 감정이 무엇보다 앞선 인간이었습니다. 사랑이란, 그리고 결혼이란 대충 편안한 여자 만나서 아이 낳아 살고 손 붙잡고 나들이 다니고…… 그런 게 아니었어요. 우리 세대에서 유행했던 '열정'이라는 노래가사처럼, 만나서 차 마시는, 웃으며 안녕 하는 그런 사랑 말고 가슴 터질 듯 열망하는 사랑만을 추구했습니다. 불꽃처럼 타오르는 여자와 만나서, 전쟁처럼 사랑하고…… 그런 게 사랑이라고만 생각했습니다. 그런 게 현실에는 없다는 걸 한참 후에야 깨달았습니다. 책에서 사랑을 배운 자의 비극이었습니다. 그래도, 그땐 알지 못했습니다.

여자란 정말 섬세한 존재 아니겠습니까. 아무리 당당하고 자존감이 높다 해도 남자의 마음이 변하는 건 귀신같이 감지해냅니다. 채희도 예외는 아니었죠. 그녀도 내 감정이 예전 같지 않단 걸 깨달았던 겁니다. 우리 사이는 서서히 금이 갔고, 삐걱거리기 시작했습니다. 사귄지 10개월 만에 처음으로 소리 높여 다투기도 했고요.

그러던 중 연수원 과정을 마치고 내가 발령을 받아 광주로 내려가게 되었어요. 난 판사로 임명되었습니다. 어린 시절 내가 되리라고는 꿈도 안 꾸었던 직업이었고, 어린 눈에는 보기에도 싫고 입기도 싫었던 검은 법복이었습니다. 그런데 결국 내가 그걸 입고 있더라고요. 침착해 보이지만 머릿속에는 극단적인 불덩이가 오가는 이 내가 말이죠. 냉정하고 차가운 가운에 갇힌 얼치기 낭만주의자. 이 어색한 조합이란…… 그로부터 거의 20년 가까이 흐르고 말았네요. 암튼 그 이야긴 나중에 하기로 하죠.

그 무렵 채희와 나는 낯선 도시로 떠났습니다. 시외버스를 타고 떠난, 조용한 여행이었습니다. 앞으로 우리가 어떻게 될지, 떨어져도 계속 만날 수 있을지, 서로 아무런 말도 꺼내지 않았습니다. 영원한 약속을 할 수 없단 걸 우린 어렴풋이 서로 알고 있었고, 말을 입 밖으로 꺼내면 우리 슬픈 헤어짐이 못박혀버릴 것같이 느꼈던 거지요.

이름 모를 겨울 거리의 네온사인을 뒤로 하고 우리는 모텔에 투숙했어요. 난 걷다가 지친 나머지 옷을 입은 채로 누워 TV 리모컨을 만지작거리고 있었습니다. 채희가 잠깐 밖에 나갔다 오더니 맥주와 땅콩 안주를 사왔더군요. 무언가 대화를 하고 싶어 하는 눈치였는데, 우리 둘 사이는 서먹해져 있었습니다. 나는 바닥에 앉아 말없이 채희가 사온 맥주병을 따서 들이켰습니다. 혼자서 두어 병을 비웠을 때쯤, 채희가 술을 조금도 마시지 않고 있단 걸 깨달았습니다.

"왜 안 마셔?"

그녀는 그 말에는 대답하지 않고서 창백한 얼굴을 조용히 들었습니다.

"오빠, 할 말 있어."

말소리가 심상찮았습니다.

"뭔데."

"나, 임신했어."

가슴이 철렁했고, 이어 역시, 하는 생각이 들었습니다. 조용히 맥주잔을 방바닥에 내려놓고서 내가 생각해도 놀라울 정도로 차분하게 대꾸했습니다.

"분명히 우리 피임했잖아. 근데 어떻게?"

"몰라, 임신이래."

고개를 저었습니다. 그럴 수도 있단 걸 알면서도 부정하고 싶었던 겁니다. 예, 맞습니다. 그 순간 난 정말 나쁜 놈이었습니다.

"거짓말하지 마. 그게 말이 돼?"

"정말이야, 오빠가 이상하게 생각할까봐 그동안 말 못하고 있었어."

"그래? 근데 하필 왜 내가 지방으로 떠나기 직전일까?"

"내 말 안 믿는 거야? 안 했는데 거짓말할까봐?"

피임했으니 아이를 가졌을 리 없다고 끝까지 우겼습니다. 채희의 얼굴은 실망과 곤혹감으로 일그러져갔습니다. 내 반응은 아마도 그녀가 예상한 종류였겠지만, 혹시나 했던 기대와는 너무나 달랐던 모양입니다. 휴우, 지금도 천만다행이라고 가슴을 쓸어내리는 것은, 그게 누구의 아이인 거야? 이 따위 말은 하지 않았다는 사실입니다. 그래도 최후의 양심, 마지막 이성이 인간이 되지 못할 구렁텅이에서 날 조금이나마 구해주었습니다. 난 그 말을 하지 않았다고 기억하지만 혹시 영한이가 그런 말을 할까 조마조마했습니다. 결국 그런 말은 하지 않더군요. 채희는 하염없이 눈물을 흘렸습니다.

"내가 오빠를 잡으려고 구차하게 거짓말이라도 한다는 거야?"

"내게는 그렇게 보이는데? 왜 하필 오늘이냐고!"

난 화를 냈습니다. 솔직히 인정하겠습니다. 이것은 거짓이 섞인 화였습니다. 난 그 시간을 기회라고 생각했던 것입니다. 이참에 채희를 떨쳐버리자, 하고 무서운 마음을 먹었던 것입니다. 그래서 일부러 거칠게 화를 냈습니다.

"정말 임신이라면 나하고 병원에 먼저 갔겠지? 그렇지 않아? 일방적으로 나한테 통보하면 나는 그냥 믿어야 해? 그런 거야?"

되지도 않는 논리를 주워섬겼습니다. 그 말 잘하던 채희가 한마디도 하지 않더군요. 숙인 얼굴 아래로 눈물이 뚝뚝 떨어지고 있었습니다.

"넌 그렇게 안 봤는데, 실망이다. 아무래도 우린 여기까진 것 같아. 잘 있어!"

마지막으로 거칠게 소리치고는 그대로 일어서서 외투를 걸치고 모텔 방을 나갔습니다. 채희는 턱 밑으로 눈물을 뚝뚝 흘린 채로 굳어버린 석고상처럼 방바닥에 멍하니 앉아만 있었습니다.

거리에는 지독하게 차가운 바람이 불고 있었습니다. 난 오한에 떨면서 방향도 모르는 거리를 무작정 뛰어갔습니다. 마음이 편할 리는 없었습니다. 무척 마음이 아팠습니다. 하지만 한편으로는 비겁하게도, 이걸로 채희와는 헤어질 수 있게 되었다고 안심하고 있었습니다. 괜한 싸움을 만들어서 화를 버럭 냈고, 그럴듯한 이별의 구실을 만들었던 거예요. 가장 채희의 마음을 헤아렸어야 할 순간에 말이죠. 난 택시를 잡아타고 '터미널!'을 외쳤습니다.

그때 얼핏 보았습니다. 택시의 룸미러 어두운 한쪽, 저 뒤쪽 멀리에서 채희가 뛰어나오는 모습을요. 휘몰아치는 겨울 밤바람에 그녀의 얇은 블라우스가 머릿결과 함께 흩날렸습니다. 룸미러 속의 그녀는 내 흔적을 찾으려고 눈물 젖은 얼굴로 열심히 두리번거리고 있었습니다. 난 일부러 얼굴을 돌리지 않았습니다. 하지만 그로부터 18년이 지난, 48세의 난 피눈물을 흘리고 싶었습니다. 할 수만 있다면 소리를 지르고 싶었습니다. 바보 자식! 이 더러운 자식아! 돌아가! 하면서요. 영한이는 내 무언의 외침을 전혀 듣지 않았습니다. 물론 들리지 않은 거지요.

뼛속까지 나쁜 놈이군, 하고 생각하실 수도 있겠습니다만, 그 점은 변명하고 싶습니다. 난 채희를 사랑하면서도 버리지는 않았습니다. 그렇게까지 타락했다고 사실과 달리 기억하며 스스로 책망하고 싶지는 않습니다. 채희를 저버리고 더 나은 현실적 조건을 갖춘 여자와의 결혼을 꿈꾸었다는 따위의 저급한 동기? 그것만은 절대로 아니었습니다. 내 이유는, 채희를 결혼할 만큼 사랑하지 않아서였습니다. 오로지 그 이유였습니다. 정말, 정말 좋은 여자지만, 여동생 같은 느낌만으로 결혼할 수는 없다고 생각했습니다. 아까도 말씀드렸듯이, 난 그때까지도 환상 속에 있었으니까요.

아기? 물론 채희의 말은 사실이라고 믿었습니다. 채희는 그런 거짓말로 남자를 잡으려 할 여자가 아니었으니까요. 나와 헤어지면 아이를 지우든가, 알아서 할 거라고 단순하게 생각했습니다. 네, 맞습니다. 정영한이는 나쁜 놈이죠. 아주.

그날 이후 채희에게서는 단 한 번도 연락이 오지 않았습니다. 난 채희가 그래도 한 번쯤은 연락을 할 거라고 생각했었습니다. 그 살을 에는 겨울밤, 나를 찾기 위해 홑옷만 입고 헝클어진 머리를 한 채 뛰쳐나왔던 채희였으니까요. 하지만 끝내 연락은 없었습니다. 술 먹고 삐삐 한 번은 칠 만한데 그것도 없었습니다. 채희는 그만큼 고고한 자존심을 가진 여자였습니다. 나도 연락하지 않았죠.

그래도 채희하곤 미워서 헤어진 게 아니니까, 처음에는 자주 생각이 났습니다. 나중에는 '가끔'으로 그 빈도가 줄다가 어느새 '거의' 생각하지 않게 되었습니다. 이건 30대 정영한의 본래 의식에 국한된 이야기입니다. 48세의 나는 오히려 그녀 생각을 많이 했으니, 참 아이러니하죠. 아마 참혹하게 추웠던 그날 밤을 두 번이나 겪었기 때문인지도 모릅니다. 그리고 그 이후의 인생이 내 기대와 달리 정말 별 볼 일 없었다는 걸 처절하게 알고 있기 때문이기도 하겠죠.

　지금 한 말대로, 그 뒤의 인생은 생각보다 싱거웠습니다. 난 안정된 직장을 버리고 과감하게 딴 길을 찾을 만큼 유별난 인간이 아니었고, 금세 판사라는 직업에 적응했습니다. 가지 못한 길에 대한 열망, 회한도 곧 머릿속에서 지워졌습니다. 그저 출근하고, 일하고, 퇴근하고, 다른 취미 없이 그저 가끔씩 술 마시고…… 다람쥐 쳇바퀴 돌듯, 하지만 그럭저럭 무난한 일상을 이어갔습니다.

　이때의 난—48세의 나 말입니다—정말 지루해 미치는 줄 알았습니다. 앞으로도 오랜 동안 이어질 영한이의 평탄하고 별일 없는 인생을 너무나도 잘 알고 있으니까요. 더욱이 직업이 얼마나 따분합니까. 난 판사라는 직업을 다년생 식물에 비유하고 싶습니다. 그만큼 정적이고 변화가 없는 생활이죠. 친구는 자꾸 줄어갔습니다. 여자, 결혼? 물론 꿈은 꾸었죠. 하지만, 나이가 들어가니 별 수 없었습니다. 내 관념 속 로맨티스트는 사라져갔고, 힘든 객지 생활에 그저 따뜻한 밥, 깨끗한 와이셔츠, 그런 것들이 아쉬워졌습니다. 부식되는 동판처럼 야금야금 먹어가는 나이를 종내는 이길 수 없었습니다. 식은 연탄재만큼의 온기조차 못 느끼는 여자를 만나 결혼했고, 금세 아들도 둘 낳았습니다. 생활은 조금 편해졌지만 크게 달라진 건 없었습니다. 서류를 들여다보며 눈을 혹사하고 하루하루 자세가 구부정해져갔고, 완고한 노인네 같은 법조문의 틈바구니에서 그나마 남아 있던 유머감각도 하루하루 잃어갔고, 집에 돌아와서는 묵묵히 밥 먹고 TV 보다가 자고, 일어나서 출근하고…… 정말 평범한 일상이 이어졌죠.

"그런데 아까 무슨 사건에 연루되어 쫓기게 되었다고 하지 않으셨나요?"

민경이 물었다. 사내는 자조적으로 웃었다.

"그렇죠. 정영한의 조용한 인생을 마무리 지은 사건이었죠."

민경은 다음 말을 기다렸다.

"어쩌면 평범한 일상을 푸념한 벌인지도 모르겠습니다."

사내는 씁쓸하게 말했다. 민경은 문득 이상한 기분이 들었다. 그의 의식 외에 다른 존재는 없는 듯해 보였다. 물론 그의 말대로라면 그건 외부인뿐만 아니라 자기 자신조차 의식하지 못하는 의식이니, 그것이 있는지 없는지, 이 사내가 오로지 하나의 의식하에 있는 것인지 알 길이 없지만, 왠지 모르게 그런 느낌이 강하게 들었다. 아니면, 두 개의 의식이 공존해왔다는 사내의 말이 온통 거짓말인지도 모른다.

"내게 완전히 새로운 인연의 탄생을 알렸다고나 할까요."

사내가 말했다.

"그게 뭐죠?"

민경이 물었다.

내 의식이 가장 견디기 힘든 때는 역시 나쁜 결과를 알고 있는 사건에 빠져들 때입니다. 그땐 정말 안타까웠습니다. 영한이에게 제발 결정을 되돌리라고, 한 걸음만 달리하라고 간절히 말해주고 싶었지만 불가능했죠. 영한이에게는 끝내 들리지 않았습니다. 그리고 내가 알고 있는 그 실수를 향해 그 치명적 발걸음을 굳건하게 내디뎠습니다.

1년여 전, 이런 일이 있었습니다. 모든 일이 그렇듯, 시작은 우연이었죠. 하루는 돈을 잘 버는 친구가 술 한잔 사겠다고 불러냈습니다. 전부장판사로 승진한 지 3, 4년 된 무렵이었고, 서울의 어느 지법에서 근무하고 있었어요. 아까 말했듯이 반복되는 일상 속에서 중년의 남자로 조용히 사회의 한구석에서 나이를 먹어가는 중이었지요. 원래 판사란 사람들 만나는 게 늘 조심스럽고, 누가 한 턱 낸다고 하면 특히 더 그렇지만, 이 경우는 중학교 동창이었고, 업무적으로 아무런 관계될 일이 없는 터라 마음 편하게 만났습니다. 이름 대면 아실 만한 회사 중역인 친구인데, 부업으로 부실채권 투자를 해서 큰돈을 땄다고 하더군요. 강남의 어느 룸살롱엘 갔습니다. 친구 두 명이 더 있었어요. 혹시 오해하실까봐 말씀드리는데, 룸살롱은 거의 10년 만에 간 거였습니다. 돈으로 서비스를 사는 그런 데는 좋아하지 않거든요. 오랜만에 친구들 얼굴도 볼 겸 만나서 어울렸던 거지요. 발렌타인 17년산이 세 병 들어왔고, 과일이며 한치며 인삼이며 각종 안주가 줄줄이 나왔습니다. 물론 어여쁜 아가씨들도 옆에 앉았죠. 얼큰하게 취했는데, 소변이 보고 싶어져서 방을 나왔습니다. 웨이터의 안내를 받아 볼일을 보고, 혼자 나왔는데, 나도 좀 취했습니다. 그만 방을 잘못 찾아들어간 거죠. 방문을 열었는데, 생소한 장면을 목격했습니다. 우리 친구들은 좀 숙맥인 편이라 그저 아가씨들하고 농담을 주고받거나 노래 한 곡씩 뽑으며 노는 정도였는데, 이 방은 달랐습니다. 밴드는 없고, 사이키 조명이 돌아가는 가운데, 테이블 위에 아가씨가 천장을 보고 누워 있었습니다. 그리고 그 치마 사이에 상의를 완전히 탈의한 중년 남자가 머리를 처박고 있었습니다. 내가 문을 열자 그 남자는 고개를 쑥 들었습니다. 벗은 목에 넥타이만 대롱거리고 있었습니다. 붉고 처진 피부와 거대한 뱃살은 마치 털 깎은 불곰을 연상시켰습니다. 그때 그냥 후다닥 나왔어야 했습니다. 그런데 다시 말씀드리지만, 난 좀 취했었습니다. 분명 아는 사람 얼굴이었어요. 하긴, 아는 사람이라고 해도 그런 장면에서는 아는 체해서는 안 되는 거지만요. 난 그만 고개를 까딱하며 인사를 하고 말았습니다. 상대방 남자는 의아하다는 듯이 나를 유심히 보더군요. 모르는 사람이 인사를 하는데? 하는 눈빛이었습니다. 그러고는 잠시 후 이맛살이 확 찌푸려졌습니다. 그 남자도 날 알아보았던 거죠. 난 뒤늦게 "죄송합니다. 방을 잘못 찾았습니다" 하고 방문을 닫고 나왔습니다. 방으로 돌아온 나는 혼자 술잔을 기울이며 어디서 봤더라, 생각을 더듬었습니다. 잠시 후 아뿔싸, 싶었습니다. 그 사람은 내가 아는 사람이 아니었습니다. 정치색이 짙은 '배달변호사회'라는 변호사 단체가 있는데, 그 대표로 있는 이철환이라는 50대 변호사였습니다. 법률신문에서 그 사람의 사진을 보았을 뿐이었습니다. 그래서 얼굴을 알고 있었고, 취한 김에 아는 사람으로 착각해서 인사를 해버린 것이지요. 그 사람은 얼마나 민망했을까. 신문에는 늘 점잖게 웃는 얼굴로 나왔었는데. 게다가 뭔가 정의로운 일을 하는 양 실렸는데 밤의 내밀한 공간에서 저런 모습을 보이고 말았으니. 내 실수를 깨달았지만 이미 늦었고, 이제 와서 어쩔 수는 없었죠. 그 사람도 한 박자 늦게 날 알아본 것 같았습니다. 법정에서 만난 일은 없지만, 가끔 내가 쓰는 글이 사진과 함께 법률 신문에 실린 일이 몇 번 있었고, 그래서 그쪽도 역시 얼굴을 알고 있는 모양이었습니다. 난 그 단체가 주도하는 정치문제에 가타부타 아무 관심이 없었고, 그 사람의 그런 행태를 굳이 떠벌리고 다닐 생각이 없었습니다. 그럴 만한 한 조각의 관심조차 없었다고나 할까요. 하지만 그 남자는 그렇게 생각하지 않은 듯합니다. 난 그저 혼자서 피식 웃고 치웠을 뿐이지만, 이날의 해프닝이 모든 일의 시작이었습니다. 나중에 깨닫게 되었지만, 이철환이라는 그 남자는 지독하게도 권력욕이 강한 남자였고, 자신이 거머쥔 힘을 충분히 의식하고 있었으며, 자신의 치부를 들킨 모욕감을 회복하기 위해서 자신이 가진 힘을 한껏 발휘하는 데에 조금의 주저함도 없는 남자였던 것입니다.

그로부터 서너 달이 지난 무렵이었습니다. 고향 친구인 김광련이 갑자기 서울로 올라와 법원 근처에 들렀다면서 밥이나 먹자고 연락이 왔습니다. 어린 시절엔 꽤 친하게 지냈지만 광련이는 장사를 시작했고, 난 대학에 들어간 탓에 오랫동안 만나지 못했습니다. 아무 생각 없이 근처 삼겹살집에 약속을 잡고서, 오랜만에 전라도 사투리를 걸쭉하게 풀어내면서 밥을 먹고 술도 한잔 곁들었습니다. 술이 몇 잔 오간 무렵, 광련이가 말을 꺼냈습니다.

"너가 맡고 있는 사건 중에 말이여……."

술이 확 깼습니다. 사건에 관한 청탁을 받는다면 거절한다 해도 만남 자체부터가 워낙에 오해의 소지가 있는 터라 조심스러울 수밖에 없습니다. 아니나 다를까, 광련이는 사건 이야기를 했는데, 내가 맡고 있는 어떤 의료소송이었습니다. 원고는 병원에서 수술을 받기 위해 마취를 하다가 숨진 환자의 가족이었고, 피고는 담당의사와 병원이었습니다. 환자는 이미 척추마취를 한 상태였는데, 다른 의사가 환자의 상체가 움찔거리는 걸 보고 근육이완제를 주사했고 그 탓에 횡경막이 움직이지 않아 숨을 쉬지 못해 사망한 사고였습니다. 워낙에 병원 측의 과실이 명백해 보이는 사건이어서 원고가 이길 수밖에 없는 사건이었습니다. 말하자면 난 이미 어느 정도 결론을 내리고 있었는데, 하도 서로 치열하게 다투고 있어 쉽게 변론을 종결하지 못하고 양측의 주장과 입증을 다 받아주고 있는 상태였습니다. 광련이는 환자 아들이 자기의 절친한 친구라면서 잘 좀 봐달라고 했습니다. 가만히 있어도 이길 사건인데, 왜 굳이 이런 무리를…… 안타까웠습니다. 하지만 겉으로는 정색을 했습니다.

"야, 그런 말은 하지 마라."

"안 되다니, 뭐가 임마."

광련이의 목소리가 날카로워졌습니다.

"오늘 우리 만남은 없던 걸로 하자."

"이 자식이…… 판사랍시고 목에 힘주는 거여? 친구한테?"

김광련은 학교를 같이 다녔지만 그전에 한 해 쉬었기 때문에 원래는 선배였을 친구였고, 그래서인지 나한테 은근히 선배 행세를 하려는 의식이 있었습니다. 그런 나한테 부탁을 했는데 단칼에 거절당했다고 생각하니 분을 참기 힘든 모양이더군요. 끝내 광련이는 버럭 화를 내고 일어나버렸습니다. 지갑을 여는 광련이를 만류하고 밥값을 굳이 내가 계산한 일이 그의 자존심을 더 긁었던 것 같습니다. 광련이는 붉으락푸르락하면서 떠나갔습니다. 난 깨달았습니다. 친구를 또 한 명 잃었단 것을요. 이럴 때면 내 직업이 싫습니다.

그런데, 일은 거기서 끝나지 않았습니다. 김광련이란 이 친구는, 예전부터 폭력성과 오기가 있고, 한번 등을 돌리면 무서운 데가 있는 친구였습니다. 하지만 세월이 그 친구의 성정을 그렇게까지 비열하게 변질시켜놓았을 줄은 몰랐습니다. 광련이는 아마도 이야기를 꺼내는 것 자체를 막은 내 태도를 보고 원고, 즉 자신의 절친한 친구 측이 패소하게 될 거라고 착각한 모양입니다. 그리고 나의 거절로 자기의 체면이 크게 훼손당했다고 생각하며 자존심이 상했던 것 같습니다.

김광련은 서울에 올라와 술장사를 했지만 사건을 중개하고 각종 행정관계 문제나 소송을 도와주는 브로커 역할도 했다는 걸 나중에야 알았습니다. 그는 마침 그로부터 얼마 후, 보건복지부 공무원한테 뇌물을 건넨 사건으로 경찰에서 조사를 받게 되었습니다. 궁지에 몰린 그는 더 큰 건을 불 테니 면책시켜달라며 '판사인 고향 친구 정영한이 자기로부터 사건 청탁을 받고 돈을 받았다'고 경찰에다 거짓말을 해버렸던 것입니다. 그대로 두면 질 소송이라고 생각하니 그렇다면 아예 그런 식으로 해서 날 그 사건에서 배제시켜버리려고 생각한 모양입니다. 수사 중인 증뢰 사건에서 면책도 받을 수 있고, 미운 정영한이를 엿 먹일 수 있으니 꿩 먹고 알 먹고 기름까지 짜낸다는 심산이었겠지요.

경찰로부터 연락을 받았을 땐 황당했지만 크게 걱정은 하지 않았습니다. 사실이 아니니까요. 경찰도 사람 많은 삼겹살집에서 거액의 현찰을 나한테 건네주었다며 횡설수설하는 김광련의 진술이 앞뒤가 맞지 않아 거의 신빙성을 두지 않고 있는 눈치였습니다. 형사로부터 한 번 전화가 왔고, 내 해명을 듣고는 그걸로 끝이었습니다. 말할 수 없이 불쾌했지만 애써 잊어버리기로 했습니다. 어차피 그걸 다시 문제 삼아봤자, 긁어 부스럼을 만들 뿐이지 내 입장에서 득이 될 것이 전혀 없으니까요. 판사라는 직업은 의혹을 받는 것만으로 생명이 끝나는 것이라서요.

하지만 내 입장에서 잊을 수 있었던 건 잠시에 불과했습니다. 의료소송의 피고인 병원 측 변호사가 어떤 경로로 그 사실을 알게 되었습니다. 아마 경찰이 수뢰사건 수사라면서 전화해서 형식적으로 몇 가지 물어봤던 모양입니다. 재판 전문가인 변호사는 알고 있었죠. 이대로 가면 의료 소송 재판이 자신들한테 불리하다는 것을요. 내가 재판 도중에 보인 언행만으로도, 저 판사는 병원 패소 쪽으로 심증을 굳히고 있구나, 하는 걸 눈치 못 챌 리 없었을 겁니다. 그 변호사는 나를 사건에서 배제시키려는 충분한 동기와 지식을 갖고 있었습니다.

신기하게도 나쁜 일은 항상 꼬리에 꼬리를 물고 일어납니다. 하긴, 그런 기묘한 인과관계가 겹쳐져야 그럭저럭 악하게 살아오지는 않은 한 인간의 인생이 무너질 만한 나쁜 일이 벌어지는 법이겠죠. 그 변호사는 하필이면 이철환이 대표로 있는 배달변호사회 소속이었던 것입니다. 그래서 결국 이철환이 그 사건을 알게 되었습니다. 그날 밤 나한테 룸살롱에서의 추태를 들킨 그 이철환이가요.

그로부터 며칠 후, 옆 방 판사가 다급하게 선진일보를 들고 왔습니다. 나는 신문을 받아 펼치고는 깜짝 놀랐습니다. 배달변호사회에서 모 판사의 수뢰 의혹 사건을 제기하면서 철저히 수사해서 처벌하라는 성명서를 대대적으로 냈다는 기사였습니다. ㄱ판사라고만 나왔긴 하지만 주변 사람은 그 ㄱ판사가 나인 걸 알 수 있는 기사였습니다. 의혹이 제기되었으니 진상을 조사하라면서 이미 그것을 사실로 전제하고 처벌하라고 주장했으니, 이 성명서는 초보적인 논리의 모순을 범한 것이었지만 그 모순을 지적할 사람은 아무도 없을 것 같았습니다. 대표인 이철환의 공격적이면서 감정적인 시론이 실렸고, 그 사진에서 이철환은 웃고 있었습니다. 황급히 다른 신문을 찾아보았습니다. 다행히 그런 기사는 그림자도 없었습니다. 성명서 자체도 유치하고 선동적일뿐더러 일방적인 주장에 불과하고, 경찰 수사에서 근거 없는 제보란 게 밝혀져 있었던 탓에 다른 신문은 기사로서 취급하지 않았던 거지요. 다른 매체는 그런 균형감각을 갖고 있었지만 유독 선진일보만이 대대적으로 보도했던 것입니다. 당사자인 나한테 단 한 통의 사실 확인 전화도 없이요. 이유는 짐작이 갔습니다. 선진일보는 배달변호사회와 정치적 노선을 같이하는 신문이었습니다. 그 얼마 전엔 허위보도로 거액의 손해배상 판결을 받고 호시탐탐 법원을 공격할 거리를 노리고 있다는 소문이었습니다. 돌이켜 생각해보면, 나는 간통죄에 대해 위헌제청을 하고 이혼재판을 대법원에서 확립된 유책주의 대신 파탄주의로 운영해 화제가 된 일이 있었는데, 선진일보의 특성상 다소 개성이 강한 내 판결을 그다지 좋아하지 않았던 것 같기도 합니다.

그런데, 이 사건은 이철환의 어이없는 성명서 정도로 끝나지 않았습니다. 선진일보는 한술 더 떠서, 그다음 날 사회면 거의 절반을 할애해, 이 사건을 성토하는 허위 기사를 썼고, 수뢰를 사실로 확정한 전제하에 나를 규탄하는 논설까지 실었습니다. 오로지 정치적인 이유만으로, 나를 싫어한다는 이유만으로 어떻게 언론이란 데가 이럴 수 있을까. 경악을 금치 못했습니다.

난 분기탱천해서 선진일보와 이철환을 상대로 민·형사 소송을 제기하려 했습니다. 신문 역사상 최악의 오보라며 입에 거품을 물고 싶었습니다. 하지만 결국 그것도 마음대로 못 했습니다. 그날 바로 법원장님이 부르더군요. 옆에는 박주영 공보판사가 배석해 있었습니다. 두 사람은 소송을 제기할 생각을 밝힌 나를 기를 쓰고 말렸습니다. 일이 시끄러워질까 사색이 다 된 법원장님의 얼굴을 보니 차마 강행할 수 없었습니다.

난 일단 법원장실을 나온 다음 박주영 공보판사한테 이야기했습니다. 법원 전체로 어렵다면 내 개인적인 입장을 언론에 발표하고 싶다, 라고요. "하지 말라고 했잖습니까!" 박주영은 신경질적으로 소리를 빽 지르고는 가버렸습니다. 평소 그래도 선배랍시고 나에게 깍듯하게 대해오던 그였지만 정작 내가 곤경에 빠지고 나니 야비하게 돌변해버리더군요. 접시 물보다 얕은 인간의 바닥을 보았다는 생각에 씁쓸했습니다. 하필이면 이런 사람들이 곁에 있었던 것도 내겐 불운이었습니다. 사실과 전혀 다르다고 대변해주고, 초기에 강하고 단호하게 대처하라고 주변에서 도와주었더라면…… 아무튼 이때는 그래도 두 사람의 말만 믿고 일이 더 크게 번지지는 않을 거라고 안이하게 생각했습니다.

하지만 이철환은 집요했습니다. 선진일보도요. 허위란 걸 누구보다 잘 알고 있기에 적당히 하다가 멈추면 역공당한다고 판단했는지도 모르겠습니다. 그들은 끈질기게 문제를 제기하며 기사를 다루었습니다. 비록 소수일지라도 어떤 목적을 가진 자의 집요한 악의가 얼마나 파멸적인 결과를 낳는지 그때 난 똑똑히 경험했습니다. 제게는 가혹하기만 했던 또 하나의 우연도 작용했습니다. 하필 그 몇 달 전 수도권 법원의 어느 정신 나간 판사가 사채업자로부터 뇌물을 받아 구속된 일이 있었습니다. 그래서 여론이 예민해져 눈에 불을 켜고 감시하던 중이었거든요. 처음에는 허황되어 보이던 제 의혹이 집요하게 보도되면서 '판사의 또 다른 수뢰 사건이?' 하는 시선을 받고 만 거죠. 마침내 다른 신문에서도 기사를 쓰기 시작했습니다. 불씨가 생겨나는 게 어렵지, 한 번 불이 붙으면 퍼져나가는 건 시간문제입니다. 부정적인 여론은 나날이 확산되었고, 한쪽으로 기울어갔습니다. 철저히 수사해 의혹을 밝히라는 논조에서 출발했지만 어느새 내가 김광련으로부터 사건 청탁을 받고 현찰을 받은 게 기정사실화되고 있었습니다. 악랄한 소문이 햇볕 아래 석회처럼 사실로 착착 굳어가는 과정을 난 똑똑히 보았습니다. 주변의 모두가 등을 돌렸습니다. 내 결백을 믿지 않아서가 아니라, 나를 옹호하다가는 그 이유만으로 같이 공멸하는 임계점에 도달해 있었거든요. 결국 수사기관도 움직일 수밖에 없었습니다. 그리고 여론이 원하는 대로의 결론을 내야했습니다. 나는 검찰에 피의자로 출석해서 반나절 동안 진술을 했습니다. 사실 무근이라며 열심히 강변했지만 이미 결론을 정해놓은 수사라는 느낌을 지울 수 없었습니다. 뇌물 사건이란 게 그렇습니다. 대개 은밀히 이루어지기 때문에 확고한 증거가 없고, 그 대신 증뢰자의 진술이 구체적이고 신빙성이 높으면 인정되는 경우가 많습니다. 나중에 안 사실이지만, 이철환은 김광련을 만나 진술을 지도하고, 금융자료까지 만들도록 배후에서 교사한 모양이더군요. 또 뇌물을 건넨 직후 시점부터 재판이 피고에게 불리하게 진행되었다는 상대방 변호사의 진술까지 조작해냈습니다. 결국 검찰은 결국 나에 대해 구속 영장을 청구했습니다.

허탈했습니다. 필적이 비슷하다는 이유만으로 간첩으로 간주되어 종신형을 받은 드레퓌스나, 가짜 왕비를 동원해 다이아 목걸이 사기극을 벌인 라 모트 백작부인 때문에 누명을 쓰고 전 국민의 공적이 돼버린 마리 앙투아네트가 떠올랐습니다. 그런 역사상의 인물뿐 아니라, 내 연녀의 진술만으로 살인죄로 재판을 받아 형장의 이슬로 사라진 오휘웅이라는 사형수 이야기도 생각났습니다. 이런 억울하기 그지없는 사람도 있었는데, 하며 내 마음을 달래는 것이었지요.

아내는 부끄러워 살 수 없다고, 이혼하자는 말을 남기고 아이들을 데리고 친정으로 가버렸습니다. 내가 누명을 썼단 걸 분명히 알면서도 그러더군요. 법원은 구속여부 심사를 위한 구인영장을 발부했습니다. 영장심사일에 출석하라는 명령서를 발부한 겁니다. 영장심사는 요식절차일 게 분명했습니다. 여론을 의식한 법원은 필시 형식적인 심사 과정을 거쳐 나에 대한 구속영장을 발부하고 말 것이었습니다. 내 사무실로 형사의 전화가 걸려왔습니다. 사흘 후 오전 10시에 영장실질심사가 열리니 법원으로 출석하라는 통보였습니다. 난 눈을 질끈 감았습니다. 내 인생의 종막이었습니다.

꼬박 하루를 송장처럼 누워 있다가 겨우 일어나 가벼운 짐을 챙겼습니다. 고향 전주에 계신 부모님을 찾아뵙고 비장한 심정으로 인사를 드렸습니다. 부모님이 아직 살아계신 건 천만다행이지만 더 다행이었던 건 뉴스에 나오는 ㄱ판사가 나라는 사실을 모르고 계시다는 거였습니다. 큰절을 올리고 떠나려니 눈물이 앞을 가렸습니다. 30년 전 눈앞에 펼쳐질 큰 세상을 꿈꾸며 부푼 희망을 안고 서울행 기차에 올랐던 19세의 정영한이, 이런 어처구니없는 끝을 맞이하게 될 거라고 누가 알았겠습니까. 처연한 심정으로 전주역 플랫폼에 발을 딛고 서울행 기차를 탔습니다. 바로 이 기차를요.

온갖 생각이 들더군요. 이철환, 김광련에 대한 증오가 불타오르는 한편, 이렇게 될 거였으면 판사 따위 되지 말았어야 했다고 한탄했습니다. 그러다 문득 20년 전 채희의 일이 생각났습니다. 그날 밤 모질게 채희를 버린 벌을 받는 게 아닐까, 하는 생각이 들었습니다. 그때 채희를 저버리지 않고 그녀와 결혼했더라면 인간사 미묘한 인과는 바뀌었을 것이고, 지금의 이런 일은 일어나지 않았을 텐데. 지금 이 억울하고 분통 터지는 일은 그때의 내 잘못이 가져온 응보인지도 몰라. 그런 회한이 들었습니다. 그건 겹쳐진 내 의식 중 원래의 나만의 생각이 아니었습니다. 두 의식이 같이 탄식했습니다. 그 안타까움은 새로 생겨난 내 의식 쪽에서도 생생했습니다. 내 의식으로는 두 번째 겪는 일이지만 조금도 무뎌지기는커녕 그 분노와 안타까움은 한층 커져 있었습니다.

휴우.

민경은 한숨을 내쉬었다.

"억울하셨겠네요……."

사내는 쓰디쓴 웃음을 지었다.

"판사로서 그런 반성도 들었습니다. 그동안 내가 재판한 사람 중에 지금의 나처럼 정말 억울한 사람이 없었을까, 돌이켜보게 되었습니다. 머리로가 아니라 가슴으로요. 재판을 받던 많은 이들이 억울하다며 분통을 터뜨렸지만 문서상의 근거가 없으면 두 번 돌아보지 않았지요. 인간의 일을 서류로 심사해 법에 따라 오차 없이 일해 왔고, 그걸로 됐다고 자부하고 있었습니다. 나에게 중요한 건 사람의 육성이 아니라 문서에 기재된 냉정한 문구뿐이었어요. 그렇게 어리석던 한 판관이 정작 자신이 당사자가 되어 법으로 단칼에 재단할 수 없는 억울한 일을 겪고서야 비로소 인간의 진실한 고뇌에 눈을 뜬 거지요. 이제는 정말 재판을 한다면 원통한 일이 없도록, 법률 밖의 인간사를 잘 살피어 좋은 재판을 할 수 있을 것 같은데…… 하지만 그 기회는 없었죠. 재판은커녕 감옥이 기다리고 있었으니까요."

민경은 딱히 뭐라고 대답할 말이 없었다. 자신의 마음도 같이 우울해졌던 것이다.

"그 후엔 어떻게 되신 거예요?"

그저 다음 이야기를 재촉할 뿐이었다.

"내 이야기가 거의 막바지에 이르렀군요. 그때 내가 기차를 탄 후부터 아가씨와 여기서 대화를 나누는 이 순간까지 아가씨 입장에서는 차한 잔 마실 정도의 시간차밖에 없다고 할 수 있으니까요. 비록 저한테는 영겁에 가까운 시간이었지만……."

기차를 탄 내 마음은 납덩이를 매단 것처럼 무거웠습니다. 스마트폰으로 기사 몇 개를 검색해보다가 이내 접고, 창밖 풍경을 멍하니 바라보며 하염없이 앉아 있었죠. 구속영장이 발부되고 곧 구치소에 처박히겠지. 과연 그 분통함을 안고 내가 견딜 수 있을까. 이런 저런 생각들도 했습니다. 그런데, 그런 생각을 했던 건 원래의 정영한이 얘기고, 나의 의식은 다른 문제에 골몰해 있었습니다. 이제 곧 화남터널을 통과하게 된다는 걸 강하게 의식했으니까요. 지금 정영한의 인생 기준으로 30년 전 그 터널을 통과하면서 19세의 정영한으로 돌아가 인생을 반복했는데. 과연 이번에 터널을 통과하면 어떻게 될까? 이대로 정영한의 인생이 이어져 누명을 쓴 채 구속되는 걸까, 아니면 30년 전처럼 또다시 과거로 돌아가 같은 인생이 반복되는 것일까. 둘 다 끔찍했습니다. 48세의 정영한으로서 이 한겨울 차가운 구치소에 갇히는 것도, 19세의 정영한 안으로 들어가 인생을 3번째 반복한다는 것도. 그 두 갈래 길 중에서라면, 그래도 내 의식은 원래의 정영한으로 진행돼 구치소에 갇히는 쪽을 간절히 원했습니다. 이 인생을 세 번이나 반복하다니요. 그것도 조금도 움직일 수 없고 선택을 달리할 수도 없는 인생을. 더구나, 세 번이 반복된다면, 그 후로도 네 번, 다섯 번 계속 반복될 수 있는 거 아니겠습니까? 두 갈래길 외에 제3의 새로운 인생이 펼쳐질 거라는 기대는 거의 들지 않았습니다……. 어쩌면 내 의식이 원래의 정영한보다 더 우울했을 겁니다.

그러던 중에 창틀 근처에서 꿈틀거리는 풍뎅이를 발견했습니다. 앞서 풍뎅이를 만난 이야기를 했지요. 예전 같으면 손으로 쳐내버렸을 텐데, 이루 말할 수 없이 비참한 심정이다 보니 무기력한 풍뎅이한테 마음이 갔습니다. 도달할 수 없는 유리창 너머 세상을 향해 다리를 하염없이 꼼지락거리는 모습이 꼭 나 같았습니다. 그 풍뎅이를 조용히 손에 감싸 쥐었습니다. 기차가 막 화남터널로 들어갈 무렵이었습니다. 화남터널은, 곧 만나게 되시겠지만, 20초도 못 돼 지나가버리는 짧은 터널이죠. 잠시 후 기차 안은 갑자기 정전이 되었습니다. 승객들이 놀라 움찔하는 기척이 들렸지만, 그뿐이었죠. 몇 초 후 기차 안은 다시 밝아졌고, 곧 터널 밖으로 나왔습니다. 어땠을까요?

난 절망했습니다. 기차 안은 30년 전으로 돌아가 있었습니다. 승객들은 큰 소리로 떠들었고, 담배연기가 자욱했으며, 차창에 비친 나는 19세의 어리벙벙한 정영한이었어요. 내 인생은 3번째 반복을 시작했던 것입니다! 내 의식은 비명을 질렀습니다. 아니, 지르고 싶었지만 결국 지를 수 없었죠. 비명을 질러야 할 정영한의 몸은 19세의 정영한 것이었고, 영한이는 다가올 대학생활에의 꿈으로 부풀어 있었으니까요. 내 의식의 절망과 관계 없이, 사건은 예정대로, 시간 순서대로 한 치의 착오도 없이 그야말로 사정없이 진행되었습니다. 잠시 후 기차는 수원역에 정차했고, 또다시 형사들이 올라 검문을 시작했습니다. 영한이는 서울에 내려 지하철을 잘못 탔고, 허리가 휠 만큼의 짐을 들고 매서운 겨울바람 속을 걸었습니다. 그날 밤 공용 샤워실에서 훌쩍이던 것도 마찬가지였습니다. 조금의 오차도 없었습니다. 내 의식은 내내 참혹한 절망에 휩싸여 진실로 미칠 것 같았습니다. 차라리 48세의 정영한으로서 감옥에 가는 게 나았을 텐데…….

극도의 혼란과 광란의 시간이 흐른 후, 옴짝달싹 할 수 없는 현실을 받아들여 자포자기한 내 의식은 지쳐 늘어졌습니다. 그리고 약간의 평온이 찾아오더군요. 말이 쉽게 평온이라고 하지만, 그게 얼마나 크나큰 고통과 포기 끝에 찾아온 건지 아가씬 100만 분의 1도 실감하시지 못할 겁니다. 어쨌든 차분해진 내 의식은 대학생활에 들뜬 영한이의 의식과 별도로, 아마도 영한이 뇌의 어느 한구석에 떠서 조용히 고민하기 시작했습니다.

얼개를 알 수 없는 어떤 신비한 작용에 따라 난 과거로 돌아가게 된 것 같습니다. 그건 분명해 보였습니다. 그런데 현재의 나 그대로가 아니라 현재의 나의 의식만이 과거로 돌아갔습니다. 그리고 과거의 나 안에 존재하게 되었죠. 어쩌면 이게 진정한 과거로의 회귀인지도 모르지요. 과거로 시간 여행을 한다면 자기 자신을 만나야 하는데, 그렇게 되면 '나'라는 1인칭 존재가 두 사람 존재한다는 모순이 발생해 인과가 엉망이 될 테니까요. 시간여행이 가능한지 어떤지는 모르겠지만, 실제로 저는 과거로 돌아갔죠. 그렇다면 인과율과 모순율 상 자기 자신은 둘이 되어서는 안 되는 거구나, 그래서 이렇게 의식만이 회귀해서 과거의 나와 만나게 되고, 그 의식은 과거의 나를 의식만 할 뿐 조금도 움직일 수는 없는 게 아닐까, 그런 생각이 들었습니다. 뭐 제가 이과 출신도 아니고 물리학엔 어설프니 그저 혼자만의 생각, 가설이라고 여겨주십시오. 그 순간 내 몸은 어디로 가버리는지도 알 길이 없습니다. 하지만 의식이 빠진 몸만이 따로 현재에 남아 있지는 않을 것 같아요. 과거로도 못 가고 현재에 독자적으로 있지도 못하고…… 어딘가 모를 시공간의 틈으로 사라져버리게 되지 않을까요?

문득 화남터널을 통과하기 전, 스마트폰으로 무심히 읽었던 기사가 생각났습니다. 아까 얼핏 보니 아가씨도 그 기사를 보신 것 같았는데, 200년 만의 대 우주쇼가 벌어진다고 하는 거 말이죠. 행성이 거대한 십자가 모양으로 연결되고, 그 아래 일직선상으로 정확히 이어지는 곳이 바로 한국의 어디쯤이라고요. 행정구역은 대충 지나치듯 읽었지만 경기도 수원 아래 어디쯤이었는데, 그러면 대략 화남터널 부근이 됩니다. 만약, 그 위치가 화남터널 바로 위였다면? 직선적인 시간 흐름의 어느 한 점이 잘려 이상변이가 생기고, 그 순간부터 과거로 회귀해 끝없이 순환한다고 가정했을 때, 우주 행성 연결의 순열조합이 벌이는 오묘한 에너지가 화남터널에 집중되어 시공간의 흐름을 잘라내 왜곡시켜 버린 게 아닐까. 화남터널은 바로 그 시공간이 잘려진 선이 아닐까. 난 일직선상을 달리는 시간을 살 수밖에 없는 사람이지만, 우주의 에너지로 그 순간 직선적인 시간의 끈이 끊어지고 현재와 30년 동떨어진 과거의 한 순간이 화남터널이라는 같은 공간에서 연결되어버렸다, 이런 건 아닐까요. 현재의 화남터널이라는 이 시공간 좌표가 30년 전의 화남터널이라는 좌표와 이어져 버렸다, 이런 거 말입니다. 마치 뫼비우스의 띠처럼요. 이 경우는 공간 속을 도는 뫼비우스의 띠가 아니라 화남터널이라는 하나의 지점을 두고 시간 속을 순환하는 뫼비우스의 띠가 되겠지만요. 만약 내 가설이 맞는다면, 그 띠에 올라탄 사람은 나뿐일 겁니다. 이 기차의 승객 중에 30년 전 기차에 타서 화남터널을 통과한 승객은 아마 나밖에 없었을 테니까요.

그렇다면, 절망적이었습니다. 창살 달린 감옥이라면 차라리 낫겠지만 영원불멸의 물리 법칙 속에 갇혀버린 셈이니까요. 절대 도망치거나 벗어날 수 없는 힘. 혹시 이 터널이 무너진다면 시공간의 일그러짐이 해결될 수 있을지 모르죠. 물론 인류의 역사가 지속되다 보면 화남터널도 언젠가는 무너지거나 폐쇄될 겁니다. 하지만, 적어도 내가 순환하는 시간의 흐름 속에선 화남터널은 멀쩡했습니다. 희망이 없는 겁니다. 아득해졌습니다. 이대로 영원히 뫼비우스의 띠에 갇혀 떠돌아야 하나. 조금도 변하지 않는 30년의 보잘것없는 인생을 반복하면서?

영한의 시간은 계속 흘렀습니다. 조금은 억울한 생각도 들었습니다. 시간 여행을 다룬 영화를 보면 항상 주인공들이 과거로 돌아가서 과거를 바꾸지 않습니까? 하지만 시간여행이란 실제로는 이런 거였다는 거죠. 과거로 갈 수는 있되, 조금도 세계에 영향을 미칠 수 없는 관념뿐인 존재가 되어 마치 이미 만들어진 영화를 관람하듯 오로지 외부의 사건을 인식할 뿐이란 겁니다. 영화 속 상상은 모두 엉터리였습니다.

난 절망을 뒤로 하고 이 현상을 받아들이려, 내 의식에 적응하려 애썼습니다. 비록 30년 전 기억이지만 세 번이나 반복하니 이젠 생생하더군요. 그 반복된 30년은 내게 너무나 길었지만 생략하겠습니다.

예상대로, 내 생애는 30년 후 터널을 지나자 또다시 반복되었습니다. 터널을 통과하고, 또 터널을 통과하고…… 참 안 좋은 게 그거더군요. 생이 반복될수록 기쁨보단 회한과 증오가 더 크게 다가왔습니다. 기쁘고 설레는 경험은 여전히 좋았지만 왠지 둔감해졌고, 쓰라린 경험들은 반복될수록 몇 배나 더 쓰라리게 다가왔습니다. 다행히 첫 출발은 가슴 설레는 대학 프레시맨(신입생)이었지만, 그게 힘들어도 좋은 이유는 처음이자 한 번이기 때문이겠지요. 이미 반복해버린 마음에 신선한 기쁨이 남아 있을 리 만무했습니다. 그래도 그 시기는 흐릿하게나마 미소를 지을 수 있었어요. 법률 공부에서 도망치고 싶어 몸부림쳤던 청춘은 짧았고 젊었으니 그렇다 치고, 판사가 된 후의 기나긴 세월은 얼마나 지긋지긋했는지. 하루 종일 책상에 앉아 서류를 뒤적였고, 사건을 통해 보이는 분노한 눈초리에 시달렸습니다. 내 의식이 큰 사이클을 그리며 인생을 복제한다면, 변화가 없는 판사의 생활은 작은 하루의 복제입니다. 오늘이 내일이고, 내일은 모레입니다. 주위에는 딱딱하고 근엄한 사람들 뿐. 그러다 죽으면 뭐가 남기에? 현실의 정영한은 점점 삶의 수분을 잃고 말라가면서도 일상을 묵묵히 견딜 뿐이었지요. 하지만 나의 의식은 아, 내가 정말 무미건조하게 살았구나, 하고 갈수록 절감하게 되는 것이었습니다. 이렇게 생을 거듭할 줄 알았다면 좀 더 다이나믹하고 재밌게 살걸, 수십 번 생각을 곱씹었습니다.

하물며 최악은 이런 지루함이 아니었어요. 예정된 괴로움을 앞둔 때의 불안감은 정말 견디기 힘들었습니다. 현실의 나는 아무렇지 않게 오늘을 살고 있지만 의식 뒤편의 나는 결말을 알고 있기에 미칠 것 같았습니다. 가장 괴로운 일은 나쁜 일 자체가 아니라 그걸 기다리는 일이었어요. 그리고 그건 익숙해지기는커녕 더욱 나빠졌습니다. 30년 간 내게 가장 가슴 아팠던 기억은 채희와 헤어지던 겨울날이었습니다. 그날을 맞이하는 건 항상 마음의 지옥이었습니다. 나라는 존재가 그렇게 부끄러울 수가 없었어요. 정말 죽기보다 싫었습니다. 죽을 수조차 없는 신세이긴 했지만요. 그날이 오기 전 채희와의 즐거운 시간, 그녀의 웃는 얼굴을 보는 것만으로도 마음이 아팠고 자책감에 시달렸습니다. 그리고 또 자꾸만 생각났습니다. 아기. 채희가 가졌던 내 아기. 채희는 아기를 낳았을까, 아니면…… 내 아기가 있을지 없을지조차 모르고 살았다는 회한……. 그런 괴로움이 갈수록 커져만 갔습니다.

증오의 기억은 물론 이철환, 김광련과의 만남이었지요. 그 악연에는 갈수록 분노가 더해졌습니다. 증오는 첫 해에 탄생해서 생을 반복할수록 크게 자라 거인이 되어갔습니다. 사이키 조명 아래 개기름이 번져 있던 이철환의 얼굴, 소주잔을 채우던 김광련의 야비한 웃음을 마주할 때면 치를 떨었습니다. 그 일이 있기 몇 달 전부터 숨이 턱턱 막힐 만큼 화가 치밀기도 했습니다. 물론 숨이 막힌다는 말은 하나의 표현입니다. 내 의식은 당연히 숨 따위 쉴 수 없었죠. 기억은 보존되었지만, 한 번 살았던 기억 외에 추가되는 기억이라고 해봤자 그때그때 받았던 느낌이나 생각의 변천밖에 없었습니다. 그것도 좋은 감정보다는 나쁜 감정이 압도적으로 높은, 증오의 기하급수적인 축적에 불과했지요. 오로지 더해지는 거라곤 외부의 사물에 대한 기억이 아니라, 내 의식에 대한 기억 뿐. 과연 이걸 기억이라고 할 수 있을는지요. 난 간절히 소망했습니다. 새로운 기억을 만들고 싶다…….

난 끝없는 시간 속을 헤매었습니다. 제발 죽어달라고, 이 의식을 꺼지게 해달라고, 소망했습니다. 아니면 정영한이 살았던 인생 말고 다른 인생을 살게 해달라고 간절히 빌었습니다. 그리고 또 빌었습니다. 만약 이대로 계속 살더라도 최소한 후회를 갖지 않게 해달라고.

세 번, 네 번, 다섯 번, 열 번, 스무 번, 서른 번…… 끝없이 반복되는 인생, 그리고 조금도 바꿀 수 없는 선택. 사람이라면 누구나 영생을 원하지만 이런 형태라면 다시 생각해봐야 할 겁니다. 새로운 기억이 쌓이지 않는 생은 견딜 수 없었습니다. 내겐 영원과 같았습니다. 길고 또 길었습니다.

그런데, 그런데 말입니다.

정확히 108번째 반복되던 인생의 어느 날 한가운데였습니다. 기적이 찾아왔습니다. 발단은 아주 사소한 것이었습니다. 뇌물을 받았다는 누명을 쓴 48세의 겨울, 그러니까 바로 사흘 전입니다. 형사가 사무실로 전화해 영장실질심사에 참석하라는 전화를 하는 날이었습니다. 전화가 없었습니다. 영한이는 그 일이 없었다는 사실에 의문이 없었겠지만, 난 너무나 놀랐습니다. 107번이나 반복한 인생입니다. 107번 본 영화처럼 구석구석 어느 하나 빠짐없이 기억하고 있었습니다. 분명 그 시각 그 장소에서 난 108번째 전화를 받아야 했습니다. 그런데 전화가 없었던 거죠. 내 의식은 경악했고, 또 멍해졌습니다.

영한이가 우울한 마음으로 퇴근하는데, 누가 다가왔습니다. 나보다 나이가 조금 더 많아 보이는 사람이었는데, 말을 걸더군요. 정영한 판사 님이죠? 하고요. 네, 대답하니 신분증을 설핏 보여주고는 자신을 형사 라고 밝혔습니다. 그 순간 문득 느꼈습니다. 그 형사가 아무래도 19세 의 나를 수원역에서 검문했던 그 스포츠머리의 형사와 닮은 것 같다고 요. 그때보다 나이는 30살 더 먹었지만 108번이나 보았으니 얼굴을 똑 똑히 기억하고 있었습니다. 그 형사는 당연히 날 알아보지 못했고, 단 지 사흘 후 영장실질심사가 있으니 출석하라고 통보하는 것이었습니 다. 전화로 하려다가 혹시 잘못 전달될까봐 직접 만나서 이야기하려고 내 사무실로 왔다는 겁니다.

형사는 무심하게 떠났지만, 난 깜짝 놀랐고, 두근두근했습니다. 만일 내게 반응을 표출할 수 있는 심장이 있었다면 터져버렸을지도 모릅니 다. 무언가 바뀌었다! 인과가 달라졌다! 그렇습니다. 108번째 인생의 끄트머리에서 사건의 전개가 비록 조금이지만 달라졌던 것입니다. 그 순간이었습니다. 바람에 구름이 걷히듯 의식이 갑자기 맑게 개는 느낌 을 받았습니다. 반투명 비닐에 싸여 있던 것이 걷힌 기분이랄까요? 말 로 설명하긴 어려운데, 영한의 의식이 내 의식 속으로 통합되는 것 같 은 느낌을 받았습니다. 어쩌면, 영한의 의식이 소멸하고, 내 의식만이 남았는지도 모르겠습니다. 늘 의식하던 영한의 의식이 감지되지 않았 고, 영한의 눈과 코, 귀, 촉각을 통해 전해지는 감각이 내 것이 되었습 니다. 맞습니다. 내가 돌아온 것이었습니다. 난 시간의 뫼비우스에서,

인과율의 영원한 순환에서 해방된 것이었습니다!

난 그 자리에 멍하니 서서 주위를 두리번거렸습니다. 분명히 내 눈으로 직접 세상을 보고 있었습니다. 입술을 열어 춥다, 하고 말해보았습니다. 말이 되어 나왔습니다. 차가운 공기가 코끝을 스쳤고, 추위가 피부에 닿아 생생했습니다. 난 걸어보았고, 잘 걸어졌습니다. 난 바삐 걸었습니다. 마구잡이로요. 그 기쁨을 어떻게 말로 표현할까요. 무기수가 특사를 받아 해방되었다고 해도 그보다 기쁠까요. 마구 날뛰고 싶었지만, 참았습니다. 서둘러 그 자리를 떠났을 뿐입니다.

한강변에 나가 사람 없는 강둑에 홀로 앉아 생각에 잠겼습니다. 어떻게 시간의 순환에서 풀려났을까 하는 의문은 일단 뒷전이었습니다. 제일 먼저 생각한 건 아이러니컬하게도 죽음이었습니다. 자살 말이죠. 정말 지쳤거든요. 죽음보다 더한 고통이었습니다. 영원할 것만 같았던 시간. 너무나 고통스러웠던 탓에 그저 그토록 간절히 바랐던 죽음에 들어 편안해지고 싶었습니다. 자살의 유혹은 정말 강렬했습니다.

하지만 두 가지의 미련이 나를 괴롭혔어요.

원한과 회한.

이철환과 김광련에 대한 미움은 108번의 인생을 반복하는 동안 커질 대로 커져 지금 당장 그들의 목을 딴다 해도 하등의 주저함이 없을 정도였습니다. 그 일은 평생—아니 평생은 이미 살았으니 표현을 바꿔야겠네요—내 의식에 있어 절대로 잊을 수 없는 모욕이자 증오의 기억이었습니다. 인생의 말미에 더러운 기억을 안겨준 원수를 찾아 척살하고픈 마음이 가득 차올랐습니다. 살인 따위는 겁나지 않았습니다. 108번의 인생을 흘려보낸 나는 이미 세속의 도덕이나 법률 따위는 초

월한 지 오래였습니다.

하지만 한편으로는 채희에 대한 애틋한 추억이 있었습니다. 그 애달 픔, 후회, 자책…… 그 또한 악인들을 향한 미움 못지않게 커져 있었습니다. 어떻게든 채희를 만나 사과하고 싶었습니다. 그리고 묻고 싶었습니다. 우리의 아기에 대해…….

내게 남아 있는 시간은 사흘뿐이었습니다. 아니, 사흘째는 법원에 출석해야 하니 겨우 이틀이었죠. 복수를 하든 채희를 만나든 두 가지 일을 모두 할 수는 없었습니다. 하나를 선택해야 했습니다.

강물을 바라보며 오랜 시간 생각했습니다. 그 순간에도 사흘이라는 시간은 야금야금 줄어들고 있었으니, 언제까지나 생각만 하고 있을 순 없었습니다. 마침내 결심을 하고 일어섰습니다. 애틋함은 은은하고 깊었지만 증오는 화르륵 타오르는 불길 같았습니다. 당장 나를 이끈 건 그 증오였습니다. 빨리 준비를 하고 그들에게 심판을 내려야 했습니다. 살인 말입니다. 사흘 안에 해치워야 했습니다. 사흘 후 열리는 영장심문기일에 출석하지 않으면 곧장 전국에 수배령이 떨어질 테고, 평생을 책상물림으로 살아온 내가 그 경계망을 뚫고 살인이라는 목적을 달성한다는 건 불가능할 터였습니다.

이철환과 김광련. 두 사람의 소재는 드러나 있었습니다. 이철환의 변호사 사무실 위치는 금세 알 수 있고, 김광련의 가게 또한 알고 있었으니까요. 그날 밤 대형 마트에 들러 날카로운 칼을 두 자루 사서 품에 안고 나왔습니다. 그리고 먼저의 타깃을 이철환으로 잡고, 그의 변호사 사무실 앞 모텔에 투숙했습니다. 다음 날 건물 안에 숨어 있다가 출근하는 그를 찌를 작정이었습니다…….

"왜 복수를 실행하지 않으셨나요?"

민경이 물었다.

"어떻게 아셨죠?"

"ㄱ판사 사건은 알고 있어요. 저도 뉴스는 보니까요. 하지만 관련자 중 누군가가 살해당했다는 소식은 없었거든요."

사내는 고개를 끄덕였다.

"예, 맞습니다. 전 그들을 죽인다는 계획을 포기했습니다."

"설마 그새 분노가 식은⋯⋯?"

"아뇨. 108번을 곱씹은 증오입니다. 그리 쉽게 식을 리는 없죠."

"그럼요?"

"이유가 있었어요⋯⋯ 그건 내가 이 마약을 산 이유이기도 합니다."

마약을 산 이유? 민경을 고개를 갸웃했다.

모텔에 투숙한 나는 그제야 왜 이렇게 되었을까, 곰곰이 생각해보게 되었습니다. 반복되던 인생이 왜 갑자기 멈추었을까, 하는 문제 말입니다. 세상에 영원한 것은 없다는 법칙은 이 시간의 뫼비우스에서도 예외가 아니었다, 단지 그런 이유일까요?

하필이면 그때 어떤 조그만 것이 내 눈에 들어왔습니다. 작지만 기묘한 우연이었죠. 내 명한 시선은 모텔 방 한구석에서 꼼지락거리는 조그만 쥐며느리를 발견했던 겁니다. 쥐며느리가 뭐, 하시겠지만 그때 쥐며느리는 내게 무언가를 퍼뜩 떠올리게 했습니다.

바로 풍뎅이였어요. 내 이야기의 처음을 기억하십니까? 원래대로라면 사흘 후 기차를 탔을 때, 난 터널을 통과하기 직전 풍뎅이를 발견하게 됩니다. 그리고 그걸 손에 쥐고 있다가, 터널을 통과한 다음 형사의 검문을 받을 때 풍뎅이가 풀려나게 되죠.

그 풍뎅이를 생각했습니다. 생각을 이어가다가 어떤 결론을 내렸습니다.

난 칼을 모텔 휴지통에 버렸습니다.

채희를 찾아야겠다고 생각했습니다.

최후의 시간이 임박했습니다. 날이 밝고 나니 이틀이 남았을 뿐이었죠. 채희를 찾는 일은 이철환이나 김광련을 찾는 일보다 훨씬 어려웠습니다. 단서는 있었습니다. 첫 번째는 채희가 예전에 쓰던 삐삐 번호. 물론 첫 인생에서는 잊어버렸습니다만 인생을 반복하면서 난 또렷하게 기억하게 되었지요. 하지만 이 단서는 금세 포기해야 했습니다. 삐삐 사업자는 오래전 망해버려 가입자 자료 따위는 어디에도 보관되어 있지 않았으니까요. 두 번째는 역시 인생을 반복하면서 기억하게 된 일인데, 채희한테는 송주혁이라는 남동생이 있었고, 그 남동생의 주민등록번호를 내가 빌려서 어떤 사이트 가입에 이용한 일이 있었습니다. 채희와의 모든 기억이 소중해진 탓에, 그마저 기억 속에 넣어두고 있었던 거죠. 하필이면 채희 본인의 주민등록번호는 들을 기회가 없었다는 게 좀 아쉽긴 하지만, 어떻게든 주혁이의 소재만 파악하면 채희의 소재도 알아낼 수 있을 게 분명했습니다. 아는 검사한테 주혁이의 주민번호를 알려주고 현주소를 좀 알아내 달라고 부탁해볼까 싶었지만, 요즘은 검사라 해도 그런 일을 해줄 수는 없는 일이고, 더구나 구속을 앞두고 있는 자의 부탁을 들어줄 리는 만무했습니다. 난 심부름센터를 찾아갔습니다. 급하다며 정해진 수수료보다 두 배로 지불하겠다 하니, 바로 그 날 오전에 송주혁의 주민등록등본을 떼다 주더군요.

막상 주혁이를 찾아가려니 망설임이 있었습니다. 채희도 이젠 40대가 되었을 거고, 나 따위 까맣게 잊고 결혼했을 가능성이 높은데…… 하지만 젊은 날의 내 비겁함을 꼭 사과하고 싶었습니다. 그리고 아기, 우리의 아기가 어떻게 되었는지 꼭 물어보고 싶었습니다. 약간의 망설임 끝에 난 결심했습니다.

그날 점심시간 무렵 찾아갔습니다. 누나 일 때문에 나를 원망하고 있지 않을까, 두렵기도 했습니다. 꾹 참고 연립 주택 현관 벨을 눌렀습니다. 주혁이는 집에 있었습니다. 나중에 알았지만 집에서 인터넷 쇼핑몰을 하고 있었더군요. 주혁이가 직접 문을 열고 나왔습니다. 마흔 언저리가 되었겠지만 난 금세 알아보았습니다. 주혁이는 잠깐 멈칫했지만 역시 나를 금방 알아보았습니다. 바로 형님! 하며 내 손을 반갑게, 또 따뜻하게 잡아주었습니다. 주혁이를 만난 것만으로도 난 울컥했습니다. 더구나 이렇게 따뜻하게 맞아주다니요. 누나의 일을 모르는 것일까요.

"누나는?"

몇 마디 인사말이 오간 후 내가 물었습니다. 일순 주혁이의 얼굴이 착잡해졌습니다. 불길한 예감이 들었습니다.

"왜…… 무슨 안 좋은 일 있었어?"

내가 한 번 더 다그치듯 묻자 주혁이는 시선을 아래로 피하며 대답했습니다.

"죽었어요."

"뭐?"

"오래전에."

경악했습니다.

죽었다고, 채희가, 그것도 오래전에.

전 입이 벌어진 채 굳어버렸고 아무런 말도 할 수가 없었죠.

"교통사고였어요. 트럭이 덮치는 바람에……."

주혁이가 말해주는 사고날짜를 속으로 헤아려보았습니다. 나와 헤어진 직후였습니다.

"……누나 장례식에도 형님은 안 왔죠. 그땐 연락도 안 되었고. 형님이 야속해서 원망도 했지만, 누나의 뜻이 그렇지 않을 거란 생각에 마음을 다스렸어요. 누나가 좋아했는데 내가 무슨 자격으로 형님을 욕하나 싶었어요. 누난 생전에 단 한 번도 형님을 탓한 적이 없었죠. 늘 좋은 사람이라고만……."

주혁이는 말을 잇지 못했습니다.

"혹시 아기……는?"

난 떨면서 물었습니다.

"알고 계셨군요. 형님 아기였죠…… 사고 당시 임신 5개월이었어요."

난 주혁이의 손을 잡은 채 그 자리에 무너지듯 주저앉았습니다. 그리고 엉엉 울었습니다. 통곡했습니다. 그 울음이 얼마나 오래 눌렀던 것인지, 얼마나 서러운 것인지 주혁이는 상상도 못했겠지만요.

사내는 이야기를 잠시 멈추고 차창 밖을 두리번거렸다. 왠지 모를 초조함이 느껴지는 시선이었다. 턱을 들고 창 너머 먼 풍경을 한동안

주시하던 사내는 다시 민경에게 눈을 맞추고 입을 열었다.

"그날 저녁, 그러니까 어제 저녁 채희의 묘가 있는 남양주엘 갔더랬습니다. 꽃 한 송이와 채희가 좋아하던 소주 한 잔을 바쳤습니다. 노을에 산소가 곱게 물들어 있더군요. 속세의 인과를 뼈가 시릴 만큼 겪은 내 마음은 착잡하기 그지없었습니다. 미안해, 미안해, 미안해…… 한없이 되뇌었습니다. 그 예쁘고 사람을 잘 웃기고 귀엽던 채희가 무덤 속에 있다니, 차마 실감이 나지 않았습니다. 그날 밤 채희를 버리지 않았더라면 채희는 이렇게 죽어 있지 않을 텐데. 채희의 인생도, 내 인생도 모두 달라졌을 텐데요."

사내는 잠깐 침묵했다.

"밤을 새워 전주에 내려갔습니다. 부모님 댁에서 하룻밤을 보내고 아침에 인사를 드렸어요. 마음속 작별인사였죠. 그리고 미리 연락해두었던 사람을 아침에 만났습니다."

"만날 사람이 있었어요? ……설마 이번에야말로 살인을 결행하려고?"

사내는 고개를 저었다. 자신이 메고 있던 가방을 내려다보았다.

"이 마약을 사려고요."

"마약을 샀다고요? 오늘 아침에?"

민경은 곤혹스럽게 고개를 갸웃했다.

"그 얘길 하려면 풍뎅이 이야기를 다시 해야 할 것 같습니다."

"풍뎅이요?"

"네."

그 모텔 방에서 벌레를 보고서 풍뎅이를 떠올렸을 때, 두 가지 사실이 같이 떠올랐습니다. 하나는, 내게 영장심사 날짜를 알려온 그 형사가 아무래도 19세의 나를 수원역에서 검문했던 형사와 동일인인 것 같다는 점입니다. 두 번째는, 훨씬 중요한 점인데, 생이 반복되는 첫 순간, 19세의 영한이는 풍뎅이를 알아보지 못했다는 사실입니다. 48세의 내가 기차 안에서 발견하고 손에 쥐고 있던 그 풍뎅이를 말입니다. 그건 다시 말하면, 나와 현재 같이 있던 그 풍뎅이가 과거로 같이 돌아갔다는 걸 말해주는 겁니다. 그 사실에 어떤 계시가 있지 않나, 하는 생각이 들었습니다. 왜 내가 시간의 반복에서 풀려났는지, 하는 것도 포함해서요.

그 시각 화남터널에 작용했던 우주적 에너지는 어떤 이유인지는 모르지만 내 손에 쥐고 있던 물건도 같이 과거로 보내버렸던 것 같습니다. 그것이 풍뎅이였기 때문이 아니라 내 손에 쥐어 있었기 때문이겠죠. 풍뎅이는 30년이나 살 수 없고 따라서 30년 전 과거에는 존재하지 않았을 테니 인과율이나 모순율에 저촉되는 것도 아니겠죠. 그래서 의식만이 회귀했던 나와는 달리 현실의 존재 자체가 과거로 이동되었는지 모르겠습니다. 아무튼 내가 그 법칙의 내밀한 작용원리까지 알 수는 없겠죠. 그저 추측할 뿐입니다. 뉴튼 전의 인류가 사과가 떨어지는 걸 보고 그저 아, 그렇구나 하듯이요. 풍뎅이 한 마리는 과거에 어떤 의미 있는 영향을 미치기에는 너무나 사소한 존재죠. 그래도 말입니다. 분명 과거는 극히 조금이나마 바뀌었을 것입니다. 북경에 있는 나비의 날개짓이 뉴욕의 기상변화를 일으킨다는 나비효과를 들먹이지 않더라도 그러한 원인과 조건의 미세한 변경이 결과의 큰 변혁을 낳을 수 있다는 건 사고 실험으로도 충분히 이해할 수 있습니다. 비록 조그만 풍뎅이이지만 108번이나 과거로 옮겨갔습니다. 변증법 이론에는 양질전환이라는 개념이 있죠. 물을 붓다 보면 넘치듯이 양이 점차 늘어가다 어느 순간 질적으로 변화하는 지점이 있다는 건데, 그건 이 인과관계의 문제에서도 마찬가지였던 게 아닐까요? 풍뎅이의 존재가 과거에 출현함으로 인해 과거의 결과치가 조금씩 야금야금 다른 곳으로 옮겨지다가 어느 순간 완전히 질적으로 다른 결과를 낳게 되는 순간이 도래한다, 그것이 내 108번째 생이었다고요. 하필이면 30년 전 나를 검문했던 그 형사가 영장실질심사 시간을 알려주기 위해 왔던 그 형사가 맞는다면 더욱 더 이 기묘한 인과의 축적과 변화를 설명하기 쉬워집니다. 풍뎅이를 108번이나 보고 가볍게 놀랐던 이 형사가, 그 뒤 어떤 복잡미묘한 인과관계를 겪는지는 알 수 없지만 108번 만에 드디어 질적으로 바뀐 결과를 맞이했던 겁니다. 내게 전화를 하는 대신 직접 찾아오는 것으로요. 그 순간 무한궤도 위를 달리던 바퀴는 지금까지 그려오던 똑같은 궤적에서 이탈했습니다. 그리고 적어도 '내 운명의 영역에서는' 깨져버린 겁니다. 난 그렇게 이해했습니다. 그런 식의 설명밖에는 없다고 생각했습니다. 그렇지 않다면 그 끝없는 인과의 순환에서 내가 문득 풀려나는 일이 설명 불가능하다고 생각했습니다.

그래서 난 복수를 그만두었습니다. 대신 마약을 샀습니다. 그리고 이 끔찍한 열차를 타기로 했습니다.

왜냐고요?

내가 영장심문기일에 출석하지 않고 다른 곳으로 도망쳐봤자 체포는 시간문제일 터였습니다. 출국 따위는 당연히 불가능하고요. 내일이면 난 영장심사를 거쳐 수뢰혐의로 구속되는 걸 피할 수 없겠지요. 인생을 순환하는 것보단 차라리 그쪽이 낫다고 생각했었지만 막상 현실로 닥치고 보니 암울했습니다. 아무리 생각해도 그건 내가 견딜 수 있는 운명이 아니었습니다. 내가 한 짓에 대한 대가라면 달게 받겠지만 겨우 그런 잡배들 때문에 오명을 뒤집어쓰고 교도소엘 간다니요.

그래서 이 열차를 다시 탄 겁니다. 단, 이 마약을 구해서요.

터널을 지나기 전, 난 이 마약을 꺼내 손에 쥘 겁니다. 그리고 잠시 후 터널을 통과하면 난 19세의 정영한으로 돌아가겠지요. 이 마약은 30년 전엔 존재하지 않았으니, 풍뎅이처럼 과거로 돌아갈 수 있을 거라고 믿습니다. 곧 형사들의 검문이 있을 테지요. 내 손바닥에서 풍뎅이를 발견했듯이, 이번에는 내 손 안에서 마약봉지를 발견할 겁니다. 난 마약소지로 체포될 거고. 내 운명은 완전히 달라지는 겁니다. 다른 인생을 살겠지요.

다음 생에서 난 이철환을 만나지 않게 될 겁니다. 김광련이 날 찾아오는 일도 없겠지요. 그렇다면 앞으로의 내 인생에 존재하지 않는 불행을 만회하기 위해, 만나지 않을 자들을 단죄하기 위해 살인을 할 필요는 없는 거지요. 그래서 복수를 그만두었습니다. 물론, 채희도 못 만나겠지요. 그날 그 미용실에 우연히 놀러온 귀엽고 발랄했던 채희를요…… 그 악당들과의 악연처럼, 채희도 없던 인연이 되겠지만, 내 마음은 이상하게도 채희의 일만은 그렇게 치부하고 지울 수 없었습니다. 그래서 영장심사까지 남은 이틀 간, 채희를 찾았습니다. 결국 차디찬 땅속에 누운 채희와 재회하고 말았지만요…….

이제 어떤 인생이 기다리고 있을지. 분명한 건, 마약 소지로 체포당하게 되니 사법시험 공부는 하지 않겠죠. 그 저주받을 법학공부, 판사라는 직업에서 벗어나는 것만으로도 난 펄쩍 뛸 정도로 좋습니다. 비록 또 다른 정영한 안에서 사는 거지만, 이젠 그걸로 족합니다. 다른 인생을 산다면 모든 시간의 흐름은 달라질 것이고 그로부터 30년 후 경찰에 쫓기면서 이 기차를 타는 일도 없을 겁니다. 그러니 이 인과의 사슬에서, 시간의 뫼비우스에서 벗어날 겁니다. 그리고 더 그렇게 살다가 조용히 영면을 맞이하겠지요. 영한이는 뭘 하고, 누굴 만나게 될까요. 이왕이면 세상을 방랑하며 변화무쌍한 인생을 보냈으면 좋겠는데. 어쨌든 전 그 인생이 정말 기대됩니다. 사람 사는 것처럼 살 수 있겠지요. 아니, 적어도 나를 사랑한 채희를 버리고, 판사로서 평생을 박제되어 살다가, 악귀들을 만나 마지막을 망친 지난 108번의 생보다는 나을 거라고 믿습니다.

사내는 긴 이야기를 마쳤다. 창을 통해 들어오는 햇빛은 길게 누웠고, 말이 없어진 사내의 얼굴 위로 길쭉하게 늘어진 그림자를 만들었다가 금세 지우곤 했다. 곧 해가 질 모양이다. 민경은 사내를 물끄러미 보았다. 딱히 뭐라 할 수 없는 대답 대신이었다. 사내는 다시 입을 열었다.

"죄송합니다. 외로워서였습니다. 곧 영구히 사라질 인생이지만 어떤 인간이 이렇게 바보같이 살았다는 걸 누군가에게 말하고 싶었습니다. 아무도 모른 채 나라는 존재가 이 세상에서 사라진다는 게 너무나 외로워서요. 그래서 모르는 분께라도 제 이야기를 들려드리고 싶었습니다. 아가씨의 순수한 눈빛이 마음을 끌었는지도 모르겠군요. 실례했다면 부디 용서하십시오."

사내는 비로소 자신의 표정을 지었다. 쓸쓸했다.

민경은 왠지 사내의 마지막 시선을 차마 마주보기 힘들어져 고개를 천천히 떨어뜨렸다.

단조로운 기차바퀴의 리듬이 조금 바뀐 것 같았다.

곧 터널이었다.

사내는 가방에서 하얀 가루가 든 봉지를 꺼내 손에 꼭 쥐었다.

기차가 터널 안에 들어간 직후, 차 안은 캄캄해졌다. 완전한 암흑이었다. 길지는 않았다. 몇 초 후 불이 들어왔고, 곧 기차는 터널을 빠져나왔다. 민경의 옆 자리는 비어 있었다. 중년의 사내가 앉아 있던 자리는 마치 처음부터 아무도 없던 것처럼 휑했다. 그가 일어서는 기척이 전혀 없었으니 다른 칸으로 가거나 화장실에 간 건 분명 아니었다. 사내는 연기처럼 증발하고 말았다.

민경은 눈을 감았다.

그는 19세의 자신 안으로 다시 들어갔을까.

그의 바람대로 새로운 운명을 누리고 있을까.

민경은 부디 그렇게 되기를 빌었다.

킬러퀸의
킬러

1

"저쪽 신사분께서 보내셨습니다."

바텐더는 성희가 마시고 있던 것과 같은 블루 마르가리타 한 잔을 내밀었다.

성희는 놀라 고개를 들고 어두운 바의 구석을 보았다. 남자 한 명이 멀리서 고개를 까딱했다. 인상이 나쁘지 않았다. 시선을 받은 남자는 일어서더니 슬그머니 다가와 성희의 옆 스툴에 걸터앉았다. 바텐더는 자리를 비켜주었다.

'요즘도 이런 낡은 수법을……?'

웃음이 나면서도 흥미가 일었다.

성희는 조금 전까지만 해도 우울한 기분에 빠져 있었다. 자신이 일하는 헤어숍의 언니 생일이어서 다 같이 한잔한 날이었다. 알코올이 들어가자 언니가 "나이트 가자"며 소리친 것이 계기였다. 목동에서 우르르 택시를 타고 역삼동 '뮈샤 나이트'로 몰려갔다. 성희는 손을 내저었지만 소용없는 저항이었다. 화려한 외모에 비해 숙맥인 성희였다. 귀를 찢는 나이트클럽의 소음에 적응하기 힘들었고, 겁이 났다. 담당 웨이터는 자꾸만 '부킹'을 권유했다. 성희가 자꾸 빼기만 하니까 마침내는 거의 강제로 손목을 부여잡고 이리저리 끌고 다니는 것이었다.

성희는 일행 몰래 빠져나와버렸다. 술에 취한 채 밤거리를 걸었다. 왠지 처량했다. 불 꺼진 쇼윈도에 비친 자신의 모습이 낯설었고, 내던져진 기분이 들었다. 기다리는 사람이 없는 집으로 곧장 가기는 싫었다. 초등학교 1학년인 딸아이는 친정엄마한테 가 있다. 경복아파트 골목 뒤 건물 2층에 위치한 '킬러퀸'이라는 바가 생각났다. 퀸의 히트곡을 상호로 쓴 걸 보면 주인은 퀸의 열혈 팬인 모양이다. 1970~80년대 팝 위주의 선곡, 흑과 백의 미니멀한 인테리어와 은은한 조명이 성희의 맘에 든 곳이었다. 칵테일 한 잔만 하고 가려 했다. 그런데, 낯선 남자로부터 갑작스런 유혹을 받은 것이었다.

술을 보내다니. 클래식한 수법이었지만 옆자리에 다짜고짜 다가와 앉는 남자의 자신감이 진부함을 커버해주었다. 앉자마자 남자는 흰 이를 드러내고 씩 웃으면서 말했다.

"감사합니다."

"뭐가요?"

"아름다우셔서요. 덕분에 잠시나마 행복합니다."

성희는 풉 하고 웃었다. 뻔한 작자 같은데 이상하게도 경계심을 갖지 않고 웃어주는 자신이 신기했다. 술에 취해서인지도 모른다. 남자의 표정은 여유로웠고, 몸짓이 중후했다. 30대 중반쯤일까? 실제로는 좀 더 됐을지 모른다. 강한 남자라는 느낌이면서도 상대방을 압도하지 않도록 조심하는 배려가 엿보였다. 남자는 또다시 흰 이를 드러내고 웃으며 말했다.

"딱 5분간만 이야기할 수 있을까요? 5분 지나면 저는 무슨 일이 있어도 물러가겠습니다."

"왜요, 저한테 물건 파시게요?"

남자는 하하하, 과장되게 웃었다. 농담을 받아주는 성희의 태도에 기분이 좋아진 모양이었다.

"오랜만에 한국에 오니 친구도 없고 너무 외로워서요. 5분짜리 친구라도 되어 주시지 않겠습니까?"

질척대며 달라붙을 것 같지는 않다는 느낌이었다. 길어야 5분이라고 생각하니 남아 있던 경계심이 사라졌다.

"그래요, 뭐, 할 수 없죠. 근데 5분 뒤엔 꼭 가세요."

"감사합니다. 삭막한 도시 한구석에 이런 맛이라도 있어야지요."

남자는 웨이터에게 자신이 자리에서 마시고 있던 술을 가져오게 했다. 성희는 처음 보는 술이었다.

"이 술은 첨 보는데. 라프……?"

"라프로익이에요. 싱글몰트위스키를 좋아하거든요."

남과 다른 개성을 언뜻 내비치는 면이 호감도를 근소하게 높여주었다.

"외국에 사시나 봐요."

"네. 주로 홍콩에 있어요."

"홍콩요…… 무슨 일 하세요?"

"킬러입니다."

성희는 흠칫 놀라서 남자 쪽으로 고개를 돌렸다.

"홍콩을 중심으로 활약하죠. 이 술집도 '킬러퀸'이라는 이름이 맘에 들어서 들어왔습니다."

농담일 텐데 이 진지한 얼굴은 뭐지? 성희가 황당하다는 듯이 바라보자, 남자는 얼굴에 미소를 띠었다.

"죄송해요. 농담입니다. 사실은 홍콩에 본사가 있는 투자자문회사에서 펀드매니저로 일해요. 한국에 자주 오죠. 요즘은 구미보다는 아시아 시장이 좋다고 보고 한국 쪽으로 업무를 확장하느라 한국에 있는 시간이 더 많아요. 참, 전 피터 최라고 합니다. 나이는 서른일곱이고요."

'홍콩', '펀드매니저', '피터 최'의 발음이 버터를 바른 듯 매끄러웠다.

"전 정성희예요."

성희도 그의 기세에 이끌려 이름을 밝혔다. 이어 조금 맞장구를 쳐주었다.

"멋진 일 하시네요. 펀드매니저 그거 돈도 많이 벌잖아요."

"돈만 있으면 뭐 하나요. 인생이 외로운데."

피터 최는 은근히 돈을 많이 번다는 것을 부정하지 않았다.

"여자친구 많으실 거 같은데요. 아, 혹시 이미 결혼?"

"노우" 피터 최는 고개를 천천히 가로저었다. "싱글이에요. 일에만 빠져 있다 보니. 펀드매니저는 잠시라도 세계경제동향에서 멀어지면 뒤떨어져요. 끝없이 바뀌는 시장동향을 팔로우업해야 되거든요. 출장도 많고."

"그래도 여자들이 먼저 접근할 거 같아요."

성희는 말해놓고도 민망한지 훗 하고 웃어버렸다.

"제가 이래 봬도 눈이 높거든요. 성희 씨 정도가 아니면 안 됩니다."

"제가 무슨, 작년에 벌써 서른을 넘겼는데……."

"노우웨이, 사실 전 원래 여자들한테 관심이 별로 없었어요. 다가가는 방법도 모르고. 적당한 여자들은 많았는데, 미적대니까 다들 가버리더군요. 저는 감정이 없으면서 좋아하는 척은 못 하거든요. 전 노력하는 사랑 같은 건 모릅니다. 아는 건 오로지 첫눈에 반하는 사랑입니다. 조금 전에 성희 씨를 보고는 한눈에 끌렸어요. 정신을 차려보니 나도 모르게 성희 씨 옆자리에 와 있더군요."

"아잇 참, 너무 선수이신 거 아니에요?"

성희는 피터 최의 너스레에 눈을 흘겼지만 기분이 나쁘지는 않았다. 자신의 외모에 자신이 있기도 했다.

"성희 씨는 뭐 하시는 분인지?"

"헤어디자이너예요. 목동 현대백화점 근처에 숍이 있어요."

"아, 어쩐지 스타일이 세련되셨더군요."

피터 최는 술잔을 만지작거리며 말했다.

"근데 이건 참 두려운 질문이지만," 피터 최가 뜸을 들이는 바람에 성희는 그를 보았다. "혹시 결혼하셨나요?"

성희는 웃었다.

"싱글이에요. 돌아온."

피터 최는 과장된 몸짓으로 두 손을 앞으로 모아 깍지를 꼈다.

"천만다행입니다, 하하하."

"왜요?"

"성희 씨가 맘에 들었거든요."

성희는 또다시 눈을 흘겼다. 스스로 의식하지는 못했지만 어느새 친근한 눈빛이 되어 있었다. 5분이 지난 지는 이미 오래되었다. 쉬운 여자로 보일까봐 한번 튕겨보려고 했는데 왠지 유쾌하고 편안해져서 자리를 뜰 수가 없었다.

'혹시…… 이 남자가 날 쉽게 보고 어떻게 하려는 건 아닐까?'

그건 기우였다. 피터 최는 술에 취한 그녀와 모범택시에 동승해 마포에 있는 그녀의 집까지 바래다주었다. 그러고는 세련된 굿 나이트 키스를 끝으로 등을 돌려 떠나갔다. 그곳에 남은 것은 성희의 미련뿐이었다.

아직 더위가 남아 있는 8월의 끝자락이었다.

2

"장안일보 윤주현 기자가 남편 되시죠? 오늘 밤에 한강변 둔치에서 흉기에 찔려 피살된 채 발견되었어요. 잠깐 T병원으로 오셔서 확인해 주셔야겠습니다."

한밤중에 경찰의 전화를 받은 지원은 눈앞이 아득했다. 전화를 걸어온 경찰은 청천벽력 같은 소식을 전하면서도 일말의 주저하는 기색 없이 사무적으로 용건만을 전하고 전화를 끊었다.

믿기지 않았다. 아파트 위층이 시끄럽게 굴어도 인터폰 한번 변변히 못하는 남편이었다. 기자로서는 몰라도 생활인으로서는 소심한 남자였다. 샌님이라며 지원이 늘 구박했다. 그런데 살해라니. 이런 일이 자신에게 생길 거라고는 상상조차 해보지 않았다. 하긴 늘 그랬다. 걱정한 일은 안 일어났고, 방심하면 운명은 뒤통수를 쳤다.

허둥지둥 외출복을 챙겨 입고 집을 나서면서도 착각일 수 있다고, 정작 가보면 남편의 얼굴이 아닐 수 있다고 실낱 같은 기대를 버리지 않았다. 그러면서도 맘은 한없이 불안했다. 지원은 자신이 남편을 생각보다 좋아하고 있었다는 걸 깨달았다.

초겨울의 밤바람이 매서웠다. 다행히 목동 A아파트에서 안양천을 넘어 T병원까지 택시를 타고 가는 길은 밤 시간인 덕에 그리 오래 걸리지 않았다. 도착했을 때는 자정을 넘었다. 경찰이 여러 명 서성이고 있었다.

"윤주현 씨 부인? ……이쪽으로 와서 확인 부탁드립니다."

현실은 가느다란 기대를 여지없이 배반했다. 자그마한 덩치의 볼품없는 사체는 남편이었다. 꼬장꼬장한 선생 같던 얼굴은 뭉툭하게 부어 있었고, 하얗다 못해 핼쑥해져 있었다. 조용히 눈을 감고 있는 모습은 잠들어 있는 양 착각을 불러 일으켰다. 하지만 목 한가운데에 뚫린 구멍을 보자 이것은 주검이라는 실감이 났다. 지원은 일순 현기증이 나고 다리에 힘이 풀려 주저앉아버렸다.

다음 날 오전 지원은 영등포경찰서 강력팀 사무실에 들렀다. 축 늘어진 해파리 같은 몸을 이끌고 굳이 나온 건 참고인 진술 때문이기도 했지만 도대체 어떻게 된 일인지 알아보고 싶은 마음이 컸던 탓이다. 담당형사가 지원을 보고 걸어 나오다가 아는 체를 했다.

"어? 너 지원이잖아, 송지원. 윤주현 씨 아내가 너였어?"

묘한 인연이었다. 담당형사는 초등학교 동창인 김대웅이었다. 20년 넘게 흘렀지만 대웅은 지원을 금세 알아보았다. 반가움을 표시할 상황이 아니었기에 어색한 인사로 대신했지만 지원은 조금 마음이 진정되었다. 다행이다. 대웅은 이름 그대로 큰곰처럼 우직하지만 다정다감한 아이였다.

"······세상 참 좁네."

"그래. 정말 뭐라 할지 모르겠다. 얼마나 놀랐겠냐."

대웅은 딱한 표정을 지었다. 익숙한 상황이 아니라 어떤 표정을 지어야 할지 어떻게 말해야 할지 당황스러운 모양이었다. 대웅은 지원의 신상에 관한 이야기부터 가볍게 물었다.

"그냥······ 집에서 추리소설을 쓰고 있어."

"아, 작가가 되었구나. 역시. 넌 어릴 때부터 총명했지."

대웅은 감탄하는 표정을 보이며 책상 건너편 자리를 권했다.

"힘들겠지만 잠깐만 수고해줘."

지원이 앉자 대뜸 본론으로 들어갔다.

"요즘 들어 남편한테 이상한 낌새는 없었어? 고민을 하고 있었다거나."

"전혀. 고민이 있었다면 내가 눈치를 못 챘을 리 없다고 생각해."

"남편은 평소 어땠어?"

"조용한 사람이었어. 농담도 일체 없는 무뚝뚝한 성격이었고. 장안일보 입사해서 사회부에서만 8년인데, 오로지 일밖에 몰랐어. 늦게 들어오는 날이 많았고, 몸도 약한 사람이 무리하는 거 같으니깐 걱정도 했지. 저러다 쓰러지는 게 아닌가 하고. 결국은 그보다 더 못한 일을 겪고 말았지만······."

"원한을 살 만한 일 같은 건?"

"글쎄, 설마 원한을 샀을까? 모르겠네……."

"기사를 쓰다 미움을 살 수도 있지 않을까? 더구나 장안일보면 꽤 힘 있는 신문인데."

지원은 자신도 모르게 고민하는 표정이 되었다. 사실 남편은 무리하게 기사를 쓰는 경향이 있었다. 얌전한 외모 안에 불타는 출세욕이 있었다. 윗선의 입맛을 예민하게 탐지하고, 가뭄에 물을 찾는 뿌리처럼 그쪽으로 뻗어갔다. 목적의식이 앞섰달까, 한쪽 말만으로 기사를 썼다가 허위로 밝혀져서 고소당할 뻔한 적도 있었다. 지원이 걱정하면 남편은 우리 신문을 누가 건드려, 하며 넘겼다. 하지만 상대방이 소송을 하지 않은 건 신문사가 무서워서도, 남편의 기사가 사실이어서도 아님을 지원은 알고 있다. 남편은 자신보다 깊은 인간을 이해하지 못했다. 남편에 대한 존경심이 균열에 생긴 건 그때부터였다. 한편으로 지원은 걱정되었다. 남편은 힘을 과신하고 있다. 그런 오만은 언젠간 벽에 부딪힐 텐데……. 하지만 지원은 생각과 반대로 말했다.

"몰라, 모르겠어. 회사 일은 집에서 이야기 잘 안 하니까."

지원은 대웅의 말을 지우듯 고개를 저었다. 대웅은 머뭇거리다가 물었다.

"평소 부부 사이는 어땠어?"

지원은 어이가 없었지만 경찰로서 어쩔 수 없는 질문이라고 수긍했다. 다른 형사보다는 차라리 대웅에게 질문을 받는 쪽이 편하다.

"전혀. 아이도 없고, 싸울 거리도 없었어. 남편이 워낙 말수가 적은 사람이기도 했고……" 지원은 대답하다 말고 대웅에게 물었다. "강도를 만난 건 아냐?"

대웅은 난감한 표정을 짓고 목소리를 낮추었다.

"그건 아닌 거 같아. 오전에 윤 기자하고 친했던 김수근 기자랑 몇 명 진술을 들었는데. 사건 당일, 그러니까 어제 저녁에 휴대폰 문자 메시지를 받고 급하게 나갔다는 거야."

"메시지?"

"좀 심상찮아. 한번 봐봐."

대웅은 윤주현의 살해현장에서 수거한 휴대전화를 지원에게 보여주었다. 익숙한 남편의 휴대전화였지만 이제는 그리움의 대상이다. 수신함에 메시지가 떠 있었다.

윤주현 기자님, 선을 많이 넘으셨더군요. 1시간 내로 그곳으로 나오십시오.

협박인가?

지원은 감정 없는 문자에서 서늘한 두려움을 느꼈다.

"뭐 떠오르는 거 없어?"

대웅이 물었다.

"전혀. 상상이 되질 않아."

"네 남편이 이걸 보고는 얼굴이 흙빛으로 바뀌면서 당황해서 퇴근시간도 되기 전에 급히 나가더라는 거야. 그때는 물론 동료들이 메시지 내용은 몰랐고 뭔가 안 좋은 일이 있나 보다 정도로만 생각했었대."

대웅은 확인해달라며 발신자의 전화번호를 보여주었다. 지원은 모르는 번호였다. 대웅은 실망감을 감추며 휴대전화를 거두어들였다. 지원이 물었다.

"대체 어디서 발견된 거야?"

"여의도 한강 시민공원 주차장이야. 대형 트럭이 줄지어 늘어선 곳인데, 그 트럭 사이에 주차된 윤 기자 승용차에서 시체가 발견됐어. 운동하러 나온 동네 주민이 발견했는데, 사망추정시각은 밤 11시쯤으로 나왔고, 목격자는 없어. 워낙에 후미지고 어두운 곳이라서 말야. 윤 기자는 운전석에 앉아서 목이 찔린 채 앞으로 엎드려 죽어 있었어. 흉기는 발견되지 않았고. 아마 범인이 흉기를 가지고 가서 버린 것 같아. 한강에라도 던졌으면 찾는 건 불가능하지."

"흉기는 칼?"

"칼은 아닌 모양이야. 끝이 뾰족하고 날카로운 것은 맞는데."

상처로 보아 정체를 알 수 없는 특수한 모양의 전문적 흉기로 추정된다고 했다. 칼 같은 일반적인 흉기를 쓰지 않은 걸로 보아 욱해서 찌르는 보통의 우발적 살인과는 확연히 다르다는 게 대웅의 설명이었다. 지원은 섬뜩해졌다. 양손으로 파리해진 뺨을 감쌌다.

"……도대체 누가 그 사람을 죽였을까. 무슨 이유로……?"

지원의 눈이 빨갛게 되더니 급기야 눈물이 맺혔다. 대웅은 차마 똑바로 바라보지 못하고 시선을 피했다. 어린 시절부터 그랬다. 대웅은 몸으로 사는 우직한 스타일이었다. 반면에 자그마한 몸집의 지원은 기지가 번뜩이는 똑똑하고 예쁜 아이였다. 대웅은 지원이 그 조그만 몸으로 언젠가 대단한 일을 하리라 생각했었다. 그런 지원이 남편을 불시에 잃고 한없이 작아져 우는 모습을 대웅은 차마 마주할 수 없었다.

남편에게 메시지를 보낸 휴대전화의 통화추적결과를 대웅이 알려온 건 사흘이 지난 때였다. 그는 낭패 섞인 목소리로, 그 휴대전화는 노숙자 명의의 대포폰이었으며, 8개월 전에 업자한테 20만 원을 받고 개통시켜 준 거라고 전했다.

"통화가 중구난방인데, 유독 한 명하고 집중적으로 통화한 기록이 있어. 여잔데⋯⋯."

"어떤 여자?"

"몰라. 일단 소환해놨어. 내일 나올 거야."

지원은 휴대전화기를 바짝 당겼다.

"나도 옆에서 좀 들어보면 안 될까?"

"뭐? 너가?"

"참고인인 것처럼 해서 옆에 있게 해줘. 방해하는 일은 절대 없을 거야. 응, 부탁해."

지원의 거듭된 부탁에 대웅은 떨떠름하게 승낙했다.

"다른 통화는?"

"대부분 업소였어."

"업소라니?"

"좀 지저분한 쪽인데, 술집은 물론이고, 모텔도 있고, 북창동 유흥업소나 퇴폐 안마시술소도 있었어. 아무튼 무차별적이고 잡식성이야."

지원은 잠시 말문이 막혔다.

"뿌리가 없이 떠도는 인간 같아. 업소가 집이었던 셈이지. 아니면 무슨 유흥업소 탐방기라도 쓰려는 건가⋯⋯." 대웅은 농담조로 말을 덧붙이다 금세 진지함을 회복했다. "대상이 거의 서울 전역에 걸쳐 있어. 업주들한테 이 휴대폰 번호를 아는지, 단골은 아닌지 확인해봤는데 다들 모르겠다는 거야. 휴대폰 번호만 갖고 손님 신상을 알 수 없는 거야 당연하겠지만."

지원은 멍해졌다. 남편이 이런 지저분한 인물한테 살해당했단 말인가. 남편은 이자와 도대체 어떻게 해서 접점이 생긴 걸까.

3

‘그 여자’가 출두하기로 한 날, 지원은 영등포경찰서 강력팀 사무실 구석에 없는 듯 조용히 앉아서 기다렸다. 살인용의자의 ‘그녀’인 만큼 웬만한 남자는 제대로 상대할 수 없을 정도의 단수 높은 여자가 아닐까. 갖가지 상상이 일었다. 여자가 모습을 드러낸 것은 약속 시간보다 20여 분 늦은 오후 시각이었다.

지원은 깜짝 놀라고 말았다. 그녀는 지원의 단골 헤어숍 버킨의 미용사 정성희였다. 성희는 새기 커트를 제대로 할 줄 아는 몇 안 되는 미용사여서 지원이 자주 부르곤 했다. 강력팀 사무실에 등장한 정성희는 평소와 다름없이 화려했다. 한 손에 외투를 들었고, 하얀색 니트는 가슴의 볼륨을 그대로 드러냈다. 핑크빛 미니스커트에 검은 부츠를 신은 성희가 들어서자 강력팀 남자형사들의 시선이 일제히 집중되었다.

반면에 그녀는 위축된 모습이었다. 시선이 극도로 좁아진 탓인지 지원도 알아보지 못하고 곧장 대웅의 책상 앞에 가 앉았다. 대웅이 말했다.

"나와주셔서 감사드립니다. 전화로 말씀드렸다시피 신문사 기자로 일하는 윤주현이라는 사람이 며칠 전 살해당했습니다. 그 건과 관련해서 몇 가지만 질문 드리려고 합니다."

"저는 전혀 모르는 분이거든요. 너무 놀랐어요. 경찰서 오라는 전화를 받고 얼마나 가슴이 뛰던지. 대체 왜 절 부르신 거예요?"

그녀는 겁먹은 눈을 동그랗게 떴다.

"그건 이따가 말씀드리겠습니다. 먼저 신상에 대해 좀 말씀해주세요. 형식적인 절차라서 그렇습니다."

"이름은 정성희, 31세고요, 헤어디자이너예요. 목동 현대백화점 근처에 있는 버킨이라는 숍에서 일하고 있어요."

"가족관계는요?"

성희는 머뭇거렸다. 대웅이 눈으로 재촉하자 입을 뗐다.

"……남편하고 이혼 후 혼자 살아요. 초등학교 들어간 딸아이가 하나 있고요."

성희는 이른 이혼에 대해 변명하듯 말을 이었다.

"남편이 알고 보니 정말 못된 인간이었어요. 도박에 주먹질에…….."

지원은 실수했다는 생각이 번쩍 들었다. 얼마 전 버킨에서 사람들이 모인 김에 수다 떨며 남편 얘기를 늘어놓았던 기억이 난 탓이다. 장안일보 기자예요, 우와, 그래요? 휴대전화 바탕화면은 아예 남편의 사진이었다. 기자치곤 잘 생기지 않았냐고 자랑까지 했다. 혼자 사는 성희의 기분이 좋았을 리 없다. 주변 사람의 처지를 생각 못한 자신의 경솔함을 후회했다.

대웅은 성희에게 휴대전화 번호를 보여주었다. 윤 기자가 받은 메시지의 주인.

"사실은 이 번호에 대해서 묻고 싶어서 오시라 했습니다. 이 사람 아시죠?"

성희는 전화번호를 들여다보더니 네, 하며 고개를 끄덕였다. 통화기록이 있으니 부정할 수도 없고, 부정할 이유도 없다.

"용의자입니다. 어떻게 아시는 사이인지 말씀해주세요."

성희는 용의자란 말에 당황한 표정이었다. 잠시 생각을 끌다가 어두워진 얼굴로 조심스럽게 물었다.

"이분이 사람을 죽였단 말씀이에요?"

"아뇨, 아직은 확실치 않습니다. 정성희 씨의 진술이 그래서 중요합니다."

"믿기지 않네요."

성희는 주춤거리다가 남자를 처음 만난 때부터 이야기를 시작했다. 넉 달 전 역삼동 '킬러퀸'이라는 바에서 우연히 만났고, 이름은 피터 첸, 37세, 홍콩에 본사가 있는 외국계 투자회사에 다니는 펀드매니저라는 신상까지.

"인상착의는 어땠습니까?"

"남자답게 생겼어요. 눈썹이 숱도 많고 그렇게 짙을 수가 없었어요. 눈도 부리부리하고 눈썹 양 끝이 치켜 올라간 게 아주 강렬한 인상이었어요. 키는 한 185정도? 단단한 근육질 몸에. 검은색 반팔 티를 입고 금속 목걸이를 했는데. 팔뚝이 배우 제라드 버틀러 같았어요. 검게 그을린 피부가 스포츠맨처럼 탄탄해 보였고요. 윤곽이 뚜렷한 입 하며. 뭐랄까, 남자 냄새가 풀풀 풍긴다고 할까요, 자신감이 강하면서도 유쾌하고 상대방을 편하게 해주는 그런 사람이었어요."

성희는 어느새 먼 곳을 응시하는 듯한 표정이 되어 있었다. 남자에 대한 감정이 여전한 모양이다. 첫 만남부터 끌렸고, 신사다운 태도에 호감을 가져 만나게 되었다는 이야기였다.

"자주 보셨습니까?"

"아뇨, 많아야 일주일에 두세 번 정도?"

그 남자에 대해 더 이야기해달라는 대웅의 말에 성희는 살짝 얼굴을 붉혔다.

"에너지가 넘치는 재밌는 사람이었어요. 만나면 제가 거의 말을 듣고 웃는 편이었고. 주로 그쪽에서 먼저 연락이 왔어요. 제가 전화해도 통화가 안 될 때가 많았죠. 홍콩 출장 갈 때면 거의 보름 가까이 연락이 안 되기도 했어요. 회사 일 말고도 자신이 펀드를 고객들로부터 직접 레이징해서 투자하는데 자신 덕분에 돈 번 고객들이 많다고. 뭐 그런 얘길 했던 거 같아요. 알아듣기 어려웠지만 뭐 열심히 고개만 끄덕였죠."

성희는 잠깐 머뭇거리다가 말했다.

"솔직히 결혼까지 생각했어요." 그러고는 잠시 주저하다가 덧붙였다. "……얼마 전에 피터 최가 그런 말을 꺼냈거든요."

"가장 최근에 만난 건 언제죠?"

"한 일주일쯤 전인가? 영종도에 가서 회를 먹었어요. 그날부터 한 달간 홍콩 본사로 들어갔다 온다더군요."

대웅은 볼펜을 톡톡 두드리며 잠시 성희를 응시하다가 물었다.

"혹시 피터 최에게 돈을 건네주신 것은 없습니까?"

"있어요."

역시. 대웅도, 멀리서 지켜보던 지원도 고개를 끄덕였다.

"피터 최가 하도 엠엔에이니 뭐니 어려운 말들 하면서 성공한 얘기들이나 고객들 돈 벌어준 얘기를 많이 하길래 제가 먼저 그랬어요. 내돈도 좀 불려달라고. 그래서 몇 번으로 나눠서 건네준 게 합쳐서 한 3300만 원 정도 돼요."

성희는 대웅의 요구에 휴대전화 메모장에서 입금한 통장 계좌번호를 찾아 적어주었다. 명의인은 다른 사람이었지만 계좌추적을 해보면 피터 최의 신원이 드러날 수도 있다. 숨통을 좁혀갈 단서를 찾은 것이다.

"지금 갖고 계신 휴대폰으로 피터 최한테 통화 한번 해봐도 되겠습니까?"

성희는 휴대전화를 대웅에게 건네주었고, 대웅은 피터 최의 번호를 눌렀다. 전원이 꺼져 있다는 기계음이 책상 건너편에서도 들렸다.

"마지막으로 잠깐만 더 협조해주십시오. 피터 최의 몽타주를 만들어야 해서요."

대웅은 성희를 어디론가 데리고 갔다.

잠시 후 몽타주 작성을 마치고 나오는 성희의 모습이 멀리 보였다. 그녀는 괜한 일에 말려들었다는 당혹감인지 씁쓸한 표정을 지으면서 황망히 로비를 가로지르고 있었다. 지원은 조용히 뒤따라 나가 출구 근처에서 성희를 불렀다.

"성희 씨."

성희는 출입문에 손을 댄 채 뒤돌아보다가 눈이 휘둥그레졌다.

"어머, 송 선생님? 어떻게 여기에?"

지원이 소설을 쓰는 것을 안 뒤로부터 버킨에서는 선생님으로 불렸다. 그녀는 몸을 완전히 돌렸다.

"실은, 살해당한 윤주현 기자가 내 남편이에요."

"네?" 성희는 큰 눈을 동그랗게 떴다. "아, 맞다. 선생님 남편분이 기자라고 그러셨지? 아, 그럼 그분이…… 이를 어째요. 얼마나 놀라셨어요."

"아까 경찰서 왔다가 우연히 성희 씨 진술하는 거 봤어요. 도와주셔서 감사해요."

"아니, 뭘요. 괜히 제가 죄송하네요. 경찰에서는 피터 최를 의심하는 것 같은데, 이런 말씀 그렇지만 피터 최는 절대 그럴 사람이 아니에요."

호구의 영원한 유행어, '그럴 사람이 아니에요'를 뱉고 마는 성희였다. 고개를 끄덕하고 총총히 멀어져가는 성희의 뒷모습을 보면서 지원은 어찌 보면 참 불쌍한 여자라는 생각을 했다. 그녀는 아직까지 기대를 못 버리고 있다. 사기꾼의 최고 반열에 오르면 피해자가 당하고 나서도 그를 좋은 사람으로 기억한다고 한다.

지원이 강력팀으로 돌아가자 대웅은 완성된 피터 최의 몽타주를 지원에게 보여주었다.

"혹시 아는 얼굴이야?"

전혀 본 적이 없는 얼굴이었다. 피터 최는 의외로 어디서나 미남 소리를 들을 만한 남자였다.

4

지원은 며칠을 꼼짝없이 기다렸다. 성희가 입금한 통장이 피터 최에게 이르는 길을 열어줄 유일한 연결고리이다. 조사해서 알려주기로 했던 대웅에게서는 연락이 없었다. 참다못한 지원은 일주일 만에 대웅에게 전화를 걸었다.

"그게……." 대답하는 대웅의 목소리는 처음부터 힘이 없었다. "대포 통장이었어. 노숙자가 업자한테 판 거야. 5만 원 받고. 통장 개설해주고 현금카드도 만들어주고."

지원은 맥이 빠졌다. 쉽지 않을 거라고 예감은 했었지만.

"카드로 현금을 가끔 인출한 흔적이 있었어. CCTV를 확인해봤는데 모자와 마스크로 얼굴을 꽁꽁 싸매놔서 전혀 분간이 안 가. 용의주도한 놈이야." 대웅이 덧붙였다. "정성희한테 그런 저런 사정을 다 이야기해주었더니 피터 최한테 속은 걸 그제야 깨닫고는 펑펑 울더라."

몽타주를 만들어 돌렸지만 그쪽도 소식이 없다고 했다.

"도대체 피터 최란 사람하고 남편하고는 무슨 관계였던 거야?"

"그것도 미스터리야. 마지막 날 피터 최한테서 온 그 한 통의 휴대폰 메시지를 제외하고는 서로 연락한 흔적이 없거든."

대웅의 말이 아니더라도 피터 최와 남편이 개인적으로 아는 처지는 아닌 것이 분명했다. 사적으로 아는 처지라면 아무렴 아내인 자신이 모를 리는 없다.

그렇다면 역시 남편이 하는 일과 관련된 인물로 보는 쪽이 자연스럽다. 남편은 사회병리를 추적하고 고발하는 기자다. 하나의 가능성이 떠올랐다.

피터 최가 기사에 관련된 제보자 혹은 당사자였다면? 생계에 위협을 느낀 피터 최가 남편을 불러냈고, 남편이 혼자 찾아갔다가 피터 최에게 당했다면?

지원은 남편과 가장 친했던 사회부 김수근 기자를 찾아가보기로 했다.

여의도에 있는 장안일보 사옥은 그리 멀지 않았지만 계절은 이미 한겨울로 접어들어 특유의 칼바람이 뺨을 에였다. 신문사 정문에서 수위가 딱딱하게 방문 목적을 물었다. 윤주현 기자의 처라고 하니 금세 표정이 부드러워졌다.

김수근은 남편의 4년 입사 선배이고 사회부 선임이었는데, 성격이 시원시원하고 친화력이 있어 속을 드러내지 않는 남편도 꽤 친하게 지내는 사이였다. 그는 마침 자리에 있었는데, 막상 만나고 보니 어색했다. 지난번 집으로 초대해서 맥주파티를 벌였을 때 김수근은 지원에게 여성작가 중 최고의 미모라는 등 제수씨가 아깝다는 등 너스레를 떨며 친근하게 굴었는데, 이제는 죽은 남편을 사이에 둔 옛 동료와 미망인으로 서먹한 만남이 되어버렸다. 둘 사이를 잇는 징검다리가 사라진 것이다. 몇 마디 위로의 말이 오갔다.

"윤 기자는 일에만 몰두해서 앞만 보고 뛰는 사람이었어요. 그 깡마른 몸에서 어찌 그런 에너지가 나오는지. 아까운 사람을 잃었어요. 우리 신문사로서도 손실이 큽니다."

늘 듣기 좋은 말을 해주는 김수근이었다.

"네, 감사합니다. 저, 그런데 요즘 남편이 쓰고 있던 기사는 무엇이었나요?"

"위조카드범을 추적하는 기사를 쓰고 있었어요. 윤 기자가 기획 단계부터 참여한 건이에요."

"위조카드요?"

"요즘 해외 조직이 국내에 대량으로 위조카드를 유통시키기 시작했거든요. 우리나라는 동남아나 남미 같은 데보다 위조신용카드가 훨씬 적고, 승인, 결제과정도 느슨합니다. 그 틈새를 노리고 최근에 해외 조직이 들어온 거예요. 아예 위조카드 수천 장을 만들어 유통을 시켜버리는 조직이지요. 이런 건 초기에 근절 못하면 나중에 막기 어려워집니다. 보이스피싱을 보세요. 처음에 강력하게 잡았어야 했는데. 지금은 우리의 친근한 이웃 같은 범죄가 돼버렸잖아요. 우리는 아직 위조카드의 심각성을 제대로 인식하지 못하고 있지만…… 사실 남미 꼴 나는 거 시간문제거든요."

"근데 해외 범죄 조직이라 하시면?"

"주로 중국이나 동남아 쪽에서 많이 와요. 윤 기자가 요즘 취재 중이던 조직은 홍콩 쪽에서 건너온 놈들이에요. 이번에 그 조직의 보스가 한국에 들어왔다는 제보가 있었죠. 정식 사업체로 위장해서요. 그게 아깝게 됐어요. 얼핏 듣기로는 그자와의 만남이 거의 성사될 판이었답니다. 인터뷰라도 땄으면 대박인 건데."

죽은 후배 아내 앞에서 그가 놓친 인터뷰를 아까워하는 김수근의 무신경에 지원은 어이가 없었다.

"……홍콩 조직요?"

"네. 근데 화교도 있고 우리말 잘하는 조선족도 있고 그냥 봐서는 구별을 못하는 경우가 많아요. 신분도 철저히 숨기고 있으니까요."

"그런 취재는 위험하지 않나요?"

"글쎄요, 위험할 수도 있겠죠. 그래도 워낙 신중한 친구이니까 기본적으로 자기 앞가림은……."

김수근은 문득 입을 닫아버렸다. 무신경한 그도 살해당한 사람에게 앞가림 운운하는 것이 적절치 않다는 생각이 든 모양이었다.

대화가 멈춘 사이, 훤칠하고 잘생긴 젊은 남자가 김수근에게 눈인사를 하고 지나갔다. 김수근은 그의 뒤통수를 향해 "건방진 새끼" 하며 혼잣말처럼 중얼거렸다. 지원은 그 태도에 왠지 모른 척하기 어려운 기운을 감지했다.

"어떤 분인데 그러세요?"

"계열사 방송 기자예요, 연예부. 그 투서 사건 있잖습니까. 윤 기자가 오해받아서 고생한 거요. 저 친구가 바로 그 친구예요."

지원은 처음 듣는 이야기였다.

"회사에서 무슨 일이 있었나요? 전 모르는 일이에요."

김수근은 쯧 하고 혀를 찼다.

"집에다가는 이야기 안 한 모양이네요. 저 친구 이름도 윤주현이에요. 우리는 윤 기자하고 구별하려고 리틀 윤주현이라고 불렀죠. 머리에 피도 안 마른 녀석이 어디서 못된 짓만 배워갖고는 연예인 지망생 여자애한테 수작을 부린 모양이에요."

지원은 어떤 일인지 짐작이 되었지만 차마 되묻지는 못했다. 김수근은 혼자 말을 이었다.

"키 크고 잘생긴 젊은 기자가 좋은 기사 내주겠다면서 슬슬 꾀었으니 여자가 넘어간 모양이에요. 실컷 놀기만 하고 신경 안 써주니깐 여자는 나중에 속았다고 난리를 폈죠. 윤주현 기자한테 농락당했다, 뭐이런 내용으로 전 계열사 사장하고 임원들한테 편지를 쭉 돌렸어요. 그러는 바람에 이름이 같은 사회부 윤 기자가 대신 오해를 받고 곤욕을 치렀어요. 작년 봄에 있었던 일이죠."

"……그랬군요."

지원은 이야기를 숨긴 남편에게 서운한 기분이 들었다. 나는 남편한테 전혀 의지가 되지 못했나?

"그 연예인 지망생이었다는 여자도 대단하네요. 웬만한 여자 같으면 투서까지 돌리고 하는 일은 못 할 텐데."

"외국에서 오래 살아서 좀 남달랐나 봐요. 홍콩에서 자랐다던가? 이름이 그레이스 최였던가 뭔가 그랬어요."

홍콩? 그레이스 최?

무언가 목구멍에 걸린 듯한 느낌이었지만 영문 모를 위화감은 금세 사라졌다.

"그러고는 곧 홍콩으로 돌아갔대요. 발칵 뒤집어놓고는 떠나버린 거죠. 신문사 내부에서도 뭐 조용해지니까 그냥저냥 넘어가버렸고요."

지원은 김수근에게 인사하고 그 자리를 떴다. 괜한 일에 남편을 말려들게 했다는 연예부의 리틀 윤주현 기자를 만나 이야기를 들어보고 싶어졌다.

다른 층에 위치한 '장안TV' 연예부로 들어서니 조금 전 보았던 리틀 윤주현이 마침 자리에 와 있었다. 연예인인가 싶을 정도로 잘생긴 남자였지만 눈초리와 입매가 가늘어 교활해 보이는 인상이었다. 화려한 연예계를 동경하는 사람에게는 멋져 보이겠지만, 지원의 눈엔 접시 물처럼 얕아 보였다. 남편이 이 사람 때문에 애먹었다고 생각하니 아무래도 좋게 볼 수가 없다. 지원은 다짜고짜 그에게 다가가 인사했다.

"안녕하세요."

"네. 무슨 일인가요."

리틀 윤주현은 매끄럽게 응대했다.

"윤주현 기자의 처 되는 사람이에요."

"아, 네. 이번 일은 참 안되었습니다."

형식적인 답례다. 말투가 나이 치고는 꽤 노숙했다.

"실례지만 뭐 좀 여쭈어봐도 될까요?"

"네. 그러시죠."

밀랍처럼 미끈한 얼굴에 애도의 빛이라고는 한 점도 떠 있지 않았다. 꾸며낼 생각도 없는 모양이었다. 김수근처럼 나이 든 선배가 보기엔 건방져 보일 수도 있으리라. 지원은 다짜고짜 본론을 끄집어냈다.

"올해 초에 어떤 여자분하고 얽혀서 고생하셨다고요?"

리틀 윤주현의 얼굴이 비로소 붉어졌다.

"관계없는 일입니다. 그 얘기는 하고 싶지 않습니다만."

"저희 남편이 그때 같이 고생을 좀 했어요. 그래선데요, 잠깐 얘기를 들어볼 수 없을까요?"

그의 눈동자가 흔들렸다. 머리를 굴리는 기색이 역력했다. 진심 어린 사과를 받기는 글렀다는 느낌이 벌써 들었다.

"드릴 말씀이 없네요. 이상한 여자 때문에 같이 고생한 거죠. 신문사에선 흔히 있는 일이에요."

지원은 우회적으로 물어보았다.

"그 여자분은 그 사건 뒤에 혹시 만나보셨나요?"

"안 만났어요. 만날 이유도 없고."

"여자분이 편지를 보내고는 홍콩으로 돌아갔다고 들었어요."

"그랬나 봐요."

"투서가 들어왔을 땐 놀라셨겠지만 여자분 고향이 외국이라 참 다행이었겠어요. 살던 곳으로 돌아가버려서 자연스레 끝난 거잖아요."

지원은 살짝 비꼬았지만 리틀 윤주현은 별 반응을 보이지 않았다.

"잘 모르겠습니다."

꼬투리를 잡히지 않게끔 짧은 대답으로 일관하는 요령은 기자라서 자연스레 터득한 걸까. 그의 얼굴 근육은 차갑게 굳어갔다. 시선은 아직 지원 쪽을 향해 있었지만 몸은 벌써 책상 쪽으로 반쯤 돌아가 있었다. 지원이 기대했던 '죽은 선배의 아내'에 대한 최소한의 배려 따윈 없었다. 울컥했다. 지원의 마음이 곧장 튀어나와버렸다.

"혹시 제 남편한테 미안하다는 생각은 없으세요?"

날선 공격에도 리틀 윤주현은 전혀 흔들림이 없었다.

"비난할 상대를 잘못 고르셨네요. 문제 있는 사람은 내가 아니라 그 여자 아닌가요?"

말문이 막힌 지원은 포기하기로 했다.

"죄송해요. 실례가 많았네요. 그럼 이만."

지원은 자리를 물러나왔다.

'여자와 헤어질 때도 저런 태도였을까.'

리틀 윤주현이란 남자는 주변에 자신을 비추는 거울밖에 없는 인간 같았다. 그는 사람들이 모두 자신과 같이 욕망과 자존심을 갖고 있다는 사실을 무시하고 있다. 언젠가는 그가 업신여겼던 세상으로부터 크나큰 보복을 당할지 모른다. 저런 식이라면 헤어진 상대방에게도 분명 한을 남겼을 텐데.

신문사 건물을 나오는 지원의 뇌리에 조금 전 들었던 김수근의 이야기를 토대로 한 어떤 가설이 거의 자연발생적으로 떠올랐다.

지원은 영등포서 강력팀 사무실로 가서 대웅을 찾았다. 그리고 자신의 상상을 털어놓았다.

남편이 홍콩 카드위조 범죄조직의 보스를 추적하고 있었다. 피터 최는 자기가 홍콩 출신이라고 밝혔다. 그렇다면 혹시 피터 최가 조직의 보스 본인이거나, 아니면 보스가 고용한 킬러는 아닐까? 그리고 그가 추적해 들어오는 남편을 살해했다면?

하지만 대웅은 큰 감흥이 없어 보였다.

"윤 기자는 주로 제보에 의존해서 피해 가맹점 업주들의 증언을 듣는 수준이었던 것 같아. 무엇보다, 기사 몇 줄 썼다고 범죄조직이 기자를 죽인다는 건 생각하기 어렵잖아?"

"그래도……."

지원은 금세 수긍하기 어려웠다. 경찰은 전형적이지 않은 사건의 인과는 배제하려 한다. 일어날 법한 사건만 일어난다면 애당초 남편이 살해당하는 일부터가 생기지 말아야 하지 않은가.

"……사실은 남편이 기자로서 좀 무리한 부분이 있었어. 팩트를 확인하지 않고 일방적 기사를 써서 반발을 사는 일이 종종 있었거든. 상대가 범죄조직이라도 그럴 수 있잖아. 아니, 오히려 더 극단적인 반응이 올 수도…… 남편이 자신도 모르게 조직을 건드리거나 했다면."

"글쎄. 아무래도 생각하기 힘들어. 기자 죽여봤자 일만 커지는데. 그럴 이유가 없잖아, 이유가."

지원으로서는 딱히 반박할 말이 없었다. 대웅이 낙담한 지원의 얼굴을 보더니 위로하듯 말했다.

"아직은 우리도 취재와 관련되어 원한이나 입막음을 당했을 가능성도 열어두고 있으니까 기다려봐. 조만간 결실이 있을 거야."

말이 오락가락하는 것이, 이젠 지원을 적당히 달래고 무마하려는 기색이다.

"그래……. 상황이 바뀌면 나중에라도 좀 알려줘. 그만 가볼게."

"그래. 추운데 조심해서 가고. 수사는 경찰에 맡겨. 맘은 이해하는데 우리가 네 생각보다는 열심히 뛰고 있으니깐. 결론이 나면 반드시 너한테 내가 먼저 알려줄게."

지원도 미안한 생각이 들었다. 대웅은 지금껏 옛날 친구라는 이유만으로 바쁜 중에도 경찰업무의 선을 넘어서까지 이것저것 도움을 주었다. 피해자 가족이 수사와 재판 과정에서 철저히 차단당한 채 던져주는 결과만 통보받는 이중의 고통을 겪는 경우가 많다는 걸 아는 지원은 대웅의 호의 또한 모르지 않았다. 이번에도 대웅이 없었더라면 얼마나 답답했을까.

"고마워. 난 나쁜 소식이든 좋은 소식이든 다 받아들일 준비가 되어 있으니까 부담 없이 알려줘."

지원의 이날의 마지막 인사가 씨앗이 되어버렸다.

다음 날, 영등포경찰서 강력팀으로부터 출석요구를 정식으로 받은 것이다.

5

지원은 전화를 받은 그날 오후 한걸음에 달려갔다. 대웅이 경직된 표정으로 맞이했다. 느낌이 좋지 않았다.

"장안일보 지하 직원용 헬스장이 있는데, 그 로커룸에 네 남편 사물함이 있었어. 어제 신문사 총무과에서 사용하지 않는 사물함 정리를 하느라 열어봤는데……."

대웅은 잠깐 말을 끊고 지원의 눈치를 살피면서 말했다.

"돈 뭉치가 발견되었어."

"뭐?"

지원은 진심으로 놀랐다.

"만 원 권 하고 오만 원 권이 섞여서 720만 원, 현찰 뭉치였어. 상식적으로 생각해도 업무와 관련해서 입막음이나 뭐 그런 조로 받은 게 아닐까 하고 의심할 수밖에 없어. 말하자면 배임수재가 아닌가 하는 거지. 이번 살인과 관련이 있지 않을까 하는 생각도 들고. 그래서 혹시 네가 아는 게 있나 해서 부른 거야."

남편이 죽었다는 소식 이후 가장 충격적인 말이었다. 지원은 남편을 가장 가까이에서 보고 산 사람이다. 평소에 남편이 수상한 돈을 집 안에 들여왔다면 까짓것 놀랄 것도 없다. 그렇지 않다 하더라도 몰래 그런 짓을 할 만한 사람이라고 평소에 생각했다면 놀랄 이유가 없다. 그런데 아무리 봐도 그건 아니었다. 남편이 부정한 돈을 받았다? 생각할 수 없는 일이었다.

"아냐. 전혀. 남편이 업무 관련으로 돈을 받아 챙기는 일 따위는 상상할 수 없어."

"전혀 모른다는 거구나. 짚이는 데도 없고?"

"전혀."

"그래도 남자한테는 아내도 모르는 일면이 있는 거 아닐까. 딴 주머니 차는 남자들 부지기수잖아."

"이건 딴 주머니하고는 다른 얘기잖아. 남편이 그런 돈을 받았다는 건 믿어지지가 않아."

대웅은 말이 없었고 그게 지원을 더 초조하게 했다. 지원은 다시 입을 열었다.

"그래도, 어쨌든, 그동안 남편이 한 번도 월급 외 다른 돈을 가져온 적이 없었어. 너무 의외라서 참 당황스럽네."

어떻게든 남편에 쏠리는 의심을 돌리고 싶었다.

"함정일 수도 있지 않을까. 자신의 범죄를 이미 죽어버린 남편한테 전가하려는 의도로 몰래 남편 사물함에 돈을 넣어놓았다든가."

"그럴 가능성도 없다곤 못하겠지……."

대웅은 여전히 뜨뜻미지근했다. 아무튼 지원이 돈에 관해서 전혀 아는 바가 없다니 더 질문할 거리는 없는 모양이었다.

진술을 마치고 영등포경찰서를 나왔을 땐 오후였다. 버스에 올라 자리에 앉았다. 차창에 김이 하얗게 서려 있다. 겨울의 한가운데였다.

이상하게도, 생각을 여러 방향에서 정리했건만 남편의 부정이 의심스럽다는 결론에 도달하게 되었다. 돈이 실제로 거기 있지 않았던가. 지원은 우울해졌다. 흐르던 생각은 돈에서 피터 최에게로 되돌아왔다.

아무렴 신문기사 하나 때문에 킬러를 보내 기자를 죽였을까?

홍콩, 피터 최, 그레이스 최……

단어들을 나열하던 지원의 머릿속에서 문득 이들을 한 줄로 꿰뚫는 한 가지 생각이 떠올랐다. 아무런 증거도 맥락도 없긴 하지만.

'가능성은 그것밖에 없다.'

지원은 어떻게 할까 잠깐 고민했다. 하지만 실로 '잠깐'이었다. 좀처럼 동요하지 않는 지원의 가슴에 분노가 끓어올랐다. 그것이 그녀를 즉각 행동으로 이끌었다.

버스를 바꿔 타고 여의도 장안일보로 향했다. 수위는 이번엔 지원을 알아보고 친절한 미소를 건네었다. 지원은 다짜고짜 장안TV 연예부로 올라가 리틀 윤주현을 찾았다. 그는 자리에서 전화를 받고 있었다. 원래 뺀질뺀질한 얼굴이 오늘따라 야비해 보이기까지 했다.

"잠깐 얘기 좀 할 수 있을까요? 중요한 일이에요. 윤 기자님에게도."

리틀 윤주현은 싫은 기색을 드러내면서도 지원의 박력에 눌려 따라 나왔다. 둘은 자판기 커피를 뽑아 직원식당 구석에 가 앉았다. 지원은 감정의 동요를 숨기려 애쓰며 말을 꺼냈다.

"범인은 아직 잡히지 않았어요."

그는 빤히 쳐다보기만 했다.

"지금까지 밝혀진 건 홍콩에서 온 피터 최라는 킬러의 짓이라는 점 뿐이에요."

"킬러라고요?"

냉정한 리틀 윤주현도 '킬러'라는 단어에는 깜짝 놀란 듯했다. 지원은 리틀 윤주현의 안색을 더 살폈지만 단순한 놀람 이상의 것은 없어 보였다.

"남편은 중국계 국제카드위조단을 취재하고 있었어요. 보스가 한국에 들어와 있다고 하더군요. 처음에는 남편이 보스의 정체에 거의 근접하자 위협을 느낀 보스가 남편을 살해한 것으로 생각했어요."

리틀 윤주현은 여전히 멀뚱멀뚱했다.

"하지만, 단지 기사 때문에 남편을 죽였다는 건 좀 이상했어요. 그때 퍼뜩 내게 어떤 가정이 떠올랐어요. 홍콩으로부터 온 킬러 피터 최는 카드위조단과는 관계 없는, 별개의 살해동기를 가진 인물이 아닐까 하는 거죠."

"달리 윤 선배가 추적하는 사건이 있었나요?"

"아뇨, 바로 작년 초에 있었던 투서 사건이에요."

리틀 윤주현의 안색이 순식간에 변했다. 지원은 그를 똑바로 보면서 말을 이었다.

"전 그 여자의 편지가 사실일 거라고 믿어요. 그 여자는 계열사 임원단에 윤주현 기자로부터 농락당했다는 편지를 보내놓고는 홍콩으로 돌아가버렸대요. 어느 정도 분이 풀려서일 수도 있겠지만, 궁극의 복수를 하기 위해서일 수 있겠지요."

"궁극의 복수?"

"그래요. 이를테면 살인 같은."

"살인……이라고요?"

리틀 윤주현의 목소리가 가늘게 떨렸다. 이제야 본래의 소심한 성격이 드러났다.

"여자는 홍콩 출신의 그레이스 최, 남편을 살해한 킬러는 홍콩에서 온 피터 최, 단순히 우연일까요? 혹시 피터 최는 그레이스 최의 가족이 아닐까요? 아니면 친오빠? 그레이스 최는 당신이 그동안 쉽게 상대해 왔던 여자들과는 완전히 종류가 다른 사람이었는지도 몰라요. 홍콩 갱단의 가족이었을 수도 있겠네요. 모욕을 받으면 죽음도 불사하는 갱들이 많다더군요. 자존감을 회복하기 위해, 그레이스 최를 모욕한 한국의 장안일보 윤주현 기자를 죽이기로 결정했다면? 그래서 피터 최라는 킬러가 한국에 왔다면 어떨까요."

"그러면 선배가 죽은 게……."

"당신을 죽이려던 거였겠죠. 하지만 이름이 같았던 탓에 피터 최는 오해했고, 남편을 장본인으로 알고 잘못 불러내 살해한 거예요. 남편은 신문사 내에서 누명을 썼던 것처럼 이번엔 당신 대신 죽음까지 당한 거예요."

"말도 안 돼."

짓눌린 음성이었다.

"아니야, 그럴 리가. 이런 말도 안 되는 일이⋯⋯."

리틀 윤주현은 초점 잃은 눈빛으로 헛소리를 냈다.

"글쎄요, 피터 최는 조만간 사람을 잘못 죽인 걸 알게 되겠죠. 신문사에 같은 이름의 기자가 한 명 더 있다는 것도요. 그때 피터 최가 찾아오면 변명해보시죠."

지원은 싸늘하게 내뱉고는 일어났다. 차가운 직원식당 구석에 늘어져 있는 그를 내버려두고 자리를 뜨려는데, 뒤에서 리틀 윤주현의 목소리가 들려왔다.

"아니야⋯⋯ 윤 선배의 로커룸에서 돈다발이 나왔잖아. 이 사건은 그것과 관련이 있는 거야."

지원은 울컥한 마음을 누르고 고개를 돌렸다.

"로커룸에 돈을 집어넣는 일 쯤이야 누구든 할 수 있을 것 같네요. 돈이란 항상 사건의 초점을 흐리는 좋은 방법이니까요. 아, 내부인이라면 더 쉬웠겠네요. 어쩌면 타깃이 당신이란 걸 이미 알고 있었던 것 아닌가요? 그 장본인이 사건의 진상으로부터 경찰의 눈을 돌리기 위해 720만 원이라는 거금을 써가면서 남편에게 배임의 누명까지 씌운 거라고 생각하면 지나칠까요?"

리틀 윤주현은 할 말을 잃은 듯 하얗게 질린 얼굴로 입을 벌리고 있었다.

분노에 이끌려 리틀 윤주현을 찾아갔지만 지원의 기분은 한층 씁쓸해져 버렸다.

'괜히 만났다.'

지원은 집으로 돌아가는 버스에 앉자마자 후회했다. 쓸데없는 짓을 했다. 리틀 윤주현은 자신의 행동을 반성할 사람이 아니었다. 과오를 뉘우치고 펑펑 울 수 있는 사람이 아니었다. 왜 하늘은 저런 남자에게 잘생긴 얼굴과 재능을 주었을까. 뻔뻔한 리틀 윤주현에게 언제든 킬러로부터 살해될 수 있다는 두려움을 심어주기는 했지만 지원이 그걸 원한 것은 아니었다. 그로부터 진실을 듣고, 그마저도 힘들다면 그저 미안하다, 후회한다는 말 한마디를 들을 수 있었다면. 이제는 정말 경찰이 피터 최를 검거하기를 기다릴 일밖에 없나. 지원의 기분은 자꾸만 깊은 곳으로 가라앉았다.

어지러운 생각에 빠져 멍하니 차창에 비친 자신을 모습을 보던 지원은 작게 한숨을 내쉬었다. 낯간지럽지만 한때 미모의 소설가, 문학계의 패셔니스타 소리까지 들어본 자신이 아니던가. 그런데 차창에 비친 저 아줌마는 누구인가. 헝클어지고 삐죽삐죽 삐져나온 자신의 머리 모양을 보고 있자니 도저히 참을 수 없는 기분이 되었다.

마침 버스는 정성희가 일하는 버킨 헤어숍 앞에 막 멈춘 참이었다. 어지러운 생각은 그만두고 머리나 새로 해서 심기일전해볼까. 지원은 버스에서 내려 버킨으로 들어섰다.

손님이 들어차 있었고 성희는 외출 중인지 보이지 않았다. 지원은 소파에 몸을 묻고 종업원이 내온 녹차를 홀짝거리면서 자리가 비기를 기다렸다.

추운 바깥에서 막 따뜻한 실내에 들어온 탓에 몸이 녹으며 기분이 몽롱해졌다. 시선은 무심코 옆 벽에 걸려 있는 커다란 헤어로션 광고패널로 흘렀다. 앞머리를 멋들어지게 세운 남자 모델의 사진이었다. 이 제품을 머리에 바르면 당신도 이렇게 될 수 있다는 거짓을 어필하면서. 지원은 멍한 시선으로 한참동안 광고에 눈길을 주었다. 초점을 잃고 풀어져 있던 지원의 눈동자가 어느 순간 커졌다. 머릿속에 불이 깜빡 켜졌고, 혈관으로 냉기가 퍼지는 듯한 서늘함이 몸을 훑었다. 지원은 차마 받아들이기 힘든 진실 앞에 잠시 어찌할 줄을 모르고 있다가 허둥지둥 버킨을 나왔다.

마침 막 들어오고 있던 성희의 "어머, 송 선생님. 오셨어요" 하는 인사도 제대로 받지 못한 채.

6

　지원이 마음의 결정을 하는 데는 그리 오래 걸리지 않았다. 며칠간 집에서 마음을 추스른 후, 직접 찾아가기로 결심했다.

　지원은 오후 늦게 집을 나와 여의도 장안일보로 향했다. 장안TV 연예부의 리틀 윤주현을 다시 찾았다. 행인지 불행인지 그는 오늘도 자리에 있었다.

　그는 멀리서 들어오는 지원을 발견하고 벌써 얼굴이 하얗게 질렸다. 아마 지원이 그를 먼저 발견하고 빤히 응시하면서 걸어오지 않았다면 일찌감치 몸을 숨겼을 것이다. 지원이 가까이 다가감에 따라 그는 눈에 띄게 안절부절못했다. 리틀 윤주현은 압박감을 견디지 않기로 결정한 모양이다. 벌떡 일어서더니 휴대전화를 부여잡고 "아, 예" 하며 도망치듯이 지원이 들어온 반대편 문으로 나가버렸다. 그게 연기라는 것도 빤히 들여다보였다. 지원은 책상 옆에 서서 한참을 기다렸지만 그는 끝내 돌아오지 않았다.

신문사 건물을 나오는 지원의 얼굴에 착잡한 표정이 떠올랐다.

지원은 발길을 돌려 버킨 헤어숍을 향했다. 버킨이 오후 9시쯤 문을 닫는다는 건 알고 있었다. 지원은 근처에서 간단하게 식사를 한 후 시간을 보내다가 폐점시간을 기다려 찾아갔다. 성희가 막 헤어숍의 불을 끄고 문단속을 한 후 마지막으로 나오고 있었다. 성희를 불러 세웠다.

"성희 씨."

"어머, 송 선생님."

성희가 놀라며 반겼다. 지원이 차분하게 말했다.

"조용한 데서 우리 차 한잔할래요."

성희는 잠깐 의아한 표정을 지었지만 이유를 묻지 않고 "네, 그러죠" 하며 순순히 응했다.

옆 블록 이층 카페에 들어갔다. 편안한 의자가 맘에 들어 근처에 들를 때면 가끔 가는 곳이었다. 뜨거운 카푸치노를 호호 불면서 성희가 천진난만하게 말했다.

"요즘 힘드시죠? 저도 참 맘이 아프답니다. 그래도 저 같은 사람도 사는데, 하고 생각하세요. 오늘 의외지만 저는 참 좋네요. 평소 선생님하고 친해지고 싶었는데 이렇게 둘이 만나게 되니."

"아무리 사정이 있다 해도" 지원은 쓸쓸한 표정으로 말했다. "남편을 살해한 여자와 친구가 되긴 어렵겠죠."

성희의 안색이 확 달라졌다.

"무슨 말씀이세요. 남편분을 잃으신 건 저도 맘이 아프지만, 그렇다고 함부로 그렇게 말씀하시면 안 되죠."

성희는 차갑게 말했다. 이어 음성을 약간 부드럽게 바꾸었다.

"남편이 윤주현 기자님이시랬죠. 범인은 피터 최라면서요. 목숨하곤 비교할 수 없겠지만, 저도 피터 최한테 돈도 뜯기고 맘도 다친 피해자예요. 저한테 왜 그러시는 거예요?"

지원은 예상했다는 듯이 차분하게 말했다.

"피터 최한테 피해를 입으셨다고요? 네. 그건 맞아요. 피터 최는 성희 씨한테 정말 몹쓸 짓을 했어요. 모진 남편하고 가까스로 헤어지고 혼자 애 키우면서 힘들게 살고 있는 성희 씨를 말이죠. 아마 성희 씨한테 희미하게나마 남아 있던 남자에 대한 기대를 모두 짓밟아버렸을 거예요. 성희 씨 돈도 같이요."

"그러니까 저도 피해자라고요."

"네. 맞아요. 그래서 맘을 정하기 어려웠어요. 지금도 잘 모르겠고요. 내가 이런 식으로 성희 씨를 만나는 게 옳은지. 사실 성희 씨도 내 심정을 짐작 못하지는 않을 거라고 봐요."

"제가 어떻게요."

"피터 최는."

지원은 할 수 없다는 듯 눈을 내리깔고 조용히 말했다.

"피터 최는 바로 윤주현, 제 남편이니까요."

성희는 시선을 아래로 둔 채 아무 반응이 없었다. 지원은 혼잣말을 하듯이 말을 이어갔다.

"피터 최는 남편 살해의 용의자였어요. 그 사람의 휴대폰에서 발신된 메시지를 받고 남편이 뛰쳐나간 후 살해당했으니까요. 그런데 말이죠. 며칠 전 버킨에 갔다가 봐버린 거예요. 성희 씨가 경찰 앞에서 얘기한 피터 최의 인상착의, 그리고 그걸 토대로 만든 몽타주하고 똑같이 생긴 사람이 바로 성희 씨가 근무하는 곳에 걸린 광고패널 속에 있는 거예요. 왜 그게 일치했을까요. 성희 씨는 피터 최의 인상착의 질문을 받고는 순간적으로 숍에서 보던 광고패널 속의 남자를 떠올렸던 거죠. 원래 범인의 몽타주에 대해 거짓으로 말하는 사람도 아예 상상 속의 인물을 묘사하지는 못한다더군요. 주변 사람의 얼굴을 떠올리면서 하나하나 특징을 얘기한대요. 성희 씨는 경찰로부터 질문을 받은 순간 수수한 인상의 남편과 상반되는, 남성적인 모델을 떠올린 거예요. 그러고는 생생하게 피터 최의 모습을 그려냈던 거죠.

그럼, 성희 씨가 왜 그런 거짓말을 해야 했을까요? 피터 최와 공범이라서? 아니죠. 성희 씨가 일방적으로 속은 피해자라는 건 다 드러난 사실이에요. 그렇다면 왜?

남편이 죽기 얼마 전 제가 숍에 갔었죠. 그때 난 남편이 기자라는 둥, 잘생겼다는 둥 수다를 떨었고, 휴대폰 바탕화면 속 남편 사진을 성희 씨한테 보여준 일이 있었어요. 당신은 그 사진을 보고 깨달았던 거예요. 킬러퀸이라는 술집에서 만난 그 피터 최가 홍콩계 회사에 근무하는 펀드매니저가 아니고 싱글도 아니며, 사실은 유부남 윤주현 기자라는 것을 말이죠.

피터 최를 좋아했다는 성희 씨 말은 진심일 거예요. 믿었던 만큼 배신감도 컸을 거고요. 결혼까지 생각했는데 윤주현은 그게 아니었죠. 한낱 노리갯감 취급했던 거예요. 게다가 돈까지 뜯어냈고요. 참기 어려웠겠죠. 성희 씨가 그 사실을 알고 피터 최를 죽이고 싶다고 생각을 했는지 아니면 실컷 욕해주고 돈만 돌려받으려고 했는지 그건 모르겠어요.

남편 이름을 알아내기는 어렵지 않았을 거예요. 신문사 홈페이지에는 사진도 있으니까요. 휴대폰 번호도 알 기회가 있었어요. 내 휴대폰을 들고 사진을 보는 척하면서 남편의 진짜 휴대폰 번호를 알아냈을 거예요. 단축번호 1번에 하트모양과 함께 '그이'라고 저장되어 있었으니까.

피터 최를 마지막으로 만난 게 영종도에서 회를 먹은 날이라고 했죠. 아마 그때 그 사람의 휴대폰을 몰래 훔쳤겠죠. 피터 최로 살 때만 이용하던 대포폰 말이에요. 그러고는 살인이 있던 그날 저녁에 그 대포폰을 이용하여 남편의 진짜 휴대폰 번호로 문자 메시지를 남긴 거죠. '윤주현 기자님, 선을 많이 넘으셨더군요. 1시간 내로 그곳으로 나오십시오.' 제가 생각해도 그건 임팩트가 큰 방법이었어요.

윤주현은 그게 누군지 당장 알았겠죠. 성희 씨하고 영종도 다녀온 날 대포폰이 사라졌고, 그 대포폰으로 정기적으로 연락하는 사람은 성희 씨밖에 없으니까. 그 성희 씨가 남편 자신의 대포폰을 통해서 '윤주현 기자'라고, 자신이 누군지 알고 있다고 밝히고는, '그곳'으로 나오라고 명령한 거예요. 그곳은 만남의 장소로 이용하던, 둘만이 아는 장소였겠지요.

두 얼굴을 가지고 살았지만 남편은 기본적으로 소심한 남자예요. 큰일 났다 싶었겠죠. 피터 최가 아니라는 것만 들통 났으면 대포폰을 없애고 사라지면 그만인데 '윤주현 기자'인 게 드러나버렸고, 화난 성희 씨가 어떤 일을 저지를지 알 수 없게 된 거예요. 시사고발을 담당하던 기자가 이중생활을 하면서 여자 돈을 등쳤다고 거꾸로 고발당하게 생졌어요. 사회적 인생은 끝이죠. 사회인 윤주현으로서의 죽음. 그래서 사색이 되어 뛰쳐나간 거예요. 그날 어떻게 살인까지 가게 되었는지는 성희 씨만 알겠죠. 처음부터 죽이려고 했는지, 아니면 말다툼 끝에 벌어진 우발적인 거였는지 말이에요.

남편의 개인 사물함에서 돈 다발이 발견됐는데, 조금 이상하긴 했어요. 720만 원. 만 원 권과 오만 원 권이 뒤섞인 현찰 뭉치였어요. 경찰은 남편이 업자로부터 받은 게 아니냐고 하더군요. 하지만 그런 돈이라면 왜 만 원 권이든 오만 원 권이든 한 종으로 통일하지 않고 단위가 다른 돈을 마구 섞어 주었을까요? 받은 사람이 쓰기 편하도록? 글쎄요, 아무려면 그렇게까지 할까요. 그런데 그런 의문도 '피터 최=윤주현'의 공식을 놓고 보면 다 설명이 돼요. 성희 씨의 돈이 입금된 건 대포통장이었기에 출금은 현금카드로 할 수밖에 없었어요. 윤주현은 모자에 마스크에, CCTV 화면으로는 도저히 누군지 알 수 없도록 철저히 얼굴을 감추고 돈을 찾았죠. 형편 되는 대로 야금야금 나눠서 인출하다 보니 만 원짜리와 오만 원 짜리를 같이 출금하게 된 거예요. 윤주현은 찾은 돈을 유흥비로 모두 탕진했어요. 퇴폐주점이니 안마시술소니 하는 온갖 업소를 맘껏 이용하고 밤과 낮이 다른 생활을 즐기고 다녔던 거예요. 720만 원은 그때까지 쓰고 남은 돈이었겠죠.

성희 씨는 처음 윤주현 기자 살인사건으로 경찰의 소환을 받았을 때 자신의 범행이 들통 났나 싶어 떨었을 거예요. 그날 보니 아주 긴장해 있더군요. 그런데 경찰은 의외로 피터 최의 전화번호를 보여주며 이 사람이 주요 용의자라고 밝혔어요. 그때 성희 씨는 깨달았어요. 윤주현의 철저한 이중생활 덕분에 경찰도 윤주현이 피터 최라는 사실을 모르고 있고, 게다가 피터 최가 윤주현을 죽였다고 생각하고 있다는 것을요. 피터 최는 윤주현의 이중생활이 만들어낸 허상인데 말이죠. 성희 씨는 재빨리 생각했겠죠. 피터 최만 사라지면 사건은 영원히 미궁에 빠진다. 그리고 자신은 안전하다. 그래서 급히 다른 인물을 떠올렸죠. 일하던 가게의 광고패널 속 남자 말이에요. 성희 씨는 그 남자의 생김새를 떠올리며 피터 최의 인상착의를 거짓으로 진술했어요. 경찰이 피터 최가 바로 윤주현이라는 것을 알 수 없도록, 그래서 가공의 킬러 피터 최를 영원히 찾을 수 없도록."

성희는 고개를 아래로 한 채 조용히 듣고만 있었다. 그리고 조용히 물었다.

"왜 경찰에 알리지 않고 저를 찾아오셨어요."

"며칠간 고민했어요. 당장 내일 후회할지도 모르지만, 전 성희 씨한테 선택하도록 하는 게 낫다고 생각했어요. 어차피 내 개인적인 경험과 실마리를 가지고 추리한 것에 불과해요. 객관적인 증거가 없어요. 물론 피터 최가 윤주현이라는 가설을 갖고 수사하면 이제부터 물증이 나올 수 있겠죠.

진상을 알고는 무척 혼란스러웠어요. 평소 잘 안다고 생각했던 남편이 그런 인간이었다니. 남편의 또 다른 얼굴은 여자를 갖고 논 망나니였어요. 작년 초에 신문사에 투서가 들어왔었대요. 홍콩에서 온 그레이스 최라는 여자였는데, '윤주현 기자'란 사람이 자신을 농락했다는 내용으로요. 신문사 내부에서는 남편과 이름이 같은 신입 기자의 짓이라고 생각하고 있었어요. 남편은 그 사건에 대해 입을 꾹 다물었는데, 그짓도 분명 남편이 한 걸 거예요. 입을 다문 건 오히려 후배에게 의심을 돌리기 위한 거였겠요. 저 또한 그분을 의심해서 모진 소릴 해버렸어요. 너무 죄송해서 오늘 사과하러 갔다가 만나지도 못했지만요.

어쨌든 남편은 그 일로 곤욕을 치른 후 깨달았을 거예요. 자신의 이름과 직업을 밝히는 일이 얼마나 위험하고, 얼마나 큰 후환을 남기는가 하는 것을요. 그래서 대포폰과 대포통장을 마련했어요. 대포폰이 한 8개월 전에 개설된 거라고 하니까 시기적으로도 그 여자의 투서 사건이 있은 직후예요. 홍콩에서 온 펀드매니저 피터 최라는 가공의 인물도 만들었어요. 제 추측인데 이건 홍콩에서 온 그레이스 최라는 여자에게서 오히려 힌트를 얻은 것 아닐까 싶어요. 여차하면 갑자기 사라져도 고향인 홍콩으로 돌아간 것으로 되니 상대방은 속았다는 걸 알아도 분해서 이를 갈지언정 할 수 있는 일이 없게 돼요. 이 방법이 위험이 적다는 데에 생각이 미쳤던 거죠.

진실을 알고 화가 나기보다 소름이 끼치더군요. 누구에게나 보이고 싶지 않은 모습이 있겠지만, 이건 상상을 아득히 넘어버렸어요. 아마도 성희 씨한테는 유쾌하고 재밌는 사람으로서 대했던 모양이죠? 그렇게 무뚝뚝하고 조용한 사람이. 남편은 두 가지 인격으로 사는 게 재밌었던 모양이에요. 어떻게 보면 정극과 희극을 번갈아 연기한 배우 같아요. 기자로 일하는 때에는 멀쩡한 사회인으로, 피터 최가 되는 순간부터는 윤리를 비웃는 건달패로 살았어요.

근본이 나쁜 인간이 본의 아니게 기자라는 직업을 갖고 할 수 없이 위선의 삶을 걸어가야 했던 걸까요. 아니면 사회의 밑바닥을 추적하다가 본능에 충실한 인생에 자신도 모르게 동경심을 갖게 된 걸까요. 남편의 마음속을 이리저리 추측해봤지만 아무 의미도, 결론도 나오지 않았어요. 남편이 살해당했다는 소식을 들었을 때, 난 그동안 생각보다 남편을 많이 좋아했구나, 하고 생각했어요. 범인을 잡아서 도대체 왜 그랬는지 물어보고 싶었어요. 나 혼자 착각에 빠져 남편을 그리워한 거였죠. 지금은 남편에게, 윤주현이라는 남자에게 아무런 애착도, 미련도, 관심도 없어요. 미움조차도요. 마치 전혀 모르는 사람의 살인사건을 대하는 느낌이랄까. 그래요. 그래서 난 성희 씨를 고발하거나 자수를 권유하거나 하고 싶은 마음도 없어요. 물론 우리가 친구가 될 수는 없겠죠. 단지 사실을 확인하고 성희 씨의 얘기를 듣고 싶었을 뿐이에요."

성희는 지원의 긴 이야기가 이어지는 동안 한 번도 고개를 들지 않았다. 커피잔 손잡이에 댄 손가락을 끝없이 빙빙 돌리고만 있을 뿐이었다. 에너지를 잃고 말단의 관성만 남은 조그만 태엽인형 같았다.

"선생님 말씀대로예요."

성희가 비로소 시선을 들고 말했다. 그녀의 동그랗고 큰 눈은 빨개져 있었다.

"……피터 최의 정체를 알고 나서, 영종도에 놀러 갔을 때 그 사람의 휴대폰을 훔쳤어요. 그러고는 사건이 있던 날 저녁에 문자를 보냈어요. 그 사람 휴대폰을 이용해서 문자 메시지를 보낸 건 쇼크를 주려 했던 거였어요. 당신의 거짓을 다 알고 있다, 완전히 들통 났다는 그런 메시지 말이에요.

하지만 죽이겠다는 생각을 한 건 아니에요. 미안하다는 말이라도 듣고 돈만 돌려받으면 미친개한테 물린 셈 치고 끝낼 생각이었어요. 만나기로 한 '그곳'이란 늘 약속장소로 삼던, 김포공항 방면 P유원지 초입길 안쪽 외진 곳이에요. 거기서 만났다가 그 사람 차를 타고 한강변까

_____ 291

지 갔죠.

　그날, 놀라서 뛰쳐나온 피터 최는 처음엔 내 요구를 다 들어줄 것 같더니…… 나중엔 안심을 했는지 얘기가 다른 방향으로 가는 거예요. 심지어는 어차피 너도 그런 여자 아니었냐, 서로 즐겼으면 된 거 아니냐, 돈도 그냥 자신에게 준 것으로 생각했다, 이런 식인 거예요. 그 뻔뻔함에 너무나 화가 났어요. 언성이 높아지다가 다툼이 격렬해졌고, 정신이 들고 보니 백에 늘 가지고 다니던 미용가위로 그 사람을 찌른 후였어요……. 외투로 몸을 감싸고 나와서는 몰래 가위와 피터 최의 휴대폰을 같이 한강에 버렸어요. 지금 와서 선생님께 무슨 거짓말을 하겠어요. 제 팔자엔 남편 같은 건 없나 봐요. 제가 선생님마저 같은 운명으로 만들고 말았네요……. 처음부터 죽이려고 계획했던 건 절대 아니에요. 너무, 너무 화가 나서 그만…….”

　잠시 뒷말을 삼키던 성희의 목소리가 가늘게 이어졌다.

　“킬러퀸이라는 바에서 첨 봤을 때 피터 최는 자신이 킬러라고 농담한 적이 있어요. 하지만 진짜 킬러는 바로 제가 되어버렸네요…….”

　성희는 다시 고개를 숙였다. 눈가에 눈물이 번지고 있었다.

죽음이
갈라놓을 때

며칠 전 선고가 있은 후, 부장판사 김지환의 마음은 내내 편치 않았다. 살인 사건에 사형을 언도한 경우는 형사합의부장을 지내는 동안 수차례 있었다. 하지만 이번처럼 목에 무언가가 턱 하니 걸린 듯이 답답한 적은 없었다.

왜일까. 범행 내용이라든가, 재판 내내 오리발을 내민 피고인의 불량한 태도를 생각하면 사형 외에 다른 결론을 생각하기 어려웠다. 배석판사와의 합의 때도 거의 만장일치였다. 우배석 판사가 무기징역형을 고려해보면 어떻겠느냐고 제안했지만 잠깐의 고려 끝에 기각되었다.

검사가 주저 없이 사형을 구형하고, 세 명의 판사가 이의 없이 사형을 선택한 것도 무리는 아니었다. 공소사실은 살인. 게다가 피고인은 두 명을 끔찍하게 죽였다. 그 두 사람은 피고인과 어떤 의미로든 친한 사이였고, 한 명은 둘도 없는 친구이기도 했다.

범행 장소는 경기도 기흥 보리산 자락에 있는 여자의 외딴집이었다. 경찰이 도착했을 때, 현장은 더없이 처참했다고 한다. 증거물로 제출된 사진만 보고도 고개를 돌렸으니 현장은 오죽했으랴. 경찰은 현관을 지나 거실에 올라서부터 흥건한 피 냄새를 맡았다고 했다. 거실을 지나 커다랗고 뿌연 젖빛유리로 된 미닫이문을 열고 안방을 들여다보았을 때 모두가 혼비백산했다. 허다한 사건 현장을 보아 웬만한 장면에는 코웃음도 치지 않을 그들이 말이다.

일단 장소부터가 평범하지 않았다. 집주인인 젊은 여자는 무당이었고, 외딴곳에 덩그러니 자리한, 당집이라 불리는 그 불길한 집에서 혼자 쓸쓸하면서도 괴이한 인생을 살았다. 현장은 여자가 점을 보던 커다란 안방. 병풍이 정면의 벽을 완전히 가리고, 그 앞에는 몇 개인가의 향불과 양초가 늘 켜져 있는 곳이었다. 당시에도 완연한 피 냄새에 섞여 은은하게 풍기는 향 냄새가 더 진저리를 치게 만들었다고 했다. 현장의 모습은 냄새보다 더 소름끼쳤다. 방 안은 온통 피 칠갑이었고, 벽을 등진 병풍에도 추상화처럼 피가 흩뿌려져 있었다. 바닥에는 두 구의 끔찍한 시체가 널브러져 있었다. 목의 경동맥이 잘린 채 피를 잔뜩 뿜어낸 남자가 방 한가운데에 쓰러져 있었고, 목이 아예 없는 여자의 시체가 앉은뱅이 탁자 뒤로 넘어져 있었다. 여자의 목은 방구석에 떨어져 있었고, 그 옆에는 피가 잔뜩 묻은, 쿠크리라고 불리는 정글도를 거머쥔 피고인 유홍석이 눈을 희번덕거리며 쪼그려 앉아 있었다.

죽은 남자는 유홍석의 친구였고, 여자는 그의 애인이자 유홍석이 마음에 두고 있던 여자였다고 한다. 경찰이 파악한 범행 동기는 질투였다. 평소 여자를 짝사랑한 유홍석이 두 사람이 같이 있던 현장에 뒤쫓아가 망나니처럼 정글도를 휘두른 것이다. 칼등에 목을 맞은 남자는 경동맥이 찢겨 죽었고, 여자는 예리한 칼날로 목이 잘려나간 것으로 추정되었다.

부장판사 김지환은 책상에서 공소장을 처음 읽고 반사적으로 한 마리 야수를 떠올렸다. 인륜도 이성도 없는 악귀. 하지만 법정에서 그를 처음 보았을 때, 혹시 피고인을 잘못 데려왔나 싶어 재차 확인해야 했다. 피고인 유홍석은 그런 끔찍한 범행을 저질렀으리라고는 도저히 생각할 수 없는 여린 외모였다. 순박해 보이는 얼굴에서는 중고차 딜러라는 그의 직업조차 떠올리기 힘들었다. 까만 뿔테 안경에 회색으로 시든 낯빛은 마치 문학도 같은 느낌을 풍겼고, 조용조용한 말소리에서는 다른 사람을 해칠 만한 기운을 찾기 힘들었다. 수의를 입고 법정에 선 위축된 상황임을 감안하더라도 분명 심약하고 휘둘리기 쉬운 스타일이었다. 이 사람이 극악한 살인을? ……하긴, 세상을 놀래킨 살인마는 평상시 오히려 소심해 보이는 경우가 많은 법이지. 김지환 부장판사는 선입견에 사로잡혀 실수하지 말자고 마음을 다잡았다.

유홍석은 처음부터 범행을 인정하지 않았다. 아니, 정확하게는 '기억에 없다'는 말만 반복할 뿐이었다. 변명 치고는 참 궁색했다. 정말 무고하다면 '하지 않았다'고 줄기차게, 강하게 항변해야 마땅하지 않은가. 그런데 기억에 없다고 하는 건, 스스로도 터무니없는 말을 할 자신이 없기 때문이다. 자신이 한 일인데 어떻게 모를 수 있단 말인가. 더구나 살인인데.

증거는 명백했다. 경찰은 남자가 커다란 칼을 들고 산으로 올라갔다는 택시 기사의 신고를 받고 출동했다. 법정에 증인으로 출석한 택시 기사는 자신이 그 집까지 태우고 간 남자가 유흥석이 맞다고 진술했다. 유흥석은 고개를 푹 숙였고, 국선변호인은 반대신문도 제대로 못했다.

결정적으로 사건 현장은 밀실이었다. 그리고 그 안에는 피고인 유흥석밖에 없었다. 택시 기사의 신고를 받은 경찰이 여자의 집을 알아내는 데는 시간이 좀 걸렸다고 한다. 현장에 출동했을 당시 집은 안에서 굳게 잠겨 있었다. 유리창은 안에서 물 샐 틈 없이 걸쇠로 잠겨 있었고, 현관문은 닫으면 자동으로 잠기는 구조지만 별도로 달린 자물쇠 두 개가 안쪽에서 잠겨 있었으며, 안전고리까지 걸려 있었다. 정황은 명백했다. 범인은 밖으로 나가지 않았다는 것. 그리고 두 구의 끔찍하고도 생생한 시체가 발견된 방 안에서 피 묻은 칼을 쥐고 퍼질러 앉아 있던 사람은 다름아닌 유흥석이었다.

그가 범인이 아닐 수 있는 유일한 가설은, 살인을 저지른 진범이 집을 떠난 뒤 유흥석이 현관문을 잠그고는 방에 들어와 주저앉았다는 것뿐일 텐데, 현장 감식 결과 이 가능성 역시 사라졌다. 유흥석이 앉은 자리 주변에 흥건한 핏자국은 유흥석의 옷자락에 묻은 혈흔과 이어졌고, 그가 움직인 흔적은 전혀 없었기 때문이다.

"피고인은 밀실인 현장에서 피 묻은 칼을 들고 앉아 있었습니다. 많은 경찰들이 목격했습니다. 그런데도 범행을 부인하는 것입니까?"

검사가 화난 어조로 캐물어도, 유흥석은 정신이 나간 듯한 얼굴로 고개를 저을 뿐이었다.

"제가 안 했습니다……. 아니, 기억이 없습니다."

"그 집에 간 것도 모릅니까?"

"그건 맞습니다. 택시를 타고 문희의 집까지 갔습니다."

"왜 갔습니까?"

"……이상하게도 잘 기억이 나지 않습니다."

"피고인, 성실하게 대답하세요! 자신이 한 일입니다!"

"네……. 두 사람을 화해시키러 갔던 것 같습니다."

이 부분에서 유홍석은 어거지로 답변하는 듯 보였다. 거의 메마른 기억을 짜내려는 것 같기도 했다.

"화해를 시키러 갔다고요? 그런데 두 사람을 살해했단 말입니까?"

검사가 어이없다는 듯 물었다.

"전 죽이지 않았습니다."

"기억이 나지 않는다면서 죽이지 않았다는 건 또 어떻게 확신합니까?"

"그…… 그게…….."

유홍석은 끝내 범행을 인정하지 않았다. 명백한 증거가 있는데도 최후까지 자백하지 않은 그의 태도는 하얗고 착한 얼굴에서 김지환 판사가 받았던 좋은 첫인상을 완전히 뒤엎고 말았다.

그는 원한 관계도 아닌 두 사람을 살해했다. 살해 방법이 이루 말할 수 없이 잔인했으며, 죄를 인정하고 용서를 구하기는커녕 최후의 순간까지 기억이 나지 않는다는 말로 법정과 유족을 농락했다. 김지환 부장판사와 두 명의 배석판사는 피고인 유홍석에게서 사형 아래로의 어떠한 감형 요소도 찾지 못했고, 유홍석은 재판 마지막 날 한없이 눈물을 흘리며 법이 정한 한 가장 엄중한 선고형을 들어야 했다.

홀가분할 거라고 생각했다. 억울한 사람을 유죄로 선고했을지 모른다는 의구심이 남을 여지가 없었으니까. 무엇보다 확실한 증거가 있었으니까. 밀실이었으니까. 그런데 이상하게도 사건은 김지환 부장판사의 뇌리에 남았다. 유죄가 분명했고, 사형을 택할 수밖에 없었던 이 사건이.

무슨 이유일까. 재판 내내 말린 동태처럼 비어 있던 눈빛, 정말 아무것도 모르는 자의 낯빛, 선고를 받을 때 영문을 모른 채 흘러내린 듯한 눈물. 허다한 유죄 증거에도 불구하고 유홍석이 취한 이상한 태도에 정말 이유가 있는 건 아닐까.

김지환 부장판사가 편지를 받은 건, 선고 후 묘한 위화감에 휩싸여 있던 무렵이었다. 희고 초라한 겉봉에는 '유홍석'이라는 익숙한 이름이 씌어 있고, 교도소의 직인이 찍혀 있었다.

불편한 느낌을 받았다. 피고인들은 대부분 판결이 내려지기 전까지 죽어라 '반성문'이란 걸 써낸다. 하지만 선고가 이루어진 후에도 편지를 보내오는 경우는 이십 년 가까운 판사 생활 동안 한 번도 없었다.

유홍석은 무슨 생각인 걸까. 편지든 반성문이든 쓰려면 항소심 판사에게 해야 할 텐데. 왜 내게 보내온 걸까.

그다지 좋지 못한 예감을 안고 김지환은 봉투를 뜯었다. 단정한 글씨가 빼곡히 들어차 있었다.

김지환은 잠시 편지를 내려놓고 커피를 한 모금 들이켰다. 왠지 불쾌한 글이 쓰여 있을 것 같은 예감에 사로잡혀서였다.

길고 긴 편지였다. 처음에는 으레 그러듯이 인사말로 시작되었다. 비록 유죄 선고는 받았지만 재판 내내 배려해주고, 자신의 말을 열심히 들으려 노력해준 모습에 감사했다. 하지만 자신의 기억이 없는 탓에 제대로 진술하지 못해 오히려 미안했다는 구절도 있었다.

그랬나. 김지환은 도무지 이해할 수 없는 유홍석의 태도에 어떤 이유가 있을지 모른다는 생각을 버릴 수 없어 재판 내내 그의 입을 열고, 그의 말을 듣기 위해 애를 썼다. 비록 성공하지는 못했지만. 유홍석은 재판이 끝난 이제야 비로소 어떤 말을 하려 하고 있고, 그래서 미지의 항소심 판사 대신 자신의 말을 들을 준비가 된 김지환 판사에게 편지를 보내고 싶었던 모양이다.

그렇게 생각하자 마음이 가벼워졌다. 그는 편지를 집어 들고 찬찬히 읽어 내려가기 시작했다.

*

……오늘은 모든 걸 말씀드릴 수 있을 것 같습니다. 아니, 반드시 해야 할 이야기가 있습니다. 왜 재판 내내 모르는 일이라며 오리발을 내밀다가 이제 와서 이런 말을 하느냐고 탓하실 수도 있겠네요. 하지만 어떤 속셈이 있어서 그런 건 아니었습니다. 바보 흉내를 내려던 것도 아니었습니다. 그저, 저도 영문을 알지 못했기 때문입니다. 그런 변명을 할 줄 알았다며 왠지 저를 비웃으실 것 같은 기분도 드는군요. 아닌가요? ……어쩌면 괜한 자격지심인지도 모르겠습니다.

저는 제 혐의를 잘 알고 있습니다. 왜 사람들이 제가 살인을 저질렀다고 생각하는지도 잘 압니다. 하지만 한없이 답답했습니다. 전 두 사람을 미워하지 않았습니다. 한 사람은 제 인생에 몇 안 되는 친구이고, 한 명은 동정과 함께 호감을 품었던 여자인데, 왜 제가 그들을 죽인단 말입니까. 질투라고요? 그건 저와 제 친구의 특수한 관계를 몰라서 하시는 말씀입니다.

정말 괴로웠던 건, 전 분명 친구와 그 여자를 미워한 마음이 조금도 없었는데, 그 일을 저지른 건 저일 수밖에 없다는 사실 때문이었습니다. 밀실인 현장에서 두 명이 살해당했고, 저는 그 안에서 칼을 들고 있었죠. 기억이 나지 않는다고 할 수밖에 없었습니다. 제가 생각해도 하지 않았다고는 도저히 말 못하겠더군요. 구치소 안에서 밤이 되면 답답한 가슴을 쥐어뜯으며 자는 둥 마는 둥 했습니다.

사형을 선고받았습니다. 저도, 주변 사람들도 예상은 했지만 마음이 너무 답답하고 괴로웠습니다. 판사님을 원망하지는 않습니다. 다른 누군가가 그런 죄를 저질렀다면 저라도 당연히 죽일 놈이라고 했을 것 같거든요. 하지만 난 아닌데…… 난 정말 기억이 없는데……. 선고를 받고 괴로운 마음에 구치소 내 예불에 처음으로 참여했습니다. 조그만 공간에 부처님 상이 있었고, 은은한 향 냄새가 감돌고 있었습니다. 주위를 두리번거렸습니다. 다른 동료들은 제각기 기도를 드리느라 여념이 없었습니다. 그런데 전 코끝을 간질이던 그 향에 묘하게 신경이 쓰이는 통에 불공에 집중하기 힘들었습니다. 문희의 방에서 피어오르던 향 냄새와 비슷했거든요. 예불이 끝나도록 그 생각을 못 지우고, 결국 마음만 어지러워진 채 방으로 돌아오고 말았습니다.

낮에 있었던 그 일이 계기였을까요. 그날 밤 전 불현듯 깨어났습니다. 악몽을 꾼 것도 아닌데, 그냥 깨어났습니다. 마치 얼음물에 머리를 담근 듯 화들짝 정신이 깨어났습니다. 코끝에는 낮에 맡았던 향 냄새가 감도는 것처럼 느껴졌습니다. 놀랍게도 그 순간 모든 기억이 되살아났습니다. 마치 잃어버린 사진을 책갈피에서 찾아낸 듯이 생생하게, 그날의 모든 기억이 말입니다……

그 충격을 어떻게 표현해야 할까요. 저는 한밤중에 홀로 벌떡 일어나 앉아 몸서리를 쳤습니다. 인간 세상에서 일어났으리라 생각되지 않는 그 무서운 일에 말입니다.

아…… 정말! 내가!

차마 믿고 싶지 않은 일. 제게 일어났으리라 생각할 수 없는 일. 저는 귀신에 씌었던 걸까요. 그날 밤을 하얗게 샜습니다. 구치소 동료들은 세상모르고 곯아떨어져 있는 공간에서 혼자 벌게진 눈을 하고, 다리를 감싸 안고서요. 창살 너머로 보이는 시커먼 구름조차 귀기 어린 신목처럼 보였습니다. 그리 춥지 않은 가을날이었지만 저는 이를 딱딱 부딪혀가며 벌벌 떨어야 했습니다.

아무래도 죽은 제 친구 서상표 이야기부터 시작해야 할 것 같네요. 그와는 군대에서 만났습니다. 저는 그 친구를 '서뱀'이라고 불렀습니다. 그 친구는 절 '유뱀'이라 불렀고요. 군대를 다녀오셨다면 아시겠지만 뱀은 '병장님'을 줄여서 부르는 호칭이죠. 한번 입에 익은 호칭은 좀처럼 떼기 힘든 법이라, 우리는 사회에 나와서도 서로 그렇게 불렀습니다. 상표라고 이름을 불러본 적이 언젠지 기억도 가물가물하네요.

우리가 친해진 건 아마도 서로 너무나도 달랐기 때문일 겁니다. 상표와 전 비슷한 구석이 한 군데도 없었죠. 몸부터가 대조적이었습니다. 상표는 우락부락한 근육질, 전 비쩍 마른 체형인 데다 물렁살. 성격도 그에 걸맞게 유약하고 소극적이고 생각이 많은 쪽입니다. 상처도 잘 받고, 항상 주변 눈치를 보고 사는 편이죠. 반면에, 상표는 무척 남자다운 친구였습니다. 도가 지나칠 정도로요. 욕을 입에 달고 살았고 잔머리도 잘 굴렸으며 감성적인 면이라곤 조금도 없는 거친 녀석이었죠.

상처를 잘 받는 제가 상표하고 친하게 지낼 수 있었던 건, 희한하게도 그 친구가 저한테만은 한 번도 욕을 하거나 거칠게 대하지 않았기 때문이었습니다. 아마도 저한테 상표가 좋아할 만한 면이 있었나 봅니다. 그리고 자신이 거칠게 대하면 제가 떨어져나가리라는 걸 본능적으로 알고 그리 대한 게 아닌가 싶네요. 그러다 그런 관계가 굳어져버렸고…….

아무튼 선이 굵고 시원시원한 성격의 상표에게 저도 끌렸습니다. 우린 요철이 딱 들어맞는 짝이었습니다. 그래서 사회에 나와서도 친하게 지냈고, 급기야는 중고차 딜러를 하던 상표의 권유로 같은 직업에 종사하게까지 되었으니, 인연이 참 질기지요. 우린 수원에 있는 중고차 매매 단지 안에 있는 중개상에서, 그것도 나란히 옆 사무실에서 일했습니다. 무려 12년 동안이나요.

좀 더 솔직히 말씀드려야겠네요. 친구니까 이런 말을 하면 오히려 저를 이상하게 보실지도 모르겠습니다만 뭐랄까요, 남자답다고 했지만, 녀석은 개였습니다. 물론 어디까지나 동물분류학상으론 사람이고, 개라고 한 건 단지 비유적인 표현이지만, 녀석이 성질을 부릴 때, 특히 술에 취해 난동을 피울 때면 달리 부를 말이 떠오르지 않습니다. 성실한 중고차 딜러들이 대부분입니다만 상표는 속임수도 많이 썼습니다. 없는 차를 온라인에 매물로 올려놓고 고객을 유인한다거나, 전화번호 여러 개를 쓰면서 고객을 속이는 일도 다반사였습니다. 한때 조심해야 할 사기꾼으로 인터넷에 이름이 오르기도 했을 정도였어요. 사실 중고차 딜러 전체를 욕 먹이는 그런 녀석이었는데, 거기에 일말의 죄책감도 없었습니다. 여자에 대해서라면 지독하게도 마초적이었습니다. 만나는 것, 먹는 것, 오는 것, 가는 것. 모두가 자기 마음대로였고, 상대의 입장을 배려한다거나 하는 건 조금도 없었습니다. 좋을 땐 입

안의 혀처럼 굴다가 맘에 안 들거나 수틀리면 지랄 같은 성질을 부려댔죠. 그래도 좋으면 붙어 있고 갈 테면 가라, 여자는 얼마든지 있다, 이런 배짱을 늘 몸에 두르고 살았던 겁니다. 뻔뻔할 만큼 압도적인 야성. 거친 수컷의 냄새에 끌려 다가오는 여자는 많았지만, 대부분이 상표의 더러운 성질을 못 견디고 금세 떠났죠. 그런 과정이 반복되면서 마흔이 다 되어가는 지금껏 결혼을 못 한 겁니다. 저는 또 다른, 완전히 반대의 이유로 결혼을 못 했지만요.

이 모든 일은 전부 그날의 우연한 만남에서 비롯되었습니다. 며칠간 공치다가 모처럼 찾아온 손님을 저녁 늦게까지 물고 늘어져 계약을 겨우 성사시킨 날이었습니다. 일찌감치 업무를 끝내고 사무실에서 멀거니 기다리던 상표는 계약서를 주섬주섬 정리하는 제게 술 마시러 나가자고 하더군요. 우리 만남은 대부분 상표가 이끌었고, 저는 대개 따르는 쪽이었습니다. 말을 많이 한 탓에 목이 컬컬했고, 다른 약속도 없던 차라 거절할 이유가 없었죠. 사실 성질 사나운 인간들이 대개 그렇듯 상표는 정말 재밌는 친구였거든요.

그날 우리는 수원역 앞에서 회를 안주 삼아 소주를 세 병 마셨습니다. 얼큰해진 상표가 '가자!' 하며 저를 이끌었습니다. 우리는 저녁에 그 정도 술을 마시면 대개 인계동에 있는 나이트클럽엘 갔더랬습니다. '한국관광나이트'라고 한 달에 두세 번 꼴로 들르는 곳이었는데, '관광'이라는 상호에서도 눈치채셨겠지만 최소 서른 중반은 넘은 중년의 남녀들을 주고객층으로 잡고 영업하는 허름한 뒷골목 나이트입니다.

여느 때와 다름없었어요. 기본 맥주 메뉴를 시켜놓고서 담당 웨이터 '안정환'한테 이만 원을 찔러주며 부킹을 강요하다시피 했죠. 그런데 그날따라 여자가 많이 없었는지 부킹이 잘되지 않았습니다. 무대에도 사람이 몇 없을 정도였거든요. 귀를 때리는 생음악을 흘려들으며 주변을 휘휘 둘러보는데

문득 한 여자가 눈에 들어왔습니다. 상표의 등 뒤 조금 떨어진 자리. 제 쪽에
서는 정면이 비스듬하게 보였어요. 조금 전까지 비어 있던 자리였으니 들어
온 지 얼마 안 된 듯했습니다. 그런데 술잔이 그녀 앞에만 있더군요. 여자는
혼자였습니다. 의자 깊숙이 기대앉아 맥주잔을 기울이는 모습은 말도 안 되
는 위화감을 빚어내고 있었습니다.

나이트클럽에 혼자 온 여자라. 상상이 되십니까? 여자들은 대개 친구와
함께 다니지 않던가요? 꽤 자주 그 나이트에 갔지만 혼자 온 여자는 저도 그
날 처음 보았습니다.

터무니없는 고독감이 깃든 묘한 자태가 고혹적이었습니다. 그런 느낌을
받은 데는 당연히 그녀의 미모도 한몫했습니다. 서른 중반쯤 되었을까요. 오
만함이 깃든 크고 깊은 눈, 도톰한 광대, 가파른 턱선은 아름다운 고양이를
연상시키더군요. 어깨가 드러난 페전트블라우스에 검은색 초커 목걸이를
한 그녀는 그런 나이트에선 보기 드문 미인이었습니다. 게다가 혼자였죠. 차
마 다가갈 용기가 나지 않아 늘 그렇듯 상표한테 눈짓을 했습니다. 상표는
뒤를 힐끔 돌아보더니 곧 입가에 비릿한 웃음을 흘리더군요.

"서뱀, 저 여자 혼자 온 거 같지? 뭐 하는 여잘까?"

내 말에 상표는 코웃음을 쳤습니다.

"훗. 졸라 외로운 거지. 아님 또라이거나."

그러더니 테이블의 붉은 등을 켜들었습니다. 담당 웨이터 '안정환'이 달
려오자 턱짓으로 그 여자를 가리켰습니다. 귀에 대고 뭐라 소리를 질러대는
데, 저 여자를 데리고 오라는 말 같았습니다. 안정환은 잽싸게 자리를 떴고,
잠시 후 그의 큼지막한 손에 손목이 잡힌 여자가 우리 자리로 왔습니다.

"어서 오십시오!"

상표가 걸걸하게 말하며 여자를 자신의 옆에 앉혔습니다. 여자가 제 옆자리에 앉았으면 하고 바랐지만 내심이었을 뿐, 상표의 행동력 앞에 뒤지고 말았습니다.

어둠 속의 조명 아래에서 환영처럼 보이던 여자들을 가까이서 보면 실망하는 경우가 많은데, 그녀는 가까이서 보는 쪽이 훨씬 더 아름다웠습니다. 싸늘해 보였던 분위기는 그녀의 웃음과 더불어 많이 날아가버렸습니다. 어떤 여자든지 자신의 페이스로 끌어들이고 마는 상표 특유의 에너지 덕분인지도 모르지요. 아마 제 옆자리로 왔더라도 제가 그렇게 못 했으리란 거, 인정합니다. 경험으로 잘 알지만, 저런 도도한 분위기의 여자들은 저처럼 숙맥이면서 그걸 매너 있는 척하는 태도로 가리는 남자보다는 상표처럼 거침없는 남자한테 더 끌리는 법이거든요. 전 씁쓸한 심정으로 맥주를 마시면서 두 사람의 모습을 지켜볼 뿐이었습니다.

상표는 역시 노련했습니다. 초면에 흔히 던지는, 몇 분 오셨어요? 같은 뻔한 질문을 생략하고 곧장 농담을 던져댔습니다. 여자가 혼자 이곳에 왔다는 사실을 상기시키지 않기 위한 나름의 계산이 깔려 있단 걸 알 수 있었습니다. 스스럼없이 거리를 좁히는 능력은 녀석을 따를 사람이 없을 거예요.

"아까부터 자리에 앉아 계신 거 봤습니다. 너무 마음에 들어서 웨이터한테 팁까지 줘서 모셔오라고 했죠."

상표는 테이블 위에 놓인 BMW 차 열쇠를 일부러 여자 앞으로 슬쩍 밀며 말했습니다.

"제 뭐가 그렇게 맘에 들었나요?"

여자는 작게 웃으며 되물었습니다. 나이트의 소음을 칼날처럼 자르고 전해지는 명징한 목소리였습니다. 상표는 맥주잔을 부딪친 후 과일 조각을 집어 여자에게 건넸습니다.

"예쁘셔서요."

"모든 여자들한테 그냥 하시는 말씀 같은데요."

"정말입니다. 오늘 이 나이트 안에서 최고 미인이신데요."

"그런가요."

하지만 여자는 조금 김이 샌 표정으로 맥주를 들이켰습니다. 하긴 예쁘다는 말은 질리도록 들었을 얼굴이었어요. 상표가 말했습니다.

"얼굴만으로 마음이 가진 않죠. 분위기가 있잖습니까. 거기에 마구 끌리는데요."

"어떤 분위기요?"

"으아, 이거 참, 말로 표현하긴 어려운데, 뭐랄까 세련되면서도 우아한 그런 거 전부요."

"치이. 좋은 말은 다 갖다 붙이셨네요."

여자는 상표에게 눈을 홀기면서도 정말 기분 좋은 듯 웃었습니다. 농담조인 거야 알았겠지만 그래도 그녀가 듣고 싶던 말, 혹은 가지고 싶던 이미지를 우연히도 딱 맞게 상표가 말해주었던 것 같습니다. 여자가 자아내는 분위기에서 독특한 끌림을 느꼈지만 현대적이거나 세련된 종류의 것은 아니었어요. 촌스런 느낌은 아니었지만 그렇다고 도회적인 것도 아니었고……. 아무튼 그런 탓에 오히려 반대의 칭찬을 갈구하고 있었는지도 모르겠습니다. 상표도 그걸 눈치 챘던지 연신 그런 종류의 칭찬을 뿌려댔습니다.

"너무 띄우지 마세요."

"정말입니다. 제가 원래 엄청 질척대는 놈입니다. 근데, 오늘은 이렇게 잘 보이려고 조신하게 앉아 있잖아요."

상표는 양팔을 벌리며 너스레를 떨었습니다. 그녀는 또 웃었습니다.

박력 있는 몸짓, 커다란 목소리. 상표가 내뿜는 강한 에너지가 그녀를 녀석의 아우라가 쳐놓은 장막 안에 서서히 가두어가는 걸 감지했습니다. 아, 또 상표한테 뺏겼구나……. 저는 마음속으로 탄식했습니다. 그리고 안타까웠습니다. 웃음에도 불구하고 그녀가 자아내는 처연한 아름다움이, 그리고 물방울이 뚝뚝 떨어지듯 온몸에서 묻어나는 외로움이. 그녀는 정말 상표 같은 친구와는 어울리지 않았어요. 하지만 그의 남성성, 거친 매력에 사로잡혀가는 게 손에 잡힐 듯이 느껴졌습니다.

"연락처 좀 알려주시면 안 되겠습니까?"

상표는 휴대전화를 꺼내 손에 들고 물었습니다.

"왜요……?"

여자는 머뭇거렸죠.

"제가 나쁜 놈 같습니까?"

"그건 아니에요."

"친구로 지내고 싶어서요. 어때요? 가끔 만나 밥도 먹고 술도 한잔하면서. 부담없이."

'친구', '부담없이'. 이런 단어들이 여자의 마지막 망설임을 없애주었던가 봅니다. 마침내 여자는 상표의 휴대전화를 건네받아 번호를 꾹꾹 눌렀죠. 그 모습을 내려다보다가 내 쪽을 힐끔 바라보며 이를 드러내고 웃던 상표의 얼굴이 지금도 기억나네요.

이런 구닥다리 대사가 먹혀들다니 어이없다고 생각하실지도 모르겠습니다. 하지만 그곳은 중년 나이트였단 걸 기억해주십시오. 다들 외롭고, 알면서도 웃으며 속고 속이는 곳이란 걸요. 그날의 그녀는 조금 진지하게 받아들이는 것 같았지만요.

상표의 뻔하디 뻔한 대사, 닳아빠진 태도가 오히려 그녀 안의 어떤 갈망을 끌어내주었던 걸까요. 저는 마음 한편으론 상표한테 상처받았던 과거의 여자들을 떠올리며 그녀도 곧 그 대열에 끼지 않을까 벌써부터 걱정하기 시작했습니다.

'상표는 여자와 친구로 지낼 마음 따윈 없는 녀석이에요. 마음을 주어도 녀석은 좋은 짝이 되어주지 못할 거예요. 부디 상표한테 빠지지 말아요…….'

전 생각만으로 그녀에게 말했습니다. 하지만 눈앞의 그녀는 어느새 상표의 말에 미소 짓고, 맥주를 들이켜는 속도가 빨라지고 있었습니다. 상표는 아무런 저항 없는 그녀의 어깨에 팔을 두르고 있었습니다. 스테이지에 나가서 다 같이 춤을 추다가 박상민의 〈니가 그리운 날엔〉이 흘러나오며 블루스 타임으로 바뀌었을 때, 멋쩍어진 저는 조용히 자리로 들어왔습니다. 그때 힐끔 본 스피커 그림자 안 어둠 속의 상표는 그녀를 거의 부둥켜안고 있더군요.

12시가 넘어 밖으로 나와 2차로 해물탕집에 들어가 셋이서 소주잔을 기울였습니다. 술잔이 오가며 많은 얘기를 했죠. 주로 상표가 떠들었고, 여자는 피식 혹은 살포시 미소만 지을 뿐이었는데, 그 자리의 분위기는 무척 화기애애하고 좋았던 걸로 기억납니다. 남자 둘, 여자 하나. 그런 술자리라면 결국 여자의 반응, 마음이 분위기를 결정한다고 봐야죠. 그녀는 별말은 없었지만 우리에게, 아니 상표에게 호감을 가졌단 걸 확실히 느낄 수 있었고, 그래서 훈훈하다고 기억하고 있는 거겠죠.

그녀의 이름은 인문희였습니다. 참 특이한 이름이라고 생각했죠. 그런데 이름뿐이 아니었어요. 하긴 나이트클럽에 혼자 왔을 정도니 처음부터 남다를 거라고는 짐작했지만, 어둡다 못해 음침하기까지 한, 그러면서도 묘한 신비감을 주는 그녀만의 분위기는 어떤 여자도 자아내지 못하는 거였죠. 표면적으로는 강렬한 상표의 박력이 그녀를 감싸고 리드했다면 그녀가 내뿜는 기운은 냉정하고 조용하게 상표가 쳐놓은 장막을 뚫고 나오는 종류의 것이었습니다. 상표는 나중에 그 여자만의 분위기를 그저 '똘끼'라고 폄하했지만 전 지금도 달리 생각하고 있어요.

어쨌든 그날 밤은 그녀의 개성이 상표는 물론 저 또한 감지하지 못할 만큼 아주 조금 고개를 쳐들었을 뿐입니다. 어딘가 혼이 나간 듯한 그녀의 표정, 어떤 반응을 보일지 종잡을 수 없는 성격과 말투가 매력적으로 보이더군요.

아, 문희란 여자가 보통의 여자와는 좀 다르다고 느낀 계기가 그날 밤에 있긴 했습니다. 자리가 끝날 무렵, 불쑥 자기 집에 가서 한잔 더 하지 않겠냐고 그러더군요. 우리는 설핏 놀라 서로 마주보고 눈을 마주쳤습니다. 나이트클럽에서 2차를 나와서 모텔을 잡고 소위 '원나이트 스탠드'를 보내는 경우는 가끔 있었지만, 당장 그날 밤 여자의 집에, 그것도 남자 둘이 따라가는 경우는 없었거든요. 어쨌든 상대는 여자 한 명. 건장한 남자 두 사람인 우리가 거절할 이유는 없었습니다.

상표가 술에 취한 상태로 자신의 BMW에 보란 듯이 올라탔습니다. 여자의 집은 꽤 멀었습니다. 흥청거리던 인계동의 불빛을 어느덧 지나고, 영통을 지나고 신갈도 지났습니다. 기흥에서 조그만 도로를 타고 올라가다가 저수지를 만났습니다. 가파른 언덕길을 올라가 상표의 얼굴에 짜증이 떠오를 무렵에야 차는 멈춰섰습니다.

차에서 내린 저는 놀랐습니다. 산속이라고 할 순 없지만 주변에 인가가 없는 황량한 곳이었습니다. 조그맣고 허름한 집이 덜렁 한 채 있었습니다. 바로 사건의 무대가 된 그 집이었죠. 집은 존재 자체만으로 외로워 보였습니다. 여자의 고독한 분위기와 겹쳐 보이는 것도 어쩔 수 없었죠. 문희는 현관 문을 닫은 다음 안에서 자물쇠 두 개를 걸어 잠갔어요. "집이 좀 외딴곳에 있다 보니 겁이 나서요." 그녀는 큰 눈망울로 저를 올려다보며 말했습니다. 그 장면이, 왠지 모르게 저한테는 생생하게 기억에 남아버렸어요. 가끔 아무 것도 아닌 장면이나 말이 압인되듯 기억에 남는 경우가 있지 않습니까?

우리는 소파도 없는 마루에 앉아 그녀가 내온 술을 마셨습니다. 거실 맞은편에 커다란 반투명 유리로 된 미닫이문이 있길래 저긴 무슨 방이냐고 제가 물었습니다. 문희는 서슴없이 미닫이문을 열어젖혔습니다. 향 냄새 같은 것이 확 풍겼습니다. 이어 불이 켜지고 우리는 놀랐습니다. 정면 벽을 커다란 병풍이 온통 차지했고, 저승사자인지 천상의 장군 같은 그림이 잔뜩 그려져 있었어요. 그 앞에는 길쭉한 탁자와 방석. 탁자 위에는 꺼진 향과 초가 몇 자루 놓여 있었는데 낮에 피워 올린 향이 아직도 남아 방을 채우는 듯했습니다.

점집이었습니다. 그리고 문희는 무당이었어요. 젊고 아름다운 무당. 그녀는 놀라서 입을 떡 벌리고 있던 우리 앞에서 보일 듯 말 듯 미소를 짓고 있었습니다.

"와, 놀랐다. 산속 점집이잖아. 저 여자가 무당이었을 줄이야."
문희의 집을 나오며 상표에게 말했습니다.
"또라이인 줄은 알았지만, 이거 죽이는데."
상표는 입가에 음험한 웃음을 흘렸습니다.

"뭐가 죽어?"

"원래 무당이 맛있거든."

"……나이트에서 별 여자를 다 만나네."

상표가 여자를 만나면 늘상 내뱉는 상스런 말이었지만 그날따라 듣기가 싫어져 적당히 응대하고 끝내버렸습니다.

늦은 밤 시각, 그 집을 나오며 마음이 싱숭생숭했습니다. 문희에게서 진하게 전해진 건 무엇보다 외로움이었습니다. 허한 정도가 아니라 삶을 집어삼킬 만한 압도적인 고독. 문희는 고등학교를 졸업하고 평범하게 부모님의 가게를 도우며 지냈다고 하더군요. 그러다가 신병이 내렸고……. 자신이 원한 것도 아니었지만 어느새 가족과 친지들로부터 미친 아이, 불길한 아이로 취급받았고 세월이 지나며 거의 인연이 끊어졌답니다. 평범한 사람들 틈에 있기도 어려워 외딴곳에 집을 얻어 신점을 보기 시작했다더군요. 그날 들어갈 땐 제대로 보지 못했는데, 나올 때 보니 대문 한구석에 '선궁'이라는 간판이 붙어 있었습니다.

용하다고 은근히 소문이 나 손님이 꽤 찾는다고 씁쓸하게 말했습니다. 몸에 내린 신병을 견디지 못하고 가족도, 친구도 없이 외딴집에 고립되어 있던 그녀. 그렇게 세상과 동떨어져 지내다 보니 아름다운 외모에도 남자를 만날일이 전혀 없었을 겁니다. 얼마나 외로웠으면 그 먼 길을 달려 혼자서 나이트클럽엘 갔을까. "정말 남자친구 없어?" 하며 제가 맥주잔을 채워줬더니 "사랑…… 하고 싶지" 하며 텅 빈 눈동자로 잔을 만지작거리던 문희의 말이 처연하게 와 닿았습니다. 문희 같은 여자라면 어디서든 여왕벌처럼 살았을 겁니다. 아무리 신이 내렸다고 왜 굳이 이런 외딴곳에 터를 잡았는지 그땐 이해가 잘 가지 않더군요. 나중에 문희의 남다른 면을 보고서는 사람들과 어울리지 못해 이런 곳으로 옮겨 살았다는 그녀의 말이 다르게 이해되었지만, 그땐 미처 알지 못했습니다.

그날 이후 상표와 문희의 만남이 시작되었습니다. 처음 몇 번은 늘 그렇듯, 상표가 적극적이었습니다. 바로 다음 날 저녁을 먹자고 해서 나갔다 왔고, 그날 2차로 노래방엘 갔다고 하더군요. 거기서 포옹을 하고 키스도 했다고 합니다. 이어 상표는 모텔에 가자고 했는데, 문희가 거절했다더군요. 상표는 여자와 만나고 나면 바로 다음 날 저를 찾아와 중계방송하듯이 이야기를 해주었습니다. 그래서 싫어도 속속들이 알 수밖에 없었죠. 아까도 말씀드렸지만 문희에게 호감이 있었던 저는 마음이 불편하고 질투도 났습니다. 상표에겐 그런 감정을 숨겼지만요.

"야, 그런 여자가 왜 널 좋다고 해?"

전 질투심을 숨기고 슬쩍 물어보았습니다.

"안 빠질 수가 없지. 내 말발이 좀 세냐."

상표는 으스댔습니다. 하지만 제가 나름대로 짐작한 바는 좀 달랐습니다. 문희는 무당이면서도 그렇게 살게 된 자신의 운명에 예민하고도 깊은 상처를 가지고 있었지 않나 싶습니다. 사람들이 조심스럽게 대할수록 더 그랬겠죠. 그런데 선이 굵은 상표는 그녀가 무당이라는 사실에 아랑곳 않고 보통 여자처럼 대했습니다. 그래서 오히려 마음이 편하고 끌리지 않았을까요. 아무튼 문희라는 전인미답의 비경이 하필이면 상표 같은 미의식 제로인 녀석한테 발견된 건데, 이것도 인연이라면 참 묘한 인연이겠지요.

상표는 문희가 쉽게 안 넘어온다고 툴툴거렸어요. 아, 상표가 안 넘어온다고 하는 말은 여자와 잠을 못 잤단 이야기입니다. 녀석에겐 여자를 두고서는 육욕 말고 정신적 교감 따위는 존재하지 않았으니까요. 저는 속으로 문희가 상표의 술수에 넘어가지 않기를 응원했지만 둘 사이의 기류를 보았을 때 거의 가망이 없단 걸 감지하고 있었죠. 역시나 불평도 잠시, 상표의 과감성, 그리고 끈질김이 결국 목적을 달성했습니다.

"스벌, 오래 걸렸네. 제까짓 게 버텨봤자지."

상표는 어느 날 아침 제 사무실에 찾아와 히죽 웃었습니다. 그러면서 전날밤의 일을 자세히 묘사하는 것이었습니다. 상표가 여자와 처음으로 자고 온 날이면 늘 하던 일종의 '전리품 자랑'이죠. 전 늘 그러듯 겉으로 맞장구쳐주었지만 이날따라 기분이 좋지 않았습니다.

이야기를 들어보니 문희는 나름대로 큰마음을 먹었던 것 같았습니다. 아마도 외로운 그녀에겐 자신의 몸을 여는 일이 곧 마음을 여는 일이었고, 그래서 더욱 큰 결심이 필요했던 듯합니다. 물론 상표의 관심은 오로지 그녀의 몸에만 있었지만요.

그때 상표의 휴대전화가 울렸습니다. 화면을 보더니 녀석이 히죽 웃었습니다.

"누구야?"

"무당."

상표는 전화를 받지 않았습니다.

"왜 안 받아?"

"아, 아침부터 뭔 전화질이야. 귀찮아. 오후에 전화 한번 해주지 뭐."

더 좋아하는 사람과 덜 좋아하는 사람 사이의 권력관계. 섬세한 사람과 거친 사람 사이의 역학관계. 전 예감했습니다. 앞으로 문희가 상표 때문에 상처를 많이 받게 되리란 것을요.

오후가 되기도 전, 제 사무실을 떠난 지 약 삼십 분 후에 상표가 다시 찾아왔습니다.

"유뱀, 이거 봐."

상표는 자신의 휴대전화를 내밀었습니다. 전 놀랐습니다. 문희로부터 온 부재중 전화가 23통, 카카오톡이 20여 개 있었습니다. 전화를 왜 받지 않느냐, 이럴 수가 있느냐, 서운하다, 헤어지겠다, 그런 내용들이었습니다.

"봐라. 이거 역시 또라이지?"

"……좀 심하네. 전화 한 통쯤 못 받을 수도 있는 거지. 이렇게까지 다그치냐."

문희에게 호감이 있던 저도 혀를 내둘렀습니다. 조용한 태도 뒤에 숨겨진 위험한 집착. 하지만 상표는 그런 위기감을 캐치할 만한 신경이 없는 친구였죠. "이런 건 초장에 잡아야 돼" 하며 껄껄 웃더니, 그 자리에서 문희한테 전화를 걸더군요. 그러고는 큰 소리로 혼내듯 말하기 시작했습니다. 남자가 일하다 보면 전화 좀 못 받을 수도 있지, 이게 뭐 하는 짓이냐, 이런 식이면 난 널 만날 수 없다……. 상대방도 뭐라뭐라 말을 하는 것 같았는데, 상표의 커다랗고 공격적인 음성에 막혀 묻혀버린 듯했지요. 대충 들어보니 상표의 훈계조 얘기에 상대는 울먹이면서 받아들이는 그런 구도였습니다.

"그 여자 계속 만날 거냐? 좀 이상한 구석이 있는데."

전 문희의 반응에서 섬뜩한 기운을 느꼈고, 태평하기만 한 상표가 처음으로 조금 걱정되었습니다.

"뭘. 이런 건 좀 가르쳐서 만나면 돼."

상표는 휴대전화를 바지 주머니에 넣으며 입을 크게 벌리고 웃었습니다. 저도 더 말하지는 못했죠. 하긴, 그렇게 쉽게 관계를 끝내기엔 문희는 너무 아름다웠으니까요.

그 후 한동안은 둘의 관계가 좋았습니다. 문희의 집착하는 모습은 볼 수 없었습니다. 제가 어렴풋하게 가졌던 걱정도 쏙 들어가버렸습니다. 무엇보다 상표가 자주 연락하고 만나주었으니까요. 녀석도 여자를 꽤나 만나본 녀석이라 문희가 다른 여자들보단 집요한 편이란 건 알았고, 한동안 어느 정도는 맞춰줬나 봐요. 원래 상표는 여자를 처음 만나면 아주 부지런해져서 열심히 만나러 다니는 녀석이기도 했어요. 채팅으로 연결된 여자와 자기 위해서 부산까지 비행기를 타고 간 적도 있는 친구였으니, 그 목적의 저열함은 둘째 치고 아무튼 열정만은 대단하다고 저도 인정해줄 수밖에 없었습니다. 아마도 문희를 만나러 기흥 저수지 안쪽 그 깊은 산속 집까지 뻔질나게 드나들지 않았을까 싶네요. 문희는 그게 상표의 본래 스타일인지는 몰랐을 테죠. 그저 자신을 그만큼 좋아한다는 생각에 행복에 겨운 나날을 보냈던 것 같습니다.

어느 날, 열정적인 잠자리가 끝난 후 문희가 엎드린 채로 문득 그러더라는군요.

"일 잘되는 부적 하나 써줄까?"

상표는 푸하핫 하고 크게 웃었습니다.

"관둬."

"왜, 나 용한데."

"그러다 여자 끊기는 부적 줄지 내가 어떻게 알아?"

문희는 눈꺼풀을 살포시 내리고 조용히 웃어넘겼다더군요. 지금 생각하면 엉뚱한 부적 얘길 꺼낸 문희의 이상함을 감지했어야 했는데, 남아 있던 질투심 탓에 그러지 못했습니다. 그 얘길 들으니, 둘은 이제 완전히 연인이 되어버렸단 생각이 들어 그나마 실낱같이 남아 있던 미련을 슬며시 접게 되더군요.

어느 날, 상표는 얼굴이 붉으락푸르락 해져서는 아침부터 제 사무실에 찾아왔습니다. 문희의 일이란 걸 직감했습니다.

"또 왜."

전 그 여자와의 일을 보고하다시피 하는 상표의 행태가 짜증이 났더랬습니다.

"와, 진짜 황당해서. 걔 정말 또라이야."

"이번엔 부재중 전화 몇 통 왔는데."

"그런 거 아냐."

"그럼 뭔데."

"어제 모텔 가서 했거든."

"……그래서?"

"이게 콘돔을 빼놓았잖아."

"응? 콘돔을?"

다 끝나고 정신 차리고 보니 콘돔이 벗겨져 문희의 손가락에 걸려 있더랍니다.

뭐 하는 짓이냐며 상표는 화를 버럭 냈답니다. 저도 상상이 갔습니다. 상표는 결혼이나 아이 같은 것에 조금도 관심이 없는 친구였고, 지금의 자유로운 생활을 언제까지나 누리고 싶어 했습니다. 그래서 아무리 술을 마셨어도 피임만은 확실하게 하는 녀석이었습니다. 자신의 허랑방탕한 인생에 방해된다면 어떤 장애물도 눈 깜짝 않고 치워버릴 수 있는 친구였습니다. 그런 상표 몰래 그런 짓을 저질렀으니 그가 무지막지하게 화를 냈을 게 뻔합니다. 보통의 여자 같으면 깜짝 놀라 눈물을 줄줄 흘렸을 테지요. 하지만 바늘에 찔린 망아지처럼 길길이 뛰며 화를 내는 상표 앞에서도 문희는 눈썹 하나 까딱하지 않았답니다.

"그냥 그러고 싶어서. 사랑하는 사이인데, 왜 안 돼?"

상표는 손을 번쩍 들었지만, 문희는 조금도 위축되지 않고 앙칼지게 노려보기만 했답니다. 상표는 맥이 풀려서 그만 손을 내리고는 앞으로 조심해 어쩌고 하고 방을 나왔다더군요.

"아무래도 무당을 건드린 건 실수 같아."

상표는 고개를 저었습니다.

"웬 무당 타령이야."

"보통 여자하곤 달라. 이상해. 눈빛도 그렇고, 하는 짓도."

"널 너무 좋아해서 그런 거지."

"아냐, 어딘지 불길해. 음침하고……. 젠장, 이걸 뭐라고 해야 하나."

"난 모르겠던데."

"그런 게 있어. 난 큰소리만 쳤지, 지나고 보면 항상 그 여자한테 말려들어 있는 거 같아. 지금까지 만난 애들은 말야, 쫑알쫑알대다가도 내가 탁자 한번 쾅 치면 그걸로 끝났거든. 근데 얘는 안 그래. 고양이같이 눈깔 팍 치켜 뜨고……. 어떨 땐 오싹하다니깐."

"임자 만났군."

"무당이잖아. 수틀리면 무슨 저주를 퍼부을지 누가 알아."

저는 진지한 녀석의 얼굴 앞에서 피식 웃었습니다.

녀석은 의외로 미신을 믿는 편이었고, 징크스니 운세니 하는 걸 따지는 편이었습니다. 또 그런 미신병이 발동했나 보다 생각했습니다. 하지만 상표처럼 둔한 녀석이 그런 말까지 하는 데는 분명히 이유가 있었을 텐데, 그땐 그렇게 진지하게 생각하지 않았습니다.

얼마 후 상표의 마음이 식은 계기가 된 사건이 있었습니다. 하루는 상표가 미안했던지 저를 끼워서 2대 2로 놀자고 했습니다.

"내가 여자가 어딨냐. 둘이 만나."

처음엔 거절했지요.

"넌 노래방 가서 도우미 불러. 그럼 되잖아."

상표다운 계획이었습니다. 저는 늘 그렇듯이 상표가 만든 자리에 그저 끌려갔지요.

처음에는 셋이 인계동에서 만나 저녁으로 회를 먹었고, 곁들여 소주도 한잔했습니다. 그리고 2차로 근처에 있는 노래방엘 갔습니다.

"우리 유뺌 심심하니까 파트너로 도우미나 불러주자."

민망한 저를 대신해 상표가 나섰고, 문희도 딱히 거절하지 않았습니다.

20분쯤 후 여자가 들어왔습니다. 긴 생머리에 늘씬한 몸매, 선한 눈빛. 전 한눈에 마음에 들었습니다. 제 옆에 앉아 생글거리며 비위도 잘 맞춰주고 말도 잘하더군요. 그녀가 들어오고서부터 분위기가 확 달아올랐습니다. 늘 차분하게 분위기를 가라앉히던 문희의 존재를 다른 각도로 보게 되는 장면이기도 했지요.

그런데, 문제는 녀석도 제 파트너인 도우미 여성을 마음에 들어 했단 겁니다. 상표는 원래 여자한테 한번 꽂히면 친구고 뭐고 없는 녀석이었어요. 그래서 그동안 녀석한테 빼앗긴 여자가 한둘이 아니었습니다. 그러면서도 저한테 미안한 기색도 보이지 않았죠. 그 녀석한테는 일상이고 본능에 불과했던 거였으니까. 저도 그런 점을 수긍해야만 녀석과 친구로 지낼 수 있었기에 딱히 불만을 이야기하거나 다툰 적은 없었습니다. 우리 둘 사이의 역학관계는 그런 거였습니다.

이날 상표는 문희를 내버려두고 도우미 여성한테 계속 집적댔습니다. 하도 설쳐대니 정작 파트너였던 저도 멀뚱히 물러나 있을 수밖에 없을 정도였지요.

급기야 상표는 제 파트너를 부둥켜안고 커다란 모니터와 테이블 사이의 좁은 공간을 누비고 있었습니다. 저는 의자 한구석에 쪼그려 앉아서 〈가질 수 없는 너〉를 부르고 있었어요.

상표 녀석이 일부러 그런다는 느낌이 퍼뜩 들었습니다. 문희를 불러놓고 그 앞에서 다른 여자와 살을 함부로 부벼대며, 난 이렇게 막 가는 놈이니까 알아서 해, 이런 메시지랄까요. 그게 여자를 대하는 녀석의 방식이었죠. 녀석은 '여자를 다룬다'고 표현해왔는데, 그렇게 해야 여자의 기를 죽인다고 생각하는 것이었습니다. 자꾸만 간섭하고 집착하는, 그러면서도 불길한 기운을 뿜어내 마음 한구석을 꺼림칙하게 만드는 문희를 상대로 확실하게 심리적인 우위를 점하려는 얕고도 얕은 수법이었던 겁니다. 제 파트너로 노래방 도우미를 불러 네 명 짝을 만들어 놀자는 엉뚱한 제안도 그래서 했던 것 같습니다. 반짝이는 미러볼 아래에서 여성을 안고 빙글빙글 돌아가던 상표는 분명히 알고 있었습니다. 질투에 침식당한 문희의 눈빛을 말이죠. 하지만 일부러 능글맞게 외면하며 도우미 여성과 살을 부벼대고 있었던 겁니다.

간주 도중에 문득 서늘한 기운이 느껴져 고개를 들었습니다. 문희가 둘을 노려보고 있더군요. 문희는 원래 활짝 웃는 법이 없었고, 친근한 눈빛을 가진 여자는 아니었습니다. 하지만 그런 눈빛은 처음 보았습니다. 여전히 아름다웠지만, 상표 정도의 간덩이를 가진 남자가 아니면 일찌감치 질려서 달아날 법한 얼굴이었습니다. 질투가 응축된 시선이란 게 그렇게 무섭고 차가운지 몰랐습니다. 화가 났을 때 눈동자가 이글이글 불타오른다고들 하는데, 문희의 그때 눈을 보았다면 그런 표현은 화를 주체 못한 어설픈 터프가이를 묘사하는 말에 불과하다고 생각하셨을 겁니다. 문희는 얼음덩이 안에 숨어서 세상을 살피는 냉동 미라 같았습니다. 차갑게 식을 대로 식은 그녀의 눈빛에서는 사람도 벨 수 있을 만큼 날카로운 기운이 쏘아져 나오고 있었어요.

그때였습니다. 제 시선에 닿는 한에서는 블루스를 추던 상표의 등짝이 뮤직비디오 화면이 나오던 커다란 모니터에 닿지 않았던 것으로 기억합니다. 비록 아주 가까이까지는 갔지만 말입니다. 그런데 갑자기 툭 하는 소리가 들렸고, 이어 우지끈 하며 모니터가 바닥으로 떨어졌습니다. 모니터는 쨍하고 큰 소리를 내며 거미줄처럼 금이 가버렸죠.

전 급히 음악을 멈추었고, 상표와 도우미 여성까지 어리둥절하게 깨진 모니터를 바라보았습니다. 돌발 사태에 멀거니 서 있던 우리와는 대조적으로, 문희만은 조금도 놀라지 않았고 움찔하지조차 않았습니다. 구석 의자에 앉아 우리 모두를 지그시 노려볼 뿐이었습니다. 마치 모니터가 떨어질 것을 알고 있었던 듯이요. 아니, 마치 그녀 자신이 모니터를 깨버린 것처럼요. 실제로 저도 잠깐 동안은 그녀의 차갑게 응축된 분노가 폭발해 보이지 않는 힘으로 모니터를 깨버린 것 같다는 생각마저 들었습니다.

누가 방으로 달려오지는 않았어요. 모니터가 깨지는 소리는 큰 반주 소리에 묻혀 가게 주인한테까지는 들리지 않았던가 봅니다. 방 분위기는 썰렁해졌습니다. 웬일인지 상표의 기가 좀 죽어 있더군요. 녀석은 깨진 모니터를 물끄러미 내려다보며 말했습니다.

"엿됐네. 주인이 이거 물어달라고 하면 돈 백 나간다. 야, 조용히 튀자."

상표는 도우미 여성을 얼러서 주인한테 말하지 말라고 하며 돈을 쥐여주었고, 저한테 눈짓을 했습니다. 조금 뒤에 있다 나오라고 해놓고는 도우미 여성을 남겨 두고 우리 세 사람은 조용히 노래방을 빠져나왔습니다. 선불이었기에 다행히 카운터 아주머니는 우릴 잡지 않더군요.

문희가 먼저 택시를 타고 집으로 돌아갔고, 상표와 저는 잠시 밤거리를 걸었습니다. 녀석이 좀 심상치 않아졌습니다.

"유뱀."

그가 여느 때와 달리 조용히 저를 불렀습니다.

"왜."

"나 모니터 안 건드렸거든."

"그래서."

"아무리 생각해도 그년, 그 무당년이 그런 거 같애."

"헛소리 좀 하지 마. 걔가 왜."

"질투지."

"……."

"염력인지 저주인지 뭔지 몰라도……. 걔가 꼭지가 돌아서 모니터를 터뜨린 거야."

"무슨 소리. 네가 건드렸겠지, 모르는 새."

하지만 저 역시 상표가 모니터를 건드리지 않았다고 생각하고 있었죠.

"실은 아까 블루스 출 때 슬쩍 걔 봤거든. 근데 그냥 화난 게 아니라 눈빛이 희번덕거리는 게, 꼭 미치기 직전 같더라고. 그러다 갑자기 모니터가 박살났잖아."

저는 잠시 대꾸하지 못했습니다.

"아무래도 이상해. 찜찜하다."

상표는 고개를 몇 번이나 가로저었습니다.

"뭔 미신 같은 걸 다 믿고 그래. 어여 집에 가서 잠이나 자."

우리는 헤어졌지만 상표의 흐릿한 눈빛은 종내 돌아오지 않았습니다.

문희의 집착이 심해진 건 분명 이 무렵부터였습니다. 그 일을 기점으로 자신만만하던 상표가 그녀를 대할 때 조심스러워졌거든요. 그날 밤 이후 상표는 문희한테 주술적인 두려움 같은 걸 완연하게 갖게 된 것 같았습니다. 그만큼 덜 만나게 될 수밖에 없었죠.

상표가 피하는 듯하자, 문희의 집착은 상상을 초월할 정도로 심해졌더랬습니다. 이전까지의 집착이 예고편이었다면 본편이 시작되었다고나 할까요. 상표가 전화를 안 받거나 제때 문자 답장을 하지 않으면 오싹할 정도로 토라지거나 화를 냈습니다. 상표가 소리를 지르고 타이르고 욕설을 해도 소용이 없었습니다. 그녀는 그 배로 울고 소리를 질러댔습니다. 상표가 받지 않으면 그녀로부터의 전화벨은 영원처럼 울려댔습니다. 처음엔 그녀의 돌발 행동에 조금 거리를 두려는 정도로만 생각했던 상표는 그녀의 반복적인 집착에 서서히 그리고 완벽하게 질려갔습니다.

"아, 이걸 떼내야 하는데."

상표는 그답지 않게 한동안 고민을 입에 달고 살았습니다. 그만큼 갈등한 것도 역시 문희한테 가졌던 꺼림칙한 두려움 때문이었겠죠.

하지만 상표의 본래 성격은 쉽게 죽지 않았죠. 상표가 서서히 질려가다 완전히 정이 떨어지기까지 걸린 시간은 꽤 길었지만 그녀에게 이별을 고하는 일을 고민한 기간은 그리 길지 않았습니다.

어느 날 상표는 드디어 문희에게 이별을 선언했습니다.

"아으, 속 시원하다."

문희를 차버린 다음 날 아침, 어김없이 제 사무실로 찾아와 이야기를 풀어놓더군요. 녀석이 전한 말을 들어보니 꽤나 그럴듯한, 하지만 뻔히 속보이는 말을 했더군요. 나는 너에게 모자라는 남자다. 너를 위해서라도 헤어지는 게 낫다……. 여자가 그런 이별 표현을 듣고서 진지하게 받아들일 거라고 믿었다면 녀석도 참 안이한 거 아니겠습니까. 아마도 그간 상표의 성질머리를 못 견디고 여자 쪽이 떨어져 나갔기에 본인이 이별을 선언하는 일이 익숙하지 않았던 것 같습니다.

"순순히 헤어진대?"

내심 문희 자신을 위해서라도 잘 헤어졌다고 생각했습니만, 한편으로는 그녀의 집착을 알기에 문득 걱정이 일었습니다. 상표가 좋은 놈은 아닐지 몰라도, 그래도 제 친구였으니까요.

"가야지, 그럼. 제가 어쩔 건대? 아, 젠장맞을. 한동안 이상한 애 땜에 허벌나게 쫄았네."

상표는 속 시원한 듯 말했습니다. 앞날의 일보다는 당장 귀찮고 소름 돋는 상대와 끝냈다는 해방감에만 취한 듯 보였습니다. 하지만, 전 그렇게 쉽게 마무리 지어질까 하는 의구심이 마음 한구석에 피어올랐고, 왠지 불길하고도 음습한 기운에 자꾸만 사로잡히는 것이었습니다.

아니나 다를까, 이틀 뒤 저녁 영통에 있는 상표 집에 들러 소주잔을 기울이고 있을 때였습니다. 상표의 휴대전화에 카카오톡 알림음이 울렸습니다. 액정 화면을 보던 상표의 얼굴이 묘하게 일그러졌습니다. 전 뺏다시피 해서 화면을 보았습니다.

"이거, 초음파 사진 아냐?"

분명 임신 초기, 태아의 모습을 찍은 초음파 사진이었습니다. 발신자는 '문희'였고요. 상표가 뭔가 입을 떼려는데, 다시 착신음이 울렸습니다. 문희였습니다.

'우리 아가, 사랑스럽지?'

순간, 관계 도중에 몰래 콘돔을 뺐다던 문희의 행동이 기억났습니다. 상표도 그걸 못 떠올렸을 리가 없겠죠. 상표의 얼굴이 구겨진 종잇장처럼 일그러졌습니다. 이어 입에서 온갖 욕설이 터져 나왔습니다. 아래층, 위층에서 놀라 베란다 문이 드르륵 열리는 소리가 들릴 정도였습니다. 전 차마 말릴 수 없었습니다. 상표의 시뻘게진 얼굴을 보니 보통 화가 난 게 아니었습니다. 상표가 이렇게 되면, 아무도 못 말립니다. 아까 말했듯, 그가 진정한 개로 변하는 순간입니다.

"이년이 누구 신셀 망치려고!"

상표는 벌떡 일어섰습니다. 주먹 쥔 손이 분노로 덜덜 떨리는 게, 녀석도 정상이 아니었습니다. 그동안 문희한테 시달렸던 스트레스가 생각보다 컸던 모양입니다. 그러다 태아 사진을 보고 임계점을 넘어 폭발해버렸던 것 같습니다. 아무리 그렇더라도 녀석의 다음 행동엔 정말 혼비백산했습니다.

골방에 들어가더니 놀랍게도 칼을 들고 뛰쳐나오는 것이었습니다. 바로 경찰이 출동할 당시 제가 손에 쥐고 있었던 무시무시한 정글도 말이죠. 상표는 군대 시절부터 칼에 남다른 애착을 갖고 있었는데, 거의 10년 전 인사동에 있는 칼 박물관에 들렀다가 거대한 칼날이 초승달처럼 안쪽으로 휘어진 그 쿠크리가 마음에 들었나 봅니다. 바로 경찰서에 가서 도검 소지허가를 받은 다음 큰돈을 주고 그 칼을 구입했답니다. 무게중심이 칼날에 집중되도록 만들어져 조금만 휘둘러도 통나무를 조각낼 만큼 무시무시한 흉기였죠. 수시로 쿠크리를 꺼내 날붙이를 갈고 닦는 게 그에게는 일종의 취미였습니다. 그 장면을 본 제가 소 모가지도 자르겠다, 겁난다고 집어넣으라고 하면, 상표는 "거슬리는 새끼들 목을 전부 따버릴 거야" 하며 씩 웃었습니다. 어쩌면 그 칼은 세상에 대한 적대감의 표현이거나 자신감의 조그만 근원이 되었는지도 모르겠습니다.

전 기겁을 해서 칼을 든 상표를 극구 뜯어말렸습니다. 한참 옥신각신한 끝에 상표는 결국 칼을 내려놓았습니다. 하지만 그의 화는 식지 않았고, 살기등등해서 곧장 차로 달려갔습니다. 걱정이 된 저는 상표의 BMW에 같이 올라탔습니다. 상표는 기흥 저수지 방면으로 차를 내달렸습니다.

한적한 길을 달리자, 점점 불빛이 보였습니다. 예전에 보았던, 검은 밤바다에 홀로 뜬 오징어잡이 배의 불빛이 떠올랐습니다. 저는 분기탱천한 상표를 옆에 두고도 왠지 그 장면에서 짠한 느낌을 받았습니다. 집앞에 조그만 승용차가 한 대 있더군요. 아마 늦은 시간에 손님이 와 있었던가 봅니다. 상표는 현관문 비밀번호를 꾹꾹 눌러 활짝 열어젖혔습니다. 두 사람은 얼마 전까지 비밀 따위는 없는 긴밀한 사이였으니까요. 불이 환히 켜진 거실에 올라서니 젖빛유리로 된 미닫이 문에 사람 그림자가 뚜렷하게 비쳤습니다. 상표는 유리문을 옆으로 휙 열어젖혔습니다. 역시 점을 보러 온 손님이 있더군요. 상표가 거칠게 등장하자 중년의 여성이 놀라서 돌아보았고, 그녀의 맞은편, 병풍을 등지고 앉아 있던 문희는 상표를 노려보았습니다.

"나가. 손님 계시잖아."

문희의 목소리는 얼음장처럼 차가웠습니다.

"뭐? 손님? 이 판국에 장난해? 이런 개 같은 년!"

상표는 곧장 뛰어 들어가 문희의 머리채를 휘어잡았습니다. 맞은편 중년 여성은 엄마야, 하고 놀라 소리치며 옆으로 물러나 앉았습니다.

"어디서 장난질이야? 당장 애 떼!"

"낳을 거야!"

"이게 미쳤나. 애먼 놈하고 붙어먹고서 누구한테 덤터기 씌우려고!"

"그게 너야, 이 새끼야."

"뭐? 내가 그렇게 만만해 보여? 너 사람 잘못 봤어!"

상표는 머리채를 휘둘러 문희를 자빠뜨렸습니다. 전 뒤늦게 뛰어들어 상표의 등 뒤에서 껴안고 제지했지만 그의 힘을 당해내지 못했습니다. 녀석은 저한테 뒤에서 양팔을 붙잡힌 채로 누운 문희를 발로 차고 짓밟아댔습니다. 정면으로 보지는 못했지만 아마 눈알이 뒤집혀 있었을 겁니다. 실로 잔인한 장면이었습니다. 더구나 손님도 있는데.

정신없이 상표를 말리면서 힐끔 문희를 보니 새우처럼 허리를 웅크리고 양팔로 몸을 감싸 안은 채였습니다. 그런데, 눈만은 섬뜩할 정도로 부릅뜨고 있었습니다. 초점이 어디를 향하는지 알 수 없는 눈빛이었고, 잔뜩 핏발이 서 있었습니다. 문희를 생각하면 잊히지 않는 모습들이 몇 가지 있는데, 그때의 한 맺힌 눈 또한 절대 지워지지 않더군요. 저는 젖 먹던 힘까지 다해 미쳐 날뛰는 상표를 그녀로부터 겨우 떼어냈습니다.

문간까지 끌려나온 상표는 여전히 씩씩거렸지만 더 발길질을 하려 들지는 않았습니다. 구석에 피해 있던 중년 여자는 어느 정도 가라앉은 상표를 힐끔거리더니 문희에게로 다가갔습니다. 산발한 채 쓰러져 있던 그녀가 괜찮은지 살펴보려 했던 것 같습니다.

그때 문희가 고개를 쳐들었습니다. 손님은 흠칫 놀라 뒤로 물러났고, 저 또한 놀랐습니다. 문희는 흐느적대면서 머리카락이 온통 얼굴을 덮은 채 일어났습니다. 그러고는 두어 발짝 상표한테로 다가오더군요. 오른다리를 절면서, 힘들게요.

문희가 고개를 쳐들자 헝클어진 머리카락 사이로 핏빛처럼 새빨개진 눈이 보여 소름이 확 끼쳤습니다.

"네가…… 날 죽이려고…….."

목소리가 변해 있었습니다. 돌로 돌을 긁는 듯한 목소리. 어쩌면 저승에서 떠도는 망자의 그것처럼도 들렸습니다. 그 음성은 제가 알던 문희의 것이 아니었습니다.

그때 상표의 상태가 이상한 걸 눈치 챘습니다. 조금 전까지 광견을 방불케 하며 미쳐 날뛰던 그의 얼굴이 새파랗게 질려 있었습니다. 몸은 뻣뻣했고, 입술이 무언가를 말하려는 듯 실룩거렸지만 말은 나오지 않았습니다. 겨우 뱉은 말은 짧은 욕설뿐이었습니다.

"이…… 미친!"

상표는 등을 돌리더니 서둘러 그 자리를 떠났습니다. 쫓아오는 문희로부터 간절히 도망치려는 듯요. 저도 일단 상표를 따라 집을 나왔습니다. 문희의 상태가 걱정되었지만 손님으로 왔던 중년 여성이 어떻게든 돌보아주리라 생각했고, 그날따라 상표의 모습이 너무 이상했기 때문이었어요.

운전대를 잡은 상표의 손이 가늘게 떨리고 있는 걸 보았습니다.

기흥 저수지를 다 빠져나왔을 때쯤 그의 상태가 안정된 것 같기에 그제야 말을 걸었습니다.

"서뱀, 왜 그래?"

"저거…… 귀신에 씌었어. 아니 스스로 귀신을 부른 거야……. 나한테 원한을 품고."

"또 뭔 소리야."

"내가 자길 해친 거라고 믿은 거지."

전 대꾸 없이 잠자코 상표의 말을 들었습니다. 그의 상태가 아무래도 아직 정상이 아닌 것 같았으니까요. 어떤 원초적인 감각만이 살아남아 본능적으로 운전하고 있는 것 같았습니다.

"아까 봤지? 네가 날 죽였어, 하면서 다가오던 거."

"그게 아니라 '네가 날 죽이려고'라고 했던 거 같은데."

전 분명히 그렇게 들었습니다. 하지만 상표는 고개를 세차게 저었습니다.

"아냐, 분명히 '네가 날 죽였어'라고 했어."

상표는 제가 잘못 들었다는 겁니다. 그 말이든 이 말이든 뭐가 다르겠습니까. 제가 그렇게 말했더니 상표는 심각하게 미간을 찌푸리고 있다가 입을 열었습니다.

"너한테도 안 한 얘긴데……. 13년 전에 술 먹고 운전하다가 차가 길옆 바닥에서 전복되는 사고를 낸 적이 있었어."

"그랬나?"

"……그때 옆자리엔 몇 번 만났던 여자가 타고 있었어."

"많이 다쳤어?"

"죽었어."

전 신음과 함께 입을 닫고 말았습니다. 충격이었습니다. 녀석이 그저 욕 잘하고 거칠다고만 여겼지, 이 정도로 막가는 놈일 거라고는 생각 못했으니까요. 울컥하고 화가 치밀었지만 결국 전 입을 꾹 다물었습니다. 당장 나무라기에 상표는 지나치게 혼란스러워 하고 있었으니까요. 어쨌든 상표가 그날 밤 받은 충격이 컸던 모양입니다. 13년간이나 숨겼던 과거의 일이 그의 입술을 통해 술술 흘러나오고 있었습니다.

"그 여자도 임신했다면서 엉겨붙어 애를 먹고 있었거든……."

튀어나오려는 욕설을 한 번 더 참았습니다. 일단은 진정시키자. 상표의 말이 이어졌습니다.

"아까 문희 목소리가 그 여자 목소리 같았어. 그 여자가 신 내린 게 분명해. 원한을 품고. 아니, 저 무당이 앙심을 품고 그 여자를 불러낸 거야."

"서뱁, 정신 차려. 무슨 말도 안 되는 소리야."

"아니."

상표는 고개를 천천히 가로젓고는 말했습니다.

"그 여자도 다리를 절었어. 오른다리를."

오른다리를 질질 끌며 다가오던 조금 전 문희의 모습이 떠올랐습니다. 그건 상표가 문희를 발로 차고 짓밟으며 폭행한 것 때문일 수도 있을 겁니다. 하지만 전 더 대꾸하지 않았습니다.

우리 둘은 각기 다른 이유로 말이 없어졌고, 침묵을 실은 차는 한밤의 도로를 달려갔지요.

다음 날부터 상표는 달라져 있었습니다. 그동안에는 문희의 전화라든가 메시지를 자신만만하게 받으면서 욕설도 하고 고함도 치고 했거든요. 그런데 일체 착신 거절을 해놓고 문희와의 인연을 아예 지우려 하더군요. 마치 보이지 않고 대적할 수 없는 위협으로부터 도망치려 하는 사람처럼요. 하긴 문희도 그 무렵 상표한테 전화를 걸거나 문자를 보내거나 하는 일도 없었던 것 같습니다만.

상표는 무당인 문희가 자신한테 원한을 품고 주술을 부려 해치려 한다는 생각에 사로잡혔습니다. 오만불손하고 뻔뻔하기 그지없던 상표가 보이지 않는 존재에 주눅 든 모습은 처음 보았습니다. 보다 못한 제가 마음을 다잡으라고 설득했지만 소용없었습니다. 어차피 그런 믿음은 말로는 깨지지 않는 것이겠지만요.

하필이면 묘하게도 그 무렵 상표의 신변에 좋지 않은 일이 잇달아 일어났습니다.

석 달이나 속 썩이던 차가 팔리고 계약금까지 받아놓았는데 C필러 몰딩이 벗겨진 게 발견돼 계약을 해지당했습니다. 희귀한 수입차고 부품 공급이 불가능해 재판매는 요원했습니다. 이전 차주한테 연락해봐도 모른다는 얘기뿐이니 결국 손해를 고스란히 떠안게 됐죠. 중고차 업계에 종사한 지 12년이 되도록 처음 겪는 일이었습니다.

상표의 사무실에 원인 모를 불이 조그맣게 나 서류들을 다 태울 뻔한 일도 생겼습니다. 누전인가 싶어 업자를 불러 점검했는데, 전기 계통에는 아무런 이상이 없단 얘기를 들었습니다.

그 모든 나쁜 일들을 상표는 자꾸만 문희와 연결시켰습니다.

"아무래도 그 여자 짓인 거 같아. 나한테 저주를 건 거야."

상표가 그런 말을 할 때마다 전 단호하게 나무랐습니다.

"정신 차려, 서뱀. 이건 그냥 재수가 없는 거야."

제가 이런저런 말로 설득해보았지만 상표의 얼굴에 드리운 그늘을 어찌할 수는 없었습니다.

상표는 불길하다는 말을 입에 달고 살았죠.

'요즘 아침에 일어나면 머리가 깨질 듯이 아프다.'

'심지어 발기도 안 된다.'

'이상하다……'

녀석은 날로 쇠약해졌습니다. 추측건대, 당시 녀석의 신경은 가늘어질 대로 가늘어져 온몸의 팔다리가 실로 연결된 망석중 같은 상태가 아니었나 싶습니다. 나쁜 짓을 하더라도 예전의 상표가 좋지, 세상에 갓 나온 아기처럼 겁먹은 얼굴로 주변을 두리번거리는 상표는 정말 보고 있기 힘들었습니다.

엉뚱한 일에 자꾸 신경 쓰니까 머리가 아픈 거고, 기력도 약해지는 거라고 말해봐도 소용없더군요. 동아줄 같은 신경을 가졌던 녀석이 이렇게 될 줄이야. 상상도 못했습니다. 단순히 재수 없는 일 몇 번 있었다고 무너질 녀석이 절대 아닌데, 아마도 문희의 일을 통해 초자연적인 두려움에 사로잡혔기 때문이었던 것 같습니다. 그게 강박적으로 정신을 압박했던 겁니다.

아무렴, 무당의 저주이니 하는 것들이 세상에 존재할까요. 사람이 원래 한가지 생각에 꽂혀버리면 모든 게 다 그쪽으로 해석되는 법 아니겠습니까. 문희를 지나치게 의식하고, 그녀가 무당이란 사실을 과하게 곱씹었던 게 잘못이었을 겁니다. 교통사고로 죽은 여자를 문희가 불러냈다고 지나친 상상을 해버린 거겠죠. 만일 문희가 악령에 빙의된 거라면, 상표는 자신의 생각에 빙의되어버린 거였습니다. 그런 의혹이 갈수록 쌓이고 깊어져 이제는 자신에게 일어난 모든 나쁜 일을 그녀 탓일지도 모른다고, 아니 그녀 탓이라고 믿게 된 겁니다. 일상적으로 겪을 수 있는 사소한 불운들이 하필이면 그 무렵 겹쳐 일어났고, 상표는 그걸 문희의 저주와 결부시켰던 거죠. 문희가 자신의 인생을 조종하고 저주하고 있다는 생각에서 벗어나지 못했습니다. 저는 그렇게 생각합니다.

그렇게 휘청거리며 새가슴이 되어 불안을 품고 살던 상표에게 완전히 재기 불능에 가까운 타격을 입힌 일이 일어나고 말았습니다. 찰랑거리는 휘발유 같던 그의 마음에 라이터를 칙 하고 켠 사건이었습니다.

아무래도 음주 운전으로 여자가 죽은 사건에는 저한테 다 말하지 않은 부분이 있는 듯했습니다. 상표가 불안에 절어가던 그 무렵 살인죄의 공소시효를 폐지하는 법안이 발효되었고, 그걸 계기로 경찰에는 묵은 사건들을 재조사하라는 엄명이 떨어진 모양이더군요. 그게 상표의 음주 운전 사건에도 미쳤던가 봅니다.

저녁 무렵에 상표가 사색이 된 얼굴로 저에게 찾아왔습니다.

"유뱀, 시간 괜찮으면 오늘밤 우리집에 가서 술 한잔할래?"

역시 그는 많이 약해져 있었습니다. 평소의 상표라면 그냥 "술 한잔하자!"라고 했을 겁니다. 상표의 상태가 어떤지 눈치챈 저는 두말 않고 응했습니다.

그날 밤 상표는 혼자서 소주 두 병을 비우며 고뇌를 토로했습니다. 13년 전의 음주 운전 사고로 다시 경찰의 소환을 받았다는 이야기를 이때 들었습니다.

"그래도 한 번 처벌받았으면 된 거 아냐? 일사부재린가 뭔가……."

상표는 처참한 얼굴로 고개를 떨어뜨렸습니다. 그러고는 13년 전에는 여자가 운전을 하다가 사고를 냈다고 거짓말하고 자신은 빠져나갔다고 털어놓더군요.

이맛살이 찌푸려졌습니다. 거짓 속에 또 거짓. 이 무슨 양파 같은 고백이란 말입니까. 하지만 녀석의 비참한 낯빛을 눈앞에서 보니 도저히 질책만 할 수는 없겠더군요. 일단은 위로해주기로 했습니다.

"어떻게 13년이나 지난 일인데 지금 와서…….'

상표는 사색이 되어 술만 들이켰습니다. 설사 고의로 한 짓이라 해도 증거도 남아 있지 않을 거고 그깟 경찰의 조사쯤 코웃음 치며 넘기리라고 생각했는데, 상표는 몸을 떨고 있었습니다. 그만큼 형사 절차란 게 두렵단 얘기이기도 할 테고, 아니면 아직 저한테 말하지 않은 어떤 약점이나 잘못 같은 게 있었던 건지도 모르지요. 사건의 진상은 영원히 알 수 없게 되었습니다만.

"익명의 제보 같은 게 있지 않았을까?"

"이제 와서 대체 누가 있겠어…….'

상표는 고개를 저었습니다. 그러다 취한 눈을 번쩍 뜨고 말했습니다.

"아무리 생각해도 문희 개가 그런 거 같아."

"말도 안 되는 소리 마. 그런 생각 좀 버려."

"이상하잖아. 문희가 빙의되어서 지랄 떨고 난 바로 직후에 일들이 벌어졌어."

상표는 꼬인 혀로 계속 그런 말을 뱉었습니다.

"최근에 나한테 안 좋은 일만 일어났잖아. 괜히 이럴 수가 있겠냐고!"

급기야 상표는 그년 짓이 분명해! 하고 소리치기까지 이르렀습니다.

"다 미신이야. 너 그런 거 믿었냐?"

제가 만류했지만 상표는 점점 더 흥분했습니다. 조금 전까지 싸움에서 진 개처럼 고개를 숙였던 녀석은 욕설과 함께 미친개처럼 날뛰기 시작했습니다. 냉탕 온탕을 반복하는 이상한 정신 상태였습니다. 위태로운 불안감에 소주가 기름을 부은 게 아닌가 싶습니다. 안 그래도 술 마시면 개가 되는 녀석인데…….

시팔! 하더니 상표가 제 성질을 못 이기고 벌떡 일어나 난동을 피우기 시작했습니다. 전 그 모습에 질려버려서 말리지도 못하고 가만히 앉아서 쳐다볼 뿐이었죠. 서뱀! 그만 해! 소리쳤지만 그의 귀에는 조금도 닿지 않은 것 같았습니다.

상표의 혼란은 갈수록 심해졌습니다. 소리를 버럭버럭 질러댔고 대상 모를 욕설을 내뱉었습니다. 소파를 발로 차고 리모컨을 집어던졌습니다. 그러다 거실에 놓인, 잡지 몇 권만 꽂힌 4단짜리 책장까지 발로 찼습니다. 우당탕탕. 커다란 소리를 내며 책장이 앞으로 넘어졌고, 거실은 난장판이 되었습니다.

어.

우리는 동시에 외마디 소리를 지르고 입을 딱 벌린 채 굳어버렸습니다.

책장이 넘어지고 난 벽면에는 노란색 부적 수십 장이 붙어 있었습니다. 책장 모양 그대로요.

얼마나 시간이 흘렀는지 모르겠습니다. 상표가 눈이 시뻘게지더니 거실 벽에 있는 물건들을 닥치는 대로 떼어내고 자빠뜨리기 시작했습니다. 벽시계, 스피커, 소파 뒤의 벽이 드러났습니다. 그곳에도 샛노란 부적이 가득 붙어 있었습니다. 아, 그렇습니다. 맨살이 드러난 집 안은 온통 부적 천지였습니다. 언제부턴지 모르지만 상표는 그런 집 안에서 생활해왔던 것입니다. 현실감이 없었습니다. 그 공간은 주술사의 집, 혹은 마법진 같았습니다.

누런 부적에는 빨간색으로 기하학적인 도형이 그려져 있었는데, 도형의 모양이 보통 부적에서 보는 것과는 달리 조잡하고 거칠었습니다. 상표는 그걸 들여다보더니 이를 갈며 말했습니다.

"이거……진짜 피야……이 미친……."

미신 따위 믿지 않는 저였지만 모골이 송연해지더군요. 이런 집이란 걸 알고 난 후라면 전 한 시간도 더 못 있었을 겁니다.

"이 미친 년…… 집에까지 들어왔었어! 내 집에!"

전 분노한 상표에게 어떤 말도 건넬 수 없었습니다.

"이런 게 집 안에 있었으니……."

상표가 말을 삼켰지만 그가 무엇을 느꼈고, 어떤 말을 하려 했는지는 저도 알 수 있었습니다. 그렇다고 미리 넘겨짚고 아니라고 말해줄 수도 없었습니다. 저도 뭐라고 입을 뗄 수가 없더군요.

"역시 모든 게 문희 그년 짓이었어……."

상표의 목소리도, 손도 떨리고 있었습니다. 그 순간 상표가 품은 거대한 분노가 문희에 대한 꺼림칙함이라든가 두려움을 완전히 날려버린 것 같았습니다. 저는 녀석을 진정시켜야겠다고 생각했습니다.

"일단 오늘은 술도 취했고 너무 늦었으니까, 그냥 자."

저는 가까스로 입을 열어 상표를 달랬습니다. 그러고는 벽에 붙은 부적을 대충 떼어내 휴지통에 버렸습니다. 돌처럼 굳은 채 저의 모습을 가만히 보고만 있던 녀석은 이윽고 마음을 다잡았는지 순순히 제 말에 따르더군요. 떨리는 양손을 가라앉히듯 맞잡은 상표는 조금 전 널브러뜨린 소파 위에 그대로 몸을 던졌습니다.

"넌 방에서 자."

상표가 등을 돌린 채로 힘없이, 하지만 아직도 분노의 떨림이 남은 목소리로 말했습니다. 등이 조금 들먹거리는 것 같았지만 이대로 진정되겠지, 하고 생각했습니다. 전 그 녀석 말대로 방에 들어가 침대에 누웠습니다. 하지만 잠이 올 리 만무했죠.

정말 문희의 저주 탓에 상표의 인생이 꼬인 걸까? 미신을 믿지 않는 저조차 이런 생각이 들기 시작했습니다. 그동안 문희를 두려워하고 멀리하는 상표를 이상하게 여겼지만 상표의 기분 탓만은 아니었을 것 같단 생각도 들었습니다. 사귀던 남자의 집에 몰래 들어와 집 안 천지에 피로 쓴 부적을 붙이는 여자를 정상으로 생각하라고 말할 수는 없었으니까요. 당사자인 상표는 지금 얼마나 오싹하고 소름끼칠까. 그동안 내가 너무 무심했나……

얼마의 시간이 흘렀을까, 마루에서 부스럭거리는 소리가 들렸습니다. 전 방문을 슬며시 열고 나가보았습니다.

소파에 상표가 없었습니다. 고개를 들어보니, 현관을 막 나서는 상표의 뒷모습이 보이더군요. 그리고 그의 손에 들려져 있는 쿠크리도요.

전 순간 소름끼치는 상상이 들어서 "서뱀, 나가지 마!" 하고 소리쳤습니다. 하지만 상표는 제 목소리를 외면하고 그대로 나가버리더군요. 살기등등한 잔상을 남긴 채 말입니다. 저는 황급히 따라 나가려다 속옷 차림인 걸 깨닫고는 다시 방에 들어가 옷을 챙겨 입었습니다. 그러느라 조금 시간이 지체되어버렸어요. 현관문을 서둘러 빠져나가 아파트 주차장으로 뛰어갔습니다. 한발 늦었죠. 화난 듯 달려나가는 녀석의 BMW 꽁무니만을 보았을 뿐입니다. 저는 길가로 뛰쳐나가 택시! 하고 외쳐댔습니다. 5, 6분 후에야 겨우 빈 택시를 잡은 저는 기흥 저수지를 행선지로 잡았습니다. 상표가 갈 곳은 그곳뿐이었으니까요.

"기사님, 최대한 빨리 달려주세요."

저의 재촉에 기사가 룸미러를 힐끗하더군요. 저는 변명하듯 설명을 덧붙였습니다.

"친구가 큰 칼을 들고 사고를 치러 갔거든요."

술 냄새를 풀풀 풍기면서 한밤에 달려달라는 이상한 승객에게 기사는 경계심을 품는 듯했지만 솔직한 제 말에 응답하듯 속도를 올렸습니다. 하지만 녀석의 차 또한 광분해서 달렸을 테니 좀처럼 거리는 좁히지 못했던 것 같습니다. 기흥 저수지에 도착할 때까지 상표의 차 후미등조차 보이지 않았으니까요.

마침내 문희의 집에 다다랐습니다. 그곳에 저를 내려준 기사는 의아한 눈길을 보내고는 차를 돌려 나갔습니다. 그 기사가 '자신이 태운 남자가 칼을 들고 산으로 갔다'며 정황을 뭉뚱그려 경찰에 신고했다는 걸 나중에야 알았습니다.

집은 겉으로는 조용했습니다. 그래서 오히려 불안했습니다. 그 짧은 시간에 별일이 있었을까 싶었지만, 심장이 웬일인지 증기기관처럼 쿵쾅쿵쾅 뛰더군요. 저도 문희 집 현관문 비밀번호는 알고 있었습니다. 상표가 워낙 시시콜콜히 얘길 해서 말이죠. "비밀번호가 지 생일이래. 열라 멍청하지 않냐? 너도 밤에 찾아가서 한번 먹어버려, 푸하하." 상표의 저질스런 목소리가 머리에서 울렸습니다.

안으로 들어간 후 저는 거의 의식 못한 채로 자물쇠 두 개를 걸어 잠갔습니다. 혹시라도 누군가 다른 사람이 들어오면 안 된다는 무의식적인 방어기제가 작동한 건지 모르겠습니다. 아니면, 처음 만났던 날 저를 올려다보며 "겁이 나서요" 하던 그녀의 눈망울이 되살아났기 때문인지도 모르겠습니다. 하필이면 그 탓에 밀실이 되어버렸고, 제가 용의자로 몰리는 얄궂은 상황이 되어버렸지만요…….

거실은 어두웠습니다. 현관의 센서 등이 꺼지고 나자 문희가 점을 보는 방의 미닫이 유리문에서 비치는 불빛만이 남았습니다. 특유의 향 냄새가 이날따라 이상하리만치 코를 찔렀습니다. 하지만 그것 말고는 그저 조용했습니다. 녀석이 이리로 오지 않은 건가? 저는 잠시 고개를 갸우뚱했습니다. 그러다 곧 상황을 깨달았습니다.

젖빛유리 안에서 목청을 긁는 듯한 욕설이 들렸고, 사람의 그림자가 보였습니다. 방 안쪽에 광원이 있기에 뚜렷하게 투영된 건장한 그림자는 남자였고, 영락없는 상표였습니다. 그는 서 있었고, 맞은편 탁자 뒤에 허리를 꼿꼿이 세우고 앉은 문희의 그림자가 보였습니다. 상표의 손에 쥐인 칼의 그림자도 선명했습니다. 그 무시무시한 칼날의 정글도, 쿠크리였습니다. 욕설이 한 번 더 들렸고, 이어 그의 손이 획 올라갔습니다.

전 얼어붙어버렸습니다. 사람이 어떤 '순간'에 처하면 옴짝달싹하지 못한다는 걸 이때 경험했습니다. 목구멍마저 꽉 막혀 아무 소리도 내지 못했습니다. 그럼에도 문희의 그림자는 미동도 하지 않았습니다. 아, 칼날 앞에서까지 고고한 그 자존심이란. 전 어쩌면 상표가 휘두르는 칼날의 공포보다 당당한 그 모습에 매료되어 못 움직인 건지도 모르겠습니다.

칼날이 허공에 머문 것도 잠시, 상표의 그림자는 있는 힘을 다해 칼을 휘둘렀습니다. 전 똑똑히 보았습니다. 초승달처럼 안쪽으로 휘어진 칼날이 내려와 뎅겅 하고 문희의, 아니 문희 그림자의 목을 잘라내는 모습을요. 그리고 그 순간까지 악마 같은 녀석에게 항의하듯 앉아 있던 문희의 꼿꼿한 상체를요.

칼날에 잘린 충격으로 목은 비스듬하게 기울며 허공을 날았습니다.

전 그제야 정신이 번쩍 들었습니다. 상표야……!

미닫이문을 옆으로 벌컥 밀어 열고 들어갔습니다.

아아.

죄송합니다. 갑자기 말문이 막히는군요. 그때의 충격을 어떻게 설명해야 할까요.

전 상상치도 못할 무서운 장면을 보고야 말았습니다. 유리창에 비친, 상표가 문희의 목을 잘라내는 그 그림자보다 더욱 무서운 장면을요.

상표는 석고상처럼 굳은 채 서 있었습니다. 그의 앞에는 향과 초를 피운 탁자가 놓여 있고 그 너머에는 목이 없어진 문희의 상체가 여전히 꼿꼿하게 버티고 앉아 있었습니다.

전 아주 잠시, 어리둥절했지만 보고야 말았습니다. 그것을.

칼날에 잘려 날아간 문희의 머리가 상표의 목에 붙어 있었습니다. 마치 접착제로 붙인 것처럼. 하지만 접착제가 아니었습니다. 문희는 이빨로 상표의 목을 물어뜯고 있었습니다. 녀석의 목에 여자의 이빨이 깊숙이 박혀 있었습니다. 그곳을 경동맥이라고 하나요……. 피가 철철 솟아나 바닥을 흥건히 적시고 있었습니다.

그때 문희의 눈과 제 눈이 마주쳤습니다. 이미 죽은 문희의 머리인데 어떻게 눈이 마주치냐고 하겠지만 전 그때 분명히 봤다고, 그렇게 느꼈다고 말할 수밖에 없을 것 같습니다.

여자의 표정은 악귀 그 자체였습니다. 지옥에서 만난 악령의 존재가 그럴까요. 일그러진 증오의 파동이 제 살갗에 닿아 덜덜 떨릴 정도였습니다.

녀석은 이윽고 나무토막처럼 그 자리에 쓰러져 죽었습니다. 넘어질 때의 충격으로 여자의 목이 그제야 녀석에게서 떨어져 나와 방바닥을 돌돌 굴러갔습니다.

전 이미 혼이 나가 있었습니다. 아마 자리에 풀썩 주저앉았던 것 같습니다. 그러고는 아주 조금 남은 정신머리, 아마 본능에 가까운 그것으로 겨우 움직였던 것 같습니다. 떨리는 무릎으로 엉금엉금 기어 상표에게 다가갔습니다. 무슨 생각에선지 상표의 손에서 칼을 낚아챘습니다. 전 정신이 완전히 나간 상태였고, 상표한테서 칼을 빼앗아야 한다는 이전의 생각에 사로잡혀 있었던 모양입니다. 그래서 의식을 잃은 상태로 상표의 손에서 칼을 빼앗아 쥐었던 게 아닐까 싶네요.

그대로 피가 흥건한 방바닥에 쭈그리고 앉아 있었습니다. 정신을 잃은 채로요.

시간이 얼마나 흘렀는지 모릅니다. 조금 정신을 차리고 깨어나 보니 경찰이 막 들이닥쳐 있었습니다. 현관문을 두드리며 문을 열라고 소리 지르고 있었던 거지요.

……이렇게 해서 전 꼼짝없이 두 사람을 밀실에서 살해한 범인으로 재판을 받게 되었던 것입니다. 하지만 저는 두 사람을 죽이지 않았습니다. 지금 말씀드린 이야기에는 추호도 거짓이 섞이지 않았습니다.

그동안 제대로 말을 할 수 없었습니다. 처음 겪는 재판 과정도 저한테는 정신없었지만, 말씀드렸듯이 그날의 충격으로 제가 본 장면을 전혀 기억하지 못했던 것입니다. 겨우 며칠 전 밤에야 문득 그날의 모든 장면이 낱낱이 떠올랐습니다. 환각 같던 그 향 냄새가 무서운 기억을 깨운 탓인지도 모르겠습니다.

제 눈으로 목격했던 일이지만 저 자신조차 믿기지 않았습니다. 이런 일이 있을 수 있을까. 목이 잘려 죽은 여자가 원수 같은 남자의 목을 물어뜯어 그 자리에서 절명시킨다는, 마치 귀신이 저지른 것 같은 끔찍하고도 무시무시한 일이 말입니다. 과연 이 이야기를 법정에서 한다고 해서 사람들이 내 말을 믿어줄까. 죄를 면하려고 별짓을 다한다고, 터무니없는 이야기를 꾸며냈다고 비웃음만 실컷 사지 않을까. 오히려 내 편이 되어주려던 사람들조차 등을 돌리게 만드는 건 아닐까.

저는 이야기를 털어놓을까 말까 고민했습니다. 혼자 곰곰이 생각해보았습니다. 그러다 나름대로 어떤 결론에 이르렀습니다.

예전에 무슨 책에서 읽은 이야기인데, 사람이 목을 잘리면 금방 죽는 게 아니랍니다. 혈액 공급이 중단된 뇌는 10여 초 후에 의식을 잃는데, 그 전까지는 살아 있다고 합니다. 목이 허파로부터 분리되기 때문에 성대로 공기를 끌어들일 수 없어 말은 할 수 없지만, 얼굴을 찡그리거나 이를 갈기도 한다더군요. 예전 프랑스대혁명 무렵 기요틴의 칼날에 목이 떨어진 사람들의 눈꺼풀과 입술이 몇 초 동안 움직이는 경우가 많았다고 합니다. 마찬가지로 문희도, 문희의 목도 금방 죽지는 않았던 것 아닐까요.

상표가 거의 미친놈이 되어 정글도로 여자의 목을 날렸습니다. 크게 안쪽으로 휘어진 칼날의 힘으로 목이 튀어 올랐고, 하필이면 녀석의 목 쪽으로 날아갔겠죠. 입술이 녀석의 목에 닿는 방향과 위치로, 문희의 얼굴이 비스듬히 튀어 올랐던 겁니다. 그 순간에는 문희가 자신의 목이 잘렸다는 사실조차 인식하지 못했을지 모르죠. 물론 죽는다는 사실도 당장은 깨닫지 못했을 거고요. 그저 녀석이 큰 칼을 휘두르는 순간, 자신의 눈이 둥실 떠올라 천장과 바닥이 빙글빙글 돌고 있는 것만 보였겠죠. 그때서야 녀석이 자신을 죽였다는 사실을 찰나적으로 깨달았을 겁니다. 그리고 솟아난 화산탄 같은 원념, 증오. 공중을 휙 날아오르던 그녀의 목에 아직 살아 있던 원한…….

문희는 입에 닿은 녀석의 목을, 경동맥을 생의 남은 힘을 다해 물어뜯은 게 아닐까요. 저승의 개 케르베로스처럼요.

죽은 그녀의 표정이 그렇게나 무시무시했던 건 단지 고통 때문만은 아니었을 거라고 생각합니다. 그 순간 지옥의 변견 같던 표정이 그대로 굳어버렸던 거지요.

　무당…… 사무치는 원념…… 그런 초자연적인 힘이 아니라면 이게 유일한 설명이라고, 저는 지금도 믿고 있습니다…….

＊

　김지환 판사는 편지를 내려놓았다. 아래에 내용이 조금 더 이어졌지만, 읽기를 그만두었다.

　지어낸 거야.

　이런 일이 있을 리 없잖아.

　재판 내내 모른다고 발뺌하면서 그동안 이런 이야기를 만들어 짠 거겠지…….

　문득 부검사진 속 인문희의 얼굴이 기억났다.

　그 사진을 처음 봤을 때 난 왜 저승의 개를 떠올렸을까.

　하필이면 유홍석이 묘사한 여자의 마지막 순간을.

　분명 우연일 거야…….

　김지환 부장판사는 고개를 가로저었다.

　그는 자신도 모르게 혀가 데일 만큼 뜨거운 차를 벌컥벌컥 들이마셨다.

　손가락 끝이 덜덜 떨리고 있었다.

독자 여러분을 초대합니다.

네 곳의 출판사에 흩어져 있던 단편 7편과 미발표 원고 1편을 모아 소설집을 엮었다. 기 발표작에 대해서는 먼저 각 출판사에 양해를 구했다. 내가 저작권자라지만 자신들이 펴낸 책에 실린 작품을 다시 수록하겠다는데 그다지 반갑지는 않을 성싶었다. 결과적으론 기우였는데, 모두 기꺼이 출간을 축하해주셨다. 황금가지 김준혁 편집주간님, 미스테리아 김용언 편집장님, 한스미디어 최한중 편집장님, 월간중앙 한기홍 선임기자님께 감사를 드린다. 그리고 한국 미스터리의 열악한 환경 속에서도 더 열악한 단편집을 출간하기로 결정을 내려준 비채 편집부에 감사를 드린다. 한국 미스터리가 언젠가 부흥한다면 이분들의 공이 절대적이다.

또 감사를 드려야 할 인연이 있다. 독자들이다. 애당초 작품을 읽어

주시고 호평해주신 독자가 없었다면 나 혼자 중뿔나게 글을 쓸 일이 없었다. 이번 단편집을 출간하며 작가 생활을 어느 정도 정리하고 되돌아보는 기분이 든다. 그동안 작품에 지지를 보내주신 독자들께 정식으로 깊은 감사의 인사를 전하고 싶다.

아래에서는 여기에 실린 단편에 대해 간략히 소개해보았다. 작품을 통해 전하고 싶은 말은 그야말로 작품을 통해서만 해야 할 일이니, 여기서는 집필의 모티프라든가 주변적인 이야기들만 쓰기로 한다.

1. 악마의 증명 (《한국추리스릴러단편선4》, 황금가지)

추리소설을 써보려고 마음먹은 후 처음 쓴 단편이다. 김진구가 처음으로 등장하는 《순서의 문제》와 병행해서 썼는데, 그래도 시작은 이쪽이 먼저였다. 초고에서는 사건을 해결하는 방법이 달랐다. 조금 우연에 기댄 면이 마음에 들지 않아 이 결말로 바꾸었다. 옛 버전도 아깝기는 한데 지금은 분실되었다. 야후 코리아 메일에 넣어두었는데, 어느 날 보니 야후 코리아가 전격 철수했다지 않는가. 메일도 영영 사라져버렸다.

2013년 모 드라마가 이 작품을 표절했다는 의혹이 인 적이 있다. 사실 여부는 알 수 없지만, 표절을 당했다고 생각하는 입장에서는 자식을 빼앗긴 듯한 아픔이 있었다. 하지만 드라마의 높은 인기 때문에 창작자는 목소리를 내기 힘들었다. 이때 황금가지 출판사가 적극적으로 나서주었다(결과적으로는 벽을 넘을 수 없었다. 출판사가 저작권 전문 로펌에 의뢰해 20여 군데의 유사성을 지적하는 보고서를 받기도 했지만, 보도되지 않았다). 이 의리 없는 세상에서의 '의리'에 감복한 나는 《유다의 별》 원고를 황금가지에 맡겼다. 황금가지는 뜬금없이 내가 원고를 건네 어리둥절했을 것이다.

2. 정글의 꿈 (《월간중앙》 2016년 8월호, 중앙일보)

어느 날 병원 복도를 걷고 있었다. 그러다 벽에 기대어 스르르 무너지듯 쓰러졌다. 죽음을 직감했다. 눈꺼풀이 감겼고, 세상이 찌부러지듯 좁아졌다. 시시한 인생이 비로소 끝나는구나, 가슴이 메었다. 그때 꿈에서 깨었다. 그 꿈을 모티프 삼아 이 작품을 썼다.

이 또한 초기작인데, 발표할 기회를 갖지 못했다. 〈월간중앙〉에서 의뢰를 받고 조금 분량을 줄여서 발표했다. 그리고 다시 이 단편집에 실리게 되었으니, 모든 것은 때가 있는 모양이다.

3. 선택 (《한국추리소설걸작선2》, 한스미디어)

이 단편으로 한국추리작가협회 미스터리 신인상을 받으며 작가로 데뷔하였으니 개인적으로 의미가 깊은 작품이다.

주인공 호연정은 〈악마의 증명〉 사건 이후 변호사 개업을 하게 되고, 이 사건을 맡게 된다. 연작 단편인 셈이다. 호연정의 모델은 현실에는 없다. 다만, 만약 내 딸이 법조인이 된다면 이런 사람이 되었으면 좋겠다는 희망이 반영되어 있다. 처음에는 호연정이 수시로 담배를 피우는 장면이 나왔는데 나중에 삭제했다. 건강을 위해, 딸이 담배를 피우지 않았으면 하고 바랐기 때문이다.

호연정을 주인공으로 한 작품을 계속 쓸 생각도 있었다. 그런데 변호사 고진과 백수 김진구가 이후 작품의 전면에 등장하면서 그 생각은 희미해졌다. 아무래도 나의 내면에서 꺼낸 인물들이 호연정보다 더 그리기 쉬웠던 때문인 것 같다.

4. 외딴집에서 (《월간중앙》 2016년 7월호, 중앙일보)

나의 오컬트 취향이 드러났다. 〈월간중앙〉으로부터 원고 의뢰를 받고 하루 만에 썼는데, 이땐 좀 신이 나 있었던 것 같다.

5. 구석의 노인 (《미스테리아》 1호, 엘릭시르)

영광스럽게도 〈미스테리아〉 창간호에서 의뢰를 받아 작품을 싣게 되었다. 처음에는 누구나 아는 실제 사건을 모델로 중편 분량의 법정소설을 썼는데, 너무 파장이 클 듯해서 그만두었다(이 작품은 장편으로 개작해놓았는데, 아무래도 발표 가능성이 낮다). 그래서 최종적으로 이 작품을 싣게 되었다. 구상은 독자적으로 했지만, 에마 오르치의 〈구석의 노인〉에서 제목을 빌려왔다.

어쩌면 이 작품은 '그 사건은 이럴 게 뻔하잖아?', '그럴 사람이 어딨어?' 하는 식의 편견에 대한 반감에서 출발한 건지도 모른다. 세상은 너무나 다양하다. 다양성 앞에 겸허해야 한다. 그런 깨달음을 주인공은 우리에게 전하고 있는 게 아닐지. 김옥선 할머니는 내 어머니를 모델로 삼았다. 성함도 빌려왔다.

6. 시간의 뫼비우스 (《한국추리스릴러단편선5》, 황금가지)

이 작품을 제일 먼저 읽은 사람은 나혁진 작가이다. 최고의 단편이라며 극찬을 퍼부었다. 〈미스테리아〉 창간호 원고로 보냈더니 환상성이 강해 곤란하다는 답변을 받았다(그래서 부랴부랴 쓴 작품이 〈구석의 노인〉이다). 그제야 깨달았다. 이 작품은 호불호가 갈리겠구나.

개인적으로는 가장 애착이 가는 작품이다. 자전적인 이야기가 군데군데 녹아 있기 때문이다. 리얼리티가 뚝뚝 떨어지는 설정에서라면 꺼렸겠지만 환상에 실은 이야기여서 편했다. 삼풍백화점 사고로 죽은 대학동창도 잠깐 언급했는데, 소설을 읽은 어느 기자분이 자신도 그 친구를 안다며 연락을 주어 놀랐다.

이 작품을 쓸 무렵에는 '후회'라는 주제에 빠져 있었던 것 같다(장편 《악마는 법정에 서지 않는다》 역시 '후회'의 정서가 짙게 배어 있다). 요즘은 다시 현재를 살고 있는 듯하니 과거를 극복한 것인지, 나이를 거꾸로 먹은 것인지 알 수가 없다.

7. 킬러퀸의 킬러

〈악마의 증명〉이나 〈선택〉과 거의 비슷한 시기에 쓰인, 초기 작품이다. 발표할 기회가 자꾸 밀려서 아직까지 묻혀 있었다. 늘 아쉬움이 있었는데 드디어 이번에 빛을 보게 되었다.

록 그룹 퀸(Queen) '킬러퀸(Killer Queen)'이라는 곡에서 영감을 얻었다. 그 강렬한 어감에 매료되었던 것 같다. 원래는 다른 뜻이지만, '살인자'와 '여왕'이라는 이질적 단어의 결합에 묘한 매력을 느꼈다.

'킬러퀸'이라는 바에서 킬러라고 칭하는 사람을 만나는 장면을 맨 먼저 떠올렸다. 생각을 이어가다 이런 스토리로 완성되었다.

8. 죽음이 갈라놓을 때 (《미스테리아》 5호, 엘릭시르)

난 이 작품을 좋아한다. 등장인물들이 우리 주변에, 도시의 뒷골목 어딘가에 살아 있는 듯 여겨지기 때문이다. 여성들에겐 슬픈 소식이지만, '서상표'도 현실에 가끔 있다. 이들의 리얼리티는 마지막에 가서 혼돈을 맞이한다.

추리와 오컬트 혹은 호러가 결합된 작품에 늘 매료되곤 한다. 에드거 앨런 포, 에도가와 란포, 교고쿠 나쓰히코의 괴기환상물이나 존 딕슨 카의 《화형 법정》, 유메노 큐사쿠의 《도구라마구라》 같은 작품 말이다. 이런 내가 괴기환상물을 쓰게 된 건 DNA 수준의 필연인지 모른다.

이를테면 《정신자살》. 특히 마지막을 나는 사랑한다. 그 부분을 쓰며 남몰래 실실 웃음이 났다. 생경하지만 극히 법률적이고 현실적인 결말. 하지만 결과는 예상 밖이었다. 독자들 상당수는 질색했다. 아마도 본격 추리물로만 읽다가 등장한 이질적 장면에 놀란 듯하다.

그만큼 물의(?)를 일으키고도 내 취향은 죽지 않았다. 이번에는 아예 대놓고 괴기환상 작품을 쓰고 말았다. 하지만 마음이 편하다. 이제 독자들은 놀랄 필요가 없으니까. 모두에게 편하지는 않겠지만, 독자 여러분을 이 세계로 초대하고 싶다.

악마의 증명

1판 1쇄 발행 2017년 5월 30일 **1판 4쇄 발행** 2022년 12월 20일
지은이 도진기
펴낸이 고세규
편집 이승희 **디자인** 정지현

발행처 김영사
주소 경기도 파주시 문발로 197(문발동) 우편번호 10881
등록 1979년 5월 17일(제406-2003-036호)
구입 문의 전화 031)955-3100 **팩스** 031)955-3111
편집부 전화 02)3668-3290 **팩스** 02)745-4827 **전자우편** literature@gimmyoung.com
비채 블로그 blog.naver.com/viche_books
인스타그램 @drviche **트위터** @vichebook
ISBN 978-89-349-7804-6 03810 책값은 뒤표지에 있습니다.

비채는 김영사의 문학 브랜드입니다.